Kind van alle volken

68.73
Banda Atjeh
Zuidchinese Zee
M A L E I S I E
MALAKKA
FILIPPIJNEN
Stille Oceaan
BROENEI
SABAH
SARAWAK
Medan
SUMATRA
SINGAPORE
Pontianak
BORNEO
KALIMANTAN
Balikpapan
Manado
HALMAHERA
Manokwari
Jajapoera
Padang
CELEBES
SULAWESI
MOLUKKEN
BOEROE
CERAM
IRIAN JAJA
Palembang
Bandjarmasin
JAKARTA
I N D O N E S I Ë
AROE
Bandoeng
JAVA
Soerabaja
Makassar
KLEINE SOENDA EIL.
TIMOR (Port.)
BALI
LOMBOK
SOEMBAWA
SOEMBA
FLORES
Koepang
Indische Oceaan
0 km 1000
AUSTRALIË

Pramoedya Ananta Toer

Kind van alle volken

Vertaald door Loek Amstel en Don van Minde

Manus Amici Amsterdam
Agathon Houten
Novib Den Haag/NCOS Brussel

Zevende druk 1994

Unieboek bv, Postbus 97, 3990 DB Houten;
Novib, Den Haag
Oorspronkelijke titel: *Anak Semua Bangsa*, verschenen bij Hasta Mitra in Jakarta.
Uit het Indonesisch vertaald door Loek Amstel en Don van Minde
Omslagontwerp: Alpha Design
Omslagfoto: Koninklijk Instituut voor de Tropen

ISBN 90 269 6050 6 CIP
NUGI 301

Han, dit is echt niets nieuws.
De smalle paden waarlangs ieder mens
op zoek is naar zijn plek in de wereld
en de samenleving, op zoek naar zichzelf
– wat afmattend en geestdodend
om ze te volgen.

Nog geestdodender is hen te observeren
die geen enkele weg behoeven,
die diep wortelen in de aarde
en uitgroeien tot bomen.

Woord vooraf

De Indonesische auteur Pramoedya Ananta Toer, geboren in 1925 in Midden-Java, kreeg bekendheid door zijn boeken die de Japanse tijd en de Indonesische vrijheidsstrijd tot achtergrond hebben. Zijn korte verhalen behoren tot de hoogtepunten van de moderne Indonesische literatuur. Een deel van deze verhalen is in Nederlandse vertaling verschenen onder de titels *Bericht uit Kebayoran* (1978) en *Verloren* (1979).

Tot in 1965 was Pramoedya een van Indonesië's toonaangevende schrijvers, en speelde hij een belangrijke rol in het Indonesische culturele leven. Na de omwenteling van 1965 werd hij zonder enige vorm van proces op grond van zijn positie binnen linkse organisaties gevangengenomen en pas aan het eind van 1979 vrijgelaten. Een groot deel van die gevangenschap bracht hij als gedwongen transmigrant door op het Molukse eiland Buru samen met duizenden lotgenoten.

Tijdens zijn gevangenschap zag Pramoedya nog kans te werken aan de grote romancyclus over het ontstaan en de ontwikkeling van het Indonesisch nationalisme, waaraan hij voor zijn gevangenneming al bezig was. 's Avonds, na het zware werk op het land, vertelde hij de verhalen die nu voor een deel in romanvorm zijn verschenen, aan zijn medegevangenen.

Kort na zijn vrijlating werden de eerste twee delen van deze tetralogie in Jakarta gepubliceerd. De Indonesische letterkunde was verrijkt met een door een Indonesiër geschreven studie over de koloniale tijd.

Enige tijd later werden beide boeken door de Indonesische militaire autoriteiten verboden vanwege hun vermeende opruiende inhoud. Een willekeurige maatregel voor werken waarvan de inhoud zich afspeelt omstreeks de eeuwwisseling in Nederlands-Indië, nog lang voor er sprake was van een onafhankelijke Indonesische staat. Een voor de hand liggende conclusie is dat de betrokken autoriteiten aanstoot hebben genomen aan de beschrijving van misstanden tijdens het koloniale regime – misstanden die in het moderne Indonesië nog niet tot het verleden behoren. Nog steeds worden kleine boeren van hun land verdreven, wordt perscensuur toegepast en is de rechtspraak vaak een farce.

Het eerste deel van de romancyclus verscheen in Nederlandse vertaling onder de titel *Aarde der mensen* (1981) en is in herziene versie in 1983 opgenomen in de *Derde-Sprekerserie*.

In *Kind van alle volken* worden gebeurtenissen en verwikkelingen uit het eerste deel verder uitgewerkt. *Aarde der mensen* beschrijft de schuchtere ontwikkeling van de jonge Javaan Minke (een veelzeggende verbastering van 'monkey', hem op de Nederlandse school toegedicht), die zich door zijn H.B.S.-opleiding begint los te weken van zijn traditionele en feodale omgeving. In *Kind van alle volken* verdiept dit bewustwordingsproces zich: Minke's leerschool is nu het leven zelf.

Dit boek is niet gemakkelijk. Het grote aantal onderwerpen dat uitvoerig aan de orde wordt gesteld en de vele romanpersonages die elkaar regelmatig afwisselen, vragen van de lezer de nodige inzet en concentratie.

Toch is de opzet van het verhaal even eenvoudig als ingenieus. Pramoedya's historische romans vormen eigenlijk een compilatie van dagboekaantekeningen, notities over krante-artikelen, ervaringen en gedachtenindrukken van de ik-figuur Minke. Hij is als beginnend schrijver-journalist niet alleen geïnteresseerd in zijn omgeving, maar ook in alles wat er op wereldschaal plaatsvindt. Door de keuze van een dergelijke hoofdpersoon heeft de schrijver de mogelijkheid gevonden een breed scala van onderwerpen aan de orde te stellen die alle teruggaan op de onstuimige ontwikkelingen voorafgaand aan het dekolonisatieproces van de volken in Azië.

De dagboekaantekeningen en notities verraden een vaak grote onzekerheid; Minke's begripsvermogen is nog in volle ontwikkeling en rijping. Soms gaat hij zo ver de hulp van een ander te roepen voor een betere analyse, waardoor bij de lezer in ieder geval de indruk van betweterigheid van de hoofdpersoon wordt weggenomen.

Verteltrant en verhaalstijl doen denken aan de grote romans aan het einde van de negentiende eeuw en met name aan Multatuli's *Max Havelaar*, in navolging van wie Minke de schuilnaam Max Tollenaar gebruikt voor zijn artikelen en verhalen.

Kind van alle volken is een schrijnend 'document humain' met een schat aan historische gegevens over Nederlands-Indië, geschreven voor iedereen geïnteresseerd in het oude Indië, maar ook in het moderne Indonesië.

De redactie

Hetgeen voorafging...

In *Aarde der mensen* maakten wij kennis met Minke: een jongen van adellijke komaf, en een van de zeer weinige Javanen die omstreeks 1900 een H.B.S. bezoekt in Nederlands-Indië. Minke maakt een ontluisterende gang door: de mateloze bewondering die hij aanvankelijk heeft voor alles wat Europees is, verandert langzamerhand in een gereserveerde, pijnlijk gekwetste houding tegenover het Nederlandse koloniale systeem. Zijn vrienden, de schilder Jean Marais en de journalist Kommer, staan hem met raad en daad bij in dit bewustwordingsproces.

Via een schoolvriend is Minke in contact gekomen met Annelies en haar Javaanse moeder Njai Ontosoroh, die de grote *Boerderij Buitenzorg* in de buurt van Soerabaja beheert.

Geheel volgens de regels der islamitische wet trouwt Minke met Annelies. Zij vertelt hem het levensverhaal van Njai Ontosoroh, die als het 14-jarige meisje Sanikem door haar vader als concubine werd verkocht aan Herman Mellema, de administrateur van een suikerfabriek. In weerwil van het emotionele isolement groeit Sanikem uit tot de ontwikkelde, zelfstandige Njai Ontosoroh (letterlijk: de Bijzit van Buitenzorg). De kinderen uit haar verbintenis met de administrateur, Robert en Annelies, worden door Mellema officieel erkend en krijgen de Nederlandse nationaliteit; Njai is gedoemd bijzit te blijven zonder dat zij rechten kan laten gelden op haar eigen kinderen.

Er volgt een confrontatie met het Nederlandse verleden van Mellema wanneer diens zoon uit het huwelijk met Amelia Hammers, de jonge ingenieur Maurits Mellema, ten tonele verschijnt. De ontmoeting met zijn zoon betekent uiteindelijk de dood voor Mellema sr.: hij sterft, aan de drank verslaafd en onder geheimzinnige omstandigheden, in het bordeel van Ah Tjong. Hierdoor krijgt Maurits, die zich gesteund weet door de koloniale wetgeving, de touwtjes in handen. *Boerderij Buitenzorg* lijkt binnen handbereik.

Inmiddels heeft Amelia Hammers, namens haar zoon Maurits, besloten de nog minderjarige Annelies naar Nederland te laten brengen. De rechterlijke macht is doof voor de protesten van Minke, die zich beroept op de officiële basis van zijn huwelijk met Annelies.

1

Annelies was vertrokken; het was alsof een jong twijgje van de stam was weggerukt. Deze scheiding werd het keerpunt van mijn leven: mijn jeugd was voorbij. Ja, die mooie jeugd vol verwachtingen en dromen – zij zal nooit meer terugkeren.

De zon beweegt voort, kruipt centimeter na centimeter verder langs de hemel, als een slak zo traag. Traag, ja traag – en het interesseert haar niet of zij de afstand die ze achter zich heeft ooit opnieuw zal afleggen. Vaak hangt er een dunne wolkensluier aan de hemel, maar een verfrissend buitje blijft uit. De wereld lijkt al haar kleuren verloren te hebben, zo grauw is het.

In hun verhalen spreken de ouden van de machtige god Kala – Batara Kala. Zij zeggen dat hij het is die iedereen voortduwt, steeds verder van het beginpunt af, onweerstaanbaar, in onbekende richting. Ook ik, blind voor de toekomst, kan alleen maar hopen er ooit eens achter te komen. Oh, en dat terwijl zelfs van hetgeen dat reeds achter ons ligt nog zoveel onbekend blijft!

De mensen zeggen dat wat vóór de mens ligt, alleen maar de afstand is, met als grens de horizon. Zodra hij in beweging komt, dan wijkt de horizon. Eeuwig – dat wat achter hem ligt. Eeuwig ook de horizon – daar in de verte. Die eeuwige afstand en horizon, geen romantiek is sterk genoeg die de baas te worden en te begrijpen.

Batara Kala heeft Annelies langs grote afstanden meegesleept. Ik zelf ben door hem langs weer andere afstanden gesleurd, steeds verder uit elkaar, steeds minder zeker van wat de toekomst brengen zal. De steeds groter wordende afstand deed mij beseffen: zij was helemaal geen broos poppetje. Iemand die zo intens kon liefhebben was zeker geen poppetje. Misschien was zij wel de énige vrouw die mij ooit oprecht heeft liefgehad. En hoe verder Batara Kala ons van elkaar trok, hoe meer ik het gevoel kreeg dat ik werkelijk van haar hield.

Ook de liefde heeft, zoals alles, een schaduwzijde – die van de liefde is het lijden. Er is helemaal niets dat geen schaduw bezit, behalve het licht zelf...

Licht en schaduw worden onontkoombaar door Batara Kala

voortgesleept. Niets kan naar het beginpunt terugkeren. Misschien is deze machtige godheid wel wat de Nederlanders de tand des tijds noemen. Hij stompt het scherpe af, scherpt het stompe, maakt het kleine groot en verkleint het grote. Alles wordt naar de steeds wijkende, ongrijpbare horizon getrokken – naar de vernietiging. En uit de vernietiging ontstaat weer de geboorte.

Ik weet niet of deze inleidende aantekeningen nauwkeurig genoeg zijn. Alles moet in ieder geval een begin hebben. En dit is het begin van mijn notities.

*

Ma en ik mochten het huis al drie dagen niet uit. Ook het ontvangen van gasten was ons niet toegestaan.

Een schout te paard arriveerde. Ik kwam niet uit mijn kamer. Ma ontving hem, en meteen kregen ze knallende ruzie. Ze spraken Maleis. Ma riep mij. Zij stonden tegenover elkaar. Mij ziende wees zij naar een papier op tafel:

'Minke, de schout hier zegt dat wij niet worden vastgehouden, maar we kunnen al meer dan een week het huis niet uit.'

'Ja, maar nu hebben ze laten weten dat de twee bewoners dit huis vrijelijk in en uit mogen gaan,' verduidelijkte de schout.

'U denkt zeker dat die brief onze gevangenschap zo maar ongedaan maakt.'

De laatste dagen was zij erg geprikkeld en stond ze klaar om met iedere gouvernementsdienaar ruzie te maken. Ik had geen zin mij met deze ruzie te bemoeien. Vooral niet toen ik zag hoe ma nu weer met een knalrood gezicht ongegeneerd stond te schreeuwen en te mopperen.

De schout koos de weg van de minste weerstand, sprong op zijn paard en verdween.

'Waarom zei jij niks?' zei ma verwijtend. 'Bang?'

Mopperend liet ze erop volgen: 'Ze hebben onze angst nodig, jongen, we moeten onze mond dichthouden, hoe wij inlanders ook behandeld worden.'

'Alles is toch al afgelopen, ma?'

'Inderdaad, wij hebben verloren. Maar zij hebben hoe dan ook grondrechten geschonden. Ze hebben ons onwettig vastgehouden. Je moet niet denken dat je ook maar iets kunt verdedigen, en zeker niet rechtvaardigheid, als je onverschillig staat tegenover grondrechten, hoe minimaal die dan ook mogen zijn...'

Zij begon mij als een schooljuffrouw de les te lezen over grondrechten – iets nieuws, waarvan ik op school nooit had gehoord, en waarover ik ook nooit iets had gelezen in boeken, kranten of tijdschriften. Ik was nog niet tot rust gekomen en mijn hoofd stond nog niet naar deze nieuwe les, hoe mooi en nuttig die misschien ook was. Toch luisterde ik.

'Kijk, hoe rijk je ook bent,' begon zij, terwijl ik maar met een half oor toehoorde, 'je moet tegen iedereen optreden die je hele bezit of een gedeelte daarvan afpakt. Al is het maar een steentje dat onder je raam ligt. Niet omdat dat steentje je zoveel waard is, maar het gaat om het principe dat iets wegnemen zonder toestemming diefstal is, en dat is verkeerd, daar moet je iets tegen doen. Zeker als het gaat om de beroving van onze vrijheid zoals in de afgelopen drie dagen.'

'Ja, ma,' antwoordde ik, in de hoop dat ze snel klaar zou zijn met haar verhaal.

Maar het bleek dat zij zich niet zo gemakkelijk stoppen liet. Ze zou het vast en zeker aan iedereen die het horen wilde hebben verteld, maar nu ik bij haar was, hield zij haar verhaal maar tegen mij. 'Iedereen die niet vasthoudt aan de grondrechten, staat open voor al het kwade: hij pleegt misdaden, of er worden misdaden tegen hem gepleegd.'

Blijkbaar begon ze nu toch te beseffen dat dit niet het juiste moment was, want plotseling hield ze op en veranderde van onderwerp: 'Ga maar een wandelingetje maken. Je ziet bleek, je bent te lang binnen geweest.'

Ik ging naar m'n oude kamer terug – niet die van Annelies. Ja, ik moest inderdaad eens wat frisse lucht hebben. Ik opende de kast om schone kleren aan te trekken. Ineens moest ik aan Robert Suurhof denken: in de kast lag dat ding van hem – een gouden ring met een edelsteen.

Volgens ma was zo'n ring erg duur om als huwelijkscadeau te geven. Alleen de steen al was zo'n twee karaat. Slechts iemand die heel rijk of verliefd was zou zoiets geven. Misschien was haar vermoeden wel juist – Robert Suurhof zou die ring best eens gegeven kunnen hebben om zijn liefde te tonen.

Nu Annelies was vertrokken, kwam voor mij het ogenblik om de ring waar wij geen recht op hadden, aan zijn familie terug te geven. Het was kennelijk geen toeval geweest dat ma over grondrechten had gesproken.

Nadat ik me had omgekleed, opende ik de kastla. Ik haalde Annelies' stalen sieradenkistje eruit. De ring van Robert bleek er niet in te zitten. Ik zocht de la nog een keer door; hij lag los in een hoek. Ik nam de ring op en bekeek hem aandachtig.

Ik had nooit belangstelling gehad voor vrouwensieraden. Toch kon ik wel zien hoe mooi de edelsteen was – hij gaf een helder blauwachtig licht en vanbinnenuit schoten stralen die door de geslepen facetten verveelvoudigd werden. Oh, waarom moest ik hier nu vol bewondering staan kijken naar een ding dat mij zo in de war bracht?

Ik zette het kistje, dat ik zojuist voor de allereerste keer had geopend, weer op zijn oude plaats terug. Ernaast lag een grote envelop. Nieuwsgierig pakte ik haar op en keek wat erin zat. Een stortingsboekje van de Escompto Bank, een stapeltje kwitanties van het salaris dat zij van de onderneming had ontvangen en ook twee brieven van Robert Suurhof. Die brieven waren nooit geopend! Ik moest me inhouden ze niet alsnog te openen en te lezen. Daar had ik het recht niet toe, zo hield ik mezelf voor. Die brieven had zij ontvangen nog voordat zij mijn vrouw werd.

Voordat ik de kamer verliet, bleef ik even aarzelend bij de deur staan. Ik probeerde te bedenken wat ik nog vergeten kon hebben. Ja, er was nog iets. Gewoonlijk las ik de kranten voordat ik het huis uitging. Hoe lang had ik al geen kranten gelezen? Ik liep terug naar de schrijftafel en ging zitten. Mijn handen graaiden in de stapel post. Zin om te lezen had ik niet.

Hoe kwam dat nou? Ik probeerde een krant te lezen. Nee, ik wilde niet. Ik haalde de brieven uit de stapel en bekeek ze één voor één: van moeder, van mijn broer, van... Robert Suurhof aan Annelies. Ik voelde mij boos, jaloers worden... van Sarah de la Croix, van Magda Peters, van Robert Suurhof aan... de schoft. Hij had mijn vrouw met brieven overspoeld... van Miriam de la Croix, van... weer brieven van Suurhof aan Annelies. Mijn handen en ogen werkten steeds sneller.

Elf brieven van Suurhof maakten mijn hart tot een vulkaan die lava uitbraakt. De idioot, die hufter! Ik trok een brief uit de stapel, scheurde de envelop open en las:

Juffrouw Annelies Mellema, godin van mijn dromen...

Ik las niet verder. Razend liep ik de kamer uit, stormde naar achteren en gebood Mardjoeki de bendie* gereed te maken. In mijn

*Zie woordenlijst op pag. 317.

zak voelde ik de steen als een zware last, puntig en scherp. Zonodig zou ik dat ding voor de voeten van zijn ouders smijten.

'Snel, Djoeki!'

De bendie vloog in de richting van Soerabaja.

Ik kon me niet concentreren, mijn gedachten niet, mijn ogen niet. Alles vloeide doelloos uiteen. Onderweg zag ik een oude schoolvriend die niet aan het examen had deelgenomen. Maar zelfs mijn aandacht voor vrienden was weggeëbd. Pas nadat hij uit het zicht was verdwenen, kreeg ik spijt mij zo te hebben gedragen tegen een oude schoolgenoot. Misschien had hij vroeger wel met onze zaak gesympathiseerd.

Bij Kranggan zag ik Victor Roomers slenteren; hij schopte af en toe tegen een steentje. Deze zoon van een Europeaan, een vriend die samen met mij eindexamen had gedaan, had blijkbaar niets te doen. Hij droeg een korte witte broek met overhemd en witte schoenen. Zoals altijd zag hij er verzorgd uit. De drie jaar die wij samen op school hadden doorgebracht, had ik het goed met hem kunnen vinden.

Hij hield van atletiek, was sportief en keek ook op die manier tegen de wereld aan. Hij trok nooit een zuur gezicht. Daarbij kwam nog dat hij geen raciale vooroordelen bezat.

'Hé, Vic!' Ik gebood Mardjoeki de bendie naar de kant te sturen.

Ik sprong eruit om hem te begroeten. Hij nodigde mij mee naar een drinkstalletje. Hij stak meteen van wal:

'Het spijt me, Minke, ik heb je niet kunnen helpen toen je in moeilijkheden zat. Eén keer ben ik naar Wonokromo gegaan, maar de politie deed moeilijk tegen iedereen die bij het hek kwam... Een paar van ons hebben het ook geprobeerd, maar het was tevergeefs. Er was echt niemand die kon helpen, Minke. Zeker iemand als ik niet. Ik heb mijn vader er eens naar gevraagd. Die schudde alleen maar zijn hoofd. Hij zei dat het nog nooit was voorgekomen dat inlanders zo hardnekkig hadden geprobeerd een vonnis van de Blanke Rechtbank aan te vechten. We vinden het allemaal vervelend dat we niets hebben kunnen doen om je te helpen. Echt, wij leven met je mee, Minke.'

'Dank je wel, Vic.'

'Waar ga je naartoe? Je ziet zo bleek.'

'Als je zin hebt, zou ik het leuk vinden als je meeging.'

'Ik zou best willen, maar jammer genoeg kan ik niet. Waar ga je naartoe?'

'Ik moet wat regelen, Vic. Ik ga naar Robert Suurhof.'

'Dat zal wel niet lukken. Trouwens, waarom ga je?'

'Er is iets.'

'Hij is 'm gesmeerd,' zei hij kalm als altijd, alsof er niets aan de hand was.

'Gesmeerd?' Dat woord paste niet bij iemand die net zijn eindexamen had gedaan.

'Ja, je hebt zeker de krant niet gelezen of je moet het gemist hebben. Suurhofs naam werd niet genoemd, alleen die van Ezekiel.'

'Ik heb al lang geen krant gelezen. Bedoel je de juwelier Ezekiel?'

'Natuurlijk. Volgens mij bestaat er maar één Ezekiel op de hele wereld.'

De ring met de edelsteen in mijn zak prikte me in mijn dij, sprong in het rond, wilde naar de juwelier gebracht worden. Dus dáár had Suurhof hem gestolen.

'Zo iemand is Robert dus,' zei hij nu, teleurgesteld. 'Hij wilde alles in het groot doen. In een week wilde hij de wereld veroveren. Uiteindelijk...'

'Hé, wacht even nou. Dus heeft hij daar ingebroken?'

'Als ik jou was, Minke, zou ik ook geen zin hebben om de kranten nog te lezen. Je hebt de laatste tijd zoveel meegemaakt.'

'Laat maar. Vertel eens over Robert.'

Weer prikte die ring me in mijn dijbeen. Als een politieagent me nu zou fouilleren, dan had ik alweer een proces aan mijn broek.

'Dat verhaal verschilt in niets van z'n andere schurkenstreken. Het komt allemaal omdat hij alles in het groot wilde doen en omdat hij de wereld in één week aan zijn voeten wilde hebben. Het is wel zielig voor zijn ouders. Zij waren al zo broodmager en nu is het nog erger met hen gesteld. Ze hebben twee kinderen die niet naar school konden omdat Robert op de H.B.S. zat. En hij is nog niet geslaagd of hij wordt een misdadiger. En een hele laffe.'

'Wat heeft hij allemaal bij Ezekiel gestolen?'

'Ach welnee! Als hij de moed had gehad die winkel binnen te gaan, dan was hij een bandiet van allure, van formaat geweest. Dan had hij tenminste moeten vechten met de politie, of hij had zo'n gladde tong moeten hebben dat hij het op een akkoordje met de wachten had kunnen gooien. Hij heeft alleen een Chinees graf geplunderd. Hij heeft zijn schoolvrienden, leraren en de school te schande gezet. Het is maar goed dat hij 'm op tijd is gesmeerd en dat ze hem niet te pakken hebben kunnen krijgen. Waar hij op het ogenblik zit weet ik niet.'

'Ik wel, maar ga verder.'

''t Is heel simpel. We weten allemaal hoe hij kon opscheppen over zijn plannen om jurist te worden. Zijn ouders zouden zijn studie nooit kunnen betalen. Verder zou hij ook nog eens een H.B.S.-diploma in Nederland moeten halen. Geld voor de overtocht hebben zij niet eens, laat staan voor zijn studie. Al hun geld moeten ze aan medicijnen besteden. Oh, die Robert. Hij wilde alles ineens: rijk worden, een beeldschone vrouw, nummer één zijn, meester in de rechten, en dat alles liefst binnen een week. Net is hij geslaagd of hij overvalt de wacht op de Chinese begraafplaats, slaat hem een hersenschudding en rooft een van de graven leeg.'

Dus zo zit dat, jij duivelsring, en nu heb ik je warempel hier in mijn zak. Als ik pech heb weet de politie al waar de ring is: in míjn zak! Ik kreeg het benauwd en vroeg:

'Hoe zijn ze erachter gekomen?'

'Je wordt steeds bleker, Minke. Ben je soms ziek?' Ik schudde mijn hoofd. 'Hij verkocht de buit aan Ezekiel. De familie van degeen die daar begraven ligt, deed geen aangifte. Ze liepen alle juweliers af en zo vonden ze op een gegeven moment een van hun sieraden bij Ezekiel. Toen pas zijn ze naar de politie gegaan.'

De rest viel gemakkelijk te raden. Er werd een diepgaand onderzoek ingesteld. De politie kwam naar Roberts huis – Robert zelf was intussen al gevlucht – en verrichtte huiszoeking. Zonder resultaat. Niemand wist waar hij uithing, ook zijn ouders niet.

'Je zei dat je weet waar hij uithangt, Minke?'

'Ja, tenminste, dat weet ik uit zijn brieven.'

'Waren die aan jou gericht?' vroeg hij verbaasd. Hij keek me vragend aan. Ineens veranderde hij van onderwerp: 'Het is zinloos, Minke. Het heeft geen zin zijn ouders van die brieven op de hoogte te stellen. Daarmee maak je hen nóg ongelukkiger.'

Ik kreeg argwaan. Wat een schande als hij wist van Suurhofs brieven aan mijn vrouw. Wat zou ik me vernederd voelen als echtgenoot. Mijn dij begon nu te jeuken door de ring in mijn broekzak. Wat een rotding! Misschien was hij wel de oorzaak van alle ellende. Tot overmaat van ramp leek Victor door te hebben dat ik iets verborg.

'Nee, doe het niet, ga niet naar hen toe. Die schoft is echt in staat rotstreken uit te halen.'

'Wat doe je zo tegenwoordig, Vic?'

'Nou, ik loop de kampongs plat. Weet je wat ik voor werk doe? Ik ben reisagent, Minke. Lach niet. Ik ben agent van een scheepvaartmaatschappij die hadji's vervoert. Als Indo die hadji's moet werven valt het niet mee vertrouwen te winnen. Ik wil eigenlijk met dit werk ophouden, maar dat is zonde. Zeg Minke, weet je dat alleen al uit Zuid-Afrika dit jaar honderd pelgrims zullen vertrekken? Uit het Engelse deel! Als ik er zoveel in Soerabaja zou krijgen...'

Hij probeerde nota bene zelf een gesprek over de brieven van Suurhof uit de weg te gaan. Hij wist dat die brieven aan mijn vrouw waren gericht. Het was dus geen geheim meer. Hoe kon dat?

'Als je mijn baantje wilt, Minke...'

'Nee, dank je, ik moet meteen weg.'

Ik liet Victor Roomers achter bij het drinkstalletje. Ik was geïrriteerd, wantrouwig, witheet, woedend.

De bendie ijlde naar Peneleh. Van vrienden onderweg kreeg ik dezelfde verhalen over Robert te horen. Ook zij vonden het niet verstandig dat ik naar zijn ouders toe ging. Een van hen zei zelfs:

'Je moet van die brieven van hem niet zo'n probleem maken. Doe maar alsof ze door een gek zijn geschreven.'

Het was dus duidelijk dat al mijn vroegere schoolvrienden van die brieven afwisten. Alleen ik had het niet geweten. Wat was ik blind geweest! Ik!

Willem Vos zei me, onderweg in een houten eethuisje, waar het op stond: 'Hij heeft gedreigd het er niet bij te laten zitten, Minke. Pas maar op voor hem. Dat zei hij na het examenfeest. Maar dit soort figuren heeft de moed niet het achterste van de tong te laten zien.'

Met opzet meed ik mijn vriendinnen: na het examen waren zij geen vriendinnen meer voor mij, maar meisjes die wachtten op een huwelijksaanzoek van de chef van een of ander gouvernementskantoor, een Europeaan zou nog beter zijn. Ik zou hen alleen maar in de weg zitten.

Het was laat in de middag toen een andere vriend met het volgende kwam: 'Ezekiel zit nog steeds gevangen. Maar Suurhofs naam is nooit in de krant geweest. De kwestie is dat hij de status van Europeaan heeft, terwijl Ezekiel een Bagdad-jood is, een Vreemde Oosterling.'

Om half zes in de namiddag reed mijn bendie het grote voorerf van de familie Suurhof op. Automatisch richtte mijn blik zich op de manggaboom voor het huis waar de familie gewoonlijk wat verkoeling zocht. Ook dit keer zaten ze te keuvelen op de houten banken rondom de boom.

Sinds het voorval tussen Robert en mij had ik hen nooit meer opgezocht. Toen ze mijn mooie rijtuig het erf zagen oprijden, stonden zij stomverbaasd op. Meteen herkende ik het echtpaar Suurhof. Broodmager, vanwege een longaandoening. Van hun twaalf kinderen ontbrak alleen Robert, de oudste.

Toen ik uitstapte, riep mevrouw Suurhof mij met haar Indische tongval toe:

'Och, och, njo, je bent al een echte heer geworden!'

'Goedemiddag, meneer Suurhof, mevrouw, jongelui,' groette ik. Op datzelfde moment besefte ik dat mijn vrienden gelijk hadden: ik had hier nooit naar toe moeten gaan.

Wat waren ze allemaal mager. Wat had het ook voor zin die rotring te laten zien of herrie te maken over Roberts brieven?

De gevoelens van irritatie, achterdocht, kwaadheid en woede maakten plaats voor medelijden.

De kinderen stonden op om plaats te maken; zij omringden ons in een hoefijzervormige kring.

'Zo, zo, de krant heeft nogal wat over jou geschreven, sinjo,' begon meneer Suurhof.

'Ja, meneer, maar het gaat nu wel weer, het is achter de rug.'

'Heel jammer dat het zo gelopen is, njo,' viel mevrouw bij.

'Niets aan te doen.' Het gesprek stokte. Een van de kinderen doorbrak plotseling de stilte:

'Bang Robert is weg, hij woont hier niet meer. Heeft hij geen gedag gezegd voordat hij vertrok?'

Toen ik ontkennend mijn hoofd schudde, volgde er onmiddellijk: 'Hij is naar Nederland gegaan.'

'Wie zegt dat? Robert is vlak voordat je trouwde vertrokken,' draaide meneer Suurhof het gesprek snel. 'Weet je, die jongen heeft nooit rust. Hij is jong, net geslaagd, onrustig en vergeetachtig. Hij vindt het niet leuk thuis, dat weet je wel.'

Er volgde een strenge blik naar de kinderen, om niet over hun oudste broer te praten. Maar één van hen, nog klein, begreep die wenk van zijn vader niet. Hij kwam naar mij toe en vertelde vrolijk:

'Ja, Bang, 's middags werkte hij en 's morgens ging hij naar de H.B.S....'

'Prachtig. Robert is erg ijverig, maar wat voor werk deed hij?'

'Dat heeft hij nooit gezegd, Bang.'

'Ook al is Robert dan nog zo ongedurig,' onderbrak mevrouw Suurhof haar zoontje, 'wij geloven niet dat hij in zijn hart een slechte jongen is. Soms is hij wel erg lastig en onhandelbaar, njo. Je weet zelf hoe het er op school aan toe ging, nietwaar, maar slecht, nee.'

De kleine liet zich niet zo maar uit het veld slaan; vol vuur ging hij door: 'Hij heeft al een keer geld gestuurd, Bang, vijftien gulden.'

'Wat zeg je daar toch allemaal, Wim,' berispte zijn moeder hem.

'Echt waar, Bang,' viel een ander bij. 'Mama heeft er toch stof van gekocht om kleren te maken?'

'Echt hoor, ze worden nu genaaid,' zei Wim weer.

'Ach, die kinderen,' kapte meneer Suurhof het gesprek af. Hij wilde nog wat zeggen, maar een hoestbui verhinderde dat.

'Het is echt waar, heus waar,' vielen een paar kinderen bij.

'Ho, ho, dat geld is niet van Robert, dat hebben jullie verkeerd begrepen. Dat geld had papa nog te goed,' kwam mevrouw ijlings tussenbeide.

'Ja, ik kreeg nog geld van de loonsverhoging van vijf maanden geleden, njo,' zo verduidelijkte meneer Suurhof, die vervolgens op een ander onderwerp overging: 'Dus je werkt nu bij Njai, njo?'

'Ja, ik help haar een beetje, meneer, dat is alles.'

'En het salaris?'

'Redelijk.'

'Ja, zo'n grote onderneming zal wel goed betalen.'

'Bang, Bang,' wenkte Wim weer, 'Robert woont nu bij een rijke handelaar in huis. Hij woont in een hoog huis aan de Herengracht.'

'Waar is die Herengracht?' vroeg ik.

'Ach, moet je die kinderen nu toch eens horen. Laat maar, njo, luister er maar niet naar.'

Ik zag dat de oudste, die zijn school niet had kunnen afmaken, met grote argwanende ogen het gesprek volgde. Hij nam nauwkeurig op wat zijn ouders en ik zeiden; zijn broertjes en zusjes interesseerden hem minder.

'Robert zei,' vertelde weer een ander, 'dat hij later een praktijk in Soerabaja wil beginnen zodra hij klaar is met zijn studie.'

'Dus nu woont hij aan de Herengracht,' herhaalde ik.

'Dat is niet waar. Mijn man en ik weten van niets,' sprak mevrouw Suurhof tegen.

Het viel mij op dat zij probeerden mijn blik te ontwijken, al deden zij alle moeite de woorden van hun kinderen onder tafel te vegen. De oudste, die de E.L.S.* niet had kunnen afmaken, bleef z'n ouders nog steeds in de gaten houden.

'Kom, maak wat te drinken voor njo Minke.'

De oudste van het stel, die onder de manggaboom zat, stond langzaam op. Met gebogen hoofd liep hij weg.

'Hup, nu gaan jullie allemaal naar achteren! Kijk of alle borden goed zijn afgewassen. Jij ook,' beval de moeder haar kleinste. Allen gehoorzaamden.

'Ik snap niet waar ze die fantasieën over hun broer vandaan halen,' mopperde meneer Suurhof tegen zijn vrouw.

'Ja, zo zijn kinderen nu eenmaal, njo. Als jij later ook zoveel kinderen hebt, nou, dat gaat je niet in de kouwe kleren zitten. Laat ze maar,' zei ze.

Het was ontroerend te zien hoe zij probeerden hun goede naam hoog te houden door al het slechte voor de buitenwereld te verdoezelen. Zij gaven hun kinderen zelfs een verkeerd beeld van Robert, als zou hun oudste geen fouten hebben. Ik voelde de ring in mijn broekzak niet meer. Wat moest ik nou doen met dat rotding? Als ik 'm hield, dan zou ik er maar over blijven piekeren. En wanneer ik de ring zou teruggeven met de mededeling dat hij van Robert was, dan zou ik deze mensen hier nog meer pijn doen.

Kijk, zij wachtten zwijgend af wat ik zou gaan zeggen, zoals een verdachte het vonnis van de rechter afwacht. Toen hij mij zag weifelen, begon meneer Suurhof:

'Je weet toch hoe Robert is, njo? Ik weet ook niet wat hij wil. Hij denkt niet aan onze problemen.'

'Waar is Robert nu?'

'Daar vraag je me wat.'

'Ik weet dat hij met een Engels schip naar Europa is gevaren,' zei ik.

De Suurhofs keken mij verdwaasd aan.

Een van de kleintjes die huilend vanuit het huis op ons toe liep, haalde hen uit hun verdoving. De kleine jammerde:

'Ze hebben op mijn voet gestaan, ma...'

'Zie je nu, njo? Zo gaat dat nou. Elke dag vechten. Klop maar af, het valt te hopen dat jij later niet zoveel kinderen krijgt. Een mens krijgt er grijze haren van, gek word je. Je weet niet wat ervan terechtkomt als ze volwassen zijn,' diende mevrouw Suurhof mij nogmaals van advies, om vervolgens de peuter te troosten en weer naar achteren te brengen.

*E.L.S.: Europeesche Lagere School (vert.).

Nu ik met Suurhof alleen was, kon ik met mijn bedoelingen voor de dag komen. De ring begon weer te steken. De magere man voor mij probeerde maar steeds naar het doel van mijn komst te gissen.
'En hoe staat het nu met je vrouw?'
Een vraag die mij in de gelegenheid stelde van wal te steken:
'Daarvoor kom ik juist, meneer.'
'Hè? Wat heeft dat met ons te maken?'
Een opkomend gevoel van medelijden deed mijn vastbeslotenheid weer wegzakken. Nee, niet zwak zijn! Doe wat je wilt doen, zo sprak ik mijzelf moed in. Meneer Suurhof tastte vol achterdocht mijn gezicht af.
'Nou...' Ik grabbelde in mijn zak. Alweer aarzelde ik en hield in. 'Mijn vrouw, ziet u, mijn vrouw...'
'Wij hebben nooit iets met je vrouw te maken gehad,' probeerde de oude Suurhof zich te verdedigen toen hij zich in een hoek gedrukt voelde.
'...laat het cadeau terugbrengen dat zij van jullie heeft gekregen.'
'Cadeau? Wij hebben nooit iets aan haar gegeven.' Hij werd steeds argwanender.
Voor ik weer besluiteloos zou worden, graaide ik in mijn broekzak, haalde de zakdoek met daarin de ring eruit, deponeerde hem vervolgens op de tafel en verduidelijkte:
'Het is maar een klein ding. Toen wij trouwden heeft mijn bruid dit van Robert cadeau gekregen, maar we vonden het veel te duur en wilden het teruggeven.'
'Hé, hé, wij wisten niet dat Robert een cadeau heeft gegeven.'
Ik sloeg de zakdoek open; de steen lichtte op in de heldere avond. Daar lag hij op de zakdoek, als een uit zijn kas gewipte oogbol. Meneer Suurhof kreeg plotseling een hoestbui, wendde het hoofd af en kromp ineen. Zijn rechterwang trilde onbedwingbaar en zijn handen maakten een afwerend gebaar:
'Pak dat ding weer in, njo, ik weet heel zeker dat Robert al weg was voordat je trouwde. Wij hebben zo'n ring nooit gehad, en zeker Robert niet.'
'Deze ring is heel kostbaar, meneer. Hij is waarschijnlijk meer dan vierhonderd gulden waard. Maar hij is echt van Robert.'
'Nee, je hebt het mis. Hij heeft die ring niet gegeven. Hij is al lang geleden vertrokken.'
'Ja, nog voor onze trouwpartij. Maar hij schrijft ons nog steeds.'
'Hoe kan dat nou? Ons schrijft hij nooit. Nee, dat moet iemand anders zijn.'

'Nee, ik ken zijn handschrift. Wat moet er nou met die ring gebeuren?'

'Toe nou, njo, ik weet zeker dat Robert zo'n ring nooit heeft gehad. Stop 'm maar weer in je zak voordat iemand het ziet,' zei hij gejaagd.

'Robert heeft deze ring zelf aan de vinger van mijn vrouw geschoven. Ik dacht dat als wij dit ding aan u zouden geven, u het wel ergens voor zou kunnen gebruiken.'

'Nee, njo, ik werk op het postkantoor als commies en daarmee ben ik tevreden.'

'Maar wij willen die ring niet hebben,' zei ik weer.

'Wij ook niet. Wij vinden dat we er zelfs geen recht op hebben.' De schriele man liet zijn ogen snel over de omgeving dwalen, keek ook achterom en bleef hardnekkig weigeren een blik te werpen op de ring en zakdoek op de tafel.

'Als de zaken er zo voorstaan, dan stap ik maar op.' Ik ging staan. Ook hij stond op. Ik beende weg. Hij kwam achter mij aan en hield mij staande. Zijn stem klonk smekend:

'Neem dat ding mee, njo. Je moet niet kwaad zijn. Maak het ons niet nóg moeilijker.'

Hij hield mijn hand omklemd als iemand die om genade vraagt.

'Ik laat aan u over wat u ermee wilt doen. Gooi 'm desnoods weg.'

'Alsjeblieft, ik durf die ring niet eens aan te raken.'

Ik wilde weer doorlopen, maar hij hield me tegen.

'Waarom bent u bang? Dat ding is van Robert. Als u de ring niet mooi vindt, bewaart u hem dan maar, dan kunt u 'm later aan Robert geven.'

'Nee, njo, maak het ons niet moeilijk. Je weet toch hoe het is met zoveel kinderen, niet?' Hij trok steeds harder aan mijn hand.

Ik hield in, aarzelde. Inderdaad, ik had niet het recht om hem en zijn gezin in een lastig parket te brengen. Zij hadden al genoeg meegemaakt met Robert. Dan had Victor het toch bij het rechte eind gehad. Het ging niet aan hen dieper in de ellende te werken. Alles wat ma mij over medemenselijkheid had geleerd moest ik nu in praktijk brengen. Nee, het zou niet rechtvaardig zijn mijn zin door te drijven.

Ik liep met hem mee terug en ging weer onder de manggaboom zitten.

'Neem dat ding toch weer mee,' zei hij, met z'n kin wijzend naar de ring die nog steeds op de zakdoek lag.

Ik sloeg de zakdoek om de ring en stopte 'm weg in mijn zak.

Voor de tweede keer kondigde ik aan te zullen weggaan. Suurhof leek opgelucht, bevrijd.

Plotseling vroeg hij: 'Waar wil je heen, njo?'

'Naar de schout om de ring af te geven.'

'God! Kan het niet anders, njo?'

'Nee, meneer,' antwoordde ik resoluut.

'Als je dat nu eenmaal wilt...' Hij zweeg even, dacht na, maar zei niets meer. Zonder een woord te spreken bracht hij mij naar de bendie. Voordat ik instapte voelde ik me verplicht mij te verontschuldigen voor wat ik moest doen:

'Neem me niet kwalijk, meneer, maar ik heb geen keus.'

De bendie reed mij naar het bureau van de schout. Tijdens de rit kon ik niet anders dan bewondering voelen voor de politie. Bij problemen als deze leek de politie een goede vader, in staat om veel moeilijkheden tot een einde te brengen. Tegenwoordig zou de beschaafde wereld het niet zonder politie kunnen stellen. Men zei dat zij in Spanje aanvankelijk bestond uit huurlingen die de belangen van de welgestelden tegen dieven en armen verdedigden. Later werd zij door het stadsbestuur aangesteld. Zoals hier in Indië en ook elders bestond de politie nog niet zo lang; dat was iets van de laatste twintig, dertig jaar. Stel je eens voor: als er nu nog een baljuw zou zijn die alle misdaden afhandelde, dan zou ik de grootste moeilijkheden krijgen nu ik de ring moest zien kwijt te raken.

De schout ontving mij beleefd, hoorde mijn relaas aan, pakte de ring en bekeek hem vol aandacht.

Hij riep er een ander bij – volgens mij een expert – om de ring verder te laten onderzoeken.

'Dit is geen namaak, het is een tweekaraats steen,' zei hij.

De schout overhandigde mij een ontvangstbewijs met daarop de gegevens over het goudgehalte en gewicht van de ring en hoeveel karaat de steen was.

'Heeft u getuigen dat deze ring een geschenk van Robert was?'

Hij noteerde de door mij genoemde namen. 'Weet u waar hij op het ogenblik is?'

'Ja, meneer, voor zover ik dat dan uit zijn brieven heb kunnen opmaken.'

'Mogen wij die brieven hebben?' vroeg hij, nog steeds beleefd. 'Nee? Goed. Als u daar bezwaar tegen heeft, geeft u dan zijn adres maar.'

'Zijn precieze adres heeft hij niet genoemd, maar het poststempel is van Amsterdam.'

'Juist. In dat geval dient u ons de enveloppen te overhandigen. Hoe meer hoe beter.'

'Alleen de enveloppen?'

'Wanneer u daar tenminste geen bezwaar tegen heeft, anders moet u ons maar een schriftelijke verklaring geven waarin u zijn adres noemt.'

Ik schreef de door hem verlangde verklaring.

Op weg naar huis voelde ik me bevrijd van die onmogelijke ring, alsof ik verlost was van een graat die in mijn keel prikte.

'Alleen rijke lui gaan naar de politie, meneer,' begon Mardjoeki ineens. 'Eenvoudige mensen zoals wij durven dat niet. Als ik geen koetsier was, ik zweer u, ik was dat erf nooit opgegaan.'

'Ja, Djoeki,' was mijn antwoord. Mensen als hij hadden geen politie nodig, die hadden er niet zoveel belang bij om hun bezit, eigen persoon en naam door de politie te laten bewaken. Zij hadden helemaal niets dat bewaakt kon worden. Deze plotselinge gedachte maakte mij verdrietig om hen – om hen die niets bezaten en geen boodschap hadden aan de politie. Voor hen was een ring, en zeker zo eentje met een tweekaraats briljant, slechts een fantastisch sprookje, niet van deze aarde. Wat hadden zij aan politie?

Thuisgekomen liep ik meteen de kamer binnen. Ook daar kon ik nu opgelucht ademhalen. Dat vervelende ding lag niet meer in de kast en de politie zou haar plicht doen; Robert zou in Nederland worden opgespoord. Het echtpaar Suurhof moest leren het onder ogen te zien: hun zoon diende alle consequenties van zijn daden zélf te dragen.

Als ik niet naar de politie was gegaan dan bleven de Suurhofs en hun zoon leven met illusies. Dat was funest voor hen allemaal. En wat had het voor mij betekend? Ik was in staat gebleken een lastige zaak tot een goed einde te brengen, ik had deernis van slechtheid weten te scheiden, goed en kwaad uit elkaar getrokken – ik had iets principieels laten zegevieren. Sterker nog, ik had mijn eigen weekheid overwonnen, ongepast sentiment verdrongen. Dat zie ik als een persoonlijke overwinning...

2

Wat voor naam je ook draagt, het gaat uiteindelijk toch om de persoon achter de naam. Dat had ma gezegd. De bureaucraten en aristocraten, net zoals ik van Javaanse komaf, vinden het geweldig zich met sierlijke namen te tooien. Dat doen zij om indruk te maken, om invloed uit te oefenen. De Engelse toneelschrijver Shakespeare liet de standsverschillen doorklinken in de namen van zijn personages, hoewel hij de Javaanse bureaucraten en aristocraten nooit gekend heeft. Een kantoorklerk meet zich graag de naam Sastra aan. Sastradiwirya betekent: Edele Klerk. Een priyayi van het waterleidingbedrijf tooit zich het liefst met de naam Tirta; Tirtanata is dan: Regelingsbeambte der Waterleidingen.

What's in a name? Men noemde mij Minke. Misschien is dat een verbastering van monkey, maar het is een naam en daarom reageerde ik er ook op. Is het waar dat een naam niet belangrijk is? Had Shakespeare gelijk? Ik weet het eigenlijk niet. Een voorbeeld: Robert Jan Dapperste, een inlandse jongen, stiefzoon van dominee Dapperste. Met zijn zwakke, magere postuur zoekt hij steeds bescherming. Iedere dag wordt hij uitgelachen omdat hij zo'n bangerik is. Hoe meer mensen hij leert kennen, hoe meer hij wordt bespot en uitgelachen. Door zijn naam, alleen maar door zijn naam, wordt hij verlegen, wrokkig, een solitair en een gladaal.

Toch weet hij trouwe vriendschap op te brengen voor iedereen die hem helpt, beschermt, niet uitlacht en niet dwars zit. Hij loopt bij zijn pleegouders weg, vanwege zijn naam. Dan verandert hij zijn naam met goedkeuring van de gouverneur-generaal in Pandji Darman. En echt, zijn persoonlijkheid is veranderd. Stel je voor, na drie weken al vrolijkte hij op, hij voelde zich bevrijd van de naam Dapperste, verlost van een last, en zijn goede eigenschappen waren dezelfde gebleven. Hij blijkt een durver te zijn.

Op jonge leeftijd, hij was twee jaar jonger dan ik, had hij op instructie van ma Annelies naar Nederland begeleid. Naderhand zou hij nog vele anderen vergezellen. Ik zal er niet verder op ingaan. Het lijkt me voldoende zijn brieven, in chronologische volgorde, weer te geven:

Deze brief schrijf ik op de boot naar Batavia, op de kalme, windstille Javazee. Beste ma en Minke, dit is voor het eerst dat ik op een boot zit. Veel tijd om na te denken heb ik niet gehad.

Voordat ik aan boord ging, ben ik met mijn rijtuig langs de kant van de weg gestopt om op dat van Annelies te wachten. Ik zag een groep mensen langs de weg staan, die wachtte tot zij langs zou komen. De kranteberichten over het gebeurde zijn kennelijk van mond tot mond gegaan, tot in de kampongs toe. Massa's mensen wilden van hun sympathie blijk geven. Urenlang hebben zij langs de kant van de weg gestaan.

Toen kwam de militaire wagen in zicht, onder escorte van de marechaussee. Hij was geblindeerd. Dáár moest Annelies in zitten. Ik beval Mardjoeki achter het escorte aan te rijden zodra dat gepasseerd zou zijn. Ik bekeek de gelaatsuitdrukkingen van de mensen die daar stonden te wachten. Zij waren teleurgesteld dat ze niet naar binnen konden kijken. Een paar oude inlandse vrouwen veegden hun welgemeende tranen weg met een zakdoek of met het puntje van hun slendang.

Hoe dichter wij Tandjoeng Perak naderden, des te drukker werd het door toegestroomde nieuwsgierigen. Op verschillende plaatsen werd de marechaussee met stenen bekogeld. Zelfs kleine kinderen lieten zich niet onbetuigd en schoten steentjes met hun katapulten. Ik kon mijn ontroering niet onderdrukken. Allemaal werden ze door hun rechtvaardigheidsgevoel gedreven - een gekrenkt rechtvaardigheidsgevoel. Alsof Annelies tot hun eigen familie was gaan behoren. Nog nooit heb ik zoveel solidariteit gezien.

De marechaussees reden door zonder zich aan de rondvliegende stenen te storen. Enkelen raakten gewond, tot bloedens toe, maar ze reden door alsof er niets aan de hand was. Wat waren zij toch hardvochtig door zo'n afschuwelijk bevel uit te voeren. Ik was bang dat haar wagen geraakt zou worden. Maar gelukkig lieten ze de wagen en de koetsier ongemoeid.

Naar de haven toe stonden steeds meer mensen te wachten. Ze gooiden met stenen en schreeuwden: Heidenen! Heidenen! Vuilakken!

Zo'n vijfhonderd meter van het haventerrein, waar de mangrovebomen staan, hadden Madoerezen met grobaks de weg geblokkeerd. De rijtuigen van de marechaussee en dat van Annelies stopten. Mijn hart klopte in mijn keel toen ik dat alles van een afstand zag gebeuren. Ik hoopte dat er niet weer een rel zou uitbreken.

'O jee, meneer,' zei Mardjoeki, 'juffrouw Annelies, Njai en meneer Minke zitten in die bendie daar.'

Het was ijzingwekkend; wij tweeën konden helemaal niets doen. De marechaussees sprongen met z'n allen uit de wagens. Driftig op hun fluitjes blazend begonnen zij een charge tegen de grobakkoetsiers. Even werd er gevochten. Zonder veel problemen werden de marechaussees de situatie meester. De grobaks, waar inmiddels niemand meer op zat, werden weggesleurd en een diepe greppel ingeduwd. Heel wat ossen raakten bekneld en menige grobak werd vernield of kwam vast te zitten.

Ik ben er niet helemaal van overtuigd er goed aan te doen dit alles te schrijven. Mardjoeki zal inmiddels alles wel verteld hebben. Ik schrijf dit omdat ik jullie wil zeggen hoe de mensen op hun manier meeleefden. Zo zal het in Europa wel niet zijn. Hoewel, als je ziet hoe ze vroeger hun woede op Lodewijk de Zestiende hebben gekoeld...

De wagen van Annelies kon na dat incident verder rijden tot aan de haven, zonder bij het douanekantoor te stoppen. Niet lang daarna kwamen ook wij daar aan. Pas toen ik het douanekantoor betrad, wist ik dat jullie Annelies geen uitgeleide deden. Dat was vast verboden, denk ik. Juist daarom ben ik zo woedend: jullie mochten haar niet eens wegbrengen. En zij maar praten over Christus. Ik voel mij gekwetst. Christus kan onmogelijk iets te maken hebben met deze vernedering. Jullie hebben nooit iemand iets misdaan, en toch worden jullie gedwongen de andere wang toe te keren; zo denk ik erover. Zij zijn geen christenen, niet zoals ik het heb geleerd; júllie hebben je juist als christenen gedragen.

Misschien drijft mijn woede mij wel tot het schrijven van deze lange brief. Vergeef me, Minke, wanneer de brief wat rommelig is; schrijven zoals jij kan ik niet. Ik schrijf dit alles omdat mijn plichtsgevoel mij dwingt alles te vertellen wat ik nodig acht. Toen de prauw Annelies naar het schip bracht, stond ik nog op de pier te wachten om overgevaren te worden. Ik kon niet bij haar in de buurt blijven, het spijt me. Ik kon alleen zien dat zij door een in het wit geklede Europese vrouw – waarschijnlijk een verpleegster – werd begeleid.

Toen ook ik overgezet was, hoorde ik wat de mensen van het vonnis van het Blanke Gerecht vonden. Het was onverstandig, zwaar, en het leek wel of jullie als verdachten door de rechtbank waren veroordeeld. Om meer te weten te kunnen komen veinsde ik niets van de zaak af te weten, maar jammer genoeg spraken zij er verder niet meer over.

Ik zag een aantal marechaussees het schip verlaten; daarmee leek de zaak afgedaan.

Twee uur later klonk de stoomfluit, het schip vertrok.

Het is de scheepsagent gelukt voor mij een hut naast die van Annelies te bemachtigen. Maar zij is vanaf de afvaart niet in haar hut geweest; kennelijk is zij naar een speciale ruimte gebracht en staat zij onder controle van de scheepsarts. Ik probeer in haar buurt te komen, als een goede vriend, maar het is mij nog niet gelukt. Ik weet niet waar ze is; er naar vragen durf ik niet eens, omdat ik bang ben dat ze er dan achter zullen komen wat ik hier eigenlijk doe. Neem me niet kwalijk als ik het niet goed aanpak.

Ik probeer er nu achter te komen hoe ik haar kan vinden. Wees niet teleurgesteld, beste ma en Minke, dat ik niet meer heb te melden. Ik zal snel weer schrijven. Laten wij bidden dat mijn pogingen – zoals wij allen hopen – succes zullen hebben.

Met de grootste hoogachting, Pandji Darman.

*

Een aantal dagen daarna, acht om precies te zijn, kwam de volgende brief, met daarop het poststempel van Medan:

Toen het schip de haven van Singapore binnenliep, heb ik Annelies kunnen zien. Zij was helemaal in het wit en werd door de verpleegster naar het dek geleid om naar de stad te kijken. Ik kreeg de indruk dat de verpléégster wilde kijken, en niet Annelies, want die had geen belangstelling voor de dingen rondom haar; ze leek helemaal nergens in geïnteresseerd te zijn. Ik kwam meteen iets dichterbij, en deed alsof ik haar niet kende. Zij keek niet naar de stad, haar hoofd was gebogen alsof zij keek naar de om de boeg kabbelende golfjes. Maar het werd mij duidelijk dat alles langs haar heen ging. Haar haren waren netjes gekamd en vanaf mijn plaats rook ik haar parfum. Zij was erg bleek. De handen van de verpleegster lieten geen moment haar middel los; voor mij een bewijs hoe zwak Annelies wel is. Een stuk of twintig, dertig reizigers gingen in Singapore passagieren. Voor zij van boord gingen, keken ze even naar Annelies. Degenen die aan boord bleven, zochten, net als ik, snel een plaatsje bij haar in de buurt. Hun gezichten stonden vol medelijden, maar ze zeiden niets. Af en toe werd er wat gefluisterd.

Vooral Annelies' lippen zagen bleek. Zij bekommerde zich helemaal niet om de blikken van de passagiers.

Zonder argwaan te wekken trachtte ik zo dicht mogelijk bij haar te komen. Ik probeerde haar duidelijk te maken dat zij niet aan haar lot werd overgelaten op dit schip, maar zij reageerde niet op stemmen of geluiden. Toen riep ik zo hard ik kon tegen een oude Chinees die ik helemaal niet kende: 'Robert Jan Dapperste, Pandji Darman.'

De oude man keek mij natuurlijk hoogst verbaasd aan. Annelies reageerde nog steeds niet, ze kéék niet eens. Zij bleef daar maar staan alsof zij naar de zee onder zich tuurde. Het was juist de verpleegster die omkeek. Ik durfde haar niet in de ogen te kijken, want ik voelde mij schuldig. Zij leek door te hebben dat ik met opzet mijn naam zo hard had geroepen.

Zij trok Annelies mee en leidde haar aan de hand een andere kant op. Ik had de moed niet er meteen achteraan te gaan. Er was een moment, heel even maar, dat Annelies naar mij keek. Ik geloof dat zij mij herkende, maar zij volhardde in haar stilzwijgen en liet niets merken.

Ik volgde hen op grote afstand en kon nog net zien dat zij benedendeks gingen. Via allerlei trappen kwamen zij bij een hut die duidelijk niet voor passagiers bestemd was. Zij gingen naar binnen. Er hing geen bordje, alleen een nummer. Het is mogelijk dat Annelies in die hut verblijft, maar misschien ook niet.

Nu ik het hutnummer weet, blijf ik daar rondhangen. Tot nu toe is zij niet naar buiten gekomen, dat kan nog wel een poosje duren. Ik heb er alleen de verpleegster een aantal malen in en uit zien lopen. Zou het soms de ziekenboeg wezen, zo dacht ik. Maar die gedachte heb ik meteen laten varen, omdat die heel ergens anders is.

Beste ma en Minke, meer valt er tot op dit moment niet te melden. Wellicht dat als de boot een andere haven aandoet, ik wat meer vooruitgang heb geboekt in de uitvoering van mijn plicht...

*

De volgende brief kwam uit Colombo:

Het heeft er alle schijn van dat ik door de verpleegster in de gaten word gehouden. Op een dag kwam er een oproep voor mij. Ik ging naar de hut genoemd in het briefje en vond daar de kapitein en de verpleegster.

'U gaat naar Nederland, is het niet?' Ik knikte.

'U bent in Soerabaja aan boord gekomen, zo is het toch?' En weer knikte ik.

'Gaat u uw opleiding voortzetten?'

'Nee, ik ga voor zaken,' antwoordde ik.

'Zaken? Zo jong?'

'Ja, ik denk dat het goed is om jong te beginnen.'

'Prima. Waar handelt u in?'

'Specerijen, voornamelijk kaneel uit Oost-Java.'

'Er is in Europa grote behoefte aan kaneel, ja. Hoe heet uw zaak? Oh ja, Speceraria, nietwaar?'

De verpleegster nam mij op haar gemak op, om vervolgens langs haar neus weg te vragen: 'U heeft zeker wel eens van de familie Mellema gehoord.'

'Dat hebben alle inwoners van Soerabaja.'

'En Annelies Mellema?'

'Die heb ik op het eindexamenfeest van de H.B.S. ontmoet, samen met haar echtgenoot.'

'Weet zij wie u bent?'

'Kan zijn. Haar echtgenoot heeft mij tenminste eens aan haar voorgesteld.'

'Zegt u toch niet steeds echtgenoot; zij is niet getrouwd.'

'Ik ken haar echtgenoot. Hij is een schoolvriend van mij.'

'Genoeg daarover. Als u mejuffrouw Mellema kent, wilt u ons toch wel helpen? Haar toestand is zorgwekkend. Elke dag moeten wij haar dwingen havermoutpap en zachtgekookte eieren te eten. Drinken doet zij ook alleen onder dwang. Zij wil zichzelf niet meer verzorgen en laat alles over aan anderen. Zij heeft geen eigen wil meer. Juist omdat zij zo'n schoonheid is trekt iedereen het zich zo aan.'

Alhoewel ik moeite deed mijn gevoelens te verbergen, zei ik toch nog te emotioneel:

'Wat moet ik doen?'

'Zij wil niet praten. Als ze dat zou willen, dan verbetert haar toestand misschien. Zoudt u ons willen helpen? Maar, wij waarschuwen u, zij is geen mevrouw, maar mejuffrouw.'

'Natuurlijk wil ik helpen, meneer.'

'Als u er maar aan denkt, ik zeg het nog een keer, dat zij geen mevrouw is,' herhaalde hij.

Beste ma en Minke,

Ik zal nu proberen tot in details te beschrijven hoe mijn ontmoeting met Annelies is verlopen. Maar nogmaals mijn excuses voor de door mij gebruikte woorden. Zoals ik al in de vorige brief heb gezegd, schrijf ik uit plichtsgevoel en niet omdat ik schrijven kan.

De kapitein bracht mij naar de mij inmiddels bekende hut. Hij klopte aan en ging naar binnen; ik volgde. In de hut zat Annelies op bed tegen de wand geleund, de ogen gesloten. Een verpleegster begroette ons met een goedemorgen en vertelde de kapitein hoe het met de patiënte ging.

'Is de dokter al geweest?'

'Ja, kapitein.'

'Dit is meneer Dapperste.'

'Oh ja, meneer Dapperste. Helpt u ons toch, houd mejuffrouw Mellema alstublieft gezelschap. Met ons wil ze geen woord wisselen. Wij zullen u hier verder met haar alleen laten. Misschien dat zij met u wel wil praten omdat zij u kent. Alvast hartelijk bedankt, meneer Dapperste.' Meteen daarop stapten zij en de kapitein de deur uit.

Annelies hing nog steeds op bed. Onder het bed stonden een piespot en flessen met water. Alles zag er netjes uit, niets ontbrak. De patrijspoort stond half open. Ook de wastafel, de kast, keurig schoon. Geen insekt te bekennen.

Ik ging naar haar toe en fluisterde in haar oor: 'Annelies, Annelies.'

Geen enkele reactie. Ik schoof een stoel bij en nam haar op. Zij was zo mager en futloos. Ik pakte haar arm, ze voelde slap aan.

Ik dacht na over wat mij te doen stond. Ik dacht aan wat ik allemaal over haar had gehoord en hoe zij verzorgd werd tijdens haar ziekte. Geruime tijd bleef ik zo naar haar kijken, toen ging ik op de rand van het bed zitten. Weer fluisterde ik haar toe; geen reactie.

'Annelies, mevrouw Minke,' lispelde ik.

Zij opende haar ogen, maar keek mij niet aan. Ik herinnerde mij wat ma had gehoord van dokter Martinet: zij moest niets meer hebben van blanken. Ik strekte mijn arm tot vlak onder haar ogen en noemde haar naam weer. Zij sloeg haar ogen op en keek mij aan.

Ma, Minke, wat schrok ik toen ik haar doffe ogen zag. Wat een verschil met vroeger, toen op het eindexamenfeest en op haar trouwdag toen ik de cadeaus de bruidskamer binnenbracht. Zelfs de glans in haar ogen is verdwenen door de geweldige dreun die zij heeft gekregen. Ik ken haar van nabij, net zoals ik jullie goed ken. Zij lijdt ongelooflijk, beste ma en Minke. Jullie zijn nobele mensen. Nee, ik beklaag jullie echt, want jullie zijn zo aardig, hulpvaardig en goed. Jullie zijn pas echte christenen. Waar verdienen jullie deze straf aan?

Nóg een keer sprak ik zachtjes: 'Ik ben het, Robert Jan Dapperste, Pandji Darman. Je bent niet alleen hier.' Heel even knipperde zij met haar ogen; mijn inspanningen werden eindelijk beloond. Zij leek te willen praten. Maar nee. Het knipperen hield op en ik hoorde een diepe zucht. Ze pakte mijn hand en opende haar mond; haar lippen bewogen, maar er kwam geen geluid. Ze knikte loom.

Ik heb gehoord dat dokter Martinet haar wel eens verdoofde. Ik rook de lucht die uit haar mond kwam, net als een dokter. Het rook niet naar medicijnen; ze was dus niet verdoofd. Maar ze zag eruit of ze wel verdoofd was: Annelies zweefde tussen slapen en waken.

Goed, mijn gefluister had dus geen effect. Wie weet zou zij bij haar positieven komen wanneer ik haar uitlegde dat ik door jullie was gestuurd om op haar te passen en haar gezelschap te houden. Toen zij jouw naam hoorde, Minke, kwam er iets van een schittering in haar ogen, héél even maar. Toen doofde deze. Net als jij, Minke, begon ik haar de prachtigste verhalen te vertellen omdat ik weet wat dokter Martinet jou heeft geadviseerd. Alleen, of ze echt luisterde, weet ik nog steeds niet. Ik fluisterde vlak bij haar oor. Al was zij dan niet helemaal bij kennis, mijn stem zou misschien haar droomwereld kunnen binnentreden. Soms zat ik zo dicht bij haar te fluisteren, dat ik me daarvoor schaamde, zij blijft toch de vrouw van een vriend, niet? Ik liet mijn gevoelens de vrije loop. Het spijt me, Minke...

Ik praatte en praatte, wel een uur lang. Toen besefte ik dat zij in slaap was gevallen. Zij sliep echt, met haar lichaam tegen de wand geleund. Ik legde haar op de matras en stopte haar in.

Eerlijk gezegd heb ik nog niets bereikt. Zij blijft zich afsluiten voor de buitenwereld.

Ma, Minke, ik beloof jullie dat ik zal doorgaan. En wat ook het resultaat mag zijn, het ligt allemaal in Gods handen.

*

Pandji's volgende brief kwam uit Port Said:

Van Colombo tot aan de Rode Zee is het overdag bloedheet geweest. Ik kon het in mijn hut niet uithouden. Dan ook nog die grote golven voor de Straat van Bab-el-Mandeb, dat alles maakte de toestand ondraaglijk. De ziekenboeg was overvol. Annelies liet alles langs zich heen gaan, alsof ze ongevoelig is geworden voor de weersveranderingen. Wellicht voelt zij niets meer. Ze hebben haar al die tijd niet naar de ziekenboeg gebracht.Volgens de verpleegster is de dokter steeds langs geweest, maar hoewel ik haar aldoor heb verpleegd en bij haar ben geweest, heb ik hem niet gezien. Misschien komt hij 's morgens heel vroeg. Annelies' toestand laat nog veel te wensen over. Ik heb haar nog niet aan het praten kunnen krijgen. Het is alsof een dikke mist haar herinneringsvermogen omsluiert. Of dat komt door de medicijnen of dat het juist iets is dat in haar zelf komt opzetten, ik weet het niet. Ze herkent mij wel, maar zij heeft de wil verloren om zich te uiten. Het heeft er alle schijn van dat zij liever in haar eigen wereld leeft. Ach, ik weet het niet. Ik heb er nog geen enkele verklaring voor omdat ik de dokter nog niet heb ontmoet.

Van de verpleegster heb ik helemaal geen tekst en uitleg te verwachten. Wat heet trouwens verplegen en bij haar zijn. Ik weet echt niet hoe ik het moet aanpakken. Met dit warme weer en die grote golven is Annelies bijna niet uit bed geweest. Haar gezondheidstoestand verslechtert voortdurend. Ik heb een paar keer gezien dat toen de verpleegster haar voerde, zij het eten in haar mond hield en niet kauwde. Ik ben echt heel bang dat de zuster er op den duur de brui van geeft. Daarom neem ik haar taak over, dan kan zij op het dek wandelen in de frisse lucht en doen waar zij zin in heeft.

Ma, Minke, neem mij niet kwalijk dat ik niet weet wat Annelies' godsdienst is, al weet ik dat zij op islamitische wijze is getrouwd. Ik moet mij verontschuldigen omdat ik, elke keer voordat ik de hut uit ga, naast haar bed bid voor haar welzijn, gezondheid en geluk. Pas daarna wens ik haar welterusten en ga ik naar mijn eigen hut. Doe ik daar verkeerd aan? Ik ken slechts de christelijke gebruiken en kan alleen maar bidden zoals christenen dat doen. Ik kan het niet over mijn hart verkrijgen haar achter te laten en over te geven aan de verpleegster zonder voor haar te bidden.

Ook voor het slapen gaan bid ik voor haar. Ik bid dat jullie de moed niet verliezen en het hoofd koel houden.

Voor elf uur 's avonds, lokale tijd, lukt het me niet in slaap te komen. Ik kan mijn gedachten niet losmaken van Annelies, die zichzelf van de wereld afzondert. Oh God, ik hoop dat zij weer gezond wordt, dat zij weer kan lachen en grappen maken zoals vroeger in Wonokromo. Ik stuit steeds op haar stilzwijgen. Toch ben ik niet ten einde raad. God zal mij altijd de kracht geven haar te beschermen en bij haar te zijn.

*

De brief uit Amsterdam was de langste tot op dat moment:

Elke dag word ik nerveuzer en verdrietiger. Met Annelies gaat het steeds slechter. Toen we de Middellandse Zee en de Straat van Gibraltar achter ons hadden, stak er in de Golf van Biskaje een storm op. Hoge rollende golven bespuwden het dek. Alle patrijspoorten werden stevig gesloten. Annelies kreunde, voor het eerst. Alleen ik was bij haar. De hut leek om te slaan. De machines brulden wanhopig. Ik moest steeds overgeven.

Geknield naast het bed hield ik mij met een hand aan de matras vast en bad dat het schip niet zou vergaan, dat Annelies snel zou genezen zodra we aan land kwamen en gezond zou blijven. En dat haar kracht zou worden gegeven om de jaren die zij onder voogdij moet doorbrengen goed door te komen.

Zij kreunde twee keer, verder hoorde ik haar niet weer. De woeste storm woedde vier uur lang. Toen zag ik dat zij alles had laten lopen. De verpleegster had zich al uren niet laten zien. Neem me niet kwalijk, Minke, dat ik jouw vrouw in zo'n toestand heb moeten helpen. Zo was het met haar toen het schip bij Het Kanaal kwam. Ik bad steeds vaker, omdat dat het enige was dat ik kon doen; bidden en nog eens bidden. Als je ten einde raad bent, dan roep je God aan, niet?

Ik kreeg weer een beetje hoop toen we het Noordzeekanaal op voeren. Ik fluisterde: 'Annelies, we zijn in Nederland, het land van je voorouders. Sta maar op, van de zee zullen we geen last meer hebben. Wees blij en lach. Je moet niet bang zijn voor de toekomst.'

Zij bleef zwijgen en lag roerloos ineengerold op bed. 'Annelies, we zijn al in Nederland.'

Mijn God, zij deed haar ogen open. Haar handen bewogen en leken de mijne te zoeken.

'Ik ben het, Jan Dapperste,' zei ik.

Voor het eerst zei ze 'Jan', zwakjes.

Zonder mij aan te kijken sprak ze zacht: 'Wees een goede vriend voor Minke.'

'Natuurlijk. Hij komt hiernaar toe met het volgende schip. Word maar snel beter.'

Zij zweeg weer.

Toen stapten de kapitein en de verpleegster binnen, bedankten mij voor de hulp en vroegen of ik wilde weggaan. Ik aarzelde, maar moest het bevel wel opvolgen.

Alle passagiers moesten zich klaarmaken voor de douanecontrole. Zij die geen Nederlands-Indische ingezetenen waren, moesten hun paspoort en gezondheidspapieren laten zien. Omdat ik de hele tijd in de hut had gezeten, heb ik niet kunnen zien waar precies de immigratiebeambten - onder wie ook marechaussees - aan boord waren gekomen.

Na de controle pakte ik snel mijn koffertje en ging op een plek staan waar ik Annelies goed in de gaten kon houden.

Een marechaussee ging samen met de kapitein en de zuster haar hut binnen. Twee ziekenbroeders wachtten buiten. Zonder dat ik er erg in had gehad, was de boot de haven binnengelopen. Een politieagent en een oude in het zwart geklede vrouw passeerden mij; zij stevenden op Annelies' hut af. Misschien was dat wel mevrouw Amelia Mellema-Hammers. Toen zij langs mij heen liepen, hoorde ik hen praten. Zij keken heel bezorgd.

'Waarom is er niemand van de familie Mellema om haar af te halen?'

''t Is voldoende dat ik er ben. Ik heb de machtiging al laten zien,' antwoordde de oude vrouw die klaarblijkelijk optrad namens een ander.

'Ze is erg ziek. U mag haar niet meenemen. Zij moet ogenblikkelijk naar het ziekenhuis.'

'Is 't besmettelijk?'

'Dat niet.'

'Dan zal ik zorgen dat het wel in orde komt.'

Zij liepen naar de hut die ik nu maar al te goed kende. Ook de ziekenbroeders moesten naar binnen. Even later werd Annelies per brancard naar buiten gebracht, met om haar heen de verpleegster, de marechaussee, de politieagent en de oude vrouw in het zwart.

Ik volgde hen naar de wal. Het motregende en de kou drong door tot op het bot. Toen de verpleegster mij zag, zei ze: 'Het is niet nodig dat u mee gaat.'

'Ik wil alleen weten naar welk ziekenhuis zij wordt gebracht. Ik wil haar komen opzoeken.'

'Deze dame hier,' zei ze met een beleefd knikje naar de oude

vrouw in 't zwart, 'zal haar meteen naar Huizen brengen.'
'Laat mij dan helpen.'
'Ik zou u niet kunnen betalen,' zei de oude vrouw.
'Ik wil geen geld, mevrouw,' gaf ik ten antwoord.
'Uw treinkaartje kan ik niet betalen.'
'Dat betaal ik zelf wel. Maakt u zich maar geen zorgen.'
'En eten voor u, dat kan ik ook niet betalen.'
'Daar zorg ik zelf voor.'
'U kunt het wel bij mij kopen.'
'Akkoord.'
'Goed. Laten wij maar gaan.'
In een door paarden getrokken rijtuig koersten wij richting station. De oude vrouw stapte uit om kaartjes te kopen, terwijl Annelies onder mijn hoede bleef. Nog steeds geholpen door de verpleegster droegen wij Annelies de trein in. Wij legden haar languit op de bank, met haar hoofd op mijn schoot. Toevallig was de trein die dag nogal leeg, voor zover ik dat dan kon beoordelen. De oude vrouw zat zwijgend tegenover mij. Ik dwong mezelf met haar te praten. Ze heet mevrouw Ronkel en is weduwe.
'Ik heb er werkelijk spijt van dat ik deze opdracht heb aanvaard,' zei ze. 'Als ik geweten had dat zij er zó aan toe was...'
'Mij spijt het niet, mevrouw.'
'Door wie wordt u betaald?'
'God, mevrouw.'
Annelies verroerde zich niet. Zij bewoog alleen door het schudden van de trein. Haar ogen bleven dicht. Ook voor Nederland had zij geen interesse.
De verpleegster was weg. De trein ging ontzettend traag, alsof 'ie de remise niet had willen verlaten.
'Waar moet de zieke naar toe?' vroeg ik.
'Ik breng haar volgens de instructies naar mijn huis,' antwoordde de oude vrouw, die niet eens vroeg hoe ik heette en waar ik woonde.
'Wie geeft die instructies?'
'Mijn opdrachtgeefster.'
'Mevrouw Mellema-Hammers?'
'Hoe weet u dat?'
'Laten we haar maar naar het ziekenhuis brengen,' stelde ik voor, maar zij was het niet met mij eens. Als zij haar opdracht niet naar behoren zou uitvoeren, zou zij geen geld krijgen.
Het duurde ontzettend lang. Ik kreeg slapende benen. Alleen aan

haar ademhaling was te merken dat Annelies bij mij lag. De trein stopte in Huizen. Wij brachten Annelies naar een huurrijtuigje. Toen pas realiseerde ik mij dat haar oude koffer erg licht was, alsof er niets in zat. Zouden er spullen van haar op het schip achtergebleven zijn? Ach, alsof dat zo belangrijk was. Ik nam maar aan dat de koffer het enige was dat zij uit Indië had meegenomen.

Vanuit Huizen reden wij rechtstreeks naar B. op het platteland, over slecht bestrate weggetjes.

Wij droegen Annelies naar een klein zolderkamertje, waar het naar vers stro rook. Het is een boerderijtje uit steen en leem opgetrokken, met een dak van stro zoals je dat vaak op plaatjes ziet. De oude vrouw woont er met haar dochter, schoonzoon en hun twee kindertjes.

Nadat alles geregeld was en Annelies ineengerold onder een dikke deken op het ijzeren bed lag dat misschien al wel zo'n tweehonderd jaar oud is, gaf ik haar wat warme melk te drinken. Via verschillende bronnen kwam ik ten slotte achter het adres van mevrouw Mellema-Hammers. Ik ging naar Huizen terug en zond een telegram waarin ik haar vertelde dat Annelies doodziek in B. lag. Daarna ben ik op zoek gegaan naar een hotelletje. De logementhouders wilden mij alleen maar toelaten als ik boven het tarief betaalde; ik was namelijk geen Europeaan. Het lijkt wel of ik niet deug. Nu, in dit logement probeer ik erachter te komen wat het beste is voor Annelies. Kortom, als mevrouw Mellema-Hammers niet reageert binnen twee dagen, ga ik naar haar toe.

Mijn beste Minke, de gebeurtenissen die Soerabaja op zijn grondvesten deden schudden, zijn hier volslagen onbekend. Er is niemand die zich interesseert voor Annelies. Iedereen lijkt het te druk te hebben met z'n eigen zaakjes. Ik moet daarom aan juffrouw Magda Peters denken. Immers, was zij het niet die gezegd heeft dat de radicalen de baanbrekende vernieuwers op maatschappelijk gebied zijn, in ieder geval een grote bijdrage daaraan hebben geleverd? Ik zal haar opzoeken en om hulp vragen, te zijner tijd zal ik wel achter haar adres komen.

Deze brief schrijf ik in mijn logement in Huizen. Ik heb Annelies al bijna vierentwintig uur alleen gelaten. Mijn excuses daarvoor. Wanneer ik de envelop nu dichtplak, kan ik meteen naar B. terug.

Moge God jullie bijstaan.

*

De brief uit Huizen luidde als volgt:

Ik weet echt niet meer wat ik bij al deze opwinding schrijven moet. Toch móet ik schrijven. Ik mag jullie niet te lang laten wachten; misschien zijn jullie, lieve mensen, nog wel veel ongeruster dan ik.

Ik ben naar Amsterdam geweest. Daar heb ik bij mevrouw Mellema-Hammers geprotesteerd. Ir. Mellema was er niet. Dat mens haalde alleen haar schouders op en zei:

'Het is nergens voor nodig dat u zich ermee bemoeit. Er wordt voor haar gezorgd.'

Op dat ogenblik besefte ik pas waarom mensen elkaar vermoorden. God zij dank kon ik mij beheersen, zodat er niets gebeurde. Ik legde haar uit dat ik tijdens de reis voor Annelies had gezorgd.

'Eist u soms geld?' vroeg zij.

'Als het alleen om geld zou gaan, kan ik beter naar haar echtgenoot en moeder toestappen,' antwoordde ik kwaad. 'Annelies is toch onder uw hoede gebracht? U zou toch minstens op ziekenbezoek kunnen gaan?'

Als antwoord wees zij mij de deur. Ik dreigde de zaak aan de radicale pers te vertellen. Zij werd steeds kwader, sloeg toen de deur voor mijn neus dicht. Ik had geen been om op te staan, dat moet ik toegeven. Er zat niets anders op dan weg te gaan.

Mevrouw Mellema-Hammers is nooit in Huizen geweest, en zeker niet in B., dat gehucht van drie huizen. Misschien kan zij haar bedrijf in Amsterdam wel niet in de steek laten. Zij heeft een klein zuivelbedrijf, niet zo groot als *Boerderij Buitenzorg* in Wonokromo.

Zonder nog contact met Speceraria gehad te hebben, ben ik weer naar Huizen teruggegaan. Ik had geluk dat ik op ziekenbezoek mocht komen. Ik heb zoëven bloemen voor haar meegebracht, ze geschikt en op het nachtkastje gezet.

Annelies is volledig buiten kennis. Alleen God weet in wat voor toestand zij zich bevindt...

*

Een paar uur na deze brief kwam er een telegram:

Annelies is overleden. Mijn diepste medeleven. Pandji Darman.

Daarmee was de spanning die ons geestelijk aan de rand van de afgrond had gebracht op haar toppunt gekomen.

Ma had er steeds kalm uitgezien, hoewel haar gevoelens wel dezelfde zullen zijn geweest als die van mij. Zij had haar dochter verloren en zou de onderneming verliezen. Ik had mijn vrouw verloren.

Na het telegram gelezen te hebben sloeg zij haar handen voor het gezicht. Een schreeuw smoorde zij met haar handpalm. Ze huilde en kermde en rende naar boven. Mijn hoofd klapte op tafel, alsof het met een zwaard was afgehouwen. Wat is dit leven toch weinig waard, An. Wij zullen nooit meer met elkaar kunnen praten en grapjes maken. Jij zult nooit meer naar mijn verhalen kunnen luisteren. Tussen ons beiden resten slechts mooie, goede herinneringen.

Haar glimlach, de fonkeling in haar ogen, haar stem, haar soms ietwat kinderlijke woorden, dat alles was verloren voor mij, voor ma en voor de wereld. Moeder, uw schoondochter is gestorven, Banowati* zal u geen kleinkinderen schenken, u zult niet naar hun huwelijken kunnen gaan...

Ik weet niet hoe lang ik zo met mijn hoofd op tafel heb gelegen.

Door het geluid van snelle voetstappen richtte ik mij als vanzelf op. Ma stond achter mij, nog nasnikkend:

'Ik dacht het wel, jongen, zij hebben haar met opzet kapotgemaakt. Alleen maar om de onderneming te krijgen. Ze hebben haar vermoord met de middelen die zij ter beschikking hadden en die zij mochten aanwenden.'

'Ma.'

'Ze zijn niks beter dan Ah Tjong, nee, nóg smeriger, nóg wreder. Barbaren zijn 't.'

'Ma,' maar meer kreeg ik er niet uit.

'En wij kunnen nergens meer op terugvallen.'

'Ma.'

'Het is een duivelse samenzwering, erger zelfs. Dat dat allemaal heeft kunnen gebeuren, jongen.'

'Dat een mens zó behandeld kan worden, ma.'

Ze streek over mijn haar, alsof ik haar eigen zoon was en als enige verdriet had.

'Ja, jongen, het enige dat zij al die tijd hebben gepresteerd, is den-

*Banowati: Godin uit de wajangwereld, beroemd om haar schoonheid die pas echt tot uiting komt als zij geen versierselen draagt (vert.).

ken aan hun eigenbelang,' zei ze alsof zij haar eigen smart was vergeten. 'Drie jaar geleden kenden wij elkaar nog niet, wij wisten niets van elkaar. We zijn maar heel even gelukkig geweest samen, en dit verdriet zullen we voor altijd bij ons dragen.'

'Ma.'

'Ik ben mijn beide kinderen kwijt. Straks ben ik ook nog de onderneming kwijt. Ik denk niet dat ik het zou aankunnen mijn schoonzoon te verliezen. Jij, mijn jongen.'

Ondanks mijn verdriet realiseerde ik mij dat zij van alles gescheiden zou worden. Zij zou weer het meisje zijn dat uit het ouderlijk huis gestuurd wordt, op weg naar het huis van Mellema om verkocht te worden.

'Jongen, moet ik mij er dan voor schamen, als ik je zou smeken om altijd bij mij te blijven als mijn zoon?'

Ach, waarom schrijf ik deze zwarte bladzijde toch. In ieder geval, sinds het telegram was ma een stuk nader tot mij gekomen. En ik tot haar.

*

In de brief van Pandji Darman die na het telegram kwam, stond dat hij zijn taak als geëindigd beschouwde en dat hij meteen naar Indië zou terugkeren. Ma telegrafeerde dat hij beter nog een poosje in Nederland kon blijven om op verhaal te komen. Als hij zijn studie wilde voortzetten, dan was zij bereid de kosten te dragen. Pandji stuurde een telegram terug. Hij bedankte ervoor, want hij wilde een filantrope die zoveel ellende meemaakte niet tot last zijn. Hij vond dat hij juist moest helpen. Nederland had op hem een slechte indruk gemaakt. Hij zou onmiddellijk terugkeren.

De brieven bleven maar komen.

De kranten publiceerden allerlei berichten uit de hele wereld.

Maar ik, ik dacht alleen aan Annelies.

'Negen maanden heb ik haar in mij gedragen en ik heb pijn geleden toen ik haar baarde. Ik heb haar grootgebracht en opgeleid om een goede administratrice te worden. Ik heb haar aan jou uitgehuwelijkt... Nu zou eigenlijk haar mooiste tijd moeten komen... Zij is dood, vermoord door de wurgende greep van mensen die haar nooit gekend hebben, nooit iets goeds voor haar gedaan hebben, die haar alleen maar hebben vernederd,' zo sneerde ma al een paar dagen.

Ten slotte dwong ik mijzelf antwoord te geven, ik vermande me om haar te troosten: 'We kunnen alleen maar bidden en smeken, ma,' herhaalde ik Pandji's woorden.

'Nee, jongen, dit is gedaan door ménsen, in elkaar gezet door mensenbreinen, door steenharde mensenharten. Wij moeten ons tot de mensen richten. God staat niet aan de kant van de verliezers.'

'Ma!'

'Hij staat aan niemands kant. Wij moeten het zelf uitvechten.'

Ik wist dat het vuur van de wrok in haar oplaaide. Zij had van niemand enig medelijden nodig.

En zo begon ook ik het zieden van de wraak te voelen.

3

Het leven ging zonder Annelies verder.

Ik zette mij weer aan de dingen die ik vroeger deed. Ik las kranten, bepaalde tijdschriften, boeken, brieven en ik maakte aantekeningen en schreef artikelen. Daarnaast hielp ik ma op kantoor en op het veld.

Wat ik las leerde mij over de plaats die ik innam in mijn omgeving en de wereld, waarin de tijd niet leek stil te staan. Als ik daarnaar terugkijk, als in een spiegel, dan voel ik mij zweven zonder vaste grond onder mijn voeten.

Hoe het allemaal was, zal ik nu vertellen.

1899 – het slotjaar van de negentiende eeuw.

Japan intrigeerde mij steeds meer. Met stijgende verbazing en verwondering keek ik naar dat volk. In een van mijn notities staat: Nederland en Japan hebben zo'n halve eeuw geleden een vriendschapsverdrag gesloten. De ene Europese natie na de andere begint Japan als een speciaal geval in Azië te beschouwen. Een jaar of vijf geleden las ik in een artikel dat Japan op het strijdtoneel was verschenen en niet wilde achterblijven bij de blanke naties. Het wilde óók een deel van de wereld voor zichzelf hebben. Japan was tot agressie overgegaan, viel Mantsjoerije binnen, China, en de Chinese gebiedsdelen. En Nederland, Nederlands-Indië, had zich in de oorlog neutraal verklaard. Neutraal! Nederlands-Indië had geen partij gekozen, was neutraal ten opzichte van een oorlogszuchtige bevriende natie! Een neutraliteit die Japan goed van pas kwam. En niemand die de slachtoffers te hulp schoot. Ik stel het mij zo voor: een klein kind, slim en sterk, steelt de eigendommen van een zieke, oude reus – een oude reus ineengerold op zijn rustbank, krachteloos.

Ergens anders staat te lezen dat er oorlog was uitgebroken tussen Griekenland en Turkije en dat de hele beschaafde wereld de ogen gericht hield op de Bosporus. Japan graaide maar door naar de bezittingen van de oude reus China. In Indiës achtertuin was de Amerikaans-Spaanse oorlog losgebarsten. Twee Nederlandse vlooteskaders patrouilleerden in de wateren van Sangir-Talaud bij Menado en tussen de Geelvinkbaai en de Mapia-archipel. Dat alles om de neutraliteit van Nederlands-Indië te beschermen. Daarom was de blik van de beschaafde wereld op de Filippijnen gericht. En Japan bleef maar de eigendommen van de oude reus China inpikken. Overwinning na overwinning. Het werd steeds machtiger, steeds sterker en kreeg meer en meer zelfvertrouwen. Ja, dàt ongelooflijke Japan!

Drie jaar geleden, zo meldt een kroniek, hebben Nederlands-Indië en Japan een akkoord ondertekend. Alwéér Japan! Het akkoord vermeldt dat Nederlands-Indië het recht heeft de Japanse burgers in Indië te beschouwen als Vreemde Oosterlingen. Dat was drie jaar geleden. Een jaar na de ondertekening werkte Indië koortsachtig aan een wetswijziging die de Japanners in Indië gelijk moest stellen aan Europeanen.

En nu, wanneer ik dit schrijf, is dat inmiddels een feit.

Wat moest dat Japanse volk trots zijn, net als Maiko. Waarom ook niet? Het was het enige Aziatische volk dat was gelijkgesteld aan de Europeanen! Het duizelde mij voor de ogen. Wat ging er toch om in dat volk? Ik, een zandkorrel uit de Aziatische volkenwoestijn, was ook wel een beetje trots, hoewel ik als Javaanse jongeman toch ook het gevoel had op een verafgelegen plek te staan, heel ver weg, als een kind van een gekoloniseerd volk. Mijn Europese opleiding stelde mij niet in staat de Japanners te begrijpen; de Europese suprematie begreep ik al helemaal niet.

Ik voel nu dat Europa zijn glorie heeft kunnen verwerven door de wereld te verzwelgen, en Japan door aan China te knagen. Het is toch vreemd dat elke glorie geboren wordt uit de ellende van anderen. Ik voelde mij zo verward te midden van de realiteit van de wereld, in de onformuleerbare grilligheid van meningen en gevoelens. Misschien was ik nog te jong om een duidelijke conclusie te trekken. Maar toch had ik die nodig. Conclusie – moeder van een weloverwogen stellingname.

De erkenning van gelijkwaardigheid in het door Nederland gekoloniseerde Indië deed hen die hun ogen de kost gaven, schrikken. De Japanners hadden de Aziatische, Chinese, Indiase en Turkse volken ver achter zich gelaten – en vlogen naar de heldere hemel, naar Europese regionen. Niet alleen op papier, ook in doen en laten.

Men zei dat op de plantages en in de werkplaatsen de bazen en chefs hen niet meer aanspraken met 'kok' of 'engkok', maar met 'toean'. Maiko bedierf eigenlijk het mooie plaatje van Japan. Men zei zelfs dat zij reeds recht hadden op dezelfde beloning als de

Europeanen. Ik weet het niet. Japanners moesten toevallig niets van een buitenlandse baas hebben, behalve dan de ongeschoolde arbeiders.

Ik was denk ik de enige inlander van heel Nederlands-Indië die dergelijke aantekeningen bezat. Wie interesseerde er zich nu voor andere volken? Je verdiende geen greintje respect met die aantekeningen, om over materieel gewin maar niet te spreken!

Ma had er, net als alle anderen, geen oog voor. Zij zei eens dat het geen zin had Europese arbeidskrachten te huren als inlanders het werk konden doen. In elk geval, omdat zij niet om zich heen keek, was zij hoogst verbaasd toen zij las hoe een aantal veilingkranten luidkeels uitschreeuwde: ontsla de Japanse koelies - zij zijn te duur. Via die schreeuwerige suggestie nam men de gelegenheid te baat zijn handelswaar aan te prijzen. En inderdaad, een paar arbeiders vertelden mij dat drie Japanners bij een rijtuigenwerkplaats en een bakkerij waren ontslagen; beide bedrijven waren eigendom van Europeanen.

Dan het volgende bericht: Het Land van de Rijzende Zon, het land van keizer Meidji, roept zijn in het buitenland verblijvende onderdanen op: Probeer op eigen benen te staan! Verkoop uw arbeidskracht niet zomaar aan iedereen! Blijf geen koelie, maar begin uw eigen zaak, al is die nog zo klein! Geen geld? Verenigt u! Maak geld! Leer samen te werken! Werk hard!

Deze oproep leek wel aan mij gericht. Als een stem uit de hemel. Zoals in een wajangverhaal een god vanaf ijle hoogte schreeuwt.

Het kwam erop neer dat een aantal koloniale kranten en tijdschriften woest en woedend reageerde op dit feitelijke recht; men wilde niet dat de Japanners gelijkgesteld werden met de Europeanen.

Volgens Jean Marais waren zij die zich verkneukelden om de ellende van de Aziatische volken, echt niet van plan ook maar iets van hun machtspositie op te geven, een machtspositie die zij beschouwden als een verworven recht en Gods zegen tegelijk.

Enkele veilingkranten stelden het heel grof: dit land dat de meeste hoeren en koks exporteert, brengt met deze erkenning de hele wereld in gevaar met zijn hoererij en lekkernijen, het zal nette huisgezinnen kapotmaken en een plaag voor de goede zeden worden, het zal de Europese beschaving in Indië te gronde richten. Grote steden en provinciestadjes zullen vergeven zijn van de huizen met rode lampjes, bevolkt met in kimono gehulde meisjes met spleetogen wier gedrag alle fatsoenlijke vrouwen zal kwetsen. Zal deze gelijkstelling de erkenning van de prostitutie inhouden? Wordt het geen tijd het Indische Staatsblad no. 202 te herzien?

Stel je voor, mopperde meneer Telinga, wat moet er van de wereld worden als de kleurlingen, die nog helemaal niet onze gelijken behoren te zijn, op hetzelfde niveau komen te staan als de Europeanen. Gelijkwaardig? In de toekomst misschien, maar nu? Nééééé! Wij hebben steeds onze hoofden gebogen voor de messen en scharen van hun kappers. Wij eten onze buiken rond in hun restaurants en zelfs ons zaad zal ons worden afgenomen door hun hoeren... Indo's, díe hebben we nodig!

Een eindexamenvriend gaf een woedend commentaar. Hij stond bekend als een trouwe bezoeker van de Japanse bloementuin.*

Als dát gebeurt, dan zullen we die dwergen en spleetogen met hun beentjes die zo kort zijn omdat zij altijd met hun benen gekruist zitten, steeds meer tegenkomen op de kantoren waar wij behoren te zitten. Wat een ellende! Zouden wij dan voor hen moeten buigen? Dat is moeilijk te verteren. Ik walg van Chinese officieren, ook al hebben zij nog zo veel geld.

Een andere vriend, de zoon van de voormalige Nederlandse consul in Japan, zei het weer anders. Dat was misschien een minder juiste weergave van de verhalen van zijn vader of moeder:

Japan? Dat heeft toch veel voor ons gedaan? Nederland? Dat heeft immers toch al veel te veel mensen aan de V.O.C. opgeofferd in de oorlogen tegen Indië? Toch al vanaf de tijd dat zij Batavia verdedigden tegen de aanvallen van Mataram? Poeh! Ik heb er nog steeds een vieze smaak van in mijn mond.

En Maarten Nijman:

Het is een feit dat de wrevel en afwijzende houding ten aanzien van de gelijkstelling een sombere stemming onder de koloniale Indische heren tot gevolg hebben gehad. Dat is logisch, maar aan de andere kant ook vreemd. Zelfs de machtige Romeinen hebben nooit zo gehandeld ten opzichte van de door hen onderworpen en gekoloniseerde volken. Waar het hier om gaat, is dat Nederland Japan nog nooit als staat heeft onderworpen en gekoloniseerd. De Nederlands-Japanse betrekkingen zijn vanaf het begin van de zeventiende eeuw erg goed geweest. Er is in 1863 en 1864 dan wel een conflict geweest, maar dat was slechts met een hoge functionaris van de Centrale Regering van het Keizerrijk Dai Nippon. Dat conflict heeft zelfs geleid tot de conventie van Shimonoseki in

*Japanse bloementuin: Japanse hoerenbuurt in Soerabaja.

1864, die de verhouding er alleen maar beter op heeft gemaakt. Het is dus vreemd dat juist de koloniale Indische heren bezorgd en ontevreden zijn!

De heren hebben de volken van Indië onder zich gebracht en hebben daardoor het recht door hen met eerbied behandeld te worden. Zo werkt dat nou eenmaal, dat is een vuistregel. Maar ten opzichte van Japan zit er niets anders op dan het als gelijke te beschouwen.

Telinga weer:

Het is jammer dat ik niets weet van de Romeinen, maar als het in de geschiedenisboeken staat zal het wel waar zijn. Maar Japan is een verhaal apart. Het is onmogelijk om onder alle omstandigheden gelijkheid te accepteren. Dat gaat lijnrecht tegen de natuurwetten in.

En Jean Marais:

Waarom kunnen degenen die er zo op tegen zijn, zich niet wat behoorlijker opstellen? Kijk, als je zo nodig wilt schelden, moet je eerst eens naar jezelf kijken. Onder de koloniale heren lopen ook misbaksels rond. Dit domme gescheld zal alleen onszelf treffen.

Een andere stem:

De Japanners zijn gelijkgesteld aan de Europeanen. Dat is niets anders dan goedgevigheid en liefdadigheid van onze kant en het is nu een juridisch feit. Het probleem is alleen: als China vooruitgang boekt zoals Japan, zal het dan ook worden gelijkgesteld? Het lijkt mij niet verkeerd die vraag te durven stellen en te beantwoorden. Wanneer wij deze vraag bevestigend moeten beantwoorden, hoe zit het dan straks met Indië? Waar zullen wij straks staan?

Het is bekend dat Japanners en Chinezen nogal eens elders hun geluk beproeven om aan de armoede te ontkomen. Men zegt dat op het ogenblik de Japanners in drommen Hawaï overspoelen en dat zij zelfs naar Noord- en Zuid-Amerika gaan. De Chinezen hebben zich massaal over Zuidoost-Azië verspreid. De historici zeggen dat dat al begonnen is voor de geboorte van Christus. In Indië alleen al bedraagt hun aantal – geregistreerd en niet geregistreerd – een veelvoud van alle Europeanen en Indo's bij elkaar. Ai, zijn wij de Chinese Opstand van 1741-1743 dan al vergeten, toen de heerschappij van de V.O.C. langs de hele noordkust van Java werd vernietigd? Of de val van de kraton van Kartasoera? Het valt te hopen dat de koloniale hoge heren, die wij allen respecteren, dat alles willen overdenken.

Kijk naar onze koloniale annalen. Hoeveel geld en levens hebben wij tot op heden al niet verspild om elke inlandse tegenstand in te dammen vanaf het moment dat wij vaste voet zetten op deze Indische bodem? Pluis de bronnen er maar op na! Hoeveel tienduizenden van onze troepen zijn er niet al omgekomen op Java en Sumatra door oorlog en malaria? Wij hebben onophoudelijk oorlog gevoerd om te overheersen. Elk kind uit de tangsi kan erover meepraten! Nu nog zijn er midden in Indië enclaves – machtsvacuüms – die maar niet willen knielen voor de voeten van de koningin. En nu zitten we dan met dat gele volk dat aan ons is gelijkgesteld, een volk van naäpers. Met Europese middelen hebben zij geprobeerd met de borst vooruit respect af te dwingen door Mantsjoerije binnen te vallen en te bezetten. Want, zoals de bronnen vermelden, zij wilden hun positie versterken met ijzer en staal uit Mantsjoerije.

Stelt u zich eens voor. Wat voor toekomst hebben wij als zij ijzer, staal en westerse kennis en wetenschap bezitten? Vraag het maar aan de soldaten die keer op keer de oorlog in gingen! Vraag het maar aan hen die al die tijd bij de politie hebben gezeten. Reken eens uit hoevelen er al gesneuveld zijn of voor het leven verminkt voor de grootheid van het Koninkrijk der Nederlanden! Weest op uw hoede!

Ik moest uit dit alles wel het idee krijgen dat Japan al aan de grenzen van Indië stond, klaar om de Nederlandse hegemonie over te nemen.

De Maleis-Chinese kranten gaven geen commentaar, maar plaatsten veel van dergelijke berichten. Over de commotie in China werd slechts mondjesmaat bericht.

Als ik een conclusie mag trekken: er heerste een angstige sfeer bij de kolonialen in Indië. Het leek erop dat zij het vertrouwen in eigen kunnen hadden verloren. Hoe konden die grote, flinke Europeanen zo bang zijn voor een volk waarvan zij niets moesten hebben en dat zij verachtten? Ik begreep er niets van. Ik kon alleen voelen dat er iets was dat de Europeanen en de Europese halfbloeden beangstigde.

Ma had de laatste dagen geen krant aangeraakt. Zij was steeds druk bezig en lette niet op haar uiterlijk. Donkere wallen vormden een schaduw onder haar ogen. Ze sprak weinig en tegen mij zei ze ook niet veel. Wanneer zij geen werk om handen had, zat zij vaak in gedachten verzonken. Ik probeerde daarom ook niet naar haar mening te vragen.

Als ik mijzelf dwing om te begrijpen wat er gaande was – met mijn nog beperkte begripsvermogen – dan waren zij bang voor hun eigen schaduwen, schaduwen ver weg aan de horizon. Voor mij was Japan nog steeds iets abstracts. Mijn bewondering voor Japan was slechts een bewondering voor dat abstracte. Ik kon het nog niet zien als iets substantieels. De Japanners waren anders dan de licht-gekleurde Chinezen, die je overal in Indië tegen het lijf kon lopen, op hun blote voeten de grote en kleine wegen afsjokkend met handelswaar op de schouder. Klagen? Nooit! De mensen lieten zich niet met hen in, omdat zij de taal niet kenden en omdat er sociale en religieuze verschillen waren. Toch hadden zij iets bijzonders en dat trok mij aan. Zonder hak of kapmes, zonder de grond te bewerken en er gewassen op te kweken, konden zij zich beter in leven houden dan de meeste inlanders. Men wilde die extra kwaliteiten niet onder ogen zien, maar keek verbaasd naar de dingen waarin zij anders waren. En als de Chinezen die extra kwaliteiten dan al hadden, zouden de Japanners zeker nóg meer in huis hebben.

Ik moest aan Maiko denken - de enige Japanse die ik ooit had gezien. Dat was toen bij de rechtszittingen. Zij was slechts een van de vele Japanse prostituées die hun geboorteland hadden verlaten en vastbesloten waren een kapitaaltje te vergaren om daarmee met hun aanstaande echtgenoten een bedrijfje te beginnen! Hoeveel geld hadden deze hoertjes over de hele wereld inmiddels bij elkaar geschraapt? En hoeveel daarvan was naar Japan meegenomen door andere mensen? Hoeveel bedrijfjes stonden er al in Japan? Ik kon mij er geen voorstelling van maken, behalve dan van hun tomeloze energie.

Alhoewel ik een bewonderaar van Japan was, heb ik nooit kunnen bevroeden hoe deze natie - die nooit door Europa was gekoloniseerd - zich een dergelijk hoog internationaal aanzien van de kant van de meest ontwikkelde landen had kunnen verwerven. Zijn oorlogsboten doorkruisten de internationale wateren, zijn kanonlopen wezen naar hemel en zee. Elke Aziaat zou toch trots zijn op een dergelijke bejegening? Japan had nog nooit door het stof gekropen voor buitenlandse mogendheden.

Geheel onverwacht had Maarten Nijman in een artikel iets nieuws gelanceerd. Hij en niemand anders had voor zover ik het mij nog kan herinneren het startsein gegeven voor de discussie over Het Gele Gevaar uit het Noorden. Anders dan in zijn vorige artikelen waarschuwde hij:

China ligt één stap verwijderd van Japan! De laatste tijd hangt er een sfeer van onzekerheid over alle Europese koloniën in Zuidoost-

Azië, een sfeer die zich als een olievlek heeft verspreid van Cochin* tot aan Indië. Die onzekerheid is er bij de koloniale machten, en zeker ook – hoewel niet algemeen bekend en veel dieper en ongrijpbaarder – onder de gekoloniseerde volken, die er hun buik vol van hebben naar de pijpen van sultans en hoogwaardigheidsbekleders te dansen. En er is onrust onder de godsdienstleiders uit de onderworpen gebieden. Al heel, heel lang. Maar het meest angstaanjagend – evenmin algemeen onderkend – is Het Gele Gevaar uit het Noorden. De vernieuwingsbewegingen in China, hoe klein en onbetekenend die ook op het eerste gezicht mogen lijken, zullen steeds groter worden.

Ik begreep niet goed wat Nijman bedoelde met 'onrust'. Ik moest er steeds maar aan denken. Onrust! Onrust! Het waren de woorden van Herbert de la Croix in een brief van Miriam die mij in de war maakten:

Beste Minke, stoor je niet aan onze onophoudelijke stroom van opmerkingen over jouw land en volk. Papa zegt dat tot op heden de volken uit het noorden steeds naar jullie zijn toegekomen om jullie te vertrappen. Ja, zo is het nu ook nog, Minke. Jij bent er zelf getuige van. Het noorden is voor jouw volk een heilige windstreek, dat ligt in jullie dromen verankerd. Een droom waarin je naar het noorden gaat wordt bij jullie beschouwd als een voorteken van de dood, nietwaar? Sinds jaar en dag begraven jullie de doden toch met het hoofd naar het noorden? En jullie hebben toch het liefst een huis dat met zijn voorkant naar het noorden staat? Volgens papa zijn het juist de volken uit het nóórden die jullie aan je lot overlaten, jullie opschepen met hun rotzooi, ziektes en opgezwollen hongerbuiken. Maar van hun kennis laten ze vrijwel niets achter.

Het valt mij zwaar dit te schrijven, beste Minke. Ik wil je niet voor het hoofd stoten, Minke. Wij willen je alleen maar vertellen dat het noorden niet iets magisch is. Heus, wees op je hoede wanneer je je blik naar het noorden richt.

En Jean Marais:

Ik denk, Minke, dat jouw volk te geïsoleerd, te verafgelegen ligt om op te gaan in de vaart der volkeren. En toen andere volken het

*Cochin: zuidelijk deel van het tegenwoordige Viëtnam (vert.).

niet meer uithielden in eigen land, kwamen zij naar jullie toe om dat heerlijke warme land in te pikken, waar zij nu lui rondhangen en de boel tiranniseren. Zelfs het kleine Nederland kan dat. En de inlanders kunnen niets uitrichten. Driehonderd jaar, Minke, dat is niet niks.

Om je dood te schamen. Erger nog, ik werd nijdig van machteloosheid.

Ik raakte steeds radelozer door die zee van gedachten en meningen. Op school was het nog het eenvoudigst; je luisterde naar de leraren en je vertrouwde hen. Als je precies deed wat zij van je verlangden kreeg je het hoogste cijfer.

Maarten Nijman schreef dat de Beweging der Jong-Chinezen met afgunst naar de vooruitgang van Japan keek. Hetzelfde Japan dat stukken van haar land opslokte. Afgunstig! Kwaad en woedend door een besef van machteloosheid... Net zoals ik.

Het is spijtig voor die Jong-Chinezen, zei Nijman. Zij lopen zo'n veertig jaar achter bij het Japan dat zij benijden, een hun verwant volk. Denk je eens in, alleen om van hun haarvlecht af te komen en de vrouwenvoeten uit die knellende traditionele kwelling te bevrijden hebben zij minstens vijftien jaar nodig. En het is niet zeker dat het lukt. Ach ja, dat komt omdat de traditie de Jong-Chinezen op het scherpst van de snede zal bevechten. Ook al gaan zij er keihard tegenaan op alle mogelijke fronten, dan nog zullen zij niet van dat afschuwelijke rochelen af zijn – een gewoonte die hen de sympathie van de hele wereld doet verliezen! Om van dat laatste af te komen zal de Beweging misschien twintig jaar extra moeten vechten. Dus nog zo'n vijfenzeventig jaar en dan pas zal men het niet meer erg vinden naast een Chinees te zitten.

Volgens Nijman beschouwen Europeanen de Japanners nu als hun gelijken, de Chinezen niet. Het is waar wat de mensen zeggen: China ligt slechts een stap verwijderd van Japan. Maar je kunt het niet in kilometers of mijlen uitdrukken. Het is een verschil in beschaving en die is slechts af te meten aan de innerlijke capaciteiten van het Chinese volk zelf.

Wat Nijman had geschreven trok mij op een of andere manier wel aan. Ik zou hem eens vragen hoe hij over de Javaan dacht, en of hij net zo pessimistisch was als De la Croix. Misschien kon hij wel op een Chinees telraam uitrekenen hoeveel tientallen jaren wij nodig hadden om op gelijke voet met Japan te komen.

Het verschil in beschaving, hoe groot ook, is niet belangrijk, zei

Nijman. De sterke vreet de zwakke toch op, ook al is die sterke dan niet zo groot. Denkt u eens in. Dat geweldige China, wat zou er gebeuren als het ineens ook machtig werd? Het Gele Gevaar, mijne heren, Het Gele Gevaar. Pas op. Om Japan kunnen wij al niet meer heen, en wie weet gaat China ook die kant op, of we het nu leuk vinden of niet. Misschien maken wij dat allemaal niet meer mee, maar blijf alert, want de tijd staat niet stil, of we het leuk vinden of niet.

*

Op een dag lag er een brief van Nijman op tafel. Voor mij. Hij verwachtte mij op kantoor. Ik moest een Chinese jongen interviewen, in het Engels.

In het Engels! Niet in het Nederlands! Als dat geen vooruitgang was, dan wist ik het ook niet meer. Ma had geen bezwaar. Net zomin als moeder verbood zij mij ooit iets. Zij ging altijd akkoord, als ik zelf de risico's maar aandurfde. Belangrijker vond zij dat ik niemand in moeilijkheden zou brengen!

Jean Marais leek de enige die bezwaar maakte. Hij begon te ruziën. 'Minke, ik wil al een hele tijd met je praten, hoewel ik er tegen op zie,' zei hij. 'Maar ik voel mij verplicht het te doen.'

'Wat is er, Jean?'

'Kijk, Minke,' lichtte hij toe, 'men kent je nu door je artikelen, dat staat als een paal boven water. Alleen, ik heb zo mijn bedenkingen. Volgens mij heb je die bekendheid niet alleen aan jouw artikelen te danken, ook je persoonlijkheid heeft daaraan voor een groot deel bijgedragen. Jij hebt een andere manier van uitdrukken, een andere invalshoek. Wat jij schrijft komt voort uit, nee, weerspiegelt jouw persoonlijkheid en dat trekt mij aan. Je boft dat je het Nederlands beheerst en ook gebruikt.'

Al bij zijn eerste woorden kreeg ik argwaan. Het was best mogelijk dat hij iemand napraatte. Hij sprak geen Nederlands en gewoonlijk was hij niet zo lang van stof. Ik vond het niet leuk dat hij mij de les las. Als hij alleen maar van zins was om zich onafhankelijk van mij te maken, dan hoefde hij niet zo'n preek te houden. Het was zijn goed recht om op eigen benen te staan. Ik vond het alleen maar fijn als hij dacht dat te kunnen.

Maar de manier waarop hij het nu bracht, leek op stoom afblazen. En dat had hij bij mij nog nooit gedaan.

'Wat bedoel je toch, Jean?'

'Ik vind het jammer – en duizenden anderen met mij, geloof ik – dat jij alleen maar in het Nederlands schrijft. Waarom richt jij je alleen maar tot de Nederlanders en degenen die het verstaan? Je staat voor geen rooie cent bij hen in het krijt. Dat heeft je moeder eens gezegd. Wat verwacht je eigenlijk van hen?'

Hij was zó vooringenomen, dat het allemaal onbescheiden en opvliegend, arrogant en scherp belerend, ja zelfs terechtwijzend klonk. Ik plofte zowat. Het leek of hij een val voor mij had gezet. Jean wilde dat ik in het Maleis ging schrijven, zodat hij het ook kon lezen. Maar dat zou het einde betekenen van mijn roem, prestaties en prestige.

Ik keek hem ontsteld aan.

'Kwaad, Minke?' vroeg hij op arrogant klinkende toon.

Ik hield mij in. Hij was per slot van rekening een vriend en geen vijand. Dat moest zo blijven. Wellicht wilde hij niet inzien dat ik mij één voelde met wat ik schreef en dat mijn verhalen niet los te maken waren van het Nederlands. Als je die drie zou scheiden, dan zou ik nergens meer zijn.

'Je wilt dat ik voor jou in het Maleis schrijf,' zei ik, 'maar dan leest niemand meer wat ik schrijf.'

'Ach nee, Minke, je moet het niet zo op mij persoonlijk betrekken. Ik zeg dit niet voor mij zelf. Maleis wordt het meest gebruikt hier in Indië, veel meer dan Nederlands.'

'Wil je dan niet zien,' sprak ik tegen, 'dat alleen degenen die nauwelijks of geen onderwijs hebben genoten Maleis lezen?'

Jean Marais leek gekwetst omdat hij het Nederlands niet machtig was. Net goed, hij moest maar eens voelen wat ik voelde.

Hij siste:

'Jij hebt een goeie opleiding! De andere inlanders niet en het is je plicht hun iets bij te brengen. Echt, je móet tegen hen praten in de taal die zij verstaan.'

'Het zijn hooguit de gewone Indo-Europeanen op de plantages en in de fabrieken die Maleis kunnen lezen.'

'Nou moet je niet beledigend worden,' riep hij. 'Vind je Kommer dan zo dom? Die schrijft Maleis en heeft zelfs je artikelen vertaald. Denk je soms dat een Nederlander het voor je zou hebben opgenomen toen je in moeilijkheden zat? Wie van hen was bereid voor jou in de gevangenis te belanden, voor ik weet niet hoe lang? Men stond achter je huwelijk door die vertalingen van Kommer, door zijn artikelen. Niet door jouw Nederlandse stukken.'

'Je liegt!' smeet ik hem naar het hoofd.

'Kommer zegt het.'

'Je bent een leugenaar!' schreeuwde ik.

'Hij kent de inlanders beter dan jij!' siste hij beschuldigend. 'Jij kent je eigen volk niet.'

'Je bent onbeschoft!' brulde ik.

'De mensen die Maleis kunnen lezen hebben het doorverteld aan al degenen die dat niet kunnen. Dáárom leefden zij met jullie mee en vonden zij het zo oneerlijk wat er gebeurde...'

Ik liep het huis uit, kon mijn woede niet onderdrukken. Ik ging rechtstreeks naar de bendie, sprong erop en beval Mardjoeki weg te rijden.

'Heeft u ruzie gehad, meneer?' vroeg Mardjoeki.

Ik gaf geen antwoord.

De bendie zette zich in beweging. Achter mij hoorde ik de schelle stem van de kleine meid, Maysaroh:

'Oom, oom!'

Verdomd! Rijd door, Djoeki! Laat 'r ophoepelen. Ik kan haar nu missen als kiespijn. Plotseling weergalmden Jean Marais' woorden van twee jaar geleden in mijn oren: Jij hebt gestudeerd! Jij moet rechtvaardig zijn – te beginnen in je denken.

Was ik wel rechtvaardig? Ik keek achterom. De kleine rende achter de bendie aan, smeekte dat ik zou terugkomen. Kun je die kleine onschuldige meid wel zo behandelen? Heb je juist gehandeld tegenover haar vader? Ben je niet bevooroordeeld? Wat heeft die kleine Maysaroh voor verkeerds gedaan?

'Terug!' gebood ik Mardjoeki.

'Hoe bedoelt u?'

'Weer terug. Naar dat meisje.'

Zij stond uitgeput naar adem te happen. Ik sprong uit de bendie. Haar gezicht was nat van het huilen en wanhopig strekte zij haar armen naar mij uit. Ik tilde haar op en vroeg:

'Wat is er, May?'

Snikkend zei zij in het Frans:

'U moet niet boos zijn op papa. U bent zijn enige vriend.'

Het sneed door me heen. Snel fluisterde ik haar toe:

'Nee, May, ik ben niet boos op je vader. Echt niet. Kom, we gaan naar huis.'

'U schreeuwde zo hard tegen papa,' sputterde zij.

'Dat zal ik niet meer doen, May,' beloofde ik.

'Ik had al drinken voor u gemaakt, oom,' zei zij weer, 'en toen ging u zomaar weg. Houdt u niet meer van mij?'

Terwijl ik haar tranen wegveegde met een zakdoek droeg ik haar het huis binnen.

Jean Marais zat er nog steeds en was in gepeins verzonken. Hij keek niet op of om, alsof hij mij niet meer wilde kennen.

Maysaroh rende naar achteren en kwam terug met iets te drinken. Toen liep ze snel op haar vader toe, en nog wat nasnikkend zei ze beslist:

'Papa, oom is niet meer boos op u.'

Jean bleef zwijgen.

Ik had spijt en hij ook. Ik dronk wat, streelde Maysarohs haren en maakte aanstalten om op te stappen.

'Nee!' protesteerde May, die weer begon te huilen. 'U heeft nog niets tegen papa gezegd.' Met rode huilogen sprong zij tegen mij aan, protesterend.

Ik voelde mijn tranen komen. Ik liep op Jean toe, omhelsde hem en gaf een zoen op zijn bebaarde wang.

'Het spijt me Jean, neem het me niet kwalijk.'

Ik huilde, net als Jean.

Dit had zich allemaal een week geleden afgespeeld.

Nu kwam ik weer langs, met een brief van Nijman in mijn hand. Het was half negen in de ochtend en May was naar school. Jean was bezig aan een schilderij. Nu zou ik het hem betaald zetten. Ik heb dat Maleis helemaal niet nodig, ik zoek het hogerop, ik ga een interview maken in het Engels.

Mijn komst leek hem onverschillig te laten. Ik liep op hem toe en zei:

'Jean, nogmaals mijn verontschuldigingen voor mijn onbehoorlijke gedrag.'

Zonder zich om te draaien en met zijn penseel over het doek strijkend antwoordde hij:

'Ik begrijp dat je moeilijk zit, Minke. Je hebt erg veel verdriet gehad en je bent nog in de rouw. Het was mijn fout om er op dat moment over te beginnen. Zand erover. Ik had mij er gewoon niet mee mogen bemoeien. Het was niet zo bedoeld.'

Hij was formeel en nog steeds breedsprakig – een waarschuwingslampje flitste op.

'Natuurlijk, jij zult nooit iets slechts zeggen.'

Nu was het ogenblik daar zijn arrogantie te beantwoorden met Nijmans brief, zodat hij het zou weten: ik bleef steevast vorderingen maken. Hij zou schrikken. Hij moest schrikken. Hij moest mij beter leren kennen.

'Jean, Nijman heeft mij gevraagd naar de krant te komen om een stuk te schrijven, maar niet in het Nederlands. Je bent het er niet mee eens dat ik Nederlands schrijf, hè?'

Hij legde zijn penseel neer en keek mij verbaasd aan: 'Ik keur het niet af,' antwoordde hij kortaf.

'Nijman heeft mij gevraagd voor een artikel. Weet je in welke taal, Jean? In het Engels!'

Alsof hij aanvoelde dat ik wraak nam, zocht zijn hand nerveus het penseel dat door zijn vingers glipte en op de grond viel. Hij raapte het niet op, veegde zijn hand aan zijn broek af en feliciteerde mij toen koeltjes:

'Proficiat, Minke. Je gaat echt geweldig vooruit.'

Net goed! juichte mijn hart. Triomfantelijk ging ik zijn schilderijen langs.

Sinds dokter Martinet hem op onze huwelijksdag publiekelijk had geprezen, ontving hij zonder mijn bemiddeling veel opdrachten. Al meer dan tien portretten had hij voltooid. Ik had alleen nog maar het portret van dokter Martinet gezien, nogal somber van kleur en met avondwolken als achtergrond. Zijn ogen keken mij strak aan. Het scherpe puntje van zijn neus glom. Ja, dit was de nobele dokter Martinet ten voeten uit.

'Die schilderijen zijn af. Ze moeten alleen nog afgehaald worden, Minke.' Plotseling zei hij: 'Je bent nog steeds een bewonderaar van Japan?'

'Dat klopt, Jean.'

Hij ging er niet op door, maar begon daarentegen te vertellen wie hij allemaal wel had geportretteerd: administrateur die en die, de schout van politie en employé zus en zo... het leek alsof hij met zijn vakmanschap stond te pronken en dat hij best zonder mijn hulp het hoofd goed boven water kon houden; het ging zo zelfs beter.

'Het gaat geweldig met je, Jean,' prees ik.

'Integendeel. Dit alles is geen werk van een kunstenaar, Minke, maar van een dagloner.'

'Maar het zijn allemaal hoge pieten.'

'Dit heeft niets met schilderkunst te maken, het is alleen maar om in leven te blijven, niet om het leven inhoud te geven. Niets van wat ik wil uitdrukken kan ik in deze portretten kwijt, behalve misschien in het portret van dokter Martinet.'

'Ik voel je wel een beetje aan, Jean, maar wat je nu precies bedoelt...' Ik wierp een blik op hem; hij leek echt ontevreden met zijn werk en wat ik had bereikt scheen hem koud te laten.

'Herinner jij je Maiko nog, die Japanse prostituée?'
'Zeker, Jean. Dat kleine, frêle vrouwtje?'
'Zij deed wat men van haar verlangde, enkel en alleen om in leven te blijven. Met mijn kunst verschil ik in niets van haar. Ik schaam me dood.'
Ik begreep er steeds minder van. Jean bleef mijn blik ontwijken.
'Die vergelijking is te ver gezocht,' zei ik.
'Kom nou, als je je geld moet verdienen door mensen tevreden te stellen met wie je geen enkele gevoelsband hebt, dat is toch je reinste prostitutie in de kunst? Jij bent veel beter af, doordat je je gevoelens kwijt kunt in wat je schrijft, ik kan dat niet.'
Hij hobbelde steunend op zijn kruk naar het raam, draaide zich om en zei:
'Dus je blijft een fervente aanhanger van Japan?'
'Hoezo, Jean?'
'Als geen enkele Japanner in zijn eigen taal zou willen schrijven...'
Ogenblikkelijk besefte ik dat hij in de tegenaanval ging. Ik was weer op mijn hoede, maar hij veranderde van onderwerp:
'Weet je nog wat ik eens heb gezegd over Djepara-houtsnijwerk? Het zou leuk zijn als ik Djepara-motieven in mijn opdrachten zou kunnen verwerken. Dan zou ik in elk geval nog de schoonheid van de volkskunst kunnen vereeuwigen, zodat de mensen haar niet gemakkelijk zullen vergeten. Ik heb van Kommer gehoord dat de Javanen de prachtigste literaire werken bezitten. Als ik Javaans sprak, zou ik veel liever gaan vertalen om die kunst bij de Fransen bekend te maken dan te moeten werken als Maiko.'
Ik kon er geen touw meer aan vastknopen. Toch leek hij met zijn raadselachtige uitlatingen in het offensief te zijn.
'Je bent warrig, Jean.'
'Ja, dat ben ik.'
Wij zwegen allebei. Ik dacht na over wat hij gezegd had. Ineens kwam er een vage notie, opkomend uit het verband tussen de ene zin en de andere: bewonderaar van Japan... als geen enkele Japanner in zijn eigen taal zou willen schrijven... de beeldschone Javaanse kunstwerken vereeuwigen... vertalen en introduceren bij het Franse volk in plaats van te werken als Maiko... Juist, hij was nog steeds in de aanval. Ik voelde aan waar Jean heen wilde. Hij probeerde mij van het Nederlands af te krijgen en te brengen tot het Maleis of Javaans. Het was duidelijk dat hij mijn vooruitgang wat het Engels betrof niet waardeerde.

Daarom trok ik zijn aandacht naar een ander onderwerp:
'Hoe staat het met het portret van Annelies, Jean?'
'Annelies was aantrekkelijk en mooi. Ik hoef er niets speciaals omheen te schilderen. De laatste gebeurtenissen hadden haar iets bijzonders gegeven, iets dat anderen missen. Alleen een schilder die haar werkelijk heeft gekend, kan zoiets met zijn penseel overbrengen.'
Ik wist niets van de schilderkunst af, dus gaf ik hem maar gelijk.
'Verder vind ik het niet nodig tegen jou of Njai te liegen.'
Hij las kennelijk mijn gedachten. Hij legde zo de nadruk op het woordje 'liegen', dat hij mij kennelijk wilde herinneren aan onze ruzie van vorige week.
'Tegen een vriend lieg ik niet,' voegde hij eraan toe.
Hij drong er dus nog steeds op aan dat ik in het Maleis of Javaans zou gaan schrijven.
'Als je het te druk hebt, Jean, haal ik May straks wel uit school,' maakte ik aan deze vervelende conversatie een einde.
'Je bent een goeie kerel, Minke.'
Ik liet hem alleen met zijn gedachten.

*

Ik kwam natuurlijk veel te vroeg. In de wachtkamer zat een Chinese jongeman. Zijn staart, zijn haarvlecht, leek te lang voor zijn magere gestalte. De vrij lichte kleur paste helemaal niet bij zijn lichtgele, ivoorkleurige huid. Onder zijn huid zag ik de aderen lopen. Goh, wat een lange dunne staart voor zo'n klein mannetje. Het stond niet bij dat ronde dikke gezicht waarop een rode blos lag. Verder was hij mager. Ik keek nog eens goed naar zijn haarvlecht: de haren waren grof en dik.
Ik weet niet waarom hij tegen mij knikte en glimlachte, waarbij zijn spleetogen bijna niet meer te zien waren. Een onderbroken rijtje puntige tanden kwam bloot. Zijn kleren van geelachtige shantoeng zagen er schoon, maar oud uit. Zijn gezicht deed me denken aan een rond-rode djamboevrucht.
Na deze begroeting ging hij zwijgend weer op zijn stoel zitten, zonder te proberen tot een gesprek te komen.
Zou Nijman hem willen interviewen? Zo'n sinkeh op blote voeten en in een zijden shantoengpak? Dat viel tegen. Onmogelijk dat

een sinkeh iets te maken had met een Nederlandse krant! En als hij het nu wel eens was, waarom was hij dan in díe kleren het kantoor binnengelopen? Hij leek mij meer een doodgewone klontongverkoper of straatventer. Hij droeg niet eens sandalen!

Een Hollandse jongen vroeg mij mee te gaan naar de bovenverdieping, naar de redactiekamer. Daar zat Nijman aan een bureau te schrijven. Hij stopte zijn ganzeveer in de inktpot, stond op en begroette mij. Hij sprak vriendelijk en opgewekt, maar zachtjes:

'Ik dacht dat u de moeilijkheden wel te boven zou zijn; daarom heb ik u maar geschreven.'

'Ja, dat klopt.'

'Wij bewonderen uw vastberadenheid en die van Njai. Hoe gaat het met uw vrouw in Nederland?'

'Goed, uitstekend, dank u.'

'Zo, ik ben blij dat te horen. Weet u nog wat u laatst hebt geschreven? Dat u iets vergeleek met een musje in de storm? Ik vind dat die vergelijking niet geheel juist is. Volgens onze opvatting, niet alleen de mijne, bent ú de storm en niet het musje.'

'Nee, u overdrijft,' antwoordde ik, mij de woorden van mijn moeder herinnerend dat je altijd oplettend en op je hoede dient te zijn als iemand je complimenteert.

'Nee.' Hij haalde zijn horloge uit zijn zak en wierp er een snelle blik op. 'Nog niet een op de duizend mensen doorstaat een dergelijke beproeving. Het is duidelijk dat u door de moeilijkheden sterker bent geworden, daarom heb ik u voorgesteld in het Engels te gaan schrijven. U heeft verloren, aan de andere kant toch ook gewonnen. Wat maakt het eigenlijk uit? Als het lukt dan bereikt u iedereen, zonder dat anderen het eerst moeten vertalen, nietwaar?'

'Echt, u overdrijft.'

'Helemaal niet,' hield hij vol, 'kijk, sinds Japan is gelijkgesteld zijn er vreemde dingen gebeurd hier in Zuidoost-Azië.'

'Ik heb al uw artikelen doorgenomen, maar wat bedoelt u met vreemde dingen?'

Hij lachte en vroeg mij in het zitje plaats te nemen:

'Niet alles komt in de krant. Kijk, u heeft toch ook gelezen wat ik heb geschreven over de onrust onder de jonge Chinezen, dat ze zo jaloers zijn op Japan?' Hij keek me strak aan.

'Ja, dat klopt. Naar aanleiding van uw brief heb ik mij verder in de zaak verdiept.'

'Mooi. Het heeft er alle schijn van dat die jonge Chinezen Japan achterna willen koersen. Als u in het Engels schrijft, kunt u rechtstreeks contact opnemen met Engelse uitgevers in Singapore en Hongkong. Zo staat u dichter bij Groot-Brittannië en de internationale wereld. Wanneer u over deze jongste incidenten schrijft, zal dat ieders aandacht trekken. Wie weet heeft u dan eveneens succes.'

'Dat klinkt te mooi om waar te zijn,' zei ik verlegen.

'In het geheel niet. We zullen het proberen. Om te beginnen moet u een interview notuleren dat ik met een Chinese jongeman zal hebben. Hij is ongeveer van uw leeftijd.'

Dus toch. Die Chinees van daarnet zou geïnterviewd worden.

'Daarnaast,' vervolgde Nijman, 'zult u zich een beeld kunnen vormen van wat er zoal omgaat in Zuidoost-Azië. Dat is interessant. Deze jonge Chinezen zijn eigenlijk clowns die idiote en gevaarlijke stunts uithalen. Helemaal niet leuk, betreurenswaardig zelfs. Iedereen weet dat u beter geschoold bent dan zij allen bij elkaar. Het Nederlandse onderwijssysteem behoort tot de beste onderwijssystemen ter wereld. Beschouwt u deze test maar als een spelletje.'

De Hollandse jongen van zoëven opende de deur. Mijn vermoeden bleek juist: daar had je dat djamboehoofd wiens verhaal ik straks zou moeten noteren. Hij stond in de deuropening en maakte een buiging. Toen hij zich weer oprichtte leek hij een stuk magerder dan daarstraks.

'Kom binnen,' zei Nijman in het Engels zonder uit zijn stoel te komen.

Ook ik bleef zitten.

Zijn blote voeten snelden watervlug door de kamer en kwamen op ons toe. Hij stopte voor de tafel, boog weer en groette in een voor mij vreemd klinkend Engels.

Ik stak hem het eerst mijn hand toe. Ik voelde dat ik zenuwachtig was. Als ik het er maar goed van af bracht! Ik zou me doodschamen als ik niet kon vatten wat hij zei.

Nijman bleef zitten. Zijn Engels was goed verstaanbaar:

'Neemt u plaats,' zei hij. 'Wel, meneer Minke, dit is meneer Khouw Ah Soe. Meneer Khouw, u zult de naam van deze meneer hier wel eens in de krant hebben gelezen.'

Hij knikte instemmend, maar zo heftig dat ik begon te twijfelen of dat wel echt een Chinese gewoonte was.

'Ja, ja, ja, meneer Minke...'

Ik luisterde aandachtig om aan zijn tongval te wennen.

'Wij hebben precies gevolgd wat jullie is overkomen... Wij steunen jullie. Ik hoop dat u voet bij stuk houdt. Hoe is het met uw vrouw?'

'Goed, dank u.'

Met zijn spleetogen keek hij mij doordringend aan. Een fractie van een seconde troffen onze blikken elkaar. Met zijn blote voeten en pyjama leek hij niet bepaald een minderwaardigheidscomplex te hebben. Hij sprak en bewoog zich vrij alsof hij niet tegenover een Europeaan zat, maar gewoon onder vrienden was. Dat vond Nijman waarschijnlijk niet zo leuk. Die was eraan gewend dat inlanders heel beleefd tegen hem deden. Op mij kwam hij juist sympathiek over. Hij probeerde zich niet anders voor te doen dan hij werkelijk was. Tijdens het spreken kleurde zijn gezicht steeds roder. Zijn wijd uit elkaar staande tanden kwamen nu eens te voorschijn, om dan weer even achter zijn lippen te verdwijnen.

'Ik zou graag met u spreken als de tijd het toelaat,' zei hij tegen mij. 'In elk geval zijn wij u dankbaar. U heeft ons op uw eigen manier geholpen door de corrupte Oude Chinezen in de persoon van Ah Tjong een slag toe te brengen.'

Ik kon hem woordelijk verstaan, maar ik begreep er niets van. Ik grijnsde maar wat. Hij sprak vlot Engels, al was het met een vreemde intonatie. Ik spitste mijn oren om beter te kunnen luisteren.

'U heeft veel meer gedaan dan wij, dank u wel, heel veel dank. Mag ik weten waar u woont? Bent u nog steeds bij dat bedrijf?'

'Nog steeds, meneer Khouw.' Ik was verbaasd dat hij zoveel van mij wist.

'Zou ik een keer langs mogen komen?'

'Natuurlijk, en mocht ik niet thuis zijn, blijft u gerust wachten.'

Nijman kwam er tussen:

'Laten wij met het interview beginnen, heren.'

Ik pakte potlood en papier. De Hollandse jongen verscheen weer in de deuropening, maar werd door Nijman weggewuifd.

'Wel, meneer Khouw,' stak Nijman van wal, 'zoudt u willen vertellen waar u vandaan komt en wat uw opleiding is?'

'Zeker. Ik kom uit Tientsin en ben de zoon van een handelaar...'

'Waar handelt hij in?'

'...in alles wat er maar te verkopen valt. Ik heb de Engelse middelbare school in Sjanghai afgemaakt...'

'Tientsin, dat is toch erg ver van Sjanghai?'

'Ja, heel ver.'

'Was dat een zendings- of missieschool?'

Ik schreef aan een stuk door, hele slierten woorden.
'Ach, wat voor soort school het was doet er niet toe. Aanvankelijk was ik van plan om in Japan verder te leren, maar toen ik wist dat er te weinig plaats was voor buitenlandse studenten, zag ik er van af. Zeker toen ik hoorde dat een aantal Chinese studenten midden in het collegejaar Japan had verlaten.'
Hij zweeg even, kennelijk om mij in de gelegenheid te stellen aantekeningen te maken.
'Protesteerden zij daarmee tegen discriminatie?'
'Nee, zij hadden gezworen zich in te zetten voor de Beweging der Jong-Chinezen.'
'En toen heeft u zich bij hen aangesloten?'
'Dat klopt. Het is zinloos een knappe wetenschapper te worden met een kennisniveau dat niet hoger reikt dan een "Mei"-boom...'
'Wat is dat voor een boom?'
'Dat is de naam van een boomsoort die de heuvels geel kleurt als de knoppen uitkomen.'
'Zijn het hoge bomen?'
'Nee, helemaal niet... Wat ik zeggen wil, is dat alles zinloos is als je toch maar onder het juk van de ouderen zit die met al hun domheid en corruptie het heft in handen hebben. Zo werk je er alleen maar aan mee hun macht te consolideren. Het heeft geen zin. Ook de knapste wetenschapsmensen worden dom als zij zich in handen van een stupide macht bevinden.'
'Dus u maakt bezwaar tegen de huidige staatsvorm van China, het keizerrijk?' vroeg Nijman.
'Juist!'
'Maar dan bent u tegen de keizer.'
'Wat kunnen wij anders?'
'Japan is nog steeds een keizerrijk.'
'Dat ligt toch anders. Japan is in opbouw, China in verval. Wij willen dat verval wat versnellen omwille van een opbouw zonder ongelijkheid.'
'Maar de Oude Chinezen staan bekend om hun wijsheid. Zij hebben een hoog geciviliseerde cultuur achtergelaten...'
'Jawel, maar zij leefden in een andere tijd. Nú leven we in de moderne tijd. De landen en volken die de macht van Europa niet kunnen hanteren om zich ermee omhoog te werken, zullen door datzelfde Europa worden opgevreten. Wij moeten ons land even krachtig als Europa maken, zonder zelf Europees te worden, zoals Japan.'

'Glooft u in uw ideeën?' vroeg Nijman.

'Daar in te geloven vormt juist de kracht die ons drijft. Wij zijn nog nooit door een ander ras onderdrukt en wij zullen zoiets ook niet laten gebeuren. Wij hebben van onze kant ook geen aspiraties andere rassen te onderwerpen. Dat is onze stellige overtuiging. De oudjes bij ons zeggen: Daar boven heb je de hemel, op aarde heb je Hanchou*. Daar voegen wij aan toe: In je hart zit je overtuiging.'

'U spreekt als een Engels parlementslid,' prees Nijman. 'U wenst een nieuwe staatsvorm en u bent bereid ervoor te vechten...' klonk het op spottende toon. 'U wilt dat China een republiek wordt?'

'Heel juist.'

'Net als Amerika en Frankrijk?' Nijman grijnsde hooghartig. 'En dat terwijl de meeste Europese landen nog niet eens een republiek zijn!'

'Daar hebben wij niets mee te maken.'

'En u draagt zelf nog een haarvlecht.'

Khouw Ah Soe lachte beleefd en boog weer. Nijman kon zijn lachspieren niet onder controle houden en begon ook te lachen. Ik daarentegen voelde mij beledigd, want Nijman was volgens mij echt te ver gegaan. Die staart, dat moest hij zelf weten.

'Weet u wat de betekenis van zo'n staart is?' vroeg Khouw Ah Soe plotseling.

'Nee, maar 't zal best heel belangrijk zijn.' Om Nijmans lippen speelde een glimlach. 'Vertelt u er iets over.'

'Aan die staart zit een merkwaardig verhaal vast. In een bepaalde periode bewonderde men ons zó in Europa, dat de Fransen een staart gingen dragen. Daarna volgden de Nederlanders en de Amerikanen!'

Nijman trok wit weg en beteuterd moest hij hem gelijk geven.

'Maar dat gebeurde toen de Europeanen ons pas hadden ontmoet. Nu is dat uiteraard anders. Het blijft natuurlijk vreemd, Europeanen met een haarvlecht! En wat te denken van de Amerikanen tijdens de onafhankelijkheidsoorlog! In hun gouden eeuw droegen de Fransen niet alleen een haarvlecht, zij aten zelfs kikkers, waarvan ieder ander griezelt. En wat betekent die haarvlecht nu eigenlijk, meneer? Het is niets anders dan een teken van onderworpenheid en slavernij in de tijd dat China door een volk uit het noorden werd overheerst. Ja, meneer, de staart is in China een teken van vernede-

*Hanchou: een stad, de trots van China, bekend om haar schoonheid en vele natuurlijke meertjes.

ring. Terwijl hij daarentegen vroeger in Europa een symbool van macht was. De Chinezen eten kikkers omdat ze arm zijn, in Europa is het een delicatesse. Zo veranderen de tijden en gebruiken. Een volk dat vroeger zo dapper en machtig was en ons dwong een staart te dragen, een gewoonte die werd overgenomen door Europeanen en Amerikanen, wordt nu onder de voet gelopen door de driftig naar ijzer, staal en steenkool zoekende Japanners, die daarmee hun land sterker willen maken. Zo zit dat, als ik mij niet te zeer vergis.'

'Een interessant interview,' zo oordeelde Nijman, ''t is bijna een lezing geworden.'

'Neem me niet kwalijk, dat was niet mijn bedoeling. Ik vind het erg belangrijk omdat het de eerste keer is dat iemand van ons wordt geïnterviewd.'

'Jullie hebben geen eigen blad?'

'Tegenwoordig kun je daar niet buiten. Elk blad vertegenwoordigt een bepaalde macht, net als uw krant, zo is het toch?'

'Wanneer denkt u die slavenstaart af te knippen?'

'Als de tijd er rijp voor is.'

'Waarom bent u naar Indië gekomen?'

'Ik wil wat van de wereld zien.'

'Oh ja, u bent de zoon van een handelaar, niet?'

Khouw Ah Soe knikte bevestigend.

'Bent u alleen gekomen?'

'Ik heb geen vrienden.'

'Hoe bestaat het dat u, een jonge vent, geen kameraden heeft en helemaal hierheen komt om wat van de wereld te zien?'

'Wellicht hebben wij een verschillende opvatting over het begrip kameraad. Historisch gezien doen wij niets anders dan ons steentje bijdragen. Wij zijn alleen maar mieren die een nieuwe geschiedenis willen opbouwen.'

'Meneer Khouw Ah Soe, u hebt volgens mij een hogere opleiding gehad dan alleen maar de middelbare school. U heeft vast op de universiteit gezeten. De manier waarop u buigt doet Japans aan. Kennelijk probeert u te verzwijgen dat u vroeger in Japan bent geweest – zeker twee of drie jaar. U bent een heel pientere student.'

'Wat een compliment.'

'En u bent volgens mij niet in uw eentje hiernaar toe gekomen.'

'Ik wou dat het waar was, dan zou ik niet zo alleen zijn.'

'Chinezen trekken er niet alleen op uit.'

'O ja? U weet wel erg veel van China af. Maar zou een jonge Chinees met een Europese opleiding dan niet kunnen verschillen van zijn landgenoten?'

'Meneer Khouw Ah Soe, u weet hoe gevaarlijk een olifant is die los van de kudde loopt. U bent jong en loopt net als een solitaire olifant rond te dolen. U doet meer dan alleen maar een beetje rondkijken.'

'Goed dan. U heeft gelijk.'

'Hoe bedoelt u?'

'Volgens onze tradities heeft de gastheer altijd gelijk.'

'U bent ook niet voor één gat te vangen. Zou ik nu een laatste vraag mogen stellen? Hoe bent u Indië binnengekomen, legaal of illegaal?'

'Dat is een prachtige vraag. Die kun je ook aan de Europeanen stellen. Hoe zijn jullie Indië binnengekomen? Die vraag moet ú eigenlijk beantwoorden, niet ik. Goedemiddag.'

Khouw Ah Soe stond op uit zijn stoel, nam glimlachend afscheid van mij en Nijman, boog nog eens en verliet toen de kamer.

Voor een moment was Nijman van zijn stuk gebracht. Hij staarde naar de deur die achter zijn gast was dichtgevallen, maar snel hervond hij zijn evenwicht.

'Goed, stelt u dit interview maar in het Engels op. Hij houdt mij te veel verborgen. Hij zegt uit het noorden te komen, maar hij heeft een Zuidchinese naam. Hij buigt als een Japanner, maar beweert nooit in Japan te zijn geweest...' mopperde Nijman.

Ik toog aan het werk. Nog geen uur later verliet ik het kantoor, er was nog tijd om May af te halen. Ik wilde per se eerst wat voor de kleine meid kopen. In een winkel kocht ik een pop die op Annelies leek.

Ik moest even wachten omdat de school nog niet uit was. Toen zij buiten kwam zag May mijn bendie staan en rende er op af. Zij stapte in en riep naar een paar vriendinnetjes of zij wilden meerijden. Zo moest eerst een heel stel kwetterende meisjes naar huis worden gebracht voordat wij eindelijk bij Mays huis aankwamen.

Toen pas pakte ik de pop uit de doos en gaf haar aan May. Zij danste van plezier, vloog mij om de hals en knuffelde haar pop.

'Stap uit, May, ik moet verder.'

'Nee, ik wil niet!' spartelde ze tegen.

'Doe niet zo vervelend. Ik heb het druk.'

'Iedereen heeft veel te doen, oom, ik ook. Kom nou mee.'

'Nee, May.'

Ze zei niets meer en haar ogen werden vochtig. Toen zei ze pruilend in het Frans:

'Ik wil die pop niet meer, oom. U houdt niet van papa.'

'Je doet wel erg verwend, May,' zei ik, maar haar woorden hadden mij geraakt. Wat hield deze kleine toch van haar vader, zij wilde niet dat hij een vriend zou verliezen. 'Goed, ik breng je wel naar binnen.'

Ik stapte het eerst uit en nam haar schooltas mee. May rende met haar pop naar binnen.

'Papa,' schreeuwde zij, 'ik heb een pop van oom Minke gekregen! Hij is lief, hè, papa?'

Toen ik binnenkwam zat zij op haar vaders schoot. Ik hoorde Jean antwoorden:

'Hij is heel lief, May.'

Ik ontweek hen en liep naar de schilderijen. Ik kon mijzelf geen houding geven door Mays gedrag. Haastig maakte May wat te drinken voor mij.

Zij zette het glas op tafel en keek met grote ogen eerst naar mij en daarna naar haar vader.

'Waarom praat u niet tegen oom Minke?' drong zij aan.

'Die schilderijen zijn af, Minke.'

May keek naar haar vader en vervolgens naar mij.

'Ga je nog meer schilderijen maken, Jean?'

'Ja, zeker.'

'Waarom lacht u nou niet, oom, zoals anders?'

En ik lachte en lachte tot ik er pijn van in mijn kaken kreeg. Jean lachte mee, al even onstuimig. Maar May niet. Ineens pakte zij haar vader beet en liet hem niet meer los.

Jean en ik hielden op met lachen nu zij zo vreemd deed.

'Wat is er, May?'

Maysaroh liet haar vader los en rende naar haar kamer. Zij huilde aan een stuk door.

Ik rende haar achterna. Zij had haar hoofd onder het kussen verstopt en haar hand omklemde de rand van de matras op de smalle houten bank.

'Wat is er nou, May?'

Ik trok het kussen weg en streelde haar hoofd. Langzaam aan bedaarde zij wat en liet zich door mij gewillig overeind helpen.

'Niet huilen, May, je moet je vader niet verdrietig maken.' Zij wilde mij niet aankijken.

Jean kwam naar mij toe gehinkt en ging ook naast May zitten.

'Wij begrijpen er niets van, May. Wat heb je?' vroeg ik.
Koppig bleef zij onze blikken ontwijken.
'Hou je van papa?'
Zij knikte.
'En van mij?' vroeg ik weer.
Weer knikte zij.
'Wij houden heel, heel erg veel van je. Niet huilen hoor!'
May ging juist harder huilen. Tussen het snikken door stamelde zij:
'Jullie liegen tegen mij, jullie zijn kwaad op elkaar...'
's Avonds, na May ervan te hebben kunnen overtuigen dat Jean en ik geen ruzie hadden, kon ik pas naar huis.

*

De volgende dag was het interview met Khouw nog niet in het *S.N. v/d D.* verschenen.
Dat kwam pas, na lang wachten, de volgende namiddag. Het stond niet op de voorpagina, maar was wél afgedrukt op een opvallende plaats, met een al even in het oog lopende kop: Ontmoeting met een lid van de Beweging der Jong-Chinezen. Ik was apetrots dat Nijman mijn aantekeningen - in het Engels, en dat voor het eerst - had kunnen gebruiken. Ik zou er na het avondeten eens heerlijk van gaan genieten.
Na de maaltijd zaten ma en ik in de voorkamer. Toen ik haar zo bezig zag met haar cijferwerk zei ik:
'Het is al laat, ma, laat mij het maar doen.'
'Nee, dit wil ik zelf opknappen. Die geldwolf wil vijftien procent, ik wil hem vijf procent geven.'
Ik wist het al, die geldwolf was natuurlijk weer meneer Dalmeyer, de accountant. Ik kon mij er dus beter niet mee bemoeien. Hè, dat eeuwige gebakkelei ook om procenten! Ik werd nieuwsgierig en vroeg waar het om ging.
'Lees jij de krant nou maar.'
Ik begon te lezen, maar al snel gluurde ik naar de berekeningen die zij aan het maken was. Er stond een getal met zes cijfers. Meteen wist ik dat dat getal het gehele bedrijfskapitaal vormde. Zij maakte nog snel even een berekening en zei toen:
'Morgen haal ik het geld van Annelies van de bank, Minke. Wat vind jij ervan?'

'Waarom vraagt u dat aan mij? Het is mijn geld toch niet?'

'Kijk, Minke, ik beschouw je als mijn eigen zoon, je bent van Roberts leeftijd. En je weet dat deze onderneming ons op een dag zal worden afgenomen door anderen die er volgens de wet meer recht op hebben. Ik wil een nieuw bedrijf beginnen en daarvoor heb ik Annelies' geld nodig. Het is niet zo'n groot bedrag dat zij heeft opgespaard in de bijna zes jaar die zij hier heeft gewerkt. Alles bij elkaar is het nog geen drieduizend gulden. Dat geld kan op jouw naam worden gezet.'

'Nee, ma, liever niet.'

'Goed, lees je krant maar.'

Ik las. Wat? Al vanaf de eerste regel stond er heel wat anders dan tijdens het interview was gezegd. Dit stond er:

Maandag jongstleden om elf uur verscheen op onze redactie een lid van de Beweging der Jong-Chinezen, die voornemens was tegen vergoeding informatie te verschaffen over een Chinese jongerengroepering. De genoemde persoon heet Khouw Ah Soe, is afkomstig uit Tientsin, heeft een Engelse middelbare-schoolopleiding in Sjanghai genoten en is ergens in de twintig. Wij hebben het vermoeden dat hij, met een grote groep anderen, Indië illegaal is binnengekomen om alhier opdrachten van het hoofdkwartier van zijn organisatie in Japan uit te voeren.

Zoals algemeen bekend, zijn er verscheidene opstandjes geweest nadat een aantal leden van genoemde groepering Indië op verschillende plaatsen is binnengedrongen. Overduidelijk is dat zij de haarvlecht onmiddellijk willen afschaffen. Een dergelijke inbreuk op de respectabele Chinese tradities achten wij volstrekt ontoelaatbaar.

Reeds vanaf het begin van hun komst hebben de sinkehs en de peranakans zich van hen gedistantieerd. Zíj hebben respect voor hun voorouders en beschouwen de haarvlecht als onlosmakelijk verbonden met de Chinese identiteit. Zij zijn het absoluut oneens met degenen die de haarvlecht willen afzweren.

Khouw Ah Soe is ongeveer twee maanden geleden naar Soerabaja gekomen. Hij spreekt geen Maleis, maar wel Engels, Mandarijn-Chinees en het Hokkian-dialect. Naar verluidt beheerst hij ook nog twee andere Zuidchinese dialecten.

Binnen een week heeft hij enkele personen zover weten te krijgen een openbare vergadering in het Kong-Koangebouw* te beleggen.

*Kong-Koan: diplomatieke vertegenwoordiging van de Chinese regering (vert.).

Aldaar heeft hij zijn leugens verkondigd dat de haarvlecht een teken van vernedering is en uit de tijd van de Mongoolse overheersing stamt, toen de vlecht het symbool van onderworpenheid en onderdanigheid aan de noordelijke indringers zou zijn geweest. De staart is vernederend voor de Chinezen, zo zei hij.

Het Kong-Koangebouw schudde op zijn fundamenten. De aanwezigen maakten zich zeer boos. Alle gesprekken werden in het Hokkians gevoerd. Men wilde zijn haarvlecht afknippen, dan zouden zijn voorouders hem vervloeken!

Volgens onze verslaggever bleef Khouw Ah Soe rustig en raakte hij niet onder de indruk van al die bedreigingen. Hij pakte zijn vlecht en zei glimlachend: Maak je niet druk. Ik heb het al gedaan!

Vervolgens gaf hij een ruk aan zijn vlecht: hij droeg een pruik over zijn kaalgeschoren schedel.

De gasten vielen de spreker en zijn vrienden aan. Het felle gevecht, waarbij koentow- en silat-trucs werden toegepast, eiste verscheidene slachtoffers. Khouw Ah Soe zelf heeft vijftien dagen in het ziekenhuis gelegen. Toen is hij gevlucht.

Kennelijk krijgt hij geen morele en financiële steun meer; de Chinezen van Soerabaja willen niets van hem weten. Khouw Ah Soe krijgt geen enkele respons. Dat hij nu heeft geprobeerd inlichtingen aan onze krant te verkopen, bewijst wel dat zijn inspanningen voor niets zijn geweest. Hij verkeert in een wel heel benarde positie.

Ik herkende niets van de aantekeningen die ik tijdens het vraaggesprek had gemaakt, geen letter. Het was zonneklaar dat Khouw Ah Soe door dit artikel in de grootste moeilijkheden was geraakt.

‘Wat kijk je beduusd,’ zei ma.

Ik vertelde haar hoe de vork in de steel zat. Toen ging zij het artikel zelf lezen.

‘Hoe komen ze erbij in zo’n stuk leugens te verkopen! Dat doe je toch niet als je weet dat het door duizenden mensen wordt gelezen?’

Zij keek mij meewarig aan.

‘Je moet je niet zo laten gaan,’ gaf zij raad, ‘jij hebt geleerd om de Europeanen te respecteren en te verafgoden, om onvoorwaardelijk in hen te geloven. Elke keer dat een Hollander iets verkeerds doet, raak jij over je toeren. Zij zijn niet beter dan jij, jongen! Het enige waarin zij beter zijn is de wetenschap. Zij doen alles om er zelf beter van te worden. Kijk naar mij, een voorbeeld uit je directe omgeving – ik, een vrouw uit de desa, kan zelfs Europese experts inhuren. Dat kun jij ook. Als zij zich door iedereen die geld genoeg heeft laten gebruiken, waarom dan ook niet door de duivel?'

Waarom dan ook niet door de duivel? Ik sloeg mijn ogen naar haar op. Ze stond voor mij, ze was lang en groot, als een reus, als een koraalrif. Wat was dit voor een vrouw hier tegenover mij? De hele wereld verafgoodde Europa vanwege zijn roemrijke verleden, zijn overmacht en alles wat het tot stand had gebracht. Modern – dat was het allernieuwste. Zij, mijn schoonmoeder, ging de Europeanen op haar eigen manier te lijf, helemaal alleen. Mijn gedachten dwaalden af naar de anonieme brochure die ik van Magda Peters had gekregen en waarin onder andere stond dat de inlanders, en vooral de Javanen, door de nederlagen in de afgelopen eeuwen gedwongen waren de suprematie van Europa te erkennen en tevens zichzelf te verachten. De Europeanen zágen die minderwaardigheidsgevoelens bij de inlanders niet eens, zij zagen slechts haarden van verzet die uit de weg geruimd dienden te worden.

In de brochure werd de vraag opgeworpen of die visie van de kolonialen juist was. Die was niet alleen onjuist, maar ook onrechtvaardig. Het ging hun zelfs nog niet ver genoeg. Nadat de inlanders zo naar beneden waren getrapt dat zij zich niet meer konden verweren, werden zij op de meest botte wijze vernederd: de Europeanen spotten met de Javaanse vorsten die met behulp van het bijgeloof over hun eigen volk regeerden. Op die manier hoefden de Europeanen tenminste geen cent uit te geven aan een eigen politiemacht. Njai Roro Kidoel* was de schitterende Javaanse creatie die diende om de belangen van de Javaanse vorsten te behartigen. De Europeanen versterkten het bijgeloof van het volk zelfs; zij creëerden het beeld van de superioriteit van hun wetenschap en kennis, zodat de onderworpenen Europa's ware gezicht niet zouden zien – het Europa dat hen uitbuitte. De koloniale heersers waren even corrupt als de inlandse vorsten.

'Dus waar sta je nog van te kijken?' vroeg Njai alsof zij zojuist die brochure had gelezen. 'De kranten, jongen, en zelfs de rechtbank en de wet spannen die schurken voor hun karretje, en dat mógen ze kennelijk ook. Minke, laat je toch niet imponeren door namen. Je hebt zelf aan mij verteld dat onze voorouders zich de prachtigste

*Njai Roro Kidoel: Onder de geesten die door de Javanen vereerd worden bekleedt Ratoe of Njai Roro Kidoel 'de vorstin der Zuidzee', een hoge plaats. Haar rijk is die 'Zuidzee' en de rotsige kust van Java (vert.).

namen gaven om ermee te pronken. Het is niets dan ijdelheid. Europeanen pronken niet met namen, maar met wetenschap en kennis. Maar een bedrieger blijft een bedrieger en een leugenaar blijft een leugenaar, ondanks al die kennis en wetenschap.'

Haar stem klonk boos. Ik kon me wel indenken waarom: dit ontredderde gezin zou straks zijn bezittingen moeten afstaan aan de wettige eigenaar, ir. Mellema.

Ik mag haar woorden niet anders weergeven dan ze klonken.

'Als zij deze dingen allemaal tegen ons mogen doen, waarom zullen zij het dan ook niet tegen Khouw Ah Soe doen?'

'Dat je in de krant leugens kan verkopen, ma...'

'Op alle mogelijke manieren, jongen. Het lot van Khouw is hetzelfde als het onze, ook hij kan zich niet verweren. Vroeger werden de mensen door de vorsten onderdrukt, nu door de Europeanen.'

'Khouw Ah Soe moet wel diep in de narigheid zitten,' stuurde ik het gesprek, 'niet alleen zijn landgenoten bezorgen hem last doordat hij zijn haarvlecht heeft afgeknipt, ook de politie zit achter hem aan omdat er gesuggereerd is dat hij illegaal het land is ingekomen.'

'Nu weet je dus wat die krant van jou voorheeft.'

'Het is mijn krant niet.'

'Gelukkig dat je dat zegt. Maar je moet de risico's zelf durven dragen.'

'Welke risico's, ma?'

'Nou, Khouw moet op z'n minst denken dat jij ook de hand hebt gehad in die onbeschaamde leugens.'

'Misschien komt hij wel naar ons toe.'

'Vast niet, als hij jou verdenkt.'

'Dat hoop ik niet.'

'Als hij komt, moeten wij hem helpen. Laat hem maar in Darsams huis schuilen.' Zij ging weer zitten. 'Hier mag hij niet komen, ze mogen hem niet zien. Vang hem goed op. Hij zal er vast en zeker andere gewoonten op nahouden, maar je zult van hem en zijn on-Europese ideeën kunnen leren.'

Van hem kunnen leren! Waar zij allemaal niet aan dacht!

'Waarom zit je zo verdwaasd te kijken? Heb ik ongelijk, klopt het niet met wat je leraren je hebben verteld? Toe, je kijkt of je mij nog nooit hebt gezien!'

'Ja, ma, ik verbaas me elke dag weer over u.'

'Dan ken je mij toch slecht.'

'Ik leer veel van u, en ik zal proberen uw raad ter harte te nemen.'

'Nee, dat bedoel ik niet.'

'Wat dan?'

'Jongen, jij bent het enige dat ik nog heb, zo alleen ben ik. Ik weet eigenlijk niet eens waarvoor ik nog werk, want ik kan best stoppen en een rustig leventje gaan leiden. Maar de onderneming mag niet doodbloeden, zij is mijn eigen kind, mijn eerste, en dat moet zo blijven, ook al valt ze in handen van een ander. Deze onderneming lééft. Zij mag niet kapotgaan zoals al het andere, zij is geen melkkoe.'

Ma dacht voortdurend aan het wel en wee van de onderneming, en daarbij had ze ook oog voor de belangen van anderen.

'Straks zal dit bedrijf er niet meer zijn en dan ben jij het enige dat ik nog bezit, mijn zoon. Jij betekent meer voor mij dan mijn eigen kinderen. Soms voel ik me zo hopeloos verdrietig als ik eraan denk dat Robert niet zo is geworden als jij.'

'...Ik vraag mij wel eens af hoe het toch mogelijk is dat men een zaadje - ook al is het dan niet helemaal volmaakt - vertrapt voordat het kan ontkiemen. Het doet echt pijn, jongen, de realiteit te aanvaarden. Vooral wanneer mijn geweten mij ervan beschuldigt dat ik een slechte moeder en opvoedster ben. Ik denk dat ik daarom nogal eens doordraaf wanneer ik met je praat.'

Zij pakte het *S.N. v/d D.* weer en wuifde zich wat koelte toe. Na een tijdje te hebben gezwegen zei ze langzaam en nadrukkelijk:

'Die Khouw weet van Europa te leren zonder door de Europese ziektes aangetast te worden, voor zover ik dat uit jouw verhalen kan opmaken. Het is een verstandige jongen en hij is meer te vertrouwen dan deze krant hier,' en zij smeet de krant op tafel.

4

De sfeer in het grote huis te Wonokromo leek met de dag meer verlaten en drukkend. Zelfs aan schrijven beleefde ik geen plezier meer. Ook het kantoorwerk op de onderneming trok me niet. In ma's nabijheid voelde ik me als een dwerg naast een reus, als een kiezelsteen aan de voet van een heuvel. Naast haar verzonk ik in het niet.

Wanneer ik hier niets aan deed, zou er nog slechts een dwerg van mij overblijven. Een dwerg beschermd door haar schaduw. Ik had al wel het plan om Wonokromo en Soerabaja voor altijd te verlaten, maar wanneer ik naar deze bijzondere vrouw keek, die net als ik zo'n groot verlies had geleden, dan kon ik het toch niet over mijn hart verkrijgen. Hoe eenzaam zou ze wel niet zijn zonder mij. Er zou niemand meer zijn met wie ze van gedachten kon wisselen. Eenzaam zou ze achterblijven, dobberend op de oceaan.

Ik moest weg, om mijn persoonlijkheid te hervinden. Ik mocht niet langer als dwerg in de schaduw van anderen leven.

Op een ochtend, in het kantoor, zei ik tegen ma:

'Wanneer Pandji Darman weer terug is, ga ik weg.'

Ik had spijt dat ik het had gezegd. Ze leek bedroefd. Ze rommelde wat in een lade om haar gezicht te verbergen.

'Ik heb niet het recht het je te verbieden, jongen. Maar er is hier niemand die jouw plaats kan innemen. Ook Pandji Darman niet.'

Ze was het er niet mee eens dat ik wegging.

Plotseling, alsof ze besefte dat ze me onrecht aandeed, vroeg ze:

'Wat wil je nou precies?'

'Gewoon, weg uit Soerabaja, ma, misschien naar Batavia. Ik denk dat ik weer ga leren. Echt, serieus leren. Ik wil arts worden, net als dokter Martinet.'

'Wanneer je hier weggaat, jongen, nog helemaal van streek en verdrietig... nee. Misschien komt er niets van leren en ga je aan het zwerven. En wat je zoekt, zul je niet vinden. Je zult nog verdrietiger worden. Blijf maar hier tot je weer tot rust gekomen bent. Dan kun je een beter besluit nemen.'

Ze zweeg.

Het leek alsof er tussen ons een overeenkomst bestond. Nooit werd er gesproken over dingen die met Annelies te maken hadden. Ook dokter Martinet, die was ontslagen van rechtsvervolging en zo af en toe eens langs kwam, sprak nooit over mijn overleden echtgenote. Darsam natuurlijk ook niet.

Tijdens de rechtszitting die een week duurde, was Darsam erin geslaagd de beschuldiging te weerleggen dat hij verzet had gepleegd tegen de politie en de marechaussee. Nu zette hij zijn dagelijks werk voort alsof hij nooit iemand had gekend die Annelies heette.

Om de drie dagen kwam Darsam bij me om te leren. Hij kon nu niet alleen lezen en schrijven, hij las ook Maleise kranten, en rekenen begon hij nu ook te leren. Overdag dwong hij zichzelf kantoorwerk te doen.

Op vaste dagen ging hij naar de Kalisosok-gevangenis om zijn vrienden die na de rel waren veroordeeld te bezoeken. Ma controleerde dan persoonlijk de pakjes die hun werden gestuurd, en ze liet ook altijd de groeten overbrengen. Op een keer wilde ze zelfs een bezoekje brengen. Darsam hield haar tegen.

Ongeveer achttien man waren betrokken geweest bij de vechtpartij. De straffen varieerden van twee tot vijf jaar dwangarbeid als kettingganger. Wij konden hun diepe medeleven met niets anders beantwoorden dan met diepe dankbaarheid, naast de maandelijkse bijdrage die Njai aan hun gezinnen gaf. Het is echt zo: stenen in de rivier, zowel kiezelsteentjes als rotsblokken, hebben gevoel. Kleineer niemand, want iedereen draagt onbegrensde mogelijkheden in zich.

Ook die ochtend voelde ik hoe de verlatenheid ma in haar greep hield. Ik deed mijn best om de sfeer te verbeteren.

'Ma, wij hebben altijd gehoopt dat u nog eens zou hertrouwen.'

'Ssst!'

'Dat is toch gebruikelijk?'

'Kom eens hier!' Ze beval me naar haar tafel te komen. Ze stond op en ging naast de tafel staan. 'Hier, dit is de sleutel van de lade. Maak open en bekijk de brieven maar die erin liggen.'

Ik begreep niet goed wat ze bedoelde. Ik opende de lade. Er lagen alleen brieven in. Een gedeelte was met draad bij elkaar gebonden.

'Ja, lees die gebundelde maar.'

Ik trok er een uit. De envelop was nog gesloten. De afzender was iemand met een Europese naam, een kassier van een bank.

'Lees 'm,' zei ze.

'De envelop is nog gesloten, ma.'

'Maak maar open en lees. Je hoeft 'm mij niet voor te lezen.'
Het bleek een aanzoek gericht aan ma.
'Lees maar, ze schrijven allemaal hetzelfde. Ik heb er maar drie gelezen. Tel eens hoeveel het er zijn, Minke.'
Ik telde ze stuk voor stuk. Ik las de namen van dokter Frans Martinet, de controleur H. Simson, Tan Keng Teng, de sergeant-majoor der Infanterie Rudolf Sneedijck, luitenant-ter-zee Jakob de Haene, en... Kommer! Ik voelde mijn hart bonzen. Als Jean Marais er maar niet bij zat. Ik bekeek ze één voor één maar het bleek niet zo te zijn. Voor ik ze goed en wel geteld had hoorde ik ma zeggen:
'Laat maar, jongen. Stop ze maar terug. Wat vind je ervan?'
'U bent nog jong.'
'Als ik die brieven zie dan voel ik me ook jong. Hoe oud is je moeder?'
'Iets over de veertig,' antwoordde ik.
'Dan zou ik haar jongste zusje kunnen zijn.'
'Ma, ik zou het fijn vinden als u hertrouwde.'
'Nee, Minke, dat doe ik bewust niet. Ik sta er nu alleen voor. Wie weet hoe lang het leven duurt? Daarom ben jij, die nu bij me bent, mij het dierbaarst van allen. Jij, van wie ik hoop dat je geleerd hebt van deze laatste ervaringen. Je moet Europa in zijn totaliteit niet ophemelen. Goed en kwaad vind je overal. Waar je ook kijkt zijn er engelen en duivels. Overal vind je duivels met een engelengezicht, en engelen met een duivelsgezicht. Een ding verandert nooit, jongen: de koloniaal is en blijft een duivel. Je leeft in een koloniale wereld, daaraan kun je je niet onttrekken. Dat is niet zo erg, zolang je maar begrijpt dat hij de duivel is. En dat zal hij altijd blijven.'
Ik voelde de verbittering in haar woorden. Ik zag hoe zij als het ware oog in oog stond met een vijand tegen wie zij zich niet kon verdedigen, en die zij niet kon terugslaan. Een duivel immuun voor vervloekingen, slagen, tranen en pijn.
'Wanneer je eenmaal doorziet hoe duivels het kolonialisme is, dan is alles wat je er tegen doet legitiem. Eraan meedoen... nooit.' Ze zuchtte diep.
'Ma.'
'Ja?'
'Wat bedoelt u met kolonialisme?'
'Dat is niet alleen een kwestie van uitleg, dat moet je vooral voelen. Met lezen alleen zul je het niet begrijpen. Ik heb er drie woordenboeken op nageslagen. Maar het staat er niet in, jongen.'

'Het zou toch uit te leggen moeten zijn.'
'Ik kan het niet. Jij zou ertoe in staat moeten zijn.'
'Wat denkt u hiervan: iedere vorm van bezetting?'
Ze lachte, en dat vond ik fijn. Maar ze lachte niet van plezier. Ze lachte me uit. Zonder mijn omschrijving serieus te nemen vervolgde zij:
'Alle machthebbers prijzen het kolonialisme. Zij die niet tot de kolonialen behoren, hebben geen bestaansrecht, ook ik niet. Miljoenen mensen lijden stilzwijgend onder hun optreden, net zoals de stenen in de rivier. Jij, jongen, zou het toch tenminste moeten kunnen uitschreeuwen. Weet je waarom ik met jou meer op heb dan met een ander? Jij schrijft. Jouw stem gaat niet verloren in de wind. Die blijft klinken tot ver in de toekomst. Door te koloniseren dwingen de overwinnaars de overwonnenen voor hen te werken. Het is een keiharde eis die steunt op scherpe, machtige wapens.'
Wat een verwarring vanochtend. In een wirwar passeerden alle problemen de revue.
'U verwacht te veel van mij.'
'Welnee, je weet best veel, alleen weet je nog niet wat kolonialisme inhoudt. Dat moet je nog leren. Hoe heet je nieuwe Chinese vriend ook weer?'
'Khouw Ah Soe.'
'Ja, een moeilijke naam. Uit je verhalen maak ik op dat hij er meer van weet.'
'Maar China is nooit door Europa bezet geweest.'
'Elk onderontwikkeld volk wordt onderdrukt door de meer ontwikkelde volkeren.'
Ten slotte zwegen wij beiden op deze verwarrende ochtend.

*

Op een morgen kwam Khouw Ah Soe inderdaad. Het was duidelijk dat hij in moeilijkheden zat.
Hij droeg nog steeds de kleren van shantoeng die hij laatst ook aan had. Dat zag ik aan de zwarte vlek op zijn zak. Ze waren ook niet meer zo schoon, maar groezelig en hier en daar versleten.
Wij gingen in het tuintje naast mijn kamer op een betonnen bank zitten.
Ma keek aandachtig naar zijn ronde gezicht, zijn bruinachtige,

dunne haarvlecht en zijn spleetogen. Zijn gezicht dat er eerst roodverbrand had uitgezien was nu gebruind. In het Nederlands mompelde zij:

'Zo jong nog en dan al naar het buitenland. Zover van zijn familie. Waarom toch?'

Khouw Ah Soe wendde zich tot haar om te horen wat ze zei, maar verontschuldigde zich toen omdat hij haar niet begreep.

Ik vertaalde haar woorden in het Engels.

'U bent erg vriendelijk. Echt.'

Vanzelfsprekend trad ik als tolk op.

'Mijn schoonzoon was erg geschokt, meneer Khouw, toen hij las wat ze van zijn artikel over u gemaakt hadden.'

'Dat begrijp ik.'

'Zijn tekst was anders. Ik was bang dat u boos zou zijn op mijn schoonzoon.'

'Nee, dit moest gebeuren. Hun eigen gedrag zal er de oorzaak van zijn dat men leert hen te haten en te bestrijden, net als in de concessies in China...'

'Mijn zoon heeft al een protestbrief gestuurd... vertel het zelf maar, jongen.'

Khouw Ah Soe lachte toen hij mijn verhaal hoorde, alsof hij helemaal geen problemen kende. Hij voegde eraan toe:

'Zo zijn de machthebbers nu eenmaal daar waar zij onderdrukken. Zij die zich permanent in de koloniën vestigen zijn nog weerzinwekkender. Het is verkeerd om iets anders van hen te verwachten.'

'Zie je,' veerde ma op, 'net wat ik zei, jongen. Vertaal dit maar niet. Hij is een pientere knaap. Je kunt nog veel van hem leren.'

Khouw Ah Soe staarde me aan, wachtend op de vertaling.

'Ma zei,' vertelde ik, 'dat u nu in moeilijkheden zit door die krant. Zij denkt dat het voor u zelfs moeilijk is om logies te krijgen.'

Khouw Ah Soe sprak me niet tegen. Bevestigde het ook niet, maar keek naar de grond. We realiseerden ons heel goed dat hij in moeilijkheden verkeerde. Krachtige figuren zoals hij kenden geen pietluttige probleempjes. Doordat hij geen vrienden meer had zat hij diep in de nesten.

'Ik zal maar een bed laten klaarmaken in het huis van Darsam,' zei ma, en ze ging weg.

Khouw Ah Soe ging verder en ik luisterde aandachtig naar alles wat hij zei.

'Ik ben blij dat ik uw schoonmoeder heb ontmoet. Zij is zeer ontwikkeld. Wonderlijk.' Zenuwachtig tikten zijn vingers op tafel. Hij zweeg.

'U slaapt bij Darsam, de lijfwacht.'

'Darsam die gearresteerd is door de marechaussee? Dus hij is vrij?'

Darsam was dus blijkbaar ook genoemd in buitenlandse kranten. Dat was heel goed mogelijk.

'Hij is typisch een lijfwacht,' zei hij plotseling.

Het leek alsof hij niets meer wist te zeggen. Hij was erg onrustig.

'Je bent daar veilig,' zei ik nog.

Hij zei niets omdat hij wist dat men druk in de weer was voor hem. Verlegen zweeg hij.

Ma kwam terug en bood hem iets te eten aan. Wij hadden al gegeten. Na afloop bracht ik Khouw naar Darsams huis. Haastig verwelkomde de Madoerees hem. Hij wees hem het toilet en de weg die van het complex naar buiten liep, in geval er gevaar dreigde. Ik vertaalde het voor hem.

Aan één stuk door knikkend bedankte hij mij, zonder daarbij helemaal te buigen zoals bij Nijman. Hij bedankte ook Darsam met wiens hulp het syndicaat van Ah Tjong opgerold kon worden. Maar dat vertaalde ik niet.

Pas toen we in het huisje van Darsam zaten, voelde Khouw zich weer op zijn gemak. Darsam was weggegaan. Wij praatten meer dan twee uur met elkaar.

Toen ik terugging naar het huis bleek ma nog op te zijn. Zij wilde weten wat Khouw Ah Soe en ik met elkaar hadden besproken. Ik vertelde het haar.

'Hij komt hier zonder de taal te spreken,' zei ze, 'alleen om zijn landgenoten te helpen. Allerlei gevaren trotseert hij. Zo is de jeugd, Minke. Europeanen komen in drommen hierheen om te plunderen en te roven. Zie je het verschil?'

Drie dagen en drie nachten bleef hij bij ons.

Uit wat hij verder allemaal vertelde, begreep ik dat Nijman er niet ver naast zat. Het klopte bijna allemaal.

Met ongeveer twintig man waren zij vertrokken uit hun land. Naar het oosten, het westen, het zuiden en het zuidwesten. Hij zat nog op de Waseda* maar was samen met vier anderen richting Indië vertrokken. Met een vissersprauw uit Singapore waren zij bij

*Waseda: beroemde universiteit van Tokio (vert.).

Bagan Siapi-api het land binnengekomen. Twee van de vijf gingen naar Pontianak. Een bleef er achter in Bagan Siapi-api. Samen met een vriend was hij naar Java gegaan. Zijn vriend bleef in Batavia om daar aan de slag te gaan. Zelf ging hij richting Soerabaja waarvan hij wist dat het er gevaarlijk was. Soerabaja: centrum van de Chinese Thongbende die met haar schrikbewind de Chinezen in Nederlands-Indië in haar greep hield. Vanuit Soerabaja werd de Thongbeweging in heel Indië geleid.

Toen hij een tijdje in Soerabaja was, kreeg hij het bericht dat een van zijn kameraden die op de Fiji-eilanden zat, was vermoord. Een ander die naar Zuid-Amerika was gestuurd werd ook gedood, niet ver van de salpetermijnen in Chili.

Op een keer vatte ik moed en vroeg hem:

'Wat doe je eigenlijk?'

'Roepen, meer niet. Ik roep naar mijn landgenoten in het buitenland dat er andere tijden zijn aangebroken, dat China niet langer het centrum van de wereld is, het ook nooit geweest is, dat China wel veel bijgedragen heeft aan de wereldcultuur in het verleden, maar dat het niet het enige geciviliseerde land is zoals ze nu nog denken.'

Net als mijn volk, dacht ik: de Javanen. Zij vonden zichzelf het meest beschaafd, welgemanierd en verheven – het deed me glimlachen.

'Mijn volk moet beseffen dat de blanken van nu superieur zijn; zij beheersen zelfs de wereld en vormen het centrum ervan. Zolang zij zich daarvan niet bewust zijn, zullen zij gevangenen van hun verkeerde opvattingen en valse dromen blijven. Wordt wakker!' riep hij plotseling met stemverheffing, 'ook de volken van het oosten kunnen succesvol zijn in deze nieuwe tijd. Kijk naar Japan...' En op zachtere toon: 'Maar mijn volk vindt Japan onbeduidend, een jonge natie, klein, en de eeuwige leerling en naäper van China.'

Een andere keer betreurde hij het weer dat zijn volk zo onderontwikkeld was. Vooral de Chinezen die in het buitenland zaten. Heel anders dan Japanners in het buitenland, die kennis mee naar huis brachten, die ingetogen alles bestudeerden waar ze ook maar de kost probeerden te verdienen, waarmee dan eigen land en volk weer ontwikkeld werden.

'Neem me niet kwalijk, Minke. Misschien word ik te emotioneel wanneer ik over Japan praat, en ben ik te geestdriftig wanneer ik het over mijn eigen activiteiten heb.'

'Dat geeft toch niet,' antwoordde ik.

'Ja, Minke, Japan stuurt zijn mensen zelfs naar Europa en de Verenigde Staten om te leren hoe je piano's maakt en hoe je ze kunt bespelen.'

Hij vertelde dat zijn landgenoten in het buitenland heel anders waren. Waar ook ter wereld, sloofden zij zich uit om rijk te worden. Ze gingen alleen terug naar huis om bewonderd te kunnen worden en het graf van hun voorouders te verfraaien. Daar kwam nog bij dat ze uitgeperst werden door allerlei bandieten die maand- of jaargeld van hen eisten. Zij vormden een melkkoe voor hun schurkachtige voorouders en Thongbandieten, waar ze ook maar de kost probeerden te verdienen. Als ze hun schurkachtige voorouders niet tevreden stelden, dan zou de familie thuis de ergste ellende over zich heen krijgen.

Ten slotte vertrokken ze dan maar weer naar het buitenland, verspreidden zich over de hele wereld, en vergaarden nog meer wereldse rijkdommen om die ellendige voorouders tevreden te stellen. Rijkdom waarmee je kon pronken of bandieten afkopen had China niet nodig, wel kennis en wetenschap, het besef dat alles verandert, vooral de nieuwe mens, die met fris elan bereid was voor volk en vaderland te werken.

Daarom moesten de kinderen in het buitenland rijp gemaakt worden voor modern onderwijs. Er moest een groot fonds gevormd worden. Schattingen aan voorouders en Thongbandieten moesten stopgezet worden. Moderne scholen moesten gebouwd worden, nu, voor de toekomst. Anders zou het vaderland zomaar ten prooi kunnen vallen aan Japan, zoals Afrika zonder slag of stoot was opgeslokt door de Engelsen.

Wat hij zei klonk dan wel als een advertentietekst, ik vond het toch interessant en het boeide me.

'Ieder Aziatisch land dat zich verheft, verheft niet alleen zichzelf, het helpt daarmee ook andere achtergebleven volkeren, ook mijn land.'

'Wetenschap is niet de enige sleutel,' zei ik.

'Je hebt gelijk,' antwoordde hij, 'ze is niet meer dan een voorwaarde. Met de moderne wetenschap worden wilde dieren nog wilder en wreedaards nog wreder. Maar vergeet niet, met de moderne wetenschap kun je ook de wildste dieren temmen. Je weet wie ik bedoel: Europa.'

Mijn haren gingen overeind staan toen hij dit laatste zei. Ma zou onmiddellijk instemmen met deze jonge ongeschoeide Chinees in shantoengpak.

'Hoop er dus maar niet op dat in koloniën zoals hier modern onderwijs gegeven zal worden. Alleen de onderdrukte volken zelf weten wat land en volk nodig hebben. De kolonialen zullen niets anders doen dan de honing en de krachten van de onderdrukten opzuigen. Hoe je het ook wendt of keert, ten slotte zullen de intellectuelen van de onderdrukte volkeren hun plicht moeten doen.' Plotseling stopte hij, sneed een ander onderwerp aan: 'Je weet natuurlijk wat er op de Filippijnen aan de hand is.'

Het klonk als een beschuldiging. Voor mij waren de Filippijnen niets meer dan een plek, een aardrijkskundige plaats. Het lag zo dichtbij. Toch wist ik er weinig van af.

'Jammer genoeg niet,' antwoordde ik.

Hij lachte, zijn smalle ogen leken helemaal te verdwijnen van zijn gezicht. Ik zag nu alleen nog zijn tanden, wijd uit elkaar staand en puntig.

'Zij hebben hun lesje wel geleerd van de Spanjaarden en andere Europeanen. Eerder dan China. Eerder dan Japan. Jammer dat zij een kolonie zijn, en niet vrij zoals Japan. De Filippijnen kunnen zich niet ontwikkelen omdat ze gekoloniseerd worden. Japan ontwikkelt zich – té goed zelfs. De Filippijnen zijn een goede leerling van Spanje; Spanje is een slechte, ja zelfs verderfelijke leermeester voor de Filippijnen. Maar, de Filippino's zijn niet alleen maar leerlingen. Ze leren weliswaar van Spanje en van Europa, maar zij zijn tevens grote leermeesters voor de onderdrukte volkeren van Azië. Zij hebben de eerste republiek in Azië gesticht. Die sneuvelde. Een historische poging.'

Ik keek naar zijn lippen die wat traag bewogen. Daarachter verschenen af en toe zijn puntige tanden.

'Je weet dus echt niets af van de Filippijnen?'

'Helaas niet. Ik weet alleen dat er nu oorlog is tussen Spanje en de Verenigde Staten.'

Hij grinnikte en barstte toen in lachen uit.

'Wat is er?'

'Spanje en de Verenigde Staten voeren een schijnvertoning op. Er gebeurt niets tussen hen, Minke. Spanje moet het zo spelen dat het de Filippijnen aan de Verenigde Staten verkoopt zonder internationaal gezichtsverlies te lijden.'

'Hoe weet je dat allemaal?'

'Hoe? Heeft het hier nooit in de kranten gestaan?'

'Nooit tegengekomen.'

Hij knikte.

'Zijn er geen studentenkranten hier? O nee, in Indië is er nog geen universiteit.'

'Hebben studenten dan hun eigen kranten?'

'Zeker, kranten die zuivere ideeën propageren. Kranten die zich nog niet hebben ingelaten met eigenbelang, of die erdoor worden geregeerd.'

Ik was sprakeloos. Zo knap als hij het een met het ander in verband bracht, leek het alsof alles in elkaar greep. Als iets reusachtigs zag ik het voor me. Het doorzien kon ik niet. Ja, iets reusachtigs, waarin de afzonderlijke delen elkaar schraagden. Meteen ook vond ik hem niet meer zo eigenaardig: zijn wijd uit elkaar staande puntige tanden, zijn ronde gezicht dat al bruin werd, zijn ogen die je niet zag wanneer hij lachte, zijn bruinachtige haarvlecht... In hem zag ik iets anders. En dat was: het leven. Het leven zelf. Geklaag en gezucht hoorde ik, maar ook het bonzen en het kloppen van zijn hart, ik zag zijn flitsende gedachten. Ja, alles wat hij ter sprake bracht was nooit eerder uitgediept. Dat was voor mij juist een reden om over een heleboel dingen te gaan nadenken.

Ik vertelde het allemaal aan ma. Ze dacht even na. Ontroerd, met vochtige ogen, en huilend ten slotte zei zij:

'Hij laat ons zien wat voor een kwaadaardige avonturiers de Europeanen en Amerikanen zijn, jongen. Als ze nu eens geen kanonnen hadden, zouden ze dan nog ontzag inboezemen?'

Voordat Khouw met zijn ronde gezicht ons verliet wilde ik hem nog iets vragen. Was het waar wat Nijman had verteld, dat hij was aangevallen in het gebouw van de Kong Koan? Hij beaamde het.

'Een gevaarlijk karwei,' zei ik.

'Het wordt misschien nog wel erger.'

'Ben je dan niet bang?'

'Je moet aan de Filippijnen denken. Hoe ze worden verraden door Spanje en de Verenigde Staten. Uiteindelijk zullen de onderdrukte volkeren hen volgen. Ja, ook Indië. Als het nu niet is, dan zeker later wanneer men in staat is er lering uit te trekken...'

Ik wist niet waar hij naar toe ging. Voor hij vertrok zei hij dat hij zou terugkomen om onder te duiken. Op een avond, toen het donker was, vertrok hij. Hij wilde niet weggebracht worden met het rijtuig. Behalve ik, ma en hijzelf wist niemand dat wij hem geholpen hadden. Die hulp had hij niet afgeslagen. Hij had vrienden en steun nodig.

Van hem hoorden ma en ik voor het eerst hoe een volk zich oprichtte, zich ontwikkelde en gerespecteerd werd als volk met een

cultuur en een civilisatie wortelend in deze moderne tijd.
Ik herinner me nog hoe sprookjesachtig zijn woorden klonken:

Vroeger, toen kon een volk nog in vrede leven in de woestijn of het bos. Nu niet meer. De moderne wetenschap stoort iedereen in zijn rust en vrede. De mens, als sociaal wezen en individu, kent geen rust meer. Voortdurend wordt hij opgejaagd door de moderne wetenschap die hem de inspiratie en de drang geeft om te heersen: over de natuur en over mensen. En er is geen kracht die deze heerszucht een halt kan toeroepen dan de wetenschap zelf, als ze maar door gewetensvolle mensen wordt geleid.

*

Soerabajase kranten meldden: de politie van Soerabaja maakt uitgebreid jacht op clandestiene immigranten uit China.
Een Chinees-Maleise krant nam een bericht over uit een Chinese krant:

Khouw Ah Soe illegaal in Indië. Voor zover bekend verblijft hij met enkele vrienden in Indië. Naar verluidt is een van hen zelfs een meisje, afkomstig van een katholieke middelbare school in Sjanghai. Sinds hun vertrek van het Chinese vasteland gebruiken zij allen een valse naam. In Hongkong heette Khouw Ah Soe, Tjiok Kiem Eng. De politie van Hongkong maakte jacht op hem. Hij is de aanstichter van het knippen van haarvlechten in de uitgaansbuurt van Hongkong. Daarna is hij naar Hainan gevlucht.

Er volgde nog een toelichting: men schat dat dit jaar tweehonderdveertig Chinezen illegaal Indië zijn binnengekomen, met name via Bagan Siapi-api en Pontianak. Geen van hen spreekt Maleis.
Niet lang daarna verscheen er weer een bericht: in tegenstelling tot de gewone clandestiene immigranten die op zoek zijn naar werk, is dit kleine groepje illegalen niet actief in de smokkelhandel. Zij willen de orde in Indië verstoren door de jongeren op te stoken tegen hun eigen ouders en voorouders. Het zijn anarchisten, nihilisten, en bovendien zijn zij onbeschoft...

En ik?
Sinds Nijmans artikel over Khouw Ah Soe was ik niet op de

redactie geweest. Een paar keer had hij mij geschreven, mij opgebeurd omdat ik teleurgesteld was. Vergeet het toch. Wanneer u wilt komen dan zal ik uitleggen hoe de zaak in elkaar zit. Maar ik ging niet. Op een dag kwam hij zelf. Ma hield zich erbuiten.

Hij zag er veel jonger uit dan anders. Hij droeg bruine kleren en dito schoenen. Hij haalde een pakje uit zijn zak en overhandigde het mij.

'Dit zult u een interessant boek vinden,' zei hij.

Het ging over Amerika, een continent waarover nog niet zoveel bekend was bij de inlandse intellectuelen, behalve dan enkele plaatsnamen en wat er zoal geproduceerd werd.

Hij vertelde niet wat erin stond. Hij zei:

'Wij begrijpen dat u erg teleurgesteld bent, kwaad misschien vanwege dat interview. Maar we konden niet anders. Kijk, dit is uw land. Wanneer u dit boek leest dan zult u begrijpen waarom Amerika zo om mensen verlegen zit. Het is groot, rijk en dunbevolkt. Dat is het verschil met Java, meneer. Vijftig jaar geleden telde uw land nog maar zo'n veertien miljoen inwoners, nu al bijna dertig. Er is al een tekort aan land vanwege het grote aantal inwoners. Wij moeten iets doen aan die illegale immigranten. Dat is in het belang van de Javanen zelf. Anders heb je hier over een jaar of tien het zoveelste China. Dat bevalt u toch ook niet?'

Weer een lastig probleem erbij. Ik had er nooit eerder bij stilgestaan. Daar moest ik het ook eens met Khouw Ah Soe over hebben.

'Kijkt u maar, ook al hebben de Nederlanders hier in Indië de macht, u ziet zelf wel dat de Nederlanders niet in drommen komen. Het is echt hun bedoeling niet hier een kolonie te stichten,' zei hij zachtjes. 'De bedoeling van ons artikel was toch goed? Wanneer we daarmee de stroom Chinezen naar Indië kunnen indammen? Nederlands-Indië geeft veel, erg veel geld uit om dit te bereiken, in uw eigen belang.'

Ik kon er niet over meepraten. Ik kon alleen maar luisteren.

'Het gelijkstellen van Japanners geeft veel moeilijkheden,' ging hij verder. 'De Chinezen van Singapore worden onrustig. En dat mag in Indië niet gebeuren, zeker niet op Java. Zeg eens eerlijk, bent u het met Khouw Ah Soe eens?'

'Op sommige punten heeft hij gelijk.'

'Volkomen juist. Maar de waarheid is niet altijd het voordeligst,' zei hij, zich haastig indekkend. 'Ik denk dat ook u het landsbelang stelt boven een waarheid die het land schade berokkent.'

Weer iets waar ik niets van af wist. Ik kon tegen dit alles niets inbrengen. Ik kon het alleen maar aanhoren.

Hij ging pas weg nadat hij er zeker van was dat hij zich had laten gelden en ik beloofd had dat ik naar de redactie zou komen met een nieuw artikel.

Ma schoot in de lach toen ik vertelde waarover wij gesproken hadden.

'Je bent denk ik al vergeten dat de kolonialen de duivels zijn. Nog nooit heeft één van hen aan het belang van jouw volk gedacht. Ze zijn gewoon bang voor de Chinezen. Het is afgunst.'

Ik dwong mezelf dit alles met elkaar in verband te brengen: de opkomst van Japan, de onrust onder Chinese jongeren, de opstand op de Filippijnen, eerst tegen Spanje, vervolgens tegen Amerika, de afgunst van de Nederlands-Indische kolonialen jegens China, de jaloezie van de kolonialen bij de opkomst van Japan. Waarom werd er zo weinig aandacht aan de Filippijnse opstand geschonken in de kranten?

In gedachten overzag ik alles wat er om mij heen gebeurde. Niets roerde zich. Iedereen was verzonken in een droom. Mij hiervan bewust te zijn, maar o zo machteloos, maakte mij kwaad en verward.

Daar ergens ver weg in het noorden schreeuwde Siam het uit omdat zijn zijde, zo geliefd in Indië, uit de markt werd geprijsd door de Japanse die goedkoper was en meer glansde. Stilletjes aan drongen de Japanse nijverheidsprodukten mijn land binnen. De mensen die knopen, kammetjes en haarspelden maakten verloren hun markt, want Japan produceerde goedkoper en, het glansde. Maar zij zwegen, schreeuwden niet. Ze begrepen niet waarom hun inkomsten steeds minder werden.

De vrouwen van Zuidoost-Azië konden niet buiten kammetjes, haarspelden en vlooienkammen... allemaal Japans fabrikaat.

5

Volkomen onverwacht kwam er een brief van Robert Mellema.

Ik was op het kantoor van de onderneming aan het werk. Vanachter haar tafel riep ma mij en gaf me een aantal brieven die ik moest lezen. Van Robert, Pandji Darman en Miriam de la Croix.

Het was Robs eerste brief zonder adres. Op de postzegel stonden de zee en palmen afgebeeld. Het stempel was onleesbaar, maar op de postzegel stond gedrukt: Hawaï. Boven de brief zelf stond geen plaatsnaam, zelfs geen datum.

Lieve ma,

Ik begreep niet waarom die aanhef mij zo ontroerde en tot tranen bewoog. Zo schreef een klein kind dat berouw had.

'Wat is er?' vroeg ma.

'Deze brief is niet voor mij, ma. Die is voor u persoonlijk.'

'Lees 'm,' zei ze, mij aansporend.

'Ik zal 'm langzaam voorlezen, hè, ma?' en ik begon:

Ik weet, ma, dat u het me niet zult vergeven. Het zij zo. Toch wil ik u om vergeving vragen. Ik kan het niet verdragen wanneer u mij niet vergeeft. Hemel en aarde zijn getuige van mijn zonde.

Wat heeft mijn leven nog voor zin. Wat u ook doet, ik verdien het. Ik ben de oorzaak van al uw verdriet.

Iemand uit de kampong zei eens: hoe meer een kind om vergeving smeekt bij zijn moeder, des te ondeugender is het geweest. Ik ben meer dan ondeugend geweest, ma, en ik heb meer dan uw vergiffenis nodig.

Ik keek tersluiks naar ma. Zij vertrok geen spier. Rustig ging zij door met haar werk, alsof zij niets had gehoord.

Ik ken u, en weet dat u deze brief niet zult lezen. Het geeft niet, ik neem het op de koop toe. Ik heb er nu tenminste om gevraagd. Mocht ik binnenkort sterven dan weet ik dat u het mij niet hebt vergeven.

Aan boord hoorde ik eens iemand zeggen: God kun je altijd vergeving vragen, Hij is de Allievende; de mens niet, die is onbarmhartig.

Met opzet schrijf ik niet waar ik nu ben. Wat heeft het voor zin als het daardoor alleen nog maar moeilijker wordt? Ik zit aan boord van een schip. Hoe het heet en onder welke vlag we varen doet er niet toe.

Na de gebeurtenissen in het huis van Ah Tjong ben ik gevlucht. Er kwam toevallig een andong langs. Daarmee ben ik direct naar de Perak-haven gereden. Daar werd ik al gauw aangenomen als bemanningslid van een jonk die naar Manila voer. Alles wat men mij opdroeg deed ik, zelfs de wc schoonmaken.

Nu ik zover weg ben, ma, ben ik wel diep gezonken. Maar ik kan niet anders, ik moet in leven blijven. Maar wat voor een leven is dit om te moeten rondkruipen in een wc?

In Manila ben ik maar een paar dagen gebleven. Misdadigers maken de haven onveilig. Heel wat bemanningsleden verdwijnen daar zonder een spoor na te laten. Ik ging aan boord van een kleine boot die naar Hongkong voer. Daar, in die kleine, drukke stad vond ik werk als tuinman van een Engelse officier. Het duurde niet lang of hij begon te vermoeden dat ik ziek was, en stuurde mij de laan uit.

Ja, ma, ik ben ziek. Ik heb de gemakkelijkste weg genomen en ben naar een sinshe gegaan. Hij zei dat ik een geslachtsziekte had opgelopen en dat die al in een vergevorderd stadium was. Ik heb mijn lot in zijn handen gelegd. Allerlei middeltjes heeft hij mij gegeven, en hij heeft mij behandeld met acupunctuur tot ik was opgeknapt. Intussen was ik aan het zwerven gegaan. Ik bezat niets meer, alleen nog de kleren die ik aanhad. Ik zie het allemaal als uw straf, daarom aanvaard ik het.

Omdat ik de sinshe niet meer kon betalen, probeerde ik op allerlei manieren weer aan te monsteren. Het verbaast me dat ik nog leef. Ik vaar over de hele wereld, nu eens met dit schip, dan weer met een ander. Niemand weet wie ik ben, want ik gebruik een andere naam. Het kan ook niemand iets schelen wie of wat ik ben. Ik kreeg weer last van mijn ziekte en op allerlei manieren moest ik zien er niet aan te bezwijken. Toen wij Hongkong aandeden zocht ik mijn oude sinshe weer op. Hij behandelde mij weer. Genees me, vroeg ik hem. Maar hij zei: je kunt alleen de symptomen van deze ziekte bestrijden, een goede medicijn is er niet. Ik weet dat ik er nooit meer van afkom. Ik ben niet naar een dokter gegaan. Zij kunnen mij niet helpen, ze kunnen het niet eens verlichten. Ik ben zo radeloos, alleen de dood rest mij nog. Ik denk alleen nog maar aan u, ma. Niets kan mij nog helpen, behalve uw vergiffenis.

Door mijn ziekte moet ik in de buurt van mijn sinshe in Hongkong blijven. En dat kost geld. Hij zei dat ik minstens één keer per maand bij hem langs moest komen. Maar dat kan niet omdat ik moet werken voor de kost, en ik verdien niet genoeg om iedere maand naar Hongkong te gaan. Het is moeilijk om in Hongkong te gaan werken, want ik wil niet dat iemand weet wie ik ben en waar ik vandaan kom. Ik heb geen vaste verblijfplaats, en zo wil ik het ook.

Ma, ik weet dat deze ziekte mijn doodstraf is. Een andere sinshe heeft mij verteld wat ik al vreesde: er is geen medicijn, zei hij, en niemand houdt het langer dan twee jaar uit. Ma, ik ben nog zo jong en heb nog maar twee jaar...

Njai Ontosoroh stond op uit haar stoel. Voor ze de kamer uitging draaide zij zich om en zei:

'Op tafel liggen nog andere brieven. Die zijn voor jou.'

Ik stopte met lezen en pakte de brieven van haar tafel. Er was er een van de Stovia* in Batavia: ik werd toegelaten als leerling, komend schooljaar. Nadere inlichtingen zouden spoedig volgen.

Kwam het door Roberts brief of door de brief van de Stovia dat zij uit haar humeur was en nu wegging om tot zichzelf te komen? Ik wist het niet.

Een andere brief van Robert was gericht aan Annelies. Opeens realiseerde ik mij dat hij niets wist van alles wat ons was overkomen. Er zat een zelfde postzegel op als op de eerste brief. Ook zonder datum of plaatsnaam.

Lieve zus. Waar ik eens naar verlangde doe ik nu - ik reis de wereld rond. Dat heb ik nu al twee keer gedaan, Ans. Ik ben in grote havens geweest, en heb veel mensen leren kennen. Maar niemand heeft mij ooit uitgenodigd eens thuis langs te komen. Ze beschouwen mij niet als huns gelijke. Indië? Dat is ver weg en vreemd, daar leven toch alleen maar dieren?

Vroeger wilde ik zeeman worden. En nu ben ik het. Maar ik vind er niks aan. Het stomste werk doe ik nog verkeerd, vinden zij. Steeds denk ik aan ma of aan jou. Je weet wel waarom. Tot nu toe

*Stovia: School tot opleiding van Indische artsen (vert.).

heb jij niets van je willen laten horen, je wilt mij niet meer kennen. Maar Ans, ik begrijp het helemaal. Ik begrijp ook waarom de mensen mij niet uitnodigen. Ik ben ook geen gezellige kletser. Ik ben maar een beest, nog minder dan jouw paard.

Wat er toen in het riet gebeurd is, achtervolgt mij nog steeds. Vergeef mij, Ans, vergeef me.

Toen ik dat las, stopte ik en moest ik weer denken aan wat Annelies mij in bed had verteld. Het was dus waar.

Ik las verder:

Ik bid voor je geluk, Ans. Misschien is Minke wel de juiste man voor je, ook al lacht Suurhof hem altijd uit en zet hij hem voor schut. Robert Suurhof is niet veel beter dan ik.

Ik heb al heel wat mensen ontmoet in mijn leven: Klingalezen, Chinezen, Maleiers, Europeanen, Japanners, Arabieren, Hawaïanen, Afrikanen... Ans, geen van hun vrouwen is zo mooi en knap als jij. Je stelt ze allemaal in de schaduw. De man die je trouwt moet wel gelukkig zijn...

Snel stopte ik de brief in mijn zak. Nee, ik mocht niet meer aan Annelies denken.

Toen ma weer binnenkwam zei zij niets. Zij ging zitten en werkte verder. Ik las haar de brief van haar zoon verder voor:

Nog twee jaar heb ik te leven, ma. Ik weet niet of de sinshe het bij het rechte eind heeft. Toen ik laatst bij een sinshe was heb ik gezworen dat ik, eenmaal aan boord, niet meer aan land zou gaan. Ik blijf aan boord tot u mij vergeeft.

Tot zover de brief.

'Waar bewaar ik 'm, ma?'

'Verbrand 'm. Waarom zou je zo'n brief bewaren?' zei zij zonder op te kijken, de blik strak gericht op de stukken voor haar.

Ook deze brief stopte ik in mijn zak.

Vandaag zaten er heel wat brieven bij de post.

De brief van Pandji Darman was voor mij:

Beste Minke:

Ik moet je iets zeggen. Bij voorbaat mijn excuses als het ongelegen komt. Op een dag liep ik op de Javakade, ergens in de Amsterdamse haven. Daar zag ik een havenwerker. Sterk, jong, en duidelijk geen Nederlander. Hij duwde een kar met bagage voort. Weet je wie dat was? Robert Suurhof! Hij schrok toen hij me zag. Hij stopte en drukte zijn pet dieper over zijn voorhoofd. Hij schaamde zich blijkbaar voor zijn werk. Hij ging verder. Ik riep hem, maar hij liep door.

Ik volgde hem en riep: Rob, Rob Suurhof. Wil je me niet meer kennen?

Toen hield hij in, keek om, en zei: Jij hier? Wanneer ben je aangekomen? Het spijt me, maar ik ben aan het werk. Kom straks maar terug. Na zeven uur, goed?

Hij gaf mij een adres. Ik heb het nooit gevonden, en hem heb ik nooit meer teruggezien. Ik ben nog teruggegaan naar de kade en heb aan een paar mensen gevraagd of zij een havenwerker kenden, een Indische jongen... Ik wist dat Robert Suurhof Nederlands staatsburger was, maar aan die informatie had ik verder weinig. Zij wisten niet eens wat een Indische jongen was. Het doet er hier niet zoveel toe of je een Nederlander bent, een Indische jongen of een inlander. Ik vertelde dat hij hier in de haven werkte, van Indische afkomst was en nog vrij jong. Ze noemden wat namen, maar Robert Suurhof, nee, die kenden ze niet. Er was wel een havenwerker die uit Indië kwam met een wat donkere huidkleur, maar die heette niet Suurhof. Drie dagen geleden was die tijdens het werk op de Javakade door de politie gearresteerd.

Ik ben dus naar de havenpolitie gegaan. En inderdaad, er was een zekere Suurhof gearresteerd die binnenkort op de boot naar Indië gezet zou worden. Hij werd verdacht van inbraak met geweldpleging in Soerabaja.

Wanneer je deze brief leest, Minke, dan is hij misschien al in Soerabaja. Ik heb ook juffrouw Peters ontmoet. Daar zal ik je later over schrijven. En wat Speceraria betreft, daar zal ik Njai verslag van doen. Het beste en de groeten aan haar en jezelf.

De brief van Miriam de la Croix kwam uit Nederland. Zij had een brief van Herbert de la Croix meegestuurd:

Beste Minke,

Bij deze bieden Miriam en ik onze excuses aan, al is het dan wat laat. We hebben Indië verlaten en zitten nu in Nederland. Het spijt ons zeer, en het doet ons verdriet wat jou en je familie is overkomen. Wij zijn medeschuldig aan wat er is gebeurd, hoewel we juist zulke goede bedoelingen hadden.

Ik stopte met lezen en dacht aan al de gebeurtenissen van de laatste tijd. Er was niets waardoor Herbert de la Croix of zijn dochters schuldgevoelens zouden moeten hebben. Zij hadden zelfs een bekende advocaat gestuurd, al had die dan niet veel kunnen doen. Waarom waren zij zo overdreven beleefd? Zij hadden het voor me opgenomen toen ik van school werd gestuurd, hadden een goed woordje voor me gedaan toen ik mij bij de School voor Inlandse Bestuursambtenaren en de Stovia wilde inschrijven. Zij namen ook de moeite met mij te corresponderen. Meneer De la Croix zelf had zijn betrekking op het spel gezet. Zij hoefden zich niet schuldig te voelen.

Beste Minke,

De gouverneur-generaal heeft mijn ontslagbrief getekend en wij zijn direct naar Europa teruggekeerd. Wij zijn weer samen met z'n drieën. Wat er is gebeurd, beste Minke, wat mij is overkomen, betekent niets als ik zie wat jij moet verduren. Zeker als ik mezelf vergelijk met jouw idolen, Multatuli en Roorda van Eysinga.

De gebeurtenissen volgen elkaar zo snel op. Ik heb bijna geen tijd ze te volgen en er bij stil te staan. Voor ik besluit, willen we nog zeggen dat je verzoek om toegelaten te worden tot de Stovia is goedgekeurd. Komend schooljaar mag je beginnen. Als je niet wilt, vanwege de schokkende gebeurtenissen van de laatste tijd, dan hoef je de school slechts aan te schrijven en uitstel te vragen.

De beste wensen van Miriam, Sarah en mijzelf. Ik hoop dat het je goed gaat. Adieu...

Een brief van mijn moeder stopte ik snel in mijn zak. Die wilde ik later lezen.

Miriam schreef:

Minke, ik vind het misplaatst je te schrijven over al die akelige gebeurtenissen, nu je eigenlijk ijverig zou moeten studeren.

Op een bijeenkomst van vrouwen hier uit de buurt heeft iemand voorgelezen uit de brieven van Raden Adjeng Kartini aan juffrouw Zeehandelaar. Zij waren verbaasd toen ze hoorden hoe de Javanen leven. Zij vinden het maar gek hoe stijfjes Javaanse mannen met hun vrouwen omgaan. Uit wat daarna volgde, beste vriend, maak ik op dat de Javaanse vrouwen nog in het duister leven. Die brieven vertellen me een heel ander verhaal over de Javaanse vrouw die ik, hoewel niet persoonlijk, ken uit de dorpen.

Onze baboes vertelden vroeger hoe vrolijk de vrouwen zongen op de sawa's wanneer ze zaaiden of oogstten, terwijl de mannen de oogst afvoerden. Hun kindertjes speelden buiten bij vollemaan en zongen liedjes opgedragen aan de rijstgodin... Maar misschien doen ze dit alles niet in Kartini's milieu.

Ik heb ze maar niet verveeld met mijn versie. De sombere toon van die brieven roept misschien sneller medeleven op met de Javaanse vrouw, met Kartini.

Al vanaf ons vertrek liep ik met het plan rond jouw zaak aanhangig te maken. Vader staat er achter, en Sarah natuurlijk ook. Wat jij meemaakt is werkelijk uniek, in de hele negentiende eeuw is dat nog niet voorgekomen. Ze zouden er van opkijken. Een liefdesgeschiedenis tussen een inlandse intellectueel en een Indisch meisje waar zoveel problemen aan vast zitten. En dat zoiets op Nederlands grondgebied kan plaatsvinden.

Ik was vast van plan publiekelijk een beroep te doen op hen als christenen en Europeanen. Dat zou vast wel succes hebben, maar ik moet bekennen dat het niet tactvol is dat plan door te zetten. Het is niet goed om de aandacht af te leiden van Kartini en haar problemen.

De mensen staan paf wanneer ze horen dat een inlandse Javaanse vrouw in hun taal schrijft. Tot nu toe denken zij dat inlandse vrouwen primitief zijn en nog in het stenen tijdperk leven.

Hoe staat het er nu mee, vriend? Je bent jong, sterk, en met jouw opvoeding zul je vast aan alles het hoofd kunnen bieden. Wij allen vertrouwen daarop. Wij drieën zijn er ook van overtuigd dat we je nog eens zullen ontmoeten, waar en wanneer dan ook. Het zal je dan veel beter gaan dan nu. Daar vertrouwen we op, Minke. Uiteindelijk heeft God het alles zo beschikt voor ons allen. Geluk valt ons niet zomaar in de schoot.

Ik bid ook voor Kartini en hoop dat zij eens gelukkig zal worden na al die beproevingen.

Ik hoop dat je mijn geschrijf nog niet beu bent. Je begrijpt wel dat mijn verlangen naar Indië, naar Java, een uitweg zoekt, hè? Dat kun je je vast wel voorstellen.

Minke, waarom ga je niet corresponderen met dat bijzondere meisje. Het zal niet moeilijk voor je zijn haar adres te vinden. Zij is immers de dochter van de regent van Djepara. Ik zal ook proberen haar te schrijven.

Net zoals op Java is hier in Nederland lief en leed ons deel. Dat geldt voor iedereen op de wereld. Weet je, Minke, dat de Duitsers,

Engelsen en Fransen nu om het snelst allerlei machines aan het construeren zijn die arbeidskracht gaan vervangen en het leven aangenamer zullen maken? Koortsachtig bouwen zij aan een voertuig dat de paardetram zal vervangen, kleiner dan de trein die op rails rijdt. Ze kunnen op de gewone weg rijden.

Het lijkt erop dat het koortsachtig zoeken naar nieuwe dingen de mens niet loslaat en hem niet doet berusten in zijn huidige omstandigheden. De mens is bezeten van alles wat nieuw is. Een nieuwe ethiek, een nieuwe levenswijze. Zelfs vrouwen verliezen nu hun schroom; 's avonds kun je hier zien hoe zij leren fietsen. Nieuw, nieuw, nieuw. Alles wat niet nieuw is vindt men middeleeuws. Nieuw, nieuw, nieuw, je mag aan niks anders meer denken. Maar in wezen verandert er niets en blijft alles bij het oude. De mensen zijn zo naïef als schoolkinderen. Alsof met het nieuwe het leven erop vooruitgaat. Zo is de moderne tijd, Minke. Alles wat niet nieuw is, is ouderwets, boers en provinciaals. De mensen raken gemakkelijk gefascineerd. Zij zien niet dat achter al dat geschreeuw, achter de leuzen en de vernieuwingshysterie een geheimzinnige macht schuilt die, onverzadigbaar als zij is, haar slachtoffers eist. Die geheimzinnige macht is als een snoer van protozoa, een rij getallen. Kapitaal is haar naam.

In Indië is dat anders dan in Europa, Minke. In Indië betekent de mens niets tegenover politieke macht, terwijl men in Europa bezwijkt voor die streng van protozoa die kapitaal heet. Onder het mom dat het de vooruitgang dient en tot heil is van de mensheid, is men op een paar plaatsen in Europa hard bezig een toestel te bouwen waarmee je kunt vliegen en afstanden kunt bedwingen. Elders, zegt men, zoekt men koortsachtig naar middelen die de mens naar de bodem van de oceaan zullen brengen. Men voorspelt dat wij binnenkort niet alleen nieuwe energiebronnen zullen scheppen, maar ook dat wij stralingsbronnen zullen bezitten voor bepaalde doeleinden.

Je hebt gelijk, Minke, de mens verandert niet en is niet beter dan de mens die voor hem leefde. De preken in de kerk herinneren ons er steeds aan. Hij blijft een wezen dat niet weet wat het eigenlijk wil. Hoe meer de mens zoekt en zoekt, en ook vindt, des te duidelijker wordt het dat hij in werkelijkheid opgejaagd wordt door zijn eigen onrust.

Jij hebt nog steeds kritiek op Europa, en ik kan je echt geen ongelijk geven na die slepende kwestie die je hebt meegemaakt. Als je eens één of twee jaar in Europa zou wonen, dan zou je er misschien anders over denken. Er zijn hier waarschijnlijk evenveel goede of slechte mensen als bij jullie. Alleen de omstandigheden zijn hier anders. Wanneer papa mij verhalen vertelt uit de Babad Tanah Djawi*, dan gruwel ik vaak van zoveel wreedheid en onbeschaafde laagheid die begaan werden om Java, dat kleine eilandje, op een glorievolle wijze te kunnen overheersen. Ik ben het met papa eens dat het er in Europa ooit ook eens zo toeging als in de Babad Tanah Djawi beschreven staat. Maar ik hoop dat je één ding niet vergeet, Minke, namelijk dat toen de Babad geschreven werd, de Javanen nog steeds soevereine vorsten aanbaden, terwijl op dat moment Europeanen driftig wereldrijken aan het vestigen waren. Jullie wereld bestond uit Java. Kijk maar naar de welluidende titels van jullie vorsten. Ook nu nog komt daar het woordje 'wereld' in voor.

Wat ik wil zeggen, Minke, is dat jullie ideeën al achterhaald waren door de Europeanen toen zij voor het eerst voet aan land zetten in Indië. Het is niet waar dat Java en Indië door Europa overheerst worden enkel en alleen omdat wij zo inhalig zijn. De oorzaak is dat jullie zelf een verkeerde kijk op de wereld hebben. Ik ben bang dat ik deze ideeën van papa heb. Hij is beter thuis in de Javaanse taal en literatuur van jouw voorouders, maar ik ben het wel met hem eens.

Als Java en Indië toentertijd eens een grote voorsprong op Europa hadden gehad, en jullie overzee waren gekomen om Europa te bezetten, denk je dat wij dan zo gelukkig zouden zijn? Ik weet zeker dat wij wreder behandeld zouden worden dan jullie nu. Wij weten hoe inlanders zijn en wat ze kunnen. Maar jullie kennen Europa nauwelijks. Kom eens naar Nederland, Minke, dan zul je versteld staan van wat de steenreliëfs en lontarbladen met poëzie je vertellen over het leven van je eigen voorouders. Jullie, de erfgenamen van dat alles, hebben er niks van bewaard. Dat hebben de Europeanen gedaan, Minke, de Europeanen.

Ik weet niet of ik nou erg westers denk of niet. Maar zo zie ik, een Nederlands meisje, de inlanders nu eenmaal. Minke, daarom moeten we samen alles doen om Java, Indië, Europa, ja, de hele wereld te verbeteren. Alles wat niet deugt moeten we bestrijden. Of het om Java of de wereld gaat, we moeten iets goeds bijdragen, net als

*Babad Tanah Djawi: een 18de-eeuws geschrift waarin mythe, legende en historie vervlochten zijn tot een kroniek van het eiland Java, en in het bijzonder van het rijk van Mataram (16de-17de eeuw) (vert.).

de grote humanisten vóór ons, zoals Multatuli, die zoveel heeft geleden.

Op het ogenblik heb ik mij helemaal op het sociale en politieke werk gestort. Sarah studeert verder op de Kweekschool. Dit was het voorlopig. Later zullen we nog wel eens over andere kwesties corresponderen. Net als papa wil ik je op het hart drukken je best met alles te doen. Groetjes van de noordpool, Miriam.

Wat was ze energiek. Hoewel ik de toestand in Nederland niet precies kende, geloof ik dat het hun daar niet zo voor de wind ging als in Indië. Zij moesten alles doen om het hoofd boven water te houden. En dan tóch zo actief zijn en in de toekomst blijven geloven. Heel bewust aanvaardde zij alle moeilijkheden en probeerde die ook bewust te boven te komen.

Moeilijkheden zag zij waarschijnlijk als hindernissen die ze moest nemen en puzzels die ze moest oplossen. Ze sterkten haar, tastten haar niet aan. De naargeestige stemming waarin ik al die tijd verkeerde, doorbrak zij. Zij wist precies hoe ze mij moest wakker schudden uit die boze droom. Ja, je denkt op een westerse manier, Miriam, je ziet Indië door westerse ogen. Jij staat voor alles wat goed is, Miriam. Maar, en misschien is dat juister, jij projecteert je eigen westerse dromen. Ik zal je terugschrijven, Miriam.

Ik weet niet hoe lang ik zo had zitten peinzen, toen ma zei:

'Wat is er, jongen?'

'Wat?'

'Ik heb op je gelet. Je bent niet meer zo vrolijk en kwiek. Ik weet dat het gebeurde je zwaar valt. Maar je moet niet piekeren. Jongen, hoe zou je het vinden om te hertrouwen?'

Wat een vraag! Ik begreep haar wel; zij probeerde te voorkomen dat ik weg zou gaan uit Soerabaja, weg van Wonokromo. Al was ik dan haar schoonzoon, zo'n vraag stelde je niet. Zoiets deed je niet, dat hoorde niet. Alsof ik nooit naar een Europese school was geweest. Nog voor ik van de schok bekomen was ging ze verder:

'Ik kan er niet tegen wanneer je zo in de put zit. Je moet echt proberen te vergeten wat er is gebeurd.'

Dit had wel iets weg van een kaatsspel.

'Ziet u niet dat ik daarmee bezig ben, ma?'

'Je leest geen boeken meer, je schrijft niet en je lacht niet. Zelfs de krant lees je nauwelijks. Je zit maar wat te mokken.'

'U ziet er ook slecht uit.' Ik probeerde de kaatsbal af te stoppen.

'Natuurlijk. Ik ben niet voor niets ouder dan jij. Maar ik heb er afstand van genomen.'

'Wanneer Pandji Darman terug...'

'Daar hoef je niet op te wachten. Luister, ga je mee een uitstapje maken buiten de stad? Misschien knappen we er van op.'

'Natuurlijk, ma, dat vind ik leuk. Misschien dat Pandji in de tussentijd terug is.'

'Ga je dan naar Batavia?'

'Ik denk het wel, ma.'

'Je bent niet geschikt om dokter te worden. Je kent dokter Martinet. Wat heeft hij voor ons kunnen doen? We hebben wel verloren, maar jij hebt onze zaak beter verdedigd. Het werk dat jij hier doet, waardeer ik meer dan dat van een dokter.'

'Ach, ma. Dan studeer ik tenminste en kan ik later in mijn eigen onderhoud voorzien.'

'Zo te horen geloof je zelf niet wat je zegt. Het duurt nog wel even voor Pandji Darman terug is. In zijn laatste telegram stond dat hij zijn vertrek moest uitstellen.'

'Ja, ma, misschien is het goed dat we een uitstapje maken. U werkt alleen maar. Maar wie doet al het werk als wij weggaan?'

'Darsam.'

'Darsam! Wat kan hij nou?'

'Ssst! Beledig hem niet. Hij heeft ervaring, behalve dan op kantoor. Ik wil hem uitproberen, tot hij gek wordt van al dat geregel.'

'Durft u dat aan?'

'Hij moet het toch éëns leren? Iemand die zo toegewijd is als hij moet je aanmoedigen en een kans geven. Hij voelt haarscherp aan wie een geschikte klant is en wie niet.'

'En de administratie?'

'Je moet hem de kans geven. De correspondentie kan wel een paar dagen blijven liggen.'

'Durft u het echt aan?'

Voor het eerst in lange tijd glunderde ma weer. Haar gaaf gebit schitterde. Een tijd geleden al had zij besloten met vakantie te gaan. Nu wilde ze dan echt, zonder er verder nog aan te twijfelen.

'Vergeet die papiertroep. Vergeet alles,' zei ze. 'Waar leef je anders voor? Toch niet voor iets dat je niet nodig hebt.'

6

Ik ging naar Jean Marais om eens te kijken hoe het met het schilderij van Annelies stond waar hij aan bezig was. Hij wilde niet van een foto werken. Annelies, had hij me eens verteld, zal ik schilderen zoals jij en ik haar kenden – niet alleen haar uiterlijk, ook haar karakter zal ik laten spreken. Jean portretteerde haar geheel vanuit zijn geheugen; hij was er nu al een maand mee bezig en nog was hij niet tevreden. Toen ik binnenstapte was hij het schilderij aan het bijwerken. Vanuit een donkere achtergrond à la Rembrandt verscheen het gezicht van mijn fee als de maan die door de wolken heenbreekt. Ja, alleen de wolken bedreigden haar jonge, mooie leven. Ik herkende het haar dat ik zo vaak innig had gestreeld, haar zachte, lichtgetinte huid, ja zelfs het kleine kuiltje in haar kin. Het was mijn vrouw, mijn Annelies die zich altijd zo behaaglijk in mijn armen had gevlijd.

'Als het klaar is,' zei Jean, 'dan moet je het niet zo ophangen dat iedereen het kan zien, Minke.'

'Zal ik het dan maar opbergen?'

'Wikkel het in een mooie doek. Je moet er niet naar kijken, je zou er gek van kunnen worden.'

Hij had gelijk. Nu hij er zo aan bezig was, begon m'n hart te bonzen en dwaalden mijn gedachten af.

'Wikkel het maar in een mooi bordeaux-rode fluwelen doek. Wacht, ik zal je er een geven.'

'Is het af, denk je, wanneer ik uit Soerabaja wegga?'

'Je gaat dus echt naar Batavia?'

'Ik mag toch ook verder leren?'

'Je hebt gelijk, bij Njai kan dat niet.' Hij glimlachte, zonder dat ik wist waarom. 'Je hebt te weinig persoonlijkheid en bent aan verandering toe. Een andere plaats, een andere omgeving, andere kansen om je te ontplooien.'

Toen ik wilde opstappen, hield hij me staande.

'Niet zo'n haast, ik wilde je nog wat vragen.'

'Hoe is het trouwens met May op school?'

'Ach, dat vlot niet zo.'

'Misschien moet ze thuis wel te veel doen, Jean.'

'Kan best, maar wat heb je eraan om intelligent te zijn en toch niet gelukkig te zijn thuis. Je moet ook leren wat werken is, leren hoe je je eigen leven moet opbouwen. En de school is daartoe niet meer dan een hulpmiddel.'

'Als ik kinderen had, zou ik er misschien ook zo over denken.'

'Je moet niet naar mij kijken. Ik ben invalide, wanneer zij er niet is voel ik me eenzaam. Minke, wat vind je van het schilderij?'

'Je bent fantastisch, Jean.'

'Ik heb nog nooit zo goed geschilderd. Het zou een plaatsje in het Louvre verdienen. Je moet eens naar Frankrijk gaan, Minke. De paleizen daar, de parken en monumenten, de mooiste kunst ooit door mensen voortgebracht zie je er. Het is prachtig, grandioos, en de kerken... oh, eh, ik wil niet opscheppen over de prestaties van mijn voorouders.'

'Ga door, Jean. Mijn leraren bewonderen Frankrijk, en ik, hun leerling, doe dat ook terwijl ik er nooit ben geweest.'

'Straks krijg ik bezoek,' veranderde Jean van onderwerp. 'Kommer. Hij kan elk moment hier zijn. Je zou eens met hem moeten praten.'

'Komt hij vaak?'

'We hebben afgesproken dat ik een ontwerp voor een tijgerval voor hem zou maken,' zei hij al schilderend.

Ik hoorde voetstappen, en inderdaad, Kommer kwam eraan, een leren aktentas in de hand. Hij groette mij en reikte Jean de hand, maar die knikte slechts.

'Ben je boos op me?' vroeg Kommer.

'Een schilder geef je geen hand als hij aan het werk is,' zei hij glimlachend.

Kommer lachte begrijpend. Toen vroeg hij:

'Je bent dus bijgelovig?'

'Welnee, maar het gif in de verf is gevaarlijk. Ik ga even mijn handen wassen.'

'Hoe gaat het?' vroeg Kommer mij. 'Het is lang geleden dat u iets heeft geschreven.'

Hinkend kwam Jean terug en zei, ons onderbrekend:

'Kommer, Minke is een keer ontzettend kwaad op me geworden, alleen maar omdat ik hem voorstelde in het Maleis te gaan schrijven. Praat eens met hem.'

Dezelfde woede en teleurstelling die ik bij Nijman had gevoeld kwamen nu weer opzetten.

'Wat is Maleis toch voor taal? Zo'n arme taal! Links en rechts pikken ze wat woordjes, en dan schrijven ze maar wat.'

'Je hebt gelijk,' zei Kommer, flauwtjes glimlachend.

Uit zijn tas pakte hij enige kranten en spreidde ze op tafel uit. 'Kijk eens. Dit is de *Pemberita Betawie*, dit de *Bintang Soerabaja* uit Soerabaja zelf; je kent ze al lang denk ik. Dit is de *Taman Sari*. De *Penghantar* hier verschijnt nog niet zo lang, en komt helemaal van Ambon. Javaanstalige kranten? Die zie je hier: de *Retno Doemilah*, en de *Djawi Kando*. Deze is weer in het Maleis en komt van Oost-Sumatra, *Pertja Barat*. Kijk, dit is een stapeltje advertentiekranten, allemaal uit Soerabaja, je kent ze wel. Nou moet je zelf maar eens kijken, ze zijn stuk voor stuk in handen van Nederlanders en Indo's. Alleen de *Pertja Barat* uit Medan is van een Chinees.'

Ik begreep nog steeds niet waar hij heen wilde.

'Zie je, juist de buitenlanders hier zien het belang van het Maleis of het Javaans wanneer ze de inlanders willen bereiken. Is dat zo gek? De buitenlanders hebben er alle belang bij dat het Maleis en Javaans zich ontwikkelen. Een arme taal, dat is waar, maar na de geboorte moeten lichaam en ziel groeien, dat geldt voor alles en iedereen, ook voor jou.'

De feiten waarmee ik werd geconfronteerd hadden mij dusdanig overdonderd dat kwaad worden geen zin had.

'Ik kom zelf ook maar net kijken bij de *Primbon Soerabaja*. Het is niet dat ik het zeg, maar je ziet zelf wel dat deze kranten de inlanders in contact brengen met de hele wereld. Als je het zó ziet dan maken ze zich nogal verdienstelijk voor hen, ook al denken de inlanders dat er nooit iets voor ze gedaan wordt. Dat is logisch natuurlijk, ieder een abonnement is veel te duur, dus lezen ze allemaal één krant.'

Het zag er naar uit dat Kommer voorlopig nog niet uitgepraat zou zijn. Het was vervelend, maar ik begon een beetje te zien wat het belang van Maleistalige kranten was.

'Nou, Minke, nu hoor je het ook eens van Kommer,' merkte Jean schamper op, 'je moet maar boos op hém worden.'

Kwaad werd ik niet, het verveelde me doodgewoon. Niet alleen omdat Kommer het anders vertelde, maar ook omdat hij van mij begrip voor de zaak verlangde. Kommer had de kranten zo neergelegd dat ik ze wel moest lezen. Als vanzelf pakte ik er een, een andere, en toen nog een. Ik keek naar de opmaak, de typografie, de kolommen, de onregelmatige interlinie, en naar letters die niet goed waren doorgekomen.

'Wat een typografie,' merkte ik op.

'Ja, dat wil nog niet zo best. Aan Nederlandse kranten valt ook nog wel het een en ander te verbeteren. Het gaat erom of je iets kunt overbrengen aan de Maleise lezers – zaken waar zij echt belang bij hebben en niet alleen nieuws gericht op Europese belangen.'

Ik zag het wel in, maar accepteren kon ik het nog niet.

'Je kunt het op zijn minst proberen, Minke, om Maleis te schrijven,' begon Jean weer.

'Kijk maar,' kwam Kommer tussenbeide, 'in heel Indië, in de grote steden en de dorpen, spreken de mensen het Nederlands geen van allen; begrijpen doen ze het ook niet.'

Ik had mijn aandacht nog bij de Maleise kranten; er stonden naar mijn smaak te veel advertenties in en de feuilletons namen te veel ruimte op de voorpagina. Het was alles vervolgverhalen wat de klok sloeg, de meeste waren Europese verhalen.

'Je zult zien, Minke, dat wanneer je Maleis schrijft je snel succes krijgt. Ik vind het knap dat je Nederlands schrijft, maar de taal van je eigen land gebruiken getuigt van liefde en gevoel voor je vaderland.'

Plotseling zweeg hij. Waarschijnlijk wilde Kommer nog wat van mij. Dus niet alleen mijn moeder koesterde verwachtingen, ook Kommer en Jean Marais deden dat. Kommer was zo maar uit de lucht komen vallen – ik kende 's mans hele achtergrond niet, en nu stond hij voor me als een rechter op zoek naar een slachtoffer.

Toch kon ik er niet kwaad om worden. Ik kon op mijn vingers natellen dat als ik op hun verlangens zou ingaan, ze morgen weer wat van me wilden.

'Wilt u echt dat ik dat doe, meneer Kommer?'

'Ja, eigenlijk wel.'

'Maar ik heb ook het recht om het te laten.'

'Zeker, Minke. Kijk, als je bent gestegen op de maatschappelijke ladder, verwachten de mensen bepaalde dingen van je – de maatschappij heeft het je immers mogelijk gemaakt, stond toe dat je opklom. Je kent het Nederlandse spreekwoord: hoge bomen vangen veel wind. Wanneer je uit de wind wilt blijven moet je geen hoge boom worden.'

'Hoe zou je de verantwoordelijkheid ook kunnen afschuiven,' viel Jean hem bij.

'Minke, trouw aan je vaderland is een belangrijk principe.'

Hij durfde wel! Dat was grof! Mijn moeder wees me op dezelfde dingen, maar nooit op die toon. Ze dwong me nooit. Kommer vroeg niet alleen, hij verwachtte en eiste het van me. Hij ging verder:

'Het is heel belangrijk dat de Europeanen Maleis gaan lezen. Kijk, wie anders dan schrijvers zoals jij kunnen de inlanders stimuleren hun zegje te doen?'

'Waarom schrijft u in het Maleis?' vroeg ik op mijn beurt. 'U bent geen inlander, maar Europeaan.'

Hij lachte zonder te antwoorden. Zijn gebruinde gezicht glom van het zweet. Uit zijn zak pakte hij een zakdoek, maar veegde er zijn gezicht niet mee af. Achter de halfgeopende lippen hingen zijn voortanden. Glimlachend zei hij:

'Afkomst is niet belangrijk, liefde voor het vaderland wel. Niet in Europa, maar híer vind ik m'n vaderland en volk. Alleen in naam ben ik Nederlander. Zonder een druppel inlands bloed in je te hebben, is het toch mogelijk van dit land te houden? De inlandse bevolking leidt een afgezonderd bestaan – ze komen niet in aanraking met mensen buiten hun eigen kringetje. Dag in dag uit speelt hun leven zich af op dezelfde plek, in hetzelfde milieu. Ze hebben het te druk met hun eigen dingen; en dat verandert nooit, neem me niet kwalijk dat ik het zeg.'

Steeds meer raakte ik in de ban van zijn betoog. Al mijn aandacht richtte zich op hem.

'Zo kan het niet blijven. Iemand die daarvan doordrongen is moet met hen praten. Met iedereen tegelijk is onmogelijk natuurlijk, daarom schrijf ik. Zo is er contact tussen mij en al die anderen.'

De man hier tegenover mij wees mij – al dan niet bewust – de weg om schrijver te worden. Ik beschouwde hem als mijn leermeester. Zonder faam, van eenvoudige komaf, maar met een grote persoonlijkheid. Mettertijd kreeg ik respect en genegenheid voor hem, als was hij een stuk van mijzelf. Wanneer hij overtuigd was van de juistheid van iets, dan aarzelde hij geen moment dat uit te dragen. Voor mij was hij een kleine profeet.

'Minke,' zei Jean, 'praten kan ik niet goed, maar ik ben het met Kommer eens, ook ik verwacht van je – eisen kan ik het niet – dat jij je tot je eigen volk zult richten. Díe mensen hebben je meer nodig dan welk volk ook. Aan jou verliezen Europa en de Nederlanders niets.' Even zweeg hij en keek mij aan alsof hij elk moment een woedeuitbarsting over zich heen kon krijgen.

'Je bent toch niet kwaad op Kommer?' Weer zweeg hij even, kennelijk om te zien hoe ik reageerde. Maar ik reageerde niet. Als een enorme golf waren de woorden van Kommer over me heen gerold, me tuimelend meesleurend, weg van degeen die ik was.

'Als ik schrijf, doe ik dat in mijn eigen taal. Ik ben schilder, dus ik schrijf met kleuren die spreken van mens tot mens en niet van volk tot volk.'

'Dus hoeven we geen vreemde talen meer te leren, Europese talen bijvoorbeeld?'

'Dat zegt niemand. Zonder vreemde talen leer je andere volken niet kennen. Je eigen mensen leer je niet eens kennen wanneer je je moedertaal niet beheerst,' antwoordde Kommer snel alsof hij de vraag had verwacht.

Ik vond mijn vraag eigenlijk kinderachtig. Ik voelde me als schuim, meegedragen op de grote golf die Kommer was.

'Wanneer je niets van andere volken weet,' zo ging hij verder, zonder mij gelegenheid te geven even bij te komen, 'dan begrijp je ook veel minder van de inlanders.'

Ik voelde me de tweeling Romulus en Remus, de stichters van Rome, gezoogd door de wolvin.

'Waarom zeg je niets, Minke?' vroeg Jean – een rimpel op het water. 'Weet je, we doen echt een beroep op je. Dit is geen loos geklets. Heb je nog andere redenen om niet in je moedertaal te schrijven?'

Daar kwam weer een hoge golf aanspatten:

'Iedereen die niet in zijn moedertaal wil schrijven, bevredigt alleen de eigen behoefte. Dergelijke mensen interesseren zich niet voor de noden van het volk waarop zij eigenlijk steunen; de meesten kennen hun volk niet echt.'

Ik zou het volk niet kennen? Dat klonk sterk overdreven en deed pijn; zij waren niet eens inlanders – een Indo en een Fransman!

'Je zegt maar niets,' drong Jean aan.

'Gun hem de tijd erover na te denken, Jean. Denk eens aan Multatuli, Minke – die zei eens: als de Nederlanders mijn boeken niet willen lezen, dan vertaal ik ze in het Maleis.'

'Ik ken mijn eigen volk dus niet.'

'Dat is wel een pijnlijke conclusie. Het klinkt hard, maar het is waar. Uit wat je schrijft blijkt dat je meer van Nederlanders en Indo's afweet.'

'Dat is niet waar, ik beheers het Javaans heel goed.'

'Maar daarmee ken je de Javaan nog niet! Ga je wel eens naar de kampongs? Misschien dat je er hooguit een keer doorheen rijdt. Weet je wat een Javaanse boer eet? Het overgrote deel van het volk bestaat uit boeren. Jouw volk bestaat uit Javaanse boeren.'

'Wat heet kennen.' Zelfs aan een dun takje wilde ik me vastklampen, als ik me maar staande hield in de golven die een ware kwelling voor me werden.

Misschien omdat hij zag dat ik steeds roder werd, gooide Kommer het over een andere boeg.

'Iets anders, Jean. Hoe staat het met het ontwerp voor de tijgerval?'

Marais trok een tafella open en haalde er een vel papier uit.

'Zoiets lijkt me het beste, Kommer. Wanneer je een tijger op het spoor bent, krijg je 'm hiermee te pakken.'

'Kijk, Minke, dit is een schets voor een val. Je moet eens langskomen, ik heb allerlei beesten: tijgers, krokodillen, slangen, apen, vogels... 't is leuk ze te observeren.'

'We waren toch nog niet uitgepraat?'

'Ooh, een andere keer dan maar. Misschien schikt het nu niet zo, hè Jean?'

'Heeft u al die beesten zelf gevangen?'

Kommer knikte.

'Ontbrak die nog?' vroeg ik opgelucht nu ik van de beukende golven bevrijd was.

'Nee, het is een bestelling van de Duitse consul voor de dierentuin van Berlijn. Zwarte tijgers zijn het gevaarlijkst, ze leven op de grond, tussen het struikgewas, op het grasland en ook in bomen. Je krijgt ze alleen dood te pakken of 't moet nog een jonkie zijn.'

'Waar gaat u de val plaatsen?'

'In de bossen bij Sidoardjo, daar zitten de mooiste exemplaren; hun zwarte pels heeft een staalblauwe glans. Met deze schets kan ik de timmerlui in Sidoardjo aan het werk zetten, Jean. Zijn de wielen niet wat klein uitgevallen?'

'Nee, de val mag niet te hoog boven de grond komen. De wielen zijn groot genoeg voor vervoer over hobbelig terrein, ondiepe greppels en sawapaadjes.'

'Akkoord!' zei Kommer. 'Nou, Minke, ik zou het een eer vinden als jij met me meeging om die tijger te strikken, dan kun jij je ook eens onder de mensen begeven. Geloof me, ik ken deze lui beter dan jij, je zult zien dat je nog niet veel van hen weet,' zei hij vol overtuiging en uitdagend, onbeleefd bijna.

Misschien had hij gelijk, maar het klonk niet sympathiek, hij kwetste me. Er iets tegen in brengen kon ik niet, ik zou eens kijken wat er klopte van z'n grote woorden. Ik zou hem vragen of hij zélf Javaans las, en zo ja, wat dan wel. Zo niet, dan kon hij geen kant meer op. Maar ik weifelde.

'Wanneer je met hen omgaat zul je een onuitputtelijke bron van inspiratie ontdekken. Kartini heeft in een brief aan een vriendin gezegd dat schrijven werken voor de eeuwigheid is. Misschien blijft met de bron ook het werk wel bestaan.'

'U weet veel van Kartini.'

'Wat wil je, ze is zo bekend. Overal worden haar brieven gelezen.'

'Wanneer gaat u eigenlijk naar Sidoardjo?'

'Je gaat dus mee?'

'Wanneer vertrekt u?'

'Morgen.'

'Goed, morgen gaan wij alle twee mee naar Sidoardjo.'

Kommer keek bij de woorden 'alle twee' vreemd op. Maar toen zei hij met een stralend gezicht: 'Mooi.'

'Ik ga met u mee als ik me vrij kan maken. En jij, Jean?'

'Dit schilderij moet eerst af. Ik hoop dat het nog eens in het Louvre komt te hangen. Hoe zal ik het noemen, Minke?'

'Bloem van de Eeuw.'

Jean zweeg. Toen zei hij blij:

'Dat brengt me op een idee. Ik ga de achtergrond en de fonkeling in haar ogen wat bijwerken. De lippen ook, Minke, die moeten kunnen spreken over de eeuw die achter ons ligt; de schittering in haar ogen weerspiegelt de hoop die voor ons ligt.'

Ik begreep hem niet. 'Jij hebt het geschilderd, ga je gang.'

'Elk schilderij spreekt zijn eigen taal, Minke.'

'Ze is echt beeldschoon, bovenaards bijna,' prees Kommer.

'Dat is alleen de uiterlijke vorm,' onderbrak Jean hem. 'Daar houdt het niet mee op. Kijk eens naar wat er spreekt uit de penseelvoering, de sfeer, de kracht en levendigheid van de kleurencompositie.'

Niet begrijpend staarde Kommer, net als ik, naar het schilderij. Vol vuur kon Jean over schilderen vertellen, als er iemand wilde luisteren tenminste, ook al was zijn Maleis niet zo goed. Door aan te wijzen, te gesticuleren, wist hij zich toch altijd duidelijk te maken.

Langzaam maar zeker kreeg ik een helder beeld: de schilderkunst vormde een wetenschap op zich, en niet iedereen verstond haar taal. Ik kon maar beter naar hem luisteren en zwijgen. Voor de zoveelste maal realiseerde ik me dat het H.B.S.-diploma me alleen duidelijk maakte hoe weinig ik eigenlijk wist! Een beetje bescheidenheid dus, Minke. Je hebt dan wel de H.B.S. gedaan, maar dat stelt niet bijzonder veel voor...

Toen wij naar het station vertrokken, waarschuwde Darsam:
'Voorzichtig, toean moeda. Pas goed op Njai. Ik ben er nu niet bij. Zorg dat haar niets overkomt.'
'Ik let wel op haar, Darsam.'
Op het moment dat Mardjoeki wilde vertrekken, hield ma hem tegen en riep Darsam. Vanuit het rijtuig zei ze:
'Jij hebt nu de leiding, Darsam, wees voorzichtig.'
Darsam lachte trots vanachter zijn grote hangsnor:
'In orde, Njai!'
'Bij jou is alles altijd in orde. Kalefater je snor eerst maar eens op.'
Het was waar, zijn snor zag er verfomfaaid uit. De ene helft hing lager dan de andere. Snel streek Darsam hem weer recht.
'Zie je wel, jij met je alles in orde.'
'Ja, Njai, vergeten te kammen vanochtend. Ik had haast.'
'Jij altijd met je ja ja ja. Moet ik je dan iedere dag controleren? Als jij je snor niet eens kunt verzorgen... je weet toch wat ik altijd zeg?'
'Ja, Njai... "je ziet er wel stoer uit, maar...".'
'Niet vergeten dus. Ga nou eens niet zo gehaast te werk... Kom, Mardjoeki, we gaan.'
We reden het voorerf af. Toen we de grote weg opdraaiden hoorde ik de stem weer: je kent je eigen volk niet! Goed, ik wist er dus niks vanaf. Daar moest ik me voor schamen. Maar ik zou mij het verwijt aantrekken. De man die daar voor ons liep... met die zwarte broek, hoeveel zou zijn vrachtje wegen? Ik had geen enkel idee. Aan zijn draagstok hingen grote manden, gevuld met aardnoten. Aan wie zou hij ze verkopen? En waar? Alleen dat vrachtje? Ik wist het niet. Wat zou het moeten opbrengen? Geen idee. Zou hij van de opbrengst een week kunnen eten? Ook dat wist ik niet. Allemaal onbekend. Was hij wel sterk genoeg voor die zware last? Wist ik niet. Of kon hij niet anders? Steeds meer vragen. Hoeveel kilo zou hij oogsten per honderd vierkante meter? Stom! Al die vragen pijnigden mijn hersenen. Tja, nu ging het nog alleen maar om sjouwen. Jij! Arrogante stommeling! Wanneer je van zo iemand niks weet, moet je je schamen over hem te schrijven. Verwaande schrijver die je bent!
Bij het station wachtte Kommer ons op. Ik wist dat hij ma eens een aanzoek had gedaan; zij had er nooit op geantwoord, zijn brief gelezen had zij niet eens. Hij was getrouwd en had kinderen. Zijn vrouw was Indisch, geloof ik. Hoe hij ma een aanzoek had durven doen begreep ik niet.

Hij was toch een stuk jonger dan zij? Nu haastte hij zich ook nog kaartjes te kopen voor de eerste klas, alsof hij rijker was dan ma. Toen hij voor het loket stond keek ik een andere kant op. Zelfs met zijn rug naar me toe leek hij me nog te beschuldigen: je eigen volk en vaderland ken je niet eens! Het perron lag verlaten, op een paar mensen na die op een bankje zaten. Ma ging naar de wachtkamer eerste klas. Ik slenterde over het perron. Een vrouw op een bankje waarschuwde haar man zijn witte hadji-mutsje af te doen omdat dat zo opviel. Er bestond immers een regel van de spoorwegen die Europeanen, Chinezen en hadji's verbood derde klas te reizen. Die moesten in de eerste of tweede klas gaan zitten.

De man stopte zijn mutsje in zijn reismand; zijn echtgenote ging kaartjes kopen. Vanaf de bank keek de man oplettend om zich heen. Was dit soms de manier om mijn volk te leren kennen? Ik moest erom lachen. Ik geloofde er niet zo erg in.

Nadat Kommer kaartjes had gekocht, stapten we snel in een wagon. Ik zat naast ma; Kommer tegenover ons.

'Al meer dan twintig jaar heb ik het binnenland niet gezien,' begon ma, 'maar misschien is er in al die tijd niet veel veranderd.'

'Inderdaad, Njai, het is nog net als vroeger,' antwoordde Kommer. Toen vroeg hij: 'Men zegt dat u uit Sidoardjo komt. Klopt dat, Njai?'

Zo raakten ze in gesprek. Kommer, de journalist, deed alle moeite het gesprek aan de gang te houden, wilde, in cadans met het gebonk van de trein, wel blijven kletsen. Op allerlei manieren probeerde hij indruk te maken; hij – de intellectueel die zoveel wist van handel, literatuur, landbouw, jacht, volksverhalen en vooral van de koloniale problematiek.

Ik schrok wakker toen mijn naam werd genoemd – in welk verband wist ik niet.

'Ik heb Minke voorgesteld om in het Maleis of in het Javaans te schrijven. Maar zo te zien heeft hij nog zijn twijfels,' zei Kommer.

'Zijn eigen moeder ziet graag dat hij in het Javaans schrijft,' lichtte ma toe.

'Nou, Minke,' bestookte Kommer mij, 'je eigen moeder nota bene!'

Ik voelde dat hij het me kwalijk nam dat ik zat te suffen – ik was meteen klaar wakker.

'Kommer heeft gelijk, jongen,' bemoeide ma zich er nu ook mee, 'ik vind persoonlijk de Maleise stukjes van Francis en Wiggers senior en junior erg aardig, of die van Kommer en Johannes. Je moet het ook eens proberen, denk ik.'

'Beter vrijwillig dan dat je gedwongen wordt.' Kommer ging nu wel erg ver!

'Hoezo gedwongen, meneer Kommer?' vroeg ma.

'Ja, Njai, eens komt de dag dat de inlanders inzien dat ze geen vertrouwen kunnen hebben in de Nederlandse koloniale pers, dan moeten ze wel hun eigen taal schrijven. De pers komt toch niet op voor hun belangen? Het is net of er in Indië alleen maar Europeanen wonen. Volgens mij zal iedere schrijver met gevoel voor rechtvaardigheid op den duur teleurgesteld raken, Njai.'

Vol aandacht luisterde ik. Ze hadden het niet meer over mij. Ik dommelde weer in, en gaf Kommer zo de kans te pronken met zijn hanetooi. Hij zou vast niet durven vragen wat er met die brief van hem was gebeurd.

Toen ik weer wakker werd zat Kommer onderuitgezakt in het hoekje. Ma genoot zichtbaar van het uitzicht. Ik schaam me om het te zeggen, maar dit was de eerste keer dat ik eens goed naar mijn schoonmoeder keek. Zo alleen, zonder Annelies in de buurt, bleek pas hoe charmant ze wel was. Je kon niet zeggen dat ze er oud uitzag. Haar wangen waren nog even vol als vroeger. Zij had glanzend haar en geen kraaiepootje ontsierde haar gezicht. Daar zij aan het hoofd van een onderneming stond ging zij altijd stijlvol gekleed in een keurig geplooide kaïn. Zo van opzij leek ze op Annelies, ze was alleen niet zo blank en had niet haar spitse neus. Njai's zware, dikke wenkbrauwen gaven haar blik iets ongenaakbaars.

Kommer sliep, de mond opengezakt. In zijn mondhoek glinsterde een gouden tand. Met kloppend hart keek ik ernaar, bang als ik was dat deze stoere journalist zou gaan kwijlen. Als ma dát zou zien, kon hij zijn aanzoek wel helemaal vergeten!

De trein reed erg langzaam en stopte zo nu en dan. De eerste en tweede klas waren in één wagon ondergebracht. De passagiers uit de eerste klas droegen allen schoenen of sandalen; in de derde klas waren alle voeten bloot. Het krioelde er van de kooplui, op weg naar de markt of naar huis. Marktgeurtjes omringden hen, evenals de vliegen.

Wij waren de enigen in de eerste klas. In de tweede klas zaten een stuk of tien Chinezen en een hadji, zijn witte mutsje had hij afgezet.

Sintels en vonken vlogen ons om de oren. Als passagier stapte je altijd uit met vieze kleren, waar je ook zat. Hier en daar, als de trein langzaam reed, zag ik groepjes arbeiders aan de spoorbaan werken. Zij moesten herendiensten verrichten. Een Indo op een paard, bewapend met een zwaard, hield toezicht. De dienstplichtigen werden opgetrommeld door het Binnenlands Bestuur en de dorpshoofden. Die laatsten riepen de boeren op die werkten op landerijen in handen van het gouvernement. Voor die gedwongen arbeid werden ze niet betaald, eten of reisgeld kregen ze evenmin; zelfs voor hun eigen drinken moesten ze zorgen.

Als ík nou 'ns een landloze boer was, dan zou ik best een van hen kunnen zijn, bewaakt door die Indo op zijn paard. Hij had misschien niet meer verstand dan de jongetjes die buffels hoedden. Zijn knecht - een dorpsbeambte gekleed in een kaïn en een uniformjasje van zwart evalist, een doek op zijn hoofd - was met een kris bewapend. Hij zou tegen mij net zo tekeergaan. Gelukkig was ik geen boer die gouvernementslanderijen moest bewerken. Nu ik mijzelf vergeleek met hen, had ik reden mij gelukkig te voelen; ik móest wel medelijden met hen hebben. Ja, móest - het gevoel kwam niet spontaan, maar ontstond uit verstandelijke overwegingen. Je hebt gelijk, Kommer. Wanneer ik eenmaal observeer, ontstaat er automatisch een duidelijk omlijnd beeld. Misschien zaten er onder de dwangarbeiders wel echte vaklui, niet zoals die opzichter en zijn knecht. Iemand die de gamelan kon stemmen of wajangpoppen beschilderde, een dichter wellicht. Het waren in ieder geval ervaren boeren, die de pech hadden in Indië te wonen en geen land van hun ouders te hebben geërfd. Ik wist ook dat zij naast herendiensten ook nog als nachtwaker moesten opdraven om de gemeenschap te beschermen tegen onverhoeds gevaar, ze moesten schatting betalen aan de autoriteiten, en wanneer een van die lui, die ze helemaal niet kenden, eens een keer kwam rondneuzen in hun kampong, werden hun kippen en eieren ook nog ingepikt.

Van jongs af wist ik dit allemaal al. Maar nu, hier in de trein, realiseerde ik het mij pas goed. Hoe ellendig de boeren eraan toe waren, had ik in Multatuli's *Saïdja en Adinda* gelezen, maar tot op dit moment had ik er niet echt bij stilgestaan. Men zei dat de boeren kippen, eieren, jonge klappers, empon-empon* en allerlei vruchten moesten afstaan aan het dorpshoofd, die er op zijn beurt een gedeelte van moest afdragen aan de ndoro wedono. Wanneer de hoger geplaatsten iets wilden, dan eisten de dorpsbeambten van de boeren geld om namens het dorpshoofd koeien of geiten te kopen. Alles moest van de boeren komen, boeren die niet veel meer hadden dan de hak waarmee ze de landerijen van het gouvernement bewerkten.

*empon-empon: geneeskrachtige knollen.

In een anoniem pamflet had juffrouw Peters hen de kurk genoemd waarop Nederland dreef. En wat voor een kurk! Volgens haar moest die kurk wegens gebrek aan drijfvermogen toch zinken; de hele inlandse adel en Hollandse natie dreven erop. Men liet zich dragen door de inlanders – iets dat Daendels letterlijk had laten doen – en de inlanders aanvaardden het zonder een enkel protest. Zij beklaagden zich niet, want hun lot was al eeuwen lang zo.

Zodra wij de streek van Sidoardjo binnen reden, zagen wij alleen nog maar suikerriet, een en al suikerriet, golvend als een groene oceaan boven groenig-violet zand. Straks zou het riet gekapt worden en naar de fabriek gaan. Dit was de geboortestreek van Njai, alles draaide er om de suiker, maar niet alles smaakte even suikerzoet, dat was wel bewezen door wat ma had meegemaakt. Wie weet wat ik er zou beleven.

*

We gingen naar Sastro Kassier, een oudere broer van ma. Ik weet niet veel van hem af, maar het kleine beetje informatie dat ik bezit geef ik hier weer.

In de streek rondom Toelangan was een pestepidemie uitgebroken. Overal stierven mensen, elke dag. Ook dokter Van Niel die men uit Soerabaja had laten komen, stierf. In de kliniek van Toelangan, een kamertje van drie bij vier, kon men het werk niet aan. Mensen die 's morgens hun buren nog hadden begraven, haalden zelf het einde van de dag niet.

Zo verging het ook Sastrotomo, de vader van Sanikem, en zijn kinderen. Paiman, de oudere broer van Sanikem, was de enige die het overleefde. Hij verliet het huis, vluchtend voor de overal om hem heen woedende pest. Hij wist wel dat zijn vader, broers en zusters nog niet begraven waren, maar toch... hij vluchtte, vluchtte.

Hij wist het nog niet, maar de pest woedde ook binnen in hem. Doelloos doolde hij rond. 's Avonds, in het nachtelijk duister, rustte hij uit, ver uit de buurt blijvend van de fabriek, en hij wist dat hij verder moest. Zijn krachten begaven het, hij legde zich languit onder een tamarindeboom. De boom, zo wist hij, stond op een driesprong; het weggetje rechts liep richting begraafplaats, daar wilde hij niet eindigen, hij wilde niet sterven, nee, leven zou hij!

De koorts brandde in zijn lichaam, zijn gewrichten begonnen pijn te doen. Het was pikdonker en windstil. Die ogen, o, die ogen! Wat dreef hem toch naar de begraafplaats? Hoeveel familieleden en kennissen had hij daar al niet begraven? Ze waren als stekjes van de djeroekboom, de mangga, of djamboe, in de grond gestopt, maar er zou niets meer uit groeien. Hoeveel waren het er niet geweest? Twintig? Vijfentwintig? Hij wist het niet meer. Zijn hoofd brandde.

In de donkere, stille nacht zag hij af en toe vonkjes, dansend en ver weg. Groenig-rood schoten ze omhoog boven de begraafplaats, het leek of ze van de wereld werden weggeblazen, de windstille nacht in, en op hun top gekomen, daalden ze met een langgerekte boog naar beneden om in het niets op te lossen. Hij zag hoe enkele vonken op de kampongs terechtkwamen, ook op Toelangan. Hij was bang, en hoe graag hij ook had gewild, hij kon niet wegkomen van de plek die hem zo'n angst aanjoeg. Nog een enkel teken van leven was voelbaar – een onophoudelijk roepen in zijn binnenste: leven! leven! leven! Ik moet verder leven!

De ochtenddauw wekte hem uit zijn verdoving. Vaag voelde hij hoe de dauw de koortsaanvallen temperde. Toen de zon opkwam, merkte hij dat er een oude man bij hem was. Hij hoorde hem vol medelijden zeggen:

'Je bent nog zo jong, je mag niet sterven.'

De man had een grijs baardje en een snor. Paiman wilde hem om hulp vragen maar kreeg geen geluid uit zijn keel. Hij zag nog net dat de oude man een tas pakte uit een rotanmand. Uit de tas haalde hij een fles te voorschijn en gaf Paiman eruit te drinken. Toen ging hij weg. Na een uur of vier kwam hij terug, en goot weer vocht in de dorstige keel. Onaangetast door de pest leek deze oude man een reddende engel uit de hemel. Er stond geen enkel teken van angst op zijn gezicht.

De fles was nu leeg en hij stopte haar terug in de tas.

De drank was Paimans redding. Wat hij die keren had gedronken wist hij niet, het smaakte naar petroleum. De man was nog een aantal keren teruggekomen en had hem steeds wat te drinken gegeven.

Dat was Paiman, die nu Sastro Kassier heette, die meer succes in het leven had dan zijn vader Sastrotomo, de vader ook van Njai Ontosoroh. Hem was het nooit gelukt kassier te worden. Volgens de mensen was dat zijn verdiende loon. Tijdens de pestepidemie was hij gestorven. Toen Herman Mellema bemerkte dat hij zijn belofte door de komst van de nieuwe administrateur niet kon nakomen, had hij last van zijn geweten gekregen. Zonder dat ma ervan wist, was hij de nieuwe administrateur gaan opzoeken en had hem gevraagd of hij de zoon van Sastrotomo in dienst wilde nemen als klerk en hem een opleiding wilde geven tot kassier.

De nieuwe administrateur was zelf een paar maal naar Wonokromo gekomen. Bij een van die gelegenheden had Mellema zijn 'zwager' bij zijn gast in een gunstig daglicht gesteld. Ma was tenslotte toch achter al die bezoekjes gekomen en begreep dat haar broer snel zou opklimmen van klerk tot leerling-kassier en het zou brengen tot kassier.

In haar hart was ze ook trots dat haar broer zo'n belangrijke functie kreeg – hij was de enige inlandse kassier van een suikerfabriek op heel Java.

Op de dag dat hij promotie maakte hield de fabriek een kleine selamatan. Paiman, die bij zijn huwelijk de naam Sastrowongso – dat zoiets als klerk betekent – had aangenomen, veranderde hem bij die gelegenheid in Sastro Kassier, met twee 's'en*. Zijn nieuwe naam werd bij besluit van de gouverneur-generaal in de krant bekendgemaakt.

Hij had acht kinderen.

Paiman, die nu dus Sastro Kassier heette, kwam geregeld naar Wonokromo. Hij werd dan altijd vriendelijk ontvangen door ma. Maar, hij kwam steeds minder vaak. Zijn positie werd steeds beter en nadat Mellema was gestorven, liet hij zich helemaal niet meer zien.

Toen Annelies met mij trouwde bracht hij ons met zijn hele gezin een bezoek. Ook die keer begroette ma hem hartelijk. Zijn oudste dochter was twee of drie jaar jonger dan Annelies. Ik had haar vroeger een of twee keer van veraf gezien. Ik dacht dat Sanikem er als jong meisje ook zo ongeveer had uitgezien; een goed figuur, haar gezicht, ogen, neus en lippen, alle even mooi.

*

In de trein had ik er al eens aan gedacht: ma was misschien naar Sidoardjo gegaan met andere bedoelingen dan vakantie te nemen.

*Het Javaans kent geen lange 'a', als in 'kaas'. Daarmee vervalt de noodzaak om korte klinkers in de spelling met een dubbele medeklinker aan te geven. De dubbele 's' is hier louter een statuskwestie (vert.).

Mij koppelen aan Soerati bijvoorbeeld, de oudste dochter van Sastro Kassier. Nee, ik kan niet trouwen en leven met een volbloed Javaanse, onmogelijk. Niet omdat ik neerkijk op mijn moeder of andere Javaanse vrouwen en hun manier van leven en denken. Maar ik heb een andere keuze gemaakt. Ook u, Njai, u zou ook niet met een Javaan getrouwd kunnen zijn. Hoe je het ook wendt of keert, het Europese denken heeft onze kijk op een heleboel zaken veranderd, heeft nieuwe voorwaarden geschapen, en daar moeten we ons aan houden. Ook ik. Het huwelijk is meer dan alleen een formele band tussen man en vrouw. Dat weet u zelf, ma. Het spijt me als u mij echt wilt koppelen - ook al doet u het met de beste bedoelingen, ik zou het nooit kunnen!

Dit vermoeden verontrustte mij, maakte mij alert. Ma daarentegen was zo uitgelaten als een meisje, als een vlinder die net uit zijn cocon is gekropen. Haar ongenaakbaarheid was verdwenen. Steeds charmanter, hartelijk lachend, praatte ze honderduit. De onderneming, die haar afhandig gemaakt zou worden door Maurits Mellema, hield haar op dit moment niet zo bezig.

Toen we uit de trein stapten in Sidoardjo, was er niemand van de Kassiers om ons af te halen. Ma had hen trouwens niet gewaarschuwd. Kommer hield een dokar staande en bood aan ons weg te brengen naar Toelangan, maar ma wimpelde zijn aanbod lachend af.

'Toelangan is een heel eind hiervandaan.'

'Dat weet ik, Njai.'

'O ja?'

'Het is maar tien kilometer,' zei hij.

'Komt u ons dan opzoeken als u wilt.'

Met de dokar vertrokken we naar Toelangan. Suikerriet, niets dan suikerriet zagen we tijdens de rit. De boeren die met ontbloot bovenlijf op het land werkten, onderbraken hun arbeid wanneer wij langsreden en keken ons zelfs na. Kinderen, spiernaakt, vies en smerig, speelden langs de kant van de weg, en hoedden ondertussen de buffels. Als mijn vader boer was geweest, had ik hier ook gespeeld.

'Dit is mijn geboortestreek, jongen, allemaal suikerriet. Net wat je zei, alles draait hier om de suiker. Dat heeft zijn goeie en zijn kwaaie kanten. Er zijn hier meer dan tien suikerfabrieken. Wanneer die beginnen te malen is het feest, aan één stuk door. Alles wat de mensen bezitten, spenderen ze aan die feesten. Overal langs de weg liggen dronken mensen. En bij het gokken worden vrouwen, kinderen en zusjes als inzet gebruikt. Je zou eens een kijkje moeten nemen. Jammer dat er nu niet gemalen wordt.'

De voerman keek om toen hij ma hoorde praten, zonder te begrijpen waarover zij het had. Hij vroeg:

'Ja, mevrouw?'

'Niks, man, ik had het niet tegen jou.'

Het verbaasde me dat ma net als de Nederlanders de eenvoudige lui met 'man' aansprak. Ik wist wel wat het woord betekende, maar het klonk denigrerend; aan de andere kant kenden het Javaans en Maleis er geen neutraal synoniem voor. Was mijn moedertaal dan zo arm dat je wel denigrerend móest zijn? Ach, kon ik mijn hersens dan nooit stilzetten?

'Morgen of overmorgen kun je in de dorpjes gaan kijken. Gisteren zei je toch dat Kommer had beweerd dat je de mensen niet goed kende? Eerlijk gezegd voel ik me ook aangesproken. Hij heeft wel een beetje gelijk. Goed, hij overdrijft, maar ik begrijp hem wel. Hij dweept nu eenmaal met alles wat inlands is; de tekortkomingen en onwetendheid ziet hij niet. Alles wat van zijn moederskant komt is goed. Toen jij zoëven sliep, vertelde hij enthousiast over de tempels. Hij zei dat hij Jean Marais een keer had uitgenodigd om ze te gaan bezichtigen. Jean had alleen maar gelachen, die begreep niet wat er voor moois aan te zien was. Kommer probeerde het hem uit te leggen, maar Jean zag het nog steeds niet. Toen was Kommer het zo beu dat hij smalend over de veelgeroemde monumenten in Frankrijk begon.'

Het onderwerp boeide me niet. Ma vroeg:

'Heb jij wel eens een tempel bezichtigd?'

'Nog nooit.'

'Ik ook niet, maar aangezien ze voor de eeuwigheid bestemd zijn, hebben ze misschien ook wel iets eeuwigs over zich.'

Wat een onzin toch.

'Heb je wel eens iets over Parijs of Frankrijk gelezen?'

'Nee, eigenlijk niet.'

'Ik weet niet waarom, maar het trekt me wel aan. Ik kan me er niks bij voorstellen, maar het boeit me.'

Misschien kwam het omdat ma Jean Marais zo bewonderde. Ik ging er maar niet op in.

'Hoe staat het met Kommer?'

'Wat is er met hem?'

'Nou, wat vindt u van hem?' polste ik.

'Hij is erg energiek, maar dat is ook alles. Over een jaar of tien ben je hem voorbijgestreefd.'

'Dat bedoel ik niet.'
'Ach! Zou je het leuk vinden als ik op zijn avances inging?'
'Hoe ziet uw ideale echtgenoot eruit?'
Ma bloosde als een bakvis. Maar ze straalde ook.
Kennelijk kende iedereen in Sidoardjo Sastro Kassier. De koetsier wist precies waar hij woonde. De dokar hield stil voor zijn huis dat was opgetrokken uit baksteen en in het middelpunt stond van het fabriekscomplex Toelangan. Sastro Kassier was de enige inlander die een eigen huis had.
De voordeur was gesloten, maar de ramen stonden open. Tussen de gordijnen door was de woonkamer zichtbaar; er stonden meubels die je gewoonlijk bij Europeanen thuis zag. Er was slechts een klein verschil: de boekenkast, hét pronkstuk van Europeanen, ontbrak.
'Zus! Zus! Djoemilah!' riep Njai haar schoonzuster, de vrouw van Sastro. Ik had nooit kennis gemaakt met haar ofschoon zij wel op ons bruiloftsfeest was geweest. Haar man had ik eerder ontmoet.
Een vrouw die mij veel ouder dan ma leek, opende de deur. Verbaasd keek ze ons aan.
'Milah, ken je me niet meer? Sanikem!'
'Hééé, ben jij het, Ikem! Kom, kom binnen. Jij wordt ook niet ouder!'
Zenuwachtig begroette zij ons en nodigde ma en mij uit plaats te nemen in de stoelen die voor hoog bezoek bestemd waren.
'Ja, wij moeten het er maar mee doen. Dit is niet te vergelijken met dat kasteel van jou, Ikem.'
De koetsier laadde onze bagage uit en bracht die naar binnen. Djoemilah ging het huis in om de kamers voor ons in orde te laten brengen. Toen ze weer naar buiten kwam, flapte ze er meteen uit:
'Het spijt me, maar het is geen luxekamer.' Ze sprak Javaans, de enige taal die ze sprak. 'Jullie zijn natuurlijk doodmoe. Ik zal wat te drinken halen voor jullie,' en ze verdween richting keuken.
Even later verscheen er een meisje. Haar huid was door de pokken getekend. Knielend bracht ze ons op een dienblad drinken. Vanuit de keuken riep Djoemilah:
'Drink maar, zus, er staat toch water op.'
Het pokdalige meisje zette het blad op tafel, schikte alles netjes en verdween weer.
Ma stond op en bekeek het gehele gastenvertrek. Boven een van de deuren hingen twee portretten van koningin Wilhelmina; het duidde erop dat hier de kamer was van twee kinderen die de Volks-

school* van de fabriek hadden doorlopen. Dat moesten de zoons van Sastro Kassier zijn; in kleine plaatsjes als Toelangan gingen meisjes niet naar school.

Toen ze zo'n beetje alles had bekeken ging ma naar binnen.

Ik hoorde hoe Djoemilah spontaan een gesprek begon.

'Ja, zus, deze klamboe komt uit Gedangan. Hier weven de mensen niet, katoen wordt in deze streek niet verbouwd. Mooi, hè?' lachte zij. 'Als je wilt bestel ik er ook een voor jou... Ik vind het wel gek dat ze die klamboes niet in het buitenland maken, daar kunnen ze het vast veel mooier.'

Samen kwamen zij de zitkamer weer in. Djoemilah pakte onze koffers en bracht ze naar de kamer. Snel keek ik even naar ma die fluisterde:

'Ze is niet goed snik.'

De koetsier had onze mand met lekkernijen al naar de keuken gebracht.

Toen Djoemilah de kamer weer uit liep, zei ze:

'Jij blijft eeuwig jong, Ikem. Kom, zus, meneer, trek maar schone kleren aan en rust wat.'

'Kan ik eerst even naar het toilet?' Ma stond op, Djoemilah liep met haar mee.

Ik bleef alleen achter, niet helemaal op m'n gemak; ze dachten hier dat ik ma's echtgenoot was, of, nog erger, haar gigolo. Waarom had ma ook niets gezegd toen we samen één kamer kregen. Waarom fluisterde ze alleen maar dat haar zus niet goed snik was. Ach, waarom trok ik het me zo erg aan. Het leverde tenminste mooie stof op voor een verhaal. Ik moest lachen omdat ik het leuke er wel van inzag.

Samen kwamen zij weer terug. Druk kletsend en vrolijk lachend gingen zij zitten. Aandachtig probeerde ik op te vangen wat zij zeiden. Het kwam allemaal omdat ik een man was; mannelijke gasten werden gewoonlijk door de heer des huizes ontvangen, terwijl de vrouw zich over de vrouwelijke gasten ontfermde, ergens in de keuken of in een achtervertrek. Maar ja, de heer des huizes was er niet, dus nu werd ik samen met ma opgevangen. Mij best. Zo'n drama was het nu ook weer niet.

Het pokdalige meisje kwam net als zoëven op haar knieën naar ons toe en bood de zoete broodjes aan die wij uit Wonokromo hadden meegenomen. Ma vroeg aan Djoemilah:

*Volksschool: driejarige opleiding.

'Zeg, zus, hoe is het eigenlijk met Soerati? Ik heb haar nog niet gezien.'

'Soerati? Tsjonge!' riep ze uit, 'je eigen tante herkent je niet eens!'

Het pokdalige meisje beet op haar lip en boog eerbiedig het hoofd. 'Ik ben Soerati,' lispelde ze. 'Ik heb pokken gehad, tante.'

Ik schrok ervan. Was zij nou die leuke Soerati die ik vroeger een keer had ontmoet? De pokken hadden grote, diepe littekens in haar huid gegroefd, sommige plekken waren bijna zwart.

'Mijn hemel, meisje.' Njai stond op en trok Soerati uit haar gebukte houding overeind. 'Hoe is dat toch gekomen?'

'Het is mijn lot, tante.'

'Het is de schuld van haar vader, jouw broer, Ikem, die slappeling. Hij wilde net als Sastrotomo zijn dochter verkopen aan de administrateur!'

'Wat?! Paiman?' viel Njai boos uit. 'Hoe durft hij haar zoiets aan te doen! Weet hij dan niet wat ík heb meegemaakt? Kom eens hier zitten, meisje.'

Soerati ging zitten en boog het hoofd zoals zij geacht werd te doen in gezelschap van anderen, zeker nu er een vreemde man bij was.

Djoemilah begon haar gal te spuwen. Vloekend op haar man liet zij haar woorden de vrije loop, als water in een stroomversnelling. Ertussendoor klonk het gejammer van Njai:

'Moet je nou toch es zien! Ze was zo mooi, zo mooi!'

Zonder iets te zeggen luisterde ik naar hen, onderwijl het verhaal van Soerati construerend. Ma werd overvallen door emoties. Nu zij weer terug was in haar geboortestreek leek zij precies op Djoemilah die nooit naar school was gegaan. Zonder enige remming liet zij zich meesleuren door haar gevoelens. Soerati intussen vertelde haar lotgevallen alsof het een ander betrof. Onaangedaan vertelde zij hoe zij haar schoonheid was kwijtgeraakt.

Het gesprek duurde voort en ma bleef haar kreunend en zuchtend beklagen. Er kon nu geen lachje meer af. Wat zij had moeten doorstaan, zij, de bloem van Toelangan, die al haar charme verloor door de pokken, verschafte mij genoeg stof voor een meeslepend en ontroerend verhaal. Ik zwoer dat ik het zou schrijven, al zou ik vrijwel letterlijk moeten herhalen wat ma was overkomen.

Meer dan een uur zaten zij zo te praten, helemaal vergetend dat ik er ook bij zat. Pas toen de fluit van de fabriek klonk, beseften zij dat het al vijf uur was. Dat was het teken voor de rietkappers, daar ver weg op de velden, dat het werk er op zat voor vandaag.

'O, bent u niet gaan rusten?' vroeg Djoemilah verontschuldigend. 'Zeg, Ikem, wil jij meneer de kamer wijzen?'

'Ik zag dat er nog een andere kamer is, kan hij die krijgen?' vroeg Njai.

'Moet dat, gescheiden slapen?' stribbelde Djoemilah tegen.

'Ach, dit is toch mijn schoonzoon!'

'Oooh, je schoonzoon! Hoe gaat het met Annelies? Ik hoorde dat ze naar Nederland is gebracht.'

'Het gaat wel.'

'Heeft ze al geschreven?'

'Ja.'

'Nou, dan zal ik maar gauw een andere kamer in orde laten maken.'

Nu begreep ik het. Zij vond dat haar schoonzusje maar een losbandig leventje leidde. Ik kuchte – dit zaakje was geklaard. Om kort te gaan, ik kreeg een aparte kamer. Misschien was het wel die van Soerati.

Toen het vertrek in orde was gebracht en er een nieuwe klamboe rondom mijn bed was gehangen, ging ik naar binnen. Ik bedacht hoe teleurgesteld ma moest zijn. Haar plan om mij aan Soerati te koppelen kon ze wel laten varen. Ik vond het zielig voor haar; zij wilde mij zo graag bij zich houden. Dit fiasco was vast een voorteken; binnenkort zou het mij beslist lukken Soerabaja en Wonokromo achter mij te laten.

De schemering viel. De lampen brandden al toen het pas tot me doordrong dat ze hier in huis elektrische verlichting hadden. Vol bewondering keek ik hoe de lampen brandden zonder olie, pit of gas. Met ontzag dacht ik aan Edison. Ik had inmiddels twee uitvindingen van hem gezien: de fonograaf en de elektrische lamp. Die lamp aanschouwde ik nu met mijn eigen ogen, het was niet zomaar een tekeningetje in de krant of een tijdschrift.

Na me te hebben gewassen zag ik er maar van af een luchtje te scheppen zoals ik altijd deed voor het avondeten. Ik begon het levensverhaal van Soerati op te schrijven, maar ik werd gestoord. Net was ik lekker op gang of ik hoorde de woedende stem van ma. Nu en dan klonk een schuchter antwoord van een man. Sastro Kassier was dus thuis en kreeg de volle laag.

Tijdens de avondmaaltijd werd er geen woord gesproken, er hing een vijandige sfeer. Voor een volgende ruzie zou uitbarsten, trok ik mij terug. In mijn kamer hoorde ik hoe Djoemilah begon te schelden.

‘Slappeling! Waardeloze fluim! Wat hebben we eigenlijk aan jou!’
‘Hielenlikker!’ schold ma.
‘Bemoei je d’r niet mee! Jíj speelt mooi de njai!’ beet Sastro Kassier haar toe.
‘Spelen? Jij bent nu kassier omdat jouw vader míj heeft verkocht, begrijp dat goed!’
‘Nu geniet je d’r toch maar lekker van!’ verweerde Sastro zich.
‘Ik geniet omdat ik er zelf voor heb moeten sloven en niet omdat ik njai was! Stommeling!’
Ik sloot de deur zodat ik mijn aantekeningen kon rond krijgen...

7

Nu volgen aantekeningen over de belevenissen van Soerati nadat ik ze verbeterd en gecorrigeerd heb.

De bewoners van Toelangan waren druk bezig met de voorbereidingen voor het afscheidsfeest van de administrateur, de toean besar koeasa, wiens contract was beëindigd. Hij zou naar Soerabaja vertrekken zodra zijn opvolger gearriveerd was, en nu gaf hij een groot feest omdat hij een goede indruk wilde achterlaten. Aan zijn ondergeschikten die hij zou verlaten, zei hij vaak: ik hoop dat mijn opvolger het beter doet dan ik. Help hem.

Dat hoopten ook de employés, arbeiders en andere inwoners. De administrateur van de suikerfabriek was een machtig persoon in Toelangan, veel machtiger dan de boepati, de assistent-resident of zelfs de resident. Hij had het gezag van een koning. Volgens zeggen was zijn salaris hoger dan dat van de gouverneur-generaal. Al maakte men geen buiging voor hem zoals voor de boepatih, de patih of de wodono, zijn woord was wet. De oudjes wisten nog te vertellen hoe de eerste toean besar koeasa, later opgevolgd door Mellema, eens bevel had gegeven om zeven boeren te doden die hun grond niet wilden afstaan. Vijf andere boeren moesten van hem een tjandi afbreken om met de stenen een fundament te leggen voor enkele grote gebouwen. Zij overleefden het niet. Als hij lachte, had dat de uitwerking van een dodelijk gif en als hij dreigementen uitte... dan deden de opzichter van de plantage, de chef, de werknemers en de koelies precies wat hij van hen verlangde. Hij hoefde alleen maar met zijn vingers te knippen, of zij wisten dat ze moesten komen. Hij hoefde maar te kuchen en iedereen stoof verschrikt uiteen.

Ja, de administrateur van de suikerfabriek was een man met een vlammende tong.

Alles was in gereedheid gebracht toen de nieuwe administrateur arriveerde. Het officiële gedeelte werd bijgewoond door de controleur en ndoro boepati Sidoardjo en duurde twee uur. Daarna kwamen de komende en scheidende administrateur uit het kantoorgebouw om aan het feest deel te nemen. Er werd op de gong geslagen ten teken dat het feest begon. Op dat moment stonden de wagens gereed om de voormalige administrateur uitgeleide te doen.

Het feest werd opgeluisterd door ingehuurde djoged-danseressen en met wijn, dobbelspel en vechtsporten als verdere attracties.

De nieuwe administrateur heette Frits Homerus Vlekkenbaaij. Hij bracht zijn ex-ambtgenoot naar het station in Sidoardjo. Toen hij terugkeerde ging hij meteen naar het feestterrein en barstte los. Zijn tolk vertaalde het:

'Wat is dit voor een heidense bende! Wat een kabaal! Barbaren! Afgelopen, ophouden! En snel ook!'

Ogenblikkelijk voelden de mensen hoe donkere wolken zich boven hun hoofden begonnen samen te pakken. Een juist voorgevoel.

Meneer Vlekkenbaaij was, zelfs voor inlandse begrippen, klein van stuk. Hij had een dikke, kogelronde buik – de buik van iemand die veel zit en geen lichamelijke arbeid gewend is. Zijn ogen lagen diep in hun kassen, geel-groenig transparant als knikkers. Waarschijnlijk was hij de eerste Europeaan die in het openbaar verscheen in een wit-linnen korte broek met overhemd, zodat je de borstelige blonde haartjes op zijn lichaam kon zien. Hij had een kale kop, slaphangende pafferige wangen en zijn lodderige ogen gaven de indruk alsof hij slaap te kort kwam. Hij was niet erg spraakzaam, behalve als hij iemand uitschold, maar zelfs dan was hij nog kortaf.

Niet alleen de koelies en de dorpelingen waren bang voor hem, ook de employés en de opzichters. De Indo-beambten verbasterden zijn naam tot Plikemboh, en zo werd hij in het vervolg altijd genoemd. Als de vrouwen die naam hoorden, keken ze een andere kant op en grinnikten.

Een gespannen sfeer hield na het abrupte einde van het feestgebeuren geheel Toelangan in haar greep. Plikemboh kon alles doen waar hij zin in had, of hij nou met inlanders, totoks of halfbloeden te maken had. De arbeiders en employés deden heel gewoon. Wat er zich ook voordeed, zij wilden niet ontslagen worden.

Plikemboh had in de gaten dat iedereen bang voor hem was en genoot ervan. Hij leidde een prinsheerlijk leventje. Werken vond hij niet nodig, bang als hij was een soort mandoer te worden met wie de werklui familiair omgingen. Men zag hem dan ook zelden aan zijn bureau zitten. De eerste maand dat hij er was, gaf hij opdracht om strenger toezicht te houden op het stoken van spiritus en alcohol. Meer niet.

Plikemboh was een drankorgel, maar hij dronk nooit van de alcohol die op de fabriek zelf werd gestookt. Zelfs als men hem een fles aanbood dan rook hij er alleen maar aan om het alcoholpercentage te schatten.

Een maand later ging hij geregeld buiten het fabrieksterrein een kijkje nemen op de suikerrietvelden en bij de stroomgenerator van de fabriek. Hij vond het heerlijk om te kijken naar de stoomketel die voor de elektriciteitsopwekking diende, trots als hij was op deze eerste installatie in Soerabaja en omstreken.

Men zag hem vaak rondlopen met een luchtbuks om vogeltjes te schieten. Hij reed geen paard, en dat was zeer ongewoon voor een suikerbaron.

's Middags zat hij geregeld op een stoel voor zijn huis, waarschijnlijk halfdronken, met de luchtbuks op tafel. Hij schoot op alle inlandse kindertjes die voorbijkwamen. Binnen de kortst mogelijke tijd waren alle kinderen doodsbang voor hem. Zij maakten dat ze wegkwamen als ze hem in de verte zagen aankomen met zijn buks. Sinds die tijd gebruikten moeders zijn naam om stoute kinderen bang te maken.

Nu hij zich vaak in de buitenlucht bevond, zag zijn gezicht net zo rood als de kop van een kip die bezig is een ei te leggen. Hij keek altijd strak voor zich uit alsof hij een houten nek had.

Iedereen wist dat hij een slechte schutter was, want hij bracht nooit een vogel mee naar huis. Bij de jacht droeg hij altijd een zwart-leren schoudertas. Niemand geloofde dat daar vogels in zaten. Er zou wel een fles cognac in zitten.

Toen hij er eindelijk achter kwam dat de vogeltjes niet zo'n gemakkelijke prooi waren, kreeg hij genoeg van zijn luchtbuks. Hij bedacht een ander jachtplan. Hij stroopte alle inlandse huizen in de buurt van de suikerplantage af, opende alle kamer- en kastdeuren en loerde zelfs in alle pannen en potten. Volgens hem waren inlanders niet te vertrouwen, het waren allemaal dieven die smokkelden en illegaal whisky stookten. Nooit vond hij iets verdachts. Daarop begon hij de vrouwen lastig te vallen. De mensen deden hun deur op slot en als er gebonsd werd deed niemand open.

De inlandse mannen en vrouwen bleven ver van hem vandaan omdat zij walgden van zijn uiterlijk en meer nog van zijn gedrag. Waar hij ook kwam, overal kregen zij het gevoel dat hij de sfeer verpestte. Die haren, zijn dikke buik, transparante ogen en die glanzende kale kop... brrr.

Op een dag gilde Djoemilah plotseling van schrik. Plikemboh

was, waarschijnlijk via het raam, naar binnen geklommen. Er was niemand anders thuis. Zij rende de tuin in waar de keuken stond. Haar zoontjes waren naar school, maar haar dochters zaten in de keuken. Plikemboh ging haar achterna. De meisjes stoven alle kanten op, nog sneller dan hun moeder.

Djoemilah vluchtte naar de achtertuin, haar hele lichaam trilde en ze kon geen woord uitbrengen. Zij zag Soerati, die water uit de put haalde om de was te doen. Haar moeder gebaarde dat zij moest wegrennen, maar ze begreep het niet. Plikemboh was inmiddels bij de put gekomen en stond nu oog in oog met Soerati die beefde als een rietje. Van verre was Djoemilahs hulpgeroep te horen. De mensen kwamen aangerend, maar toen zij Plikemboh daar zo zagen staan, maakte iedereen dat hij wegkwam. Misselijk van angst zakte Soerati door haar knieën. Nu Plikemboh haar zo zag, wist hij niet wat te doen. Hij sloop weg achter de huizen en verdween uit het gezicht.

Toen kwamen de buren weer te voorschijn en zagen Soerati ineengedoken zitten. Ze tilden haar op, legden haar op de bank in de keuken en verwisselden haar kaïn die sterk naar urine rook. Ze zag lijkbleek en kon geen woord uitbrengen.

Met de tas nog steeds over de schouder liep de administrateur ondertussen de grote weg op. Hij ging naar kantoor.

Als administrateur wist hij wel dat Sastro Kassier met zijn gezin op nummer 15 woonde. Hij riep Sastro bij zich. Voordat Plikemboh naar Indië was gekomen, had hij een beetje Maleis geleerd van een gepensioneerde controleur.

Het gesprek ging, in het Maleis, als volgt:

'Ben jij Sastro Kassier?'

'Ja, toean besar koeasa.'

'Jij bent toch de kassier hier?'

'Ja, toean besar koeasa.'

'Werk jij al lang hier?'

'Al meer dan veertien jaar, toean besar koeasa.'

'Hoeveel vrouwen heb je?'

'Eén maar.'

'Je liegt, een Javaan zoals jij heeft altijd meer vrouwen.'

'Ik zweer u, ik heb er maar één.'

'Hoeveel kinderen heb je?'

'Acht, toean besar koeasa.'

'Mooi. Dochters?'

Sastro Kassier stond paf. Zijn intuïtie waarschuwde hem. Een ramp tekende zich voor zijn ogen af, maar hij kon geen kant uit. Al zijn kinderen stonden geregistreerd bij de administratie. Hij zou op staande voet ontslagen worden als bleek dat hij gelogen had. Dus vertelde hij de waarheid. Zonder overigens te vragen hoe ze heette, hoorde Plikemboh hem uit over Soerati. Hoe oud ze was, of ze naar school ging en nog veel meer.

'Goed. Je kunt gaan.'

Sastro ging weer aan het werk. Vanaf dat moment voelde hij zich niet meer op zijn gemak. Even kwam bij hem de gedachte op om zijn dochter naar Wonokromo te sturen, maar dat was onmogelijk. Hij had in de krant gelezen dat ook Sanikem in moeilijkheden zat. Zijn jongste nicht Annelies zou mogelijk in Nederland onder voogdij worden gesteld. Hij wist ook wat een toestand dat geweest was. Hij had eigenlijk naar Wonokromo willen gaan om te vragen hoe het allemaal zat en om te laten zien dat hij achter hen stond. Maar hij weifelde, en ging toch maar niet. Nu was het niet meer mogelijk om Soerati er heen te brengen.

Die avond, na het werk, werd hij weer bij de administrateur geroepen. Hij werd in diens huis ontvangen en onthaald op koek en sterke drank. Hij durfde niets af te slaan, omdat hij bang was dat de administrateur ontstemd zou raken. Alles wat hij daar at en dronk beschouwde hij als gif, een alles vernietigend gif.

Niemand weet wat zij toen bespraken. Sastro Kassier noch Plikemboh heeft het ooit aan iemand verteld.

Het was al laat toen hij thuiskwam, en hij werd niet al te vriendelijk ontvangen door zijn vrouw - voor de eerste keer in zijn leven liet hij zich zoiets aanleunen:

'Pas op jij, als je iets bekokstooft met Plikemboh!' dreigde zij.

Toen besefte hij dat heel Toelangan intussen wist wat er gaande was. Hij at die avond niet maar ging regelrecht naar zijn kamer. Slapen kon hij niet. Hij staarde uitgeblust voor zich uit.

Een kassier is nooit geliefd, dus ook deze Sastro Kassier niet. De arbeiders verdachten hem ervan het op een akkoordje te hebben gegooid met de opzichters, die tien procent van hún loon moesten achterhouden. Niet één arbeider kon lezen of schrijven. Vol achterdocht en haat klaagden en dreigden zij alleen maar achter de ruggen van hun bazen. Sastro had geld nodig om te dobbelen en om zijn liefjes te onderhouden. Daarmee won je aan prestige onder inlandse ambtenaren.

Voor inlanders die geen boer of toekang zijn, betekent een gesalarieerde betrekking alles. Al raken zij hun hele hebben en houden kwijt, valt het gezin uit elkaar, wordt hun naam door het slijk gehaald, dat alles vinden zij nog niet zo erg als het verlies van hun betrekking. Die vormt niet alleen een bron van inkomsten, zij ontlenen er tevens status, respect en eigenwaarde aan. Ja, hun hele bestaan draait om zo'n betrekking. Zij vechten, bidden, mediteren, lasteren, belazeren en werken zich halfdood. Zij offeren eerst alles op om later te kunnen oogsten. Hoe meer zij door een betrekking in Europese kringen vertoeven, des te meer aanzien zij genieten. Ook al betekent dat soms dat zij aanvankelijk niet meer bezitten dan de kleren aan hun lijf. De Europeaan is het symbool van de grenzeloze macht, en macht maakt geld. De Europeanen hebben de vorsten, de sultans, de soesoehoenans, de oelama's en de volkshelden op de knieën gekregen. Zonder blikken of blozen onderwerpen zij mens en materie.

De volgende dag werd Sastro weer bij Plikemboh geroepen. Ook dit keer wist niemand wat die twee bespraken. Die avond kwam Sastro niet thuis. Hij zwierf maar wat rond in de kampongs van Toelangan, als een dief die niet weet waar hij moet gaan stelen. Hij probeerde uit alle macht zijn gedachten uit te schakelen. Hij bad, maar vergat onmiddellijk weer waarvoor hij bad. Hij zocht zijn liefjes niet op en ging ook niet dobbelen. Hij was vastbesloten zich verre te houden van alle aardse verzoekingen. Hij at en dronk niet. Hij liep en liep maar, zonder aan slapen te denken.

Na een bad in de rivier en na te hebben gemediteerd op een rotsblok, vertrok hij weer naar kantoor zonder eerst langs huis te gaan. Toen hij het kantoortje binnenstapte, zei de portier:

'U moet direct bij de administrateur komen.'

De nachtelijke meditatie wierp dus nog geen vruchten af. Het was nog vroeg en hij werd nu alweer bij Plikemboh geroepen. Hij had niet eens tijd gehad om tot rust te komen.

Nu zouden de mensen vast te weten komen wat ze bespraken, want een koelie was juist de vloer met carbol aan het dweilen.

'En, Sastro, heb je een besluit genomen?' vroeg Plikemboh.

'Nog niet, toean besar,' antwoordde hij.

'Hoe kan dat nou?'

'Ik durf er nog niet met mijn vrouw over te praten.'

'Weet je dan nog niet wie Vlekkenbaaij is, hm?'

'Jawel, toean besar.'

'Waarom heb je dan nog niet met je vrouw gesproken?'

'Ik ben bang.'

'Voor wie ben je banger, voor haar of voor mij?'

Kennelijk was Sastro voor beiden doodsbang. Hij antwoordde dan ook niet.

'Goed, roep je vrouw maar hierheen. Wat zit je daar nou nog? Schiet op! Breng je vrouw hier! Snel!'

'Zij is naar de kampong.'

'Hoezo?'

'Ze is naar haar ouders.'

Vlekkenbaaij keek kwaad. Dreigend hief hij z'n wijsvinger en zei: 'Pas op als je liegt, dan zwaait er wat. Aan het werk!'

Sastro ging weer aan het werk. Gespannen maakte hij de boekhouding in orde, want de volgende dag, zaterdag, was het betaaldag. Toen hij ermee klaar was, zei hij maar dat hij zich niet lekker voelde en ging naar huis.

Zijn vrouw keek er niet meer van op wanneer haar man niet thuis sliep. Dat hoorde nu eenmaal bij de levensstijl van een man met zo'n ambt. Zij zou nooit informeren naar zijn doen en laten. Dat hoorde niet. Een man kon zijn vrouw, zonder zich iets van de talak aan te trekken, zo maar verstoten. In enkele gevallen durfde zij wel eens wat te bespreken met haar echtgenoot, maar dat ging nooit over zijn pleziertjes. Het kwam niet in haar op om er iets van te zeggen, want zij ging ervanuit dat zij degene was die tekortschoot.

Ook nu weer had Djoemilah eten klaar staan, hoewel het nog vroeg was. Maar Sastro at niet. Hij pakte zijn vrouw bij de arm en zei dat ze naast hem moest gaan zitten.

'Denk maar niet dat je mij voor de gek kunt houden,' verdedigde Djoemilah haar dochter.

'Plikemboh zegt dat je bij hem moet komen.'

'Ik denk er niet aan,' protesteerde Djoemilah, die wist dat zij tegenover Plikemboh niets kon uitrichten.

'Echt, je moet komen.'

'Nee, ik peins er niet over. Mijn dochter verkopen... je moest je schamen, zoiets doe je tegenwoordig niet meer.'

Sastro begreep het al. Zij probeerde het op een scheiding te laten uitdraaien.

'Ga jij nou maar naar je ouders.'

'Nee, niemand komt aan mijn dochter!'

'Rat, Soerati!' riep Sastro Kassier.

Het meisje verscheen en hurkte met gebogen hoofd voor haar vader.

'Jij weet wat er aan de hand is. Wat denk je ervan?'

'Trek je niets van je vader aan!' stookte Djoemilah. 'Denk maar aan wat je tante Sanikem is overkomen. Afschuwelijk!'

'Sanikem is nu rijker dan de vorstin van Solo,' protesteerde Sastro. 'Zij kan net zo rijk worden. Wat vind jij, Rati?'

'Vuile slijmerd! Ga er niet op in, kind.'

'Je hoeft helemaal geen antwoord te geven. Maar jullie moeten weten wat er aan de hand is.'

'Luister niet naar hem.'

'De administrateur,' vervolgde Sastro zonder zich iets van zijn vrouw aan te trekken, 'heeft mij bevolen jou af te staan. Hij wil jou als bijzit nemen. Zo, nu weet je genoeg. De beslissing is aan jou. Als je het nog niet weet, mij best. Ga maar weer.'

Soerati ging weg.

'Schoft!' schold Djoemilah. 'Denk je dat ik haar op de wereld heb gebracht om bijzit te worden? Ach, mannen hebben geen ruggegraat.'

'Maak me nu niet kwaad. Ik ben aan het mediteren om een oplossing te vinden,' snauwde Sastro.

'Mediteren! Zonder dat gemediteer weet je ook wel wat je te doen staat. Er komt niks van in. Afgelopen!'

'Dat gaat zo maar niet.'

'Ben je soms bang om straks op het land te moeten werken of op de markt te staan? Voel je je daar te goed voor? Als ik jou was, als ík een man was, zou ik mijn antwoord klaar hebben.'

'Ach vrouwen, wat weten die er nou van. Je weet niet wat er op de wereld te koop is. Als ik het aan jou overlaat, loopt alles in het honderd.'

Die dag at en dronk Sastro niet. Hij ging naar buiten en net als de vorige dag doolde hij rond tussen de onvruchtbare sawa's buiten het dorp. Alle vruchtbare gronden werden gepacht door de fabriek. Het duurde achttien maanden voor het suikerriet geoogst kon worden. Boeren die niet wilden meewerken, kwamen in moeilijkheden, want de macht van de fabriek over het Binnenlands Bestuur strekte zich uit tot het dorpshoofd.

Het was afnemende maan en de natuur lag in een zacht geel schijnsel gedompeld. De wind blies hard. Maar Sastro merkte van dit alles niets. Hij liep in gedachten verzonken. God moet wel van mij houden, want anders zou toch iedereen kassier kunnen worden op de suikerfabriek? Hij wachtte wanhopig op een teken uit een andere wereld. Hij hoopte op een raadgeving direct vanuit de bovenwereld, of anders door tussenkomst van een medium. Misschien liep er in deze halfdonkere nacht wel zo'n geheimzinnig wezen rond. Wie weet zou dat hem een antwoord influisteren. Als er op dit moment nu eens een geit opdoemde die op twee poten liep, of op z'n hurken zat, of achterover lag, of misschien wel voor hem knielde, en tegen hem zou zeggen: 'Hé, Sastro Kassier, je moet het bevel van Plikemboh opvolgen,' dan zou hij het doen, wat de gevolgen ook waren. Dan was hij zelf tenminste niet verantwoordelijk en hoefde hij er zelf ook niet meer over na te denken. Maar het teken moest wel uit een andere wereld komen.

En als die geit zei: 'Niet doen!' dan zou hij het niet doen, hoe duur het hem ook zou komen te staan.

Voor mensen als Sastro Kassier stonden Europeanen nog één treetje hoger dan die mysterieuze wezens. Met Europeanen kwam je dagelijks in contact, en je haalde het niet in je hoofd hen tegen te spreken. Nee, net als alle inlanders zocht hij liever contact met zo'n occulte verschijning. Die kón je niet tegenspreken, je moest wel doen wat ze zeiden. Maar ja, je kwam ze niet iedere dag tegen.

Sastro was er heilig van overtuigd dat hij niet zou flauwvallen door het vasten. Men had diep respect voor iemand die ascese bedreef.

Hij zou die nacht niets tegenkomen. Alsof er helemaal niets aan de hand was, ging hij de volgende dag weer aan het werk, want zijn plicht moest hij zo goed mogelijk doen!

Hij pakte de sleutel van zijn kantoortje. Hij schrok. De deur was niet op slot. Hij stond perplex, want hij dacht de boel op slot te hebben gedaan toen hij naar huis ging. Hij stapte niet naar binnen, maar onderwierp het met gaas bespannen traliewerk aan een nader onderzoek. Niemand kreeg zijn hand daar doorheen om het slot van binnenuit te openen. Sastro zag dat alles nog netjes op zijn plaats stond. Wie had dan de deur opengedaan? Hij wist heel zeker dat hij het kantoortje had afgesloten toen hij wegging. Hij kon zich het klikkende geluid van het slot nog herinneren toen hij de sleutel omdraaide. Tegelijkertijd had hij tegen de portier gezegd dat hij wegging omdat hij hoofdpijn had. En de portier had hem nog gewaarschuwd de sleutel niet te vergeten.

Sastro Kassier was ervan overtuigd dat hij had afgesloten. Dat was één van zijn vele plichten, dus vergeten, dat was onmogelijk. Niet begrijpend keek hij naar de portier die op zijn bankje in de hoek zat en vroeg:

'Wie heeft de deur geopend?'

'Niemand, ndoro.'

'Kijk dan, de deur is open. En kijk, hier heb ik de sleutel.'

De portier trok wit weg en hield zijn mond stijf dicht.
'Roep de portier die vannacht dienst had.'
Hij wist nu dat iemand zijn kantoortje was binnengegaan. Slechts twee personen hadden een sleutel: hijzelf en Plikemboh. Het kon zijn dat Plikemboh naar binnen was geweest en vergeten had de deur weer af te sluiten. Maar wat als iemand anders was binnengedrongen met een loper?
Een half uur later kwam de nachtportier.
'Heb jij vannacht dienst gehad?'
'Ja, meneer.'
'Wie is er in mijn kamer geweest?'
'Toean besar koeasa, meneer!'
'Heb je dat zelf gezien?'
'Ja, meneer.'
'Weet je dat zeker? Wat deed hij binnen?'
'Weet ik niet, meneer. Ik ben mijn ronde gaan doen om te controleren of alles was afgesloten.'
Alhoewel Sastro zich nu wat opgelucht voelde, kon hij een gevoel van onbehagen toch niet onderdrukken. Aarzelend liep hij het kantoortje binnen. Nerveus haalde hij de kasboeken uit de la. Hij wist maar al te goed dat anderen het op zijn baan hadden voorzien en dat zij tot alles, letterlijk alles in staat waren.
Sastro opende de brandkast. Gisteren had hij de lonen en salarissen keurig in stapeltjes klaargelegd. Hij hoefde ze nu alleen nog maar op de tafel uit te spreiden. Hij sprong naar achteren. De brandkast was leeg! Hij was niet op slot! Hij wankelde achteruit, starend naar de gapende leegte, totdat hij tegen de tafel botste.
'Portier!' brulde hij.
'Ja, meneer,' kwam het antwoord van achter de traliewand.
'Kijk!' schreeuwde hij. 'Jij bent getuige! De brandkast is leeg. Er is hier iemand geweest die de brandkast heeft opengemaakt. Jij bent getuige! De nachtportier zegt dat Plikemboh hier in mijn kantoor is geweest. Jij bent getuige, hoor je!'
'Meneer!' stamelde de portier.
'Jij hebt dienst, dus jij rapporteert het aan de administrateur.'
Schoorvoetend ging de portier op zoek naar Plikemboh.
'Het geld is weg! Hoe moet dat nou!' gilde Sastro hysterisch.
De mensen dromden samen en verdrongen zich voor de tralies om een glimp van de lege brandkast op te vangen.
'Er is geen geld! De brandkast is leeggehaald! Alles is weg!' schreeuwde hij hoe langer hoe hysterischer tegen de mensen.

Al het werk op kantoor lag stil. Iedereen kwam eropaf. Allen, Hollanders en inlanders, wilden er het fijne van weten. Niemand haalde het in zijn hoofd ook maar een stap in het kantoor te zetten. Dat was het exclusieve domein van de kassier en de administrateur.

Sastro stond nog hysterisch te gillen toen Vlekkenbaaij eraan kwam.

'Hou je bek!' snauwde die. Sastro hield meteen op. De nieuwsgierigen stapten geschrokken van zijn imposante uiterlijk opzij toen Plikemboh naar binnen beende. Sastro zat ineengedoken in een hoekje en staarde wezenloos naar de lege brandkast.

'Wat is er toch aan de hand! Waarom maak je zo'n drukte, hé jij, stomme aap!'

De kassier, die de grove belediging niet eens meer voelde, rapporteerde nerveus:

'Er is ingebroken. De brandkast is leeggehaald.'

'Alleen jij bent hier binnen geweest.'

'Portier! Kom hier!' gilde Sastro.

De nachtportier drukte zijn gezicht tegen de tralies.

'Ja, meneer.'

'Vertel op, wie is er vannacht in mijn kantoor geweest?'

Vertwijfeld keek de portier naar Plikemboh, die een doordringende blik terugwierp.

'Niemand, meneer, niemand is hier geweest.'

'Wat zei je daarnet dan? Dat de administrateur binnen is geweest. En nu ontken je! De andere portier heeft het ook gehoord. Portier!'

Nu plakte de portier die dagdienst had zijn gezicht tegen de tralies. Naast hem stond de nachtportier. Ook hij keek naar Plikemboh, en vervolgens naar Sastro. Toen sloeg hij zijn ogen neer.

'Je hebt gehoord wat de nachtportier heeft gezegd.'

'Ja, meneer.'

'Vertel het dan, dat de administrateur vannacht hier is geweest!'

'De nachtportier heeft gezegd dat er niemand is geweest.'

'Leugenaars! Jullie zijn allebei leugenaars!'

'Jíj bent een leugenaar!' zei Plikemboh naar Sastro Kassier wijzend. 'Hoe laat ben jij gisteren naar huis gegaan? Elf uur! Wie heeft je gecontroleerd toen je wegging? De portier? Heb jij gecontroleerd wat hij bij zich had?'

'Nee, toean besar koeasa.'

'Wie heeft er gezien dat je het geld van de fabriek níet hebt meegenomen? Wie heeft het gezien?'

'Wie heeft mij dan met het geld gezien?' protesteerde Sastro zwakjes.

'Geef eerst antwoord. Heb je getuigen?'
'Ik heb geen getuigen,' antwoordde hij.
'Dus heb jij het gedaan. Roep de marechaussee!'
'Een ogenblik, toean besar koeasa, een ogenblik. Laten we eerst nagaan wie hier is binnen geweest. Alleen u en ik hebben de sleutel. De deur en de brandkast zijn niet geforceerd. Dus iemand heeft ze gewoon met een sleutel geopend.'
'Hoe durf jij mij te beschuldigen. Ik, de administrateur!'
'Ik snap het niet meer,' stribbelde Sastro zwakjes tegen. 'Als u het niet bent geweest, dan moet ik het wel gedaan hebben, want niemand kan de brandkast openen, behalve u en ik.'
'Goed, we halen de marechaussee erbij; je zult wel bekennen wanneer ze je afranselen.'
Vlekkenbaaij maakte aanstalten om op te stappen, maar bedacht zich en riep in het Nederlands: 'Karel! Stel nu meteen een aanklacht op. Eén voor de Compagnie en één voor de marechaussee. Ik breng ze zelf wel weg.' En in het Maleis: 'Kom, iedereen weer aan het werk! Stelletje apen!'
De omstanders dropen af. In het kantoortje bleef Sastro achter, met tegenover hem Plikemboh. De portiers bleven met bleke gezichten staan. Zij stonden met hun rug naar het kantoor van Sastro gekeerd en spitsten hun oren.
'Moet je horen,' zei Plikemboh, 'wie het geld heeft meegenomen is nu nog niet aan de orde. Nu is belangrijker dat iedereen vandaag zijn loon krijgt, dat moet!'
'Dat kan niet, het geld is er niet.'
'Dat is jouw zorg. Je bent toch kassier? Jij had het vertrouwen van de fabriek en je had twee portiers tot je beschikking. Jij bent verantwoordelijk. Hoeveel geld is er weg?'
Zonder in de boeken te kijken antwoordde hij:
'Vijfenveertigduizend gulden en vijf cent.'
'Dat is nogal wat. Hoeveel krijgen de koelies deze week?'
'Negenduizendvierenveertig gulden.'
'Goed, betaal dat dan maar uit. En laat ik niet merken dat het niet gebeurt.'
'Ik heb geen rooie cent.'
'Waar ging je gisteren na kantoortijd naar toe?'
'Naar huis.'
'Ben je daarna nog uitgeweest? Ze hebben jou uit huis zien gaan. Wie heb je opgezocht? Waarom zeg je niets? Je moet toch ergens naar toe zijn gegaan?'

Sastro begreep dat hij in de val was gelopen die speciaal voor hem was gezet. Hij besefte dat in kwesties als deze de blanke, een administrateur en tevens aandeelhouder, altijd onschuldig was en de inlander altijd schuldig. En dat terwijl er sinds hij kassier was nooit een cent te kort in de fabriekskas was geweest. Maar nu was het tij gekeerd. Waar was je vannacht, wie is je getuige? De nachtportier zou wel bij zijn valse verklaring blijven dat er niemand was geweest. De administrateur, tevens aandeelhouder, zou natuurlijk niet zijn eigen fabriek bestelen.

'Vooruit, voor de dag ermee. Waar ben je geweest? Wil je het nog steeds niet zeggen? Bij wie ben je allemaal geweest? Waarom zeg je niets? Goed, dan maar niet. In ieder geval moeten de lonen vandaag uitbetaald worden. Dat kan niet later, dat staat in de fabrieksreglementen zoals die zijn overeengekomen met het gouvernement. Hoor je, het gouvernement!'

Voordat hij Sastro de rug toekeerde, voegde Plikemboh hem nog toe:

'Denk je dat jij het gouvernement, de Compagnie, de marechaussee of de politie voor de gek kunt houden? Je kunt het proberen.' Daarna verdween hij.

Iedereen keek naar het kantoortje van de kassier, dat nu wel een ijzeren kooi leek. Buiten haalde iedereen opgelucht adem. Ze waren blij dat zij niet in Sastro's schoenen stonden.

Sastro stond daar maar, starend naar de lege brandkast, niet wetend wat te doen. Hij dacht niet aan het gestolen geld, maar aan zijn plicht de lonen en salarissen uit te betalen. Het leek wel of zijn vingers stijf werden nu er geen geld viel te tellen. Elk ogenblik konden de opzichters verschijnen om de lonen op te halen. En op hun beurt wachtten de koelies weer op de opzichters. Hij wist maar al te goed wat er voor gevaar dreigde van die kant indien er geen geld op tafel zou komen. En ook was hij op de hoogte van de overeenkomst tussen de fabriek en het gouvernement.

Langzaam deed hij de brandkast weer op slot. Zonder ook maar op te kijken liep hij de deur uit, deed haar op slot en liep traag met het hoofd gebogen naar Plikemboh's kantoor.

'Zo, ben je daar. Wat wil je?'

Wat zou hij hem nu graag een dreun op zijn ogen geven, maar daar had hij geen lef voor. In het gezicht van deze Hollander zag hij een satan, die het helse plan had zijn dochter op een duivelse manier bij hem weg te halen.

'Meneer de administrateur, ik kan de lonen en salarissen niet uit-

betalen. Zegt u maar wat er moet gebeuren.'
'Ga zitten!' beval hij.
Voor het eerst in veertien jaar zat hij op een stoel tegenover de administrateur.
'Wat wil je nu?'
'De koelies en opzichters moeten vandaag betaald worden. Er is geen tijd om geld bij de bank te lenen. Wilt u het mij voorschieten?'
'Voorschieten?' snauwde Plikemboh, 'dat vind ik brutaal. Negenduizendvierenveertig gulden? Daar koop je tien huizen voor, compleet ingericht, met een stuk grond erbij. Ben je helemaal gek geworden?'
'Alleen u kunt mij helpen.'
'Jij vliegt eruit, zo de bak in. Alles wordt onder je gat verkocht. Bedelaar word je, een zwerver, een vagebond. Vandaag nog, als jij de koelies, opzichters en employés niet kunt betalen...'
'Wat moet ik doen? Maar u zult ook in moeilijkheden komen als ik de mensen vandaag niet betaal. Dan gaat de fabriek dicht, want dat is een schending van de overeenkomst met het gouvernement. Dat staat vast.'
Frits Homerus Vlekkenbaaij lachte om niet te laten merken dat hij toch niet zo zeker van zijn zaak was.
'Jij bent een slim kereltje. Je bent niet op je achterhoofd gevallen. Jij wilt mij er ook nog bijlappen, hè?' Toen wat vriendelijker: 'Vooruit, ik help je. Hier, teken dit briefje nou maar. Zet je handtekening en hier je duimafdruk. Kom op, tekenen.'
Het werd Sastro steeds duidelijker dat Plikemboh dit zaakje heel goed had voorbereid. Deze schuldbekentenis had hij al eerder opgesteld. Hij, Sastro, moest binnen drie dagen na ondertekening zijn dochter aan hem afstaan. Dan zou hij een lening krijgen en de rest van het geld zou door Plikemboh worden vergoed.
Sastro moest zichzelf dwingen te geloven dat dit nu de vrucht was van zijn ascese. Al die tijd had hij niet gegeten of geslapen. Maar vandaag nog moesten de opzichters hun loon en dat van de koelies krijgen. Als kassier kon hij daar niet onder uit, dat sprak voor zich. God biddend dat Hij hem zou vervloeken, ondertekende Sastro het briefje en drukte zijn duim op het papier.
Hij nam het geld in ontvangst. Het lag nog steeds in de bundeltjes zoals hij die eerder had klaargelegd.
Plikemboh keek nauwlettend toe, grijnzend...

Voor Soerati brak een woelige tijd aan. Zij wist maar al te goed hoe het haar tante Sanikem was vergaan. Zij was helemaal niet van plan iemands bijzit te worden. Dan zou zij een uitgestotene zijn en een zonderlinge figuur in de ogen van anderen, en overal waar zij kwam zou men haar nakijken.

Soerati's moeder drukte haar onophoudelijk op het hart alles wat haar vader voorstelde af te wijzen. Zij gaf dan wel veel om haar moeder, voor haar vader was zij bang. Van kleins af aan waren haar gehoorzaamheid en respect bijgebracht en door al het gepreek en de slaag waren die er niet meer uit te krijgen. Ontzag voor haar ouders was een deel van haar geworden. Zij vreesde haar ouders, maar was nog veel banger voor de Europeanen en hun handlangers. Haar opgewektheid verdween.

Zij raakte door het gevecht van haar moeder tegen haar vader volkomen in de war. Soerati kon het niet aanzien dat haar vader zo geminacht werd door haar moeder, die op haar beurt niet serieus genomen werd door hem. Nu haar beschermengelen elkaar voortdurend in de haren vlogen, had zij geen houvast meer.

'Zet ons niet voor schut! Je moet niet gaan, je moet geen njai worden! Het is een schande!'

Soerati wist dat zij haar moeder moest gehoorzamen, dat zij haar familie niet in verlegenheid moest brengen. De buren gaven haar moeder toch ook gelijk. Aan de andere kant begreep zij maar al te goed dat haar vader het meest over haar te vertellen had. Als hij eenmaal iets in zijn hoofd had, dan kon niets hem stoppen. De politie niet, de Compagnie niet, zelfs de loerah niet. Nee, zij zou hem nooit tegenspreken.

Door alle spanningen van de laatste dagen werd Soerati lusteloos. Moest zij zo maar berusten in alles wat er ging gebeuren? Zou zij daarmee het huwelijk van haar ouders redden? Zouden ze het dan weer goed met elkaar kunnen vinden na al hun geruzie? Of zou ze zich moeten verzetten, zodat zij met haar moeder één blok vormde tegenover haar vader. Maar dán zouden ze scheiden. Wat zou er dan met haar broertjes en zusjes gebeuren? Soerati kon nog geen beslissing nemen. Zij had oog in oog met Plikemboh gestaan en moest er niet aan denken dat hij haar zou aanraken. Ze griezelde van hem.

Die middag, nadat de fabrieksfluit had geklonken, was het zover. Soerati lag apathisch op bed. In de zitkamer hadden haar ouders weer eens woorden.

'Jij bent net zo'n schoft als je vader! Als het jou maar uitkomt!

Poeh, slappeling. Je bent nog slapper dan een worm!' tierde zij. Maar Djoemilah miste de kracht om iets te bereiken.

'Soerati!' riep haar vader.

Zij kwam uit haar kamer en zoals het hoorde, ging zij eerbiedig met gebogen hoofd en gevouwen handen voor haar vader staan. Op dat ogenblik wist zij heel zeker dat haar moeders geschreeuw ook niets had kunnen uitrichten.

'Nou, kind,' begon Sastro, 'over drie dagen breng ik je naar de administrateur. Het is Gods wil. Hij beslist alles.'

Soerati begreep dat zij moest antwoorden, antwoorden als een bange en gehoorzame dochter. Zij wist dat die angst en gehoorzaamheid niets anders betekenden dan haar ondergang. Ineens bedacht ze: in het zuiden is een pokkenepidemie uitgebroken. Alles en iedereen kon besmet raken, ook in Toelangan. Wat was het verschil eigenlijk – dit, of die pokken? Zij zou haar vader niet voor schut zetten.

'Ik doe wat u wenst, vader.'

'Dus, je doet het?'

'Ik doe wat u wilt, vader.'

'Goed, kind, jij bent mijn enige redding. Anders word ik ontslagen en de gevangenis ingegooid.'

'Ik hoop van niet, vader.'

'Laten ze hem maar ontslaan. Laat hem maar voelen wat het is om in de gevangenis te zitten, Rati. Misschien dat ze daar nog een kerel van hem maken.'

'Nee, ma, dan staan we allemaal voor schut.'

'Ach, Rati, Rati, kind, jij wordt de njai van een heiden, van een duivel.'

'Wij eten allemaal van hem,' slingerde Sastro haar naar het hoofd.

'Laat maar, ma, de anderen blijven bij u. Ik ga zelf wel, ik hoef niet gebracht te worden zoals tante Sanikem.'

'Gelukkig, Rati. God zij dank. Jij bent een dochter naar mijn hart. Je zult beloond worden, nu en in het hiernamaals.'

'Huichelaar!' snauwde Djoemilah, 'niks geen beloning. Hij weet niet eens het verschil tussen straf en beloning.'

'Vinden jullie het goed,' vroeg Soerati, 'als ik vannacht ga mediteren? Ik wil alleen zijn. Ik zal op tijd naar het huis van de administrateur gaan.'

'Mediteren? Zo midden in de nacht?' vroeg Djoemilah, die haar tranen niet meer kon tegenhouden. Haar woede werd overschaduwd door medelijden en verdriet.

'En dat met die gevaarlijke ziekte in de buurt?'

'Ma, wanneer jullie niets meer voor mij kunnen doen, dan moet ik toch proberen om er zelf uit te komen?'

Djoemilah kon zich niet meer goed houden en omhelsde haar dochter.

'Waar wil je heen? Het komt allemaal door je vader...'

'Hou nu maar op, ma, laat mij maar gaan.'

'Waar ga je dan heen? Laat mij je brengen.'

'Laat nu maar, ma. Wat heeft het nog voor zin? Ik hoop dat het jullie goed gaat.'

Met bij zich een kleine tas waarin kleding, lucifers, petroleum en wat gedroogd voedsel, liep Soerati naar het zuiden, de donkere nacht in. Na een poosje ging ze aan de kant van de weg zitten en overdacht wat ze moest doen. Dat zij weg moest van thuis, dat sprak voor zich. Het huis dat haar vroeger beschutte tegen regen en felle zon, was een nest van onenigheid geworden en bood geen bescherming meer. Dat alles was door haar gekomen. Waar moest zij nu heen? Zij wist dat haar moeder, broertjes en zusjes zouden proberen haar te volgen. Zij stond op en liep verder, iets sneller dan daarnet en verdween achter een heg, uit het oog van eventuele achtervolgers. Ze ging steeds sneller, steeds vlugger.

Soerati wilde haar ouders geen verwijt maken. Dit probleem moest zij zelf aanpakken en tot een goed einde brengen. Alles was de schuld van Plikemboh. Plikemboh - zij huiverde; moest zij nou echt de bijzit van die griezel worden? Even verdween het beeld van Plikemboh uit haar gedachten en zag ze haar ouders, broertjes, zusjes en tante Sanikem. Toen kwam haar de trouwpartij van Annelies voor ogen - zij zat naast haar man en leek zo gelukkig. Soerati besefte dat een zo groot geluk voor haar niet was weggelegd, nooit. Ze begon te huilen, zij wilde ook gelukkig zijn. Maar haar lot was kennelijk anders en zij was bang dat haar ouders haar zouden vervloeken als ze niet gehoorzaamde.

'Vader is net als opa Sastrotomo,' lispelde zij bedroefd. 'Hoe bestaat het dat hij mij opoffert voor zijn eigen carrière? Waarom moet mij dit overkomen?'

Plotseling schoten de herinneringen aan haar vriendinnetjes die hetzelfde lot hadden ondergaan, door haar heen. Het waren knappe meisjes; ook zij waren door Europeanen van hun familie weggerukt. En nu was zij zelf aan de beurt. Zij had er de leeftijd voor. Net als haar vriendinnen stond Soerati machteloos en ze wist dat zij zich erbij moest neerleggen. Maar die kerel was zo'n viezerd...

Het was koud en het waaide. Mijmerend liep zij verder naar het zuiden, naar een bepaald gehucht, zuidelijk van Toelangan; daar woedde de epidemie.

'Er is niemand op deze wereld die mij helpt,' fluisterde zij in de stikdonkere natuur.

'Als mijn ouders mij niet eens kunnen helpen... wat moet ik dan? Als ze mij maar niet vervloeken.'

Er kwam een plan in haar op, zomaar en heel plotseling. Een plan waarvan de uitvoering, zo wist zij bij voorbaat, grote gevolgen zou hebben.

Zij had de afgelopen dagen geprobeerd de moed bijeen te schrapen om een besluit te nemen, maar dat was niet gelukt. Een meisje dat eenzaam en alleen door het leven gaat, hoopt het geluk te vinden. Als dat geluk voor haar niet bestaat, dan is alles verloren. Soerati had met niemand kunnen praten. Telkens als ze een oplossing dacht te hebben dan verwierp ze die even later weer, omdat het dan toch leek dat zij zich bij de omstandigheden neerlegde. Sastro's beslissing had haar gedwongen te handelen. Soerati dacht nu nog maar aan één ding: de pokken. Ze zou zich in de armen van deze verschrikkelijke ziekte werpen.

Uit de verte klonk het gehuil van wilde honden op, die de laatste tijd flink huishielden. Door een nachtelijk uitgaansverbod hadden deze honden het rijk voor zich alleen. Al een paar keer hadden ze het vee van de bevolking aangevallen en verscheurd, maar Soerati was niet bang, want zij had in haar uitzichtloze leven een stadium bereikt waarin angst niet meer bestond. Zij liep verder en hield slechts even in als de eenzame roep van een vogel opklonk. Misschien riepen de vogels de maan. Of was het uit eenzaamheid? Een roep om de geliefde die nimmer zou komen?

Zij had nu zo'n vijftien kilometer afgelegd en het zweet druppelde langs haar lichaam. De maan verscheen van achter de bomen. Soerati wachtte even onder een boom en tuurde in de verte, bang als ze was iemand tegen het lijf te lopen. Zij keek goed om zich heen, maar gelukkig was er niets verdachts te zien. Heel gespannen tastten haar ogen de donkerste plekken af. Het was stil, het leek alsof zij de enige op de wereld was. De roep van een nachtvogel versterkte haar desolate eenzaamheid.

De Compagnie had in twee weken al een paar keer een nachtelijk uitgaansverbod voor deze omgeving ingesteld, en de mensen hielden zich eraan. Dat verbod gold natuurlijk niet voor de Compagnie of de politie, maar er was nu geen soldaat te bekennen.

Soerati liep nog eens zo'n tien kilometer verder. In de verte zag zij een schijnsel, flakkerend als een uitdovend lampepitje. Bij een bamboebos brandden kampvuren. Daar lag het dorp waar zij moest zijn. Bij die kampvuren daar hielden Compagniesoldaten de wacht. Van waar ze nu stond, was geen soldaat te zien. Zij liep verder. Soerati wist dat het door de Compagnie was verboden dichter dan vier kilometer bij het dorp te komen. Geen mens mocht het dorp in of uit. De dorpsbevolking werd zonder pardon de dood ingestuurd. Ze werd genadeloos aan de pokken uitgeleverd.

Als ik daar in dat dorp sterf, dan is het tenminste voorbij, fluisterde Soerati in de wind. Nog even en alles is achter de rug.

Soerati was vastbesloten om zelfmoord te plegen, het kon haar niets meer schelen wat er zou komen. Zij had tenminste nog het gevoel te kunnen kiezen, iets dat tante Ikem niet had gekund. Zij wilde hoe dan ook haar lot in eigen handen houden.

Als ik niet sterf, dan is het zeker mijn lot de bijzit van die afschuwelijke vent te worden. Wat moet ik anders...

Hoe dichter zij haar doel naderde, hoe meer zij de dorpsweg meed. Zij worstelde zich door de verwaarloosde uitgedroogde sawa's en velden. Zij voelde het striemende en stekende struikgewas niet, en het kon haar ook niets schelen dat haar kaïn smerig werd.

Soerati schrok; bijna had zij op een stel eenden getrapt die in alle rust onder een struik lagen te slapen. Luid snaterend fladderden ze alle kanten op. De eendenhoeder zal ook wel ziek zijn geworden, dacht zij.

Ze stapte verder door de velden die aangevreten waren door zwijnen en herten. Soerati's kleren zaten onder de pluisjes en doorntjes, haar knotje was losgeraakt en het haar viel slordig over haar schouders. Het kon Soerati niets schelen. Zij had haar haarspeld natuurlijk ergens onderweg verloren.

Het schijnsel van de maan werd steeds lichter. De kampvuren leken groter te zijn geworden. Een harde wind stak op. Soerati zag nu dat er voortdurend werd gepatrouilleerd rondom dit dorp. Hoe dichter zij haar doel naderde, hoe kleiner zij zich maakte. Ten slotte kroop zij op handen en voeten over de grond, net als een wild zwijn.

Soerati maakte een grote boog om de kampvuren. Ze sloop als een kat, geluidloos. Haar handen en voeten zaten onder het bloed door de puntige stekels en scherpe bladeren. Zij zocht een doorgang tussen de bamboestruiken, maar dat bleek niet eenvoudig; er was geen doorkomen aan. De heg bestond niet uit gewone bamboe, maar uit een scherpe, puntige soort.

Zij vergat al haar ellende in haar verwoede pogingen een gaatje in de heg te vinden om zo het dorp binnen te kunnen komen. Bij elk gat, elke toegang, stonden soldaten in het schijnsel van een kampvuur. Soerati droeg geen kapmes bij zich, zij moest alles met haar blote handen doen, handen die niet gewend waren aan grof werk. Er doorheen komen lukte niet. Zij moest er overheen en dus probeerde zij naar boven te klauteren - zoiets had zij nog nooit gedaan.

Even verderop hoorde zij soldaten tegen elkaar schreeuwen:

'Wie is daar?'

'Alles goed!'

Soerati hield zich stil en luisterde gespannen. De stemmen verstomden weer.

Ik moet naar beneden, zei ze zachtjes tegen zichzelf. Nog even wierp Soerati een blik over het dorp dat voor haar lag. De contouren van de huisjes met hun rieten daken leken wel dreigende enge beesten. Er liep een eenzame, magere buffel rond. Verderop loeide een hongerige koe. De maan klom nog steeds en wierp koel haar koude stralen over het landschap. Soerati had geen oog voor de volle maan waaronder zij vroeger zo vaak met haar vriendinnetjes had gezongen. Zij moest zich dwingen ernaar te kijken, omdat het misschien wel voor het laatst zou zijn.

Voorzichtig gleed zij naar beneden en bevrijdde zich van de Compagnie en de stekende doorns. Op de grond lag een dik bladerdek dat knisperde onder haar voeten. Zij hield zich stil om te luisteren. Af en toe klonk het klaaglijke geloei van de koe uit boven de wind, die suizend langs de bladeren gleed. Zat ze misschien nog vast in de stal? Nergens klonk een stem. Zij was nu één met de pokken en het dorp. Behoedzaam liep zij in de richting van de loeiende koe, begeleid door het maanlicht dat haar naar een huisje bracht. Aan de achterkant lag een stal. Ze stak een lucifer aan om te zien waar de grendel zat. De stal bleek verlaten op een drachtige koe na. Zij maakte het verzwakte beest los dat wankelend op het zoet-geurende gras afliep. Soerati staarde het stomme dier na en ging weer verder. Onder een djamblangboom stond een geit, haar jongen lagen om haar heen; dood, gestorven van honger en dorst. Niemand had gezien hoe de geit, nog vastgebonden, haar jongen op de wereld had gebracht.

Een wolk omsluierde de maan. Weer dwong Soerati zich naar

boven te kijken, als om dit beeld in haar gedachten te prenten, voordat de ziekte zou toeslaan en haar naar een andere wereld zou voeren.

Jullie die leven, blijft leven, fluisterde zij, en jullie die dood zijn, mogen jullie vrede vinden in jullie verstilling; laat me mijn gang gaan.

Vervolgens stapte zij vastberaden op een houten huisje af. Van binnen klonk een zacht geluid.

'Is daar iemand?'

Geen antwoord. De deur stond open: een zwart gapend gat. Jawel, ze hoorde een stem, heel zwak. Soerati streek een lucifer af en zag toen een baby op een gescheurd matje liggen; ernaast lag de dode moeder. Het magere kind ademde moeizaam en lag in zijn eigen vuil. Zij streek een tweede lucifer af en stak daarmee een olielampje aan dat aan een balk hing. De Compagnie heeft toch het lef niet hier te komen, dacht ze.

Achter de deur lag nog iemand – een man met ontbloot bovenlichaam, dood. De vingers van zijn rechterhand waren krampachtig gekromd; had hij zijn kleine lieveling nog willen redden?

De man leek nog jong, ouder dan twintig was hij niet. Soerati was nóg jonger.

Zij pakte het kind op en hield het in haar armen. De baby stonk naar urine en voelde koortsig aan. Ze haalde een fles water uit haar tas en gaf het wat te drinken. De kleine kon niet meer slikken, het zou vast snel sterven.

In de verte schalden de trompetten van de Compagnie. Waarvoor wist zij niet en het kon haar ook niets schelen. Zij wiegde het vervuilde kind in haar armen alsof het haar eigen zusje was. Ze drukte het verslapte lichaampje tegen zich aan en kuste het alsof zij voorgoed afscheid nam, wetend dat zij later weer voor altijd bij elkaar zouden zijn.

Bij het licht van het olielampje vocht het kind voor zijn leven. Soerati liep heen en weer, probeerde de baby liefdevol omarmend in een laatste slaap te wiegen. Zij veegde het gezichtje schoon met de punt van haar kebaja.

Een laatste stuiptrekking, toen was het dood. Soerati wist niet eens hoe het heette. Zij had nog nooit iemand zien sterven, maar bang voor de rondwarende dood was zij niet. Zij voelde zich dicht bij hen, in hen had zij vrienden gevonden. Nog even en zij zou een van hen zijn. De dood – waarheen zou die haar voeren? Plikemboh zou zij in geen geval ontmoeten, niemand eigenlijk. Waarom zijn mensen toch zo ontzettend bang voor de dood? En waarom ik niet? Als de pokken mijn lichaam binnendringen zal de dood snel komen... Bang was zij niet. Het was veel erger als je eigen ouders je vervloekten. Nee, dan stierf zij liever aan de pokken.

Zij legde de baby bij de moeder en sleepte moeizaam het stijve lichaam van de vader ernaast. Nu lag het kind tenminste tussen zijn ouders. Even keek zij naar de vader en moeder die daar zo vredig naast elkaar lagen en nooit meer van elkaar gescheiden zouden worden. Soerati was blij dat zij dit had gedaan – daarmee had ze een goede daad verricht, iets unieks.

Soerati wilde de lichamen afdekken, ze kon niets anders vinden dan een stel versleten kaïns die op de grond lagen. Na de lichamen toegedekt te hebben doofde zij het licht, ging naar buiten en sloot de deur.

Zij had het gerucht opgevangen dat de Compagnie van plan was dit dorp over vijf dagen in brand te steken. De dorpshoofden hadden nog geprotesteerd; het was te gek dat mensen levend zouden worden verbrand – het was toch niet zeker dat iedereen dan al dood zou zijn? De Compagniesarts, luitenant H.H. Mörtsinger, dacht dat alle inwoners binnen twee dagen wel bezweken zouden zijn. Eventuele overlevenden zouden de ziektekiemen kunnen verspreiden, en daarom moest alles en iedereen er maar aan geloven. Omdat de loerahs hadden geprotesteerd, wachtte men een paar dagen om iedereen een natuurlijke dood te laten sterven. Daarna zou het dorp onverbiddelijk worden platgebrand.

Het kan mij niets schelen als mijn lijk verbrand wordt, dacht Soerati.

Overal in het dorp lagen de lijken, door de beesten aangevreten; lijkvocht sijpelde uit stinkende wonden. Toen rook zij pas hoe indringend de lijklucht over het dorp hing. De stank was even bedwelmend als wierook – hij droeg haar naar verre, onbekende sferen die niet eerder tot haar gedachtenwereld hadden behoord. Zo bracht zij drie nachten en twee dagen in het dorp door.

Toen de wind opstak, huiverde Soerati. Ik ben besmet, zei ze tegen zichzelf. Heel vroeg in de ochtend ging zij zich wassen bij een waterput. Uit haar tas pakte zij haar mooiste kleren, maakte zich op en deed alle sieraden die zij bij zich had om. Soerati wist dat de koorts zich in haar lichaam had genesteld.

's Nachts klom zij weer over de bamboeheg, sprong naar beneden en verliet het dorp dat door de Compagnie in de as zou worden gelegd. Voor de tweede keer lukte het haar onopgemerkt langs de wachten te glippen.

Zij gleed door de nevelige duisternis, stapte snel door, net alsof zij de weg heel goed kende. Het was alsof zij een strijd voerde tegen de koorts die in haar lichaam danste. Over een paar dagen ben ik dood, en ik sleep jou mee, Plikemboh! Dan is iedereen van je af, kinderen, vrouwen en werklui! De wereld zou er een stuk op vooruitgaan!

De koorts leek door haar vastberadenheid en ijzeren wil voorlopig niet te kunnen doorzetten. Ik moet heelhuids bij je komen, fris, jong en mooi.

Soerati stamde niet uit een boerenfamilie en was niet gewend te rennen. Dat mocht ze niet eens, maar nu rende zij door de uitgedroogde, verwaarloosde sawa's. Ook trok zij nu haar kaïn een stukje omhoog om hem niet vies te laten worden.

Zij had al tien kilometer afgelegd, maar ze zweette helemaal niet. Verder ging het, steeds verder. Ze rustte even uit onder een boom en nam een bad in een beekje. En in het met nevels doortrokken maanlicht maake zij zich weer mooi. Zij bleef een poosje gedachteloos onder de boom zitten. Denken deed Soerati niet meer, zij voelde zich één met de natuur, de wind, het water en de aarde. Het werd licht en ze zag mensen lopen. Zij stond op en liep voorzichtig verder zodat ze niet weer smerig werd. Soerati schreed statig als een dame van stand.

Toen de zon opkwam, kon Soerati Toelangan tussen de nevels zien liggen. Volgestouwde dokars reden naar de markt van Sidoardjo.

Zij stopte even toen ze Toelangan binnenliep. Ze mompelde: hier ben ik dan, Plikemboh.

De mensen waren al op kantoor en rond de suikerfabriek waren koelies druk in de weer met grobaks. Soerati wist niet wat er in zat en dat interesseerde haar ook niet. Zij ging rechtstreeks naar de woning van Plikemboh.

Zachtjes klopte zij aan. Ze moest aan tante Sanikem denken die hier jaren geleden ook zo had gestaan om de njai van Mellema te worden. De deur stond open maar er was niemand te bekennen. Soerati ging met haar rug naar het huis gekeerd op de trap zitten. Zij had niets meer te eten en had honger. De koorts kon ze nog steeds onderdrukken.

Toen Soerati geslof achter zich hoorde, stond zij op, draaide zich om, maakte een buiging en groette: 'Koelo noewoen.'

Daar stond Plikemboh, in pyjama. Hij nam haar even op en herkende haar meteen:

'Jij bent de dochter van Sastro Kassier, niet?' vroeg hij opgewekt, terwijl hij snel de trap afliep.

'Ja, meneer, ik ben de dochter van Sastro Kassier.'
Samen met Plikemboh liep zij de trap op en liet zich willoos naar de slaapkamer leiden - hier lag de grens tussen maagdelijkheid en een leven als njai.
Ga je gang, dacht Soerati, neem me maar en sterf dan.
In de slaapkamer sloeg de ziekte in haar lichaam toe. Haar kracht was gebroken. Op Plikemboh's bed was zij niet meer in staat zich op te richten. In een mum van tijd raakte ook Plikemboh besmet.
Samen lagen zij dagenlang op bed, wachtend op de dood.
Toelangan werd tot besmet gebied verklaard en al het werk werd stilgelegd. De straten lagen er verlaten bij. Degenen die door het kordon van de Compagniesoldaten konden breken, vluchtten weg zonder zich om baan of geld te bekommeren. De suikerrietvelden bleven onbeheerd achter. De stoommachine die diende voor de elektriciteitsopwekking zweeg en de fabrieksfluit klonk niet meer. De schoorstenen stonden er plompverloren bij en leken vanuit de hoogte nieuwsgierig te kijken naar wat er beneden in Toelangan gaande was. Eenzaam en alleen stonden ze daar nu niemand meer naar hen keek.
Het dorpje waar Soerati was geweest werd platgebrand. Ook de bomen waar men tientallen jaren vruchten van had geplukt. Toelangan hebben ze nooit in brand gestoken. Er werden doktoren uit heel Java naar Toelangan en omgeving gestuurd om de epidemie in te dammen. De grote suikerfabriek moest gezond blijven. Het kapitaal moest veilig gesteld worden, moest vruchten afwerpen. Mensen mochten sterven.
Dokter Mörtsinger en zijn medische staf uit Bandoeng werden naar Toelangan gestuurd. In de wijde omtrek werden de mensen ingeënt. Het kordon om Toelangan was waterdicht. Men was meedogenloos, niemand kon erin of eruit. Iedereen moest in huis blijven. Van buiten werd voedsel aangevoerd en ter plekke uitgedeeld. Er ging geen dag voorbij of er werden wel slachtoffers begraven.
Het eerste slachtoffer was de administrateur, Frits Homerus Vlekkenbaaij alias Plikemboh.
Soerati lag nog in bed toen zijn zware dode lichaam naast haar werd weggehaald. Toen ook wisten de mensen dat zij zijn njai was. Zij leefde.
Iedereen in Toelangan - blanke, halfbloed en peranakan - dankte de hemel dat hij dood was, en men hoopte dat men nu gespaard zou blijven voor verder onheil. Niemand wist dat hij eigenlijk was vermoord.

De jonge njai werd door haar moeder naar huis gedragen. Zij raasde en tierde aan een stuk door tegen haar man, Sastro Kassier.

Sastro rook zijn kans. Hij maakte van de gelegenheid gebruik om een aanklacht in te dienen. Door hoge functionarissen werd een onderzoek ingesteld naar de nalatenschap van zijn overleden werkgever. In één van de kasten werd het gestolen geld gevonden, er ontbrak geen cent. Als kassier bleef Sastro een machtig man, maar als vader had hij voorgoed afgedaan.

Soerati was voor het leven getekend.

De suikerfabriek had niets van haar statigheid verloren en bleef alles in Toelangan overheersen: mensen, dieren en planten.

8

Inmiddels zaten we al drie dagen in Toelangan. De opvolger van Plikemboh schreef ma of zij de fabriek wilde bezichtigen, maar zij kwam er met een smoesje onderuit. Toen kwam de administrateur naar Sastro's huis en vroeg haar of ze eens wilde langskomen. Hij was nog erg jong, een jaar of dertig. Ook toen weigerde zij.

Ik begreep niet goed waarom hij haar zo nodig moest uitnodigen. Ma had tegen mij niet gerept over eventuele moeilijkheden of problemen.

Kommer schreef dat het hem speet niet te kunnen komen. De timmerlieden die de tijgerval maakten, konden het lastige karwei niet alleen af.

Wij wandelden iedere dag langs de sawa's, plantages en dorpjes. Ma was een heel ander mens: haar ongenaakbaarheid was verdwenen en zij genoot van het uitstapje. Je zou zo te zien niet zeggen dat zij een weduwe was die met haar schoonzoon, een weduwnaar, liep te wandelen. Zij zag er goed uit en bewoog zich even gemakkelijk als een Europese vrouw. Zij droeg steeds een kabaja, het kledingstuk dat al eeuwenlang bij Indische vrouwen en njai's zeer populair was en dat de laatste tijd ook door Chinese vrouwen werd gedragen. Inlandse vrouwen zag je er nog niet in lopen, hooguit vrouwen uit de betere milieus en hun dochters. De meeste inlandse vrouwen droegen een kemban, sommigen liepen met ontbloot bovenlijf.

Haar fijne kanten kabaja sprong het meest in het oog. Niet alleen omdat je zo'n soort kabaja nooit in de kampongs zag, maar ook omdat het witte kant zo opviel tussen al het groen. De vierde dag ging ma niet meer uit wandelen. Ze vond dat ik maar alleen moest gaan.

Ik trok dus mijn pak aan (de mensen hier noemden dat christenkleren), en met een pen, papier, een fles water en wat eten in mijn tas, ging ik eropuit. Ik wilde eens een kijkje nemen in het dorp dat volgens Soerati door de Compagnie was platgebrand.

Ergens in de zee van suikerriet zag ik opeens het dak van een huisje. Wie zou daar nou wonen? Was het wel een woonhuis, of was het een schuurtje waar de arbeiders konden uitrusten? Ik zag wel aan de bomen dat daar geen suikerriet werd verbouwd. Ik was nieuwsgierig en wilde weten hoe de mensen hier leefden. Dus liep ik eropaf. Alle verwijten van Kommer zaten mij behoorlijk dwars. En het vervelendste was dat hij wellicht nog gelijk had ook.

Het weggetje tussen het riet was verlaten. Uit het huisje kwam een onverstaanbaar geschreeuw. Het klonk nogal ruw.

Het werd nu flink warm en het zweet liep met straaltjes over mijn rug. De lucht was zuiver en ik voelde me vrij, want ik hoefde niet met ma te lopen. Ik genoot van de omgeving en besefte wat een voorrecht het was hier zo vrij als een vogeltje te kunnen rondfladderen. Nog nooit had ik zo'n grote afstand afgelegd.

Hier had Soerati een tijdje terug ook gelopen, niet overdag, zoals ik nu, maar in de donkere nacht, nog voor de maan opkwam. Het riet hier zou over een paar maanden suiker opleveren en Java een tweede plaats op de wereldmarkt bezorgen. De suiker werd dan naar allerlei landen geëxporteerd waar men er heerlijk van zou smullen. Van Toelangan had niemand gehoord.

Weer hoorde ik het geschreeuw.

Ik kwam bij een tweesprong en één van de weggetjes leidde naar het huisje.

Ik kwam een boer met een patjoel op zijn schouder tegen. Hij lichtte z'n tjaping even op om mij te groeten, maar bleef gebogen lopen zonder mij aan te kijken, omdat ik Europese kleren droeg. Hij liep in de richting van de grote weg.

'Wat is daar aan de hand?' vroeg ik hem in het Javaans.

'Oh, niets bijzonders, ndoro. Troeno is nou eenmaal anders dan de rest.'

'Wie is Troeno?'

'Die woont daar, ndoro.'

'In dat huis met die dakpannen?'

'Inderdaad, ndoro.'

'Waarom schreeuwen ze zo?'

'Troeno wil zijn huis niet uit.'

'Waarom moet hij dan weg?'

De man werd bang van al mijn gevraag. Hij mompelde wat, maakte een buiging, lichtte zijn tjaping weer op en liep verder. Wie weet kwam hij er wel net vandaan.

Ik hoorde weer geschreeuw. Nu kon ik het veel duidelijker horen. Dit Javaans klonk grof. De schreeuwlelijk kon ik nog steeds niet zien.

'Wanneer rot je eindelijk eens op?'

Er volgde een gekrakeel van jewelste, maar ik kon niets verstaan. Er was duidelijk een ruzie aan de gang en iemand moest daar weg. Wat gebeurde er toch allemaal in het suikerriet?

Deels uit nieuwsgierigheid en deels door het verwijt mijn eigen volk niet te kennen, ging ik eropaf. Misschien zou ik dan te weten komen wat er aan de hand was. Ik werd er helemaal door in beslag genomen; ik liep zo hard, dat ik er niet meer op lette hoe de wind in het riet speelde.

Het huis lag aan het einde van het pad. Het was eigenlijk een vrij grote hut met wanden van gevlochten bamboe. Voor het huis stond een man met een snor en een ruige baard. Hij had enkel een zwarte kniebroek aan en in zijn hand droeg hij een vlijmscherp kapmes. Zijn felle ogen glommen. Toen hij mij ontdekte, keek hij kwaad en uitdagend.

'Goeiemorgen,' zei ik vriendelijk in het Javaans. 'Is er iets aan de hand?'

Hij bleef mij nors en vijandig aankijken. Ik bleef bij het bamboehekje staan.

'Wat zeg jij?' snauwde hij in het ngoko-Javaans. 'Wou jij je er ook mee bemoeien?'

Ik was beledigd. Ik voelde het bloed naar mijn hoofd stijgen. Niemand had mij ooit zo grof aangesproken; hij tutoyeerde me zelfs. Hij zou wel geen behoorlijke Javaanse opvoeding hebben gehad, zo'n brutaal type leek hij. Jean Marais' woorden schoten me weer te binnen: jij bent niet eerlijk, Minke, welk recht heb je om te eisen dat hij jou als zijn meerdere erkent? Wat heb je voor hem gedaan? Alleen omdat jij toevallig de zoon van een boepati bent? Jij kent de leuzen van de Franse Revolutie toch wel? Waarvoor heb je eigenlijk op de H.B.S. gezeten?

Ik glimlachte. Ik moest vriendelijk blijven.

'Nou, zo kwaad bedoel ik het niet.'

'Het is iedere dag hetzelfde,' mopperde hij, maar mijn vriendelijke toon had zijn kwaadheid toch ietwat getemperd.

'Wat is er?'

'Het lijkt wel een troep dolle honden!' zei hij kortaf.

'Wie?' vroeg ik nog wat vriendelijker, 'wie zijn die dolle honden?'

Hij keek me wantrouwend aan. Het was nogal ongebruikelijk dat een Javaanse boer iemand uit een hoger milieu openlijk wantrouwde. Daartoe had hij het recht niet. Hij was een uitzondering en gedroeg zich niet zoals het hoorde. Zoals een olifant die los van de kudde liep gevaarlijk was – op die manier had Nijman Khouw

Ah Soe eens gekarakteriseerd – zo moest je ook oppassen voor een Javaanse boer die buiten het gareel liep. Dat kapmes in zijn hand, die harde stem, dat wantrouwen en die vervaarlijke blik, dat alles leek die stelling te ondersteunen.

'Echt hoor, ik heb er niets mee te maken.'

Hij bleef achterdochtig. Zijn kleine oogjes puilden zowat uit de kassen. Ze leken wel uit elkaar te spatten. Ik moest hoe dan ook proberen zijn vertrouwen te winnen, want anders kon ik nooit vriendschap sluiten.

Ik verzamelde al mijn moed en toch wel wat angstig stapte ik het erf op.

'Wat is er toch eigenlijk gebeurd?' vroeg ik beleefd.

'Bent u van de fabriek?' vroeg hij nu plotseling in kromo-Javaans. Het bleef toch brutaal klinken.

'Nee, ik kom uit Soerabaja en heb niets te maken met die fabriek. Ik zit nog op school en daarnaast schrijf ik voor de krant.'

Met een vervaarlijke blik die je anders nooit zag bij een inlandse boer, nam hij mij van top tot teen op.

'Met dit kapmes kan ik nog méér dan alleen pisangbomen omhakken,' snauwde hij dreigend in het ngoko. 'Nog een keer en ze zullen wat beleven.'

'Wat is er dan?' vroeg ik meegaand.

'Het kan me niet schelen wie het is, of hij nu Javaan, Madoerees of van de Compagnie is, nog één keer...'

Zijn woede leek wat af te nemen na deze uitbarsting.

'Hoort u bij die lui of niet?' Hij begon mij zowaar te ondervragen. Hij werd almaar brutaler.

'Wie bedoelt u met die lui?'

Hij keek me weer doordringend aan, toen loerde hij naar mijn tas.

'Zíj daar!' tierde hij. 'Die bloedzuigers van de fabriek! Dit is mijn grond, het gaat ze niks aan wat ik ermee doe,' en hij veegde het zweet van zijn schouders.

Ik bleef het vervelend vinden dat hij weer ngoko tegen mij sprak. Elke etikette was hem vreemd. Wat had het ook voor zin om vriendelijk tegen hem te blijven doen. Aan de andere kant was ik vastbesloten te kijken hoe men hier leefde. En hier had je nu iemand van wie je niets wist en over wie je zou willen schrijven!

'Dat is zo,' zei ik om mezelf en hem wat te bemoedigen.

'Ik heb vijf bouw grond van mijn ouders geërfd.'

'Dat klopt,' zei ik. 'Ik heb het gezien bij het kadaster.'

'Zie je wel, het staat geregistreerd,' mompelde hij in zichzelf. Zijn woede verminderde. Al snel sloeg zijn stemming helemaal om en werd hij weer de bescheiden Javaanse boer.

'Kan ik even verder met u praten?' vroeg ik beleefd. Zijn greep om het kapmes werd wat losser, en ik deed een stap naar voren. 'Ik zou graag willen weten hoe alles in elkaar zit. Wie weet kan ik helpen.' Ik kwam nog wat dichterbij.

Hij gaf geen antwoord, maar keerde zich om en liep naar zijn huisje. Ik voelde dat hij met mij wilde praten, dus ging ik achter hem aan. Hij gooide zijn kapmes naar binnen, pakte een kleine bezem en veegde daarmee de houten bank die tegen het huisje stond schoon.

'Gaat u zitten, een betere zitplaats kan ik u niet bieden.'

Ik ging op de bank zitten waarover hij een matje had gelegd. Hij stond eerbiedig voor mij te wachten. Ik hoopte maar dat hij mij nu wat meer vertrouwde.

'Vertel eens waarom u zo kwaad bent,' vroeg ik.

'Tja, ik heb al lang genoeg geduld gehad. Ik heb vijf bouw grond geërfd. Drie sawa's, twee akkers en dit huis met het erf. Drie bouw wordt gepacht door de fabriek. Ik wilde de grond niet verpachten, maar ze hebben me gewoon gedwongen. Die lui van de fabriek, de loerah, de opzichter en ik weet niet wie allemaal. Ze hebben de grond voor achttien maanden gecontracteerd, maar nu blijkt dat het uitloopt tot twee jaar. We moeten wachten tot zij alle stronken uit de grond hebben gehaald, tenzij we ook het volgende seizoen verpachten. De vergoeding stelt niets voor. Ik heb het nagerekend, ze betalen niet het volle pond. Die vuile honden, en nu ndoro... willen zij mijn akkers ook nog pachten. Voor dat suikerriet zouden ze alle bomen willen kappen!'

'Wat betalen ze voor één bouw?' vroeg ik, terwijl ik pen en papier uit mijn tas pakte. Ik wist dat dit indruk maakte. Ik was gereed om alles neer te pennen.

'Tweeëntwintig gulden, ndoro,' antwoordde hij resoluut.

Nee maar!

'Tweeëntwintig gulden per bouw? En dat voor achttien maanden?' Ik verslikte me haast.

'Inderdaad, ndoro.'

'En wat krijgt u?'

'Vijftien gulden.'

'Waar blijft die zeven gulden dan?'

'Hoe weet ik dat nou, ndoro. Zet je vingerafdruk maar, zeiden ze. En nou ontvang ik niet meer dan vijftien gulden per bouw. Achttien maanden hebben ze me gezegd, maar nu loopt het nog zes maanden uit ook, tot ze de stronken eruit hebben.'

'Halen ze die er zelf uit?'

'Natuurlijk. Ze kijken wel uit om ons iets te geven. Dan zouden we gratis kunnen oogsten.'

Ik noteerde druk. Ik zag dat er iets van respect voor mij bij hem ontstond, maar hoe hij nu precies over mij dacht wist ik niet.

'Zo, luistert u nu even, ik zal voorlezen wat u heeft verteld. Eh, hoe heet u eigenlijk?'

'Troenodongso, ndoro.'

Ik wachtte even toen ik die naam hoorde. Mijn grootvader had mij eens verteld dat ik moest oppassen voor boeren die Troeno heten. Zulke mensen waren over het algemeen driftig van karakter. Hoe ouder hoe opvliegender. Ze kozen die naam om jong, sterk en gezond te blijven. Grootvader zei ook dat het meestal vechtersbazen waren. Ik wist niet of hij gelijk had.

'Dus u heet Troenodongso. Goed, ik zal het voorlezen.'

Ik las hardop in het Javaans en hij knikte instemmend bij elke zin die ik voorlas.

'Dit verhaal,' zei ik, 'zal ik in de krant plaatsen. Dan kunnen de hoge heren het lezen. De gouverneur-generaal, de boepati, de resident, de controleur, iedereen. Alles zal uitkomen. Dan weten ze wat er hier omgaat.'

'Eh, ndoro,' zei hij. Hij liet zijn beleefde houding varen en maakte een afwerend gebaar: 'Zo bedoelde ik het niet,' begon hij.

'Neemt u uw woorden terug?'

'Nee, want het is allemaal waar, maar ik ben niet de enige. Alle boeren krijgen zo weinig geld.'

'Wat zegt u, allemaal?'

'Ja, iedereen, behalve de dorpsbestuurders.'

'Wat krijgen die dan?'

'Dát weet niemand. In ieder geval hebben zij nog nooit geprotesteerd. Nog nooit!'

'Maar jullie hoeven je land toch niet te verpachten?'

'Dat is zo, maar ik word nu iedere dag bedreigd en uitgescholden omdat ik niet wil. Ze sluiten gewoon alle toegangswegen af. Dan vlieg je maar als je bij je grond wilt komen, zeggen ze. Eerder al hebben zij mijn aftakking van het irrigatiekanaal afgesloten. Op de sawa's kan ik niets meer verbouwen, dus moet ik ze wel verpachten.'

Van dergelijke praktijken had ik nog nooit gehoord. Daarom ook bleef ik aantekeningen maken terwijl Troenodongso zijn verhaal deed. Hij spuwde zijn gal bij mij. Bij een ander had hij dat nooit gekund. Mijn notities werden geen dode woorden, maar schilderden direct het lot van ik weet niet hoeveel duizenden boeren als Troenodongso. Hij had gezegd dat hij niet de enige was die zo'n behandeling kreeg. Hij stond niet alleen tegenover de Hollanders, maar ook tegenover het Binnenlands Bestuur en het fabriekskader, Sastro Kassier incluis. Steeds fanatieker maakte ik mijn aantekeningen en Troenodongso werd steeds minder terughoudend.

Ik zag een meisje met een bamboemand naar de waterput naast het huisje lopen. Met de wip haalde zij water uit de put omhoog en ging toen de was doen in een grote kom van aardewerk.

'Is dat uw dochter?' vroeg ik. Hij knikte.

'Hoeveel kinderen heeft u?'

'Vijf, ndoro. Twee zonen, die werken op 't ogenblik achter het huis, de drie jongsten zijn meisjes.'

'Vijf kinderen. Zou ik even binnen mogen kijken?' vroeg ik vriendelijk.

'Maar natuurlijk, ga gerust uw gang. Het is alleen wel ontzettend rommelig en vuil.'

Ik stapte het huisje binnen. Er zat geen enkel raam in. Ik zag geen koe of karbouw, maar aan een paal in de hoek kon ik zien dat hier vroeger vee had gestaan.

'Waar zijn de karbouwen?'

'Wat heb ik aan karbouwen als ik geen sawa's heb? Die heb ik verkocht.'

Er stond geen meubilair hier binnen, op een grote bamboebank na. Aan een spant hing een olielampje en in de hoek lag een modderige hak.

Ik was blij dat het heetgebakerde heerschap van daarnet was veranderd in de vriendelijke Troenodongso. Hij was nu goedlachs, beleefd en bescheiden. Hij zag er niet uit als iemand die gemene streken leverde.

'Waar is uw vrouw?'

'Naar de markt.'

'Ndoek, ndoek!' riep ik naar de kleine die met de was bezig was. Het kleine meisje rende naar haar vader. Ze keek lusteloos uit haar ogen, alsof ze te weinig had geslapen. Misschien had zij wel last van wormen.

'Wat ga je vandaag koken?' vroeg ik.

'Ik wacht tot mama van de markt terug is, ndoro,' antwoordde zij,

daarbij haar vader vragend aankijkend.
'Zou ik misschien mee mogen eten?'
Met haar matte kijkers keek zij weer vragend naar haar pa. Hij knikte en zei beleefd:
'Oh, natuurlijk, ndoro, Piah kookt graag voor u. Maar stelt u zich er niet te veel van voor, we zitten niet in de stad.'
'Geeft niks hoor, ik eet graag mee. Met hoeveel zijn we? Met z'n zevenen?'
'Ik ga alvast sprokkelen,' zei Troenodongso, die aanstalten maakte om te gaan. 'Vindt u het echt niet erg om hier te eten?'
Ik was in m'n schik dat ze mij vertrouwden.
'Is de markt ver hier vandaan?'
'Nee hoor, niet zover,' antwoordde Piah.
Ik wist best dat de markt in de buurt van Toelangan lag.
'Hier is geld, zie zelf maar wat je koopt.' Ik gaf haar twee zilveren kwartjes. Zij keek haar vader even aan toen zij het geld in ontvangst nam, maar die keek de andere kant op en deed net alsof hij niets zag. Ik legde mijn tas op de bank en liep naar buiten.
Ik was in opperbeste stemming. Ik snoof de frisse lucht op en spreidde mijn armen als een garoeda in volle vlucht. Kommer had toch gelijk, je hoefde maar een beetje moeite te doen of er ging een hele wereld voor je open; alles was er, bergen en rivieren, eilanden en zeeën. Ik moest wat langer blijven in deze nieuwe wereld. Niet alleen Columbus was ontdekkingsreiziger, ik net zo goed.
Ik wandelde om het huis heen. Achter hingen kleren te drogen. Veel meer dan vodden waren het niet. Troenodongso was een boer met vijf bouw. Drie bouw goeie grond! Als hij kon weigeren zijn akkers te verpachten, waarom kon hij dat dan ook niet met de sawa's? Nu moest hij zien rond te komen van de opbrengst van de akkers. Die moest hij met alle middelen verdedigen wilden hij en zijn gezin niet aan de bedelstaf geraken.
Hier tussen al het groen van de bomen rook het lekker. Maar helaas hingen er ook wat minder frisse geuren die net zo goed tot het leven behoren. Een continent met hoge bergtoppen en diepe ravijnen. De bochtige afvoerpijp van de put mondde uit in een modderpoel waarin een paar eendjes ijverig wormen pikten. Onder een pol cypergras verdrongen drie kuikentjes elkaar om de moederkip, een zwangere poes met een gele pels lag heerlijk zonnend in een bladerbed op de grond. Een rij pisangbomen kromde zich naar het licht. Alles ademde een zelfde lome sfeer. Verderop zag ik

Troenodongso op het veld met zijn kapmes hout hakken. De blokken stapelde hij op elkaar.

Hier vandaan kon ik de velden goed overzien. Zij waren met zorg beplant met maïs en cassave. In de beschermende schaduw van vijf nangkabomen groeiden geneeskrachtige knolgewassen. De grens tussen achtererf en akkers werd gevormd door een rijtje bloeiende koffiestruiken onder een paraplu van dicht op elkaar staande kokospalmen. Ik had het idee dat dit gezin kon leven van de opbrengst van de akkers. Voor kleding en zout boden de velden natuurlijk geen soelaas.

Troenodongso liet zich niet meer zien nadat hij een kam bananen het huis had ingedragen. Uit de keuken kringelde nog geen rook omhoog. Achter op de akker waar de plantage van de fabriek begon, trof ik Troeno's zonen aan. Toen ze mij zagen, hielden zij op met werken en legden hun hak neer. Ze knikten beleefd, maar ik zag wel dat ze bang waren, argwanend eigenlijk.

'Zijn jullie de zonen van Troeno?'

'Ja, ndoro.' Ze namen hun tjaping af en legden die op de grond. De een was zestien, de ander veertien jaar oud. Thuis hing er geen portret van de koningin, dus hadden zij nooit op de dorpsschool gezeten.

'Hier ligt dus de grens met de suikerplantage?'

'Ja, ndoro.'

'Krijgen jullie nooit de schuld wanneer er suikerriet gestolen is?'

De broers wierpen elkaar een blik van verstandhouding toe. Ze bleven op hun hoede.

'Nee, ik ben niet van de fabriek hoor,' zei ik. Toch geloofden ze mij nog niet helemaal. Ze waren bang. 'Ik ben bij jullie op bezoek. Straks eet ik met jullie mee.'

Ze keken elkaar weer aan en zonder antwoord te geven sloegen zij hun ogen naar de grond.

'Nooit de schuld gekregen als er iets weg was?' vroeg ik weer.

Tegelijkertijd blikten ze even naar mij, daarna keken ze elkaar weer aan.

'Niet dat ik weet, ndoro,' antwoordde de oudste.

Ze bleven wantrouwig. Zo zijn boeren nu eenmaal wanneer zij met vreemde mensen te maken krijgen. In een anonieme brochure die juffrouw Peters mij had gegeven stond dat de Javaanse boer bang was voor andere mensen. Al die lui waren, individueel of samen, uit op zijn bezit. Dat was al eeuwen zo en hij wist het, al bleef het onberedeneerd.

Deze twee knapen met hun hak en sikkel voor zich op de grond waren bang voor mij, omdat ik niet een van hen was, omdat mijn kleding afweek van de hunne. Tot zo'n ontdekking had Columbus nooit kunnen komen. Die brochure had het helemaal bij het rechte eind. De auteur was een Europeaan die het leven van de Javaanse boer door en door kende. En ik, ik had dit continent net ontdekt. Ik had de angst en achterdocht nu met eigen ogen gezien en ik besefte door welk diep dal de Javaanse boer ging.

In de brochure stond dat als de boeren – een groep mensen onder Gods gesternte die niet rationeel dacht – hun angst eenmaal hadden overwonnen, zij in blinde woede uitbarstten. Dan maakten ze 'amock' en kwamen tegen alles en iedereen in opstand, alleen of met z'n allen. En dan kwam de Compagnie om deze armzalige schepsels die geen benul hadden van de verhoudingen in de wereld, in een oogwenk in de pan te hakken. Bij elke poging dolven zij het onderspit. Dat ging nu al driehonderd jaar zo! Ze volgden een ieder die zich opwierp als hun leider en dan gaf het niet uit wat voor sociale klasse hij kwam, als hij maar karakter had, sympathiek was en hun hoop gaf. Ze stonden pal voor hun geloof, zij trokken naar het slagveld en waren ook bereid te sterven. Ik herinner mij deze woorden nog heel goed.

Om de jongens niet nog ongeruster te maken, liep ik maar weer naar het huisje terug en liet intussen mijn gedachten de vrije loop. Stel nu dat ik niet was langsgekomen en een vriendelijk praatje had gemaakt met Troenodongso, dan had hij misschien een hoop ellende veroorzaakt met dat kapmes van hem. Er stond in de brochure dat de boeren best in opstand konden komen. Niet omdat zij zo graag wílden of haatdragend waren, nee, zij kónden niet anders omdat hun alles was afgenomen.

Ik moest toegeven dat de anonieme auteur zeer goed op de hoogte was. Het was zonneklaar dat de boeren geen idee hadden in wat voor situatie zij verkeerden. Maar aan de andere kant van de wereld, in Nederland, daar wist men het wel degelijk. En zij wisten ook hoe de denkwereld van de Javaanse boer in elkaar stak.

Jij verdiept je alleen maar in Europa. Die kennis moet je juist gebruiken om de situatie hier in Indië te bekijken en te beoordelen. Dat had Jean Marais gezegd. Hij had gelijk.

Ik liep verder. Nee! Ik verdiep me niet alleen in Europa. De moderne tijd voedt mij. Inlanders, Japanners, Chinezen, Amerikanen, Indiërs, Arabieren – zij allen samen vormen de wolvin die mij voedt en zoogt, die van mij de stichter van Rome zal maken. Ja heus, zo is het. En dan wat bescheidener: ik ben een kind van alle volken, van alle tijden, van vroeger en van nu. Waar je wordt geboren, wanneer en uit welke ouders, berust op toeval. Daar is niets bovennatuurlijks aan.

Bij het huisje gekomen ging ik verder met schrijven. De eerste regel werd alleen anders dan ik onderweg had geformuleerd: Door de eeuwen heen heeft de mens ook misdaden begaan.

Ik schreef en schreef totdat alles wat ik op papier wilde hebben, ook geschreven stond. Toen ging ik op de bank liggen en viel in een rustgevende slaap.

De vorige nacht was ik rust te kort gekomen omdat ik mijn aantekeningen over Soerati wilde afmaken. Ik wist niet hoe lang ik had geslapen toen ik wakker werd van rumoer buiten, maar ik bleef nog even liggen.

'Ndoek! Ik kon voor de kippen maar één dubbeltje per stuk krijgen, dus kon ik geen kleren meer voor je kopen. Ik heb alleen een broek voor papa gekocht.'

Toen tot mij doordrong dat het een vrouwenstem was, sprong ik op. Daar zou je de vrouw van Troenodongso hebben. Ze kwam net van de markt terug. Haar dochtertjes waren niet bij haar vandaan te slaan. Zij bleef even staan toen zij mij in de gaten kreeg, maakte een buiging en liep in een grote boog naar de keuken.

Piah was bezig met de maaltijd. Ik rook gebraden kip, het water liep me direct in de mond.

Ik hoorde hoe Piah in het ngoko aan haar moeder vroeg:

'Wanneer krijg ik dan nieuwe kleren, moe?'

Er kwam geen antwoord. Misschien was Piah wel aan de beurt als de kuikens groot en vet waren. Ik haalde mijn gouden zakklokje te voorschijn dat moeder mij als huwelijkscadeau had gegeven. Het was al vier uur. Mijn maag knorde vreselijk.

Troeno kwam naar buiten en liep naar me toe om te vragen of ik kwam eten. Hij verontschuldigde zich dat hij mij niet had durven wakker maken. Binnen stond het eten op een matje uitgestald. Ernaast één bord. In een aardewerken schaal zat goelai, in een bamboemandje rijst. Sambal en gebraden kip zaten in een stenen kom.

'Gaat uw gang, ndoro.'

'We eten toch zeker met z'n allen?'

'Nee, eet u maar, we hebben maar één bord.'

'Nou, dan eten we toch van pisangbladeren?'

Hij wilde er eerst niets van weten, maar ten slotte gaf Troeno toch toe. Uit de keuken werd nog meer eten gehaald. Ik vond het best zo, al besefte ik dat zij zich opgelaten voelden met mij erbij. Zij raakten de kip niet aan. Zij aten vast nooit kippevlees, anders zou het niet zo taai zijn. En dat terwijl ze zelf kippen hadden.

Omdat ik zag dat zij zich niet op hun gemak voelden, nam ik snel de laatste happen en ging naar buiten om een luchtje te scheppen.

Na het eten praatte ik wat met Troeno:

'Is het niet veel voordeliger als u de sawa's zelf bewerkt?'

Voor het eerst zag ik Troeno lachen. Hij zei:

'Toen mijn ouders nog leefden, lag het hier om het huis vol met padi. We hadden veel kippen en eenden. Een paar jaar voordat mijn ouders stierven begon het gezeur om onze sawa's. Mijn vader had er helemaal geen zin in, maar toen kwamen het dorpshoofd en de assistent van het districtshoofd. Mijn vader weigerde. Toen sloten zij het water af...'

'Maar de irrigatieleidingen zijn toch door de boeren zelf aangelegd? Dat heeft de fabriek toch niet gedaan?'

'Natuurlijk, ik heb nog meegeholpen, een hele week. Ik kan me nog goed herinneren dat het laatste stuk grond waar we mee bezig waren met een dikke laag bladeren was bedekt. Het krioelde er van de slangen. Ik heb er zeker zeven gevangen.'

'Is er niemand gebeten?'

'Ach, het waren maar kleine slangetjes, hoor.'

'Hoeveel kreeg u voor dat karwei?'

'Krijgen? Helemaal niks.'

Hij had er schik in dat ik al zijn antwoorden opschreef. Nee, ik zou hem niet teleurstellen. Ik zou alles in de krant laten plaatsen en ik had nu al enig idee wat voor schok dit zou teweegbrengen. De man die nu voor mij zat, kreeg de hoofdrol in een groot verhaal dat zich in deze streek zou afspelen. Wat was Troeno toch een intrigerende man. Hoe meer ik opschreef, hoe meer ik zijn vertrouwen won en in zijn denkwereld binnendrong.

Mijn grootvader had mij vroeger gewaarschuwd om uit te kijken voor mensen die Troeno heten. (Hij was denk ik nog altijd bang wanneer hij de naam Troenodjaja hoorde.) Jongens die zich op hun dapperheid en behendigheid lieten voorstaan, vonden het een mooie naam. Grootvader beweerde ook dat zulke lui altijd en overal in opstand kwamen tegen het gouvernement. Of het waren dieven.

Ach! die Javanen met hun namen. Ik als schrijver van advertentieteksten geloofde niet erg in het verhaal van grootvader. De namen van Javanen waren niet meer dan kreten die de zaken wel eens mooier voorstellen dan ze werkelijk zijn.

Voorzichtig vroeg ik of hij aan pentjak-silat deed.

'Nee hoor,' antwoordde hij, 'maar ik heb het vroeger wel geleerd.'

Dus toch, grootvader had gelijk.

'Heeft u wel eens echt gevochten?'

Meteen was hij weer op zijn hoede. Hij kneep zijn ogen half dicht, alsof hij op alles was voorbereid... Snel vertelde ik dat ik van mijn grootvader ook pentjak-silat had moeten leren.

We waren met zo'n vijftien jongens, maar er bleven er ten slotte negen over. Na drie jaar trainen zei de leraar dat we het voldoende onder de knie hadden. Ik vertelde Troeno dat ik nooit echt had gevochten.

Hij hoorde mijn verhaal verrukt aan. Zijn ogen glommen. Het was dus waar. Als het op vechten aankwam dan stond Troeno z'n mannetje wel. Vandaar dat men hem niet zomaar durfde weg te jagen.

Ik zei niets meer over vechten en silat, anders zou hij al zijn vertrouwen in mij weer verliezen. Het ene na het andere onderwerp kwam aan de orde en ik schreef maar door. Hij bood stof tot schrijven te over. Hij was heel anders dan de andere boeren, want hij durfde voor zijn mening uit te komen, al was het dan op een diplomatieke manier. Deze man had karakter. Je hoefde hem niet veel vragen te stellen, want hij praatte veel en graag. Volgens mij had hij vroeger als arbeider in de grote stad gewerkt, maar ernaar vragen deed ik niet.

'Zou ik hier kunnen blijven slapen?'

Hij keek vreemd op. Ik moest hoe dan ook meer van hem weten, zoveel mogelijk.

Hij voerde natuurlijk een reeks bezwaren aan, maar ik hield vol en uiteindelijk stemde hij aarzelend toe. De oudste zoon werd naar Toelangan gestuurd om een briefje van mij aan ma te bezorgen.

Zo bleef ik dus slapen.

Die avond werd het rookpotje aangestoken, net als vroeger toen Troeno nog vee had. Rook vulde de raamloze ruimte. Ik kreeg het er benauwd van. Met het verstrijken van de avond begonnen de kikkers luider te kwaken. Ik kreeg een plaats aan de rand van de slaapbank. Aan mijn linkerzijde lagen de jongens en de meisjes. Hun ademhaling leek op het geroezemoes van mensen die aan het vergaderen zijn. Af en toe hoestte er iemand. Het rookpotje ging vanzelf uit. Direct begonnen de muggen hun aanval vanboven en de luizen vanonderen. Mijn hemel, hoe bestond het dat zij zo lekker sliepen terwijl ik geen oog kon dichtdoen.

Hoe lang ging dat nu al niet zo? Het waren toch taaie mensen. Iedere keer weer sloeg ik de muggen en luizen van mij af. Ik deed geen oog dicht. Ik kreeg er zo de pest in dat ik ten einde raad maar rechtop ging zitten. En nog lieten de muggen en luizen mij niet met rust, ze bleven komen. In hun dorst naar bloed hadden ze het voorzien op alles wat leefde. Ik moest wel een heel dure prijs betalen om mijzelf te vrijwaren van de beschuldiging dat ik het volk niet kende. Als ik vandaag geen geld had gegeven, had ik waarschijnlijk de hele dag niets te eten gehad. Wat zouden zij eigenlijk zoal eten? Zelfs dat wist ik nog niet eens.

Ik had net mijn hoofd op het strokussen gelegd of ik werd weer van alle kanten door de insekten aangevallen.

Heel vaag hoorde ik iemand zingen in het dorp. Wie zingt er nu 's nachts terwijl het barst van de muggen? Het gezang klonk aarzelend. Nog voor het couplet was afgelopen, hoorde ik het piepende geluid van een deur die voorzichtig werd geopend. Ik spitste mijn oren. Ik hoorde iemand lopen die een lange kaïn droeg. Dat moest de vrouw van Troeno zijn. Weer hoorde ik de deur piepen. Ze waren dus alle twee opgestaan en naar buiten gegaan.

Nee, zij gingen niet naar het toilet. De stem die daar zong midden in de nacht had hen geroepen. Hier klopte iets niet – heel interessant voor mijn artikel!

Op de tast zocht ik mijn weg naar buiten. Ik moest weten wat ze uitvoerden. De deur kraakte, nu omdat ik haar opende. Toen stond ik buiten, nog steeds belaagd door de insekten, maar van de luizen was ik af. Er stond geen ster aan de hemel. Ik keek of ik iemand zag lopen, maar er was niets dan duisternis. Waar waren die twee toch gebleven? Ik probeerde te peilen waar het gezang vandaan was gekomen en op de tast liep ik die richting uit. Ik vermoedde dat ik nu ergens bij de nangkabomen was. Al een hele tijd had ik niets meer gehoord.

'Onmogelijk,' hoorde ik iemand waarschuwend fluisteren.

Ja daar, onder die nangkaboom, daar zaten wat mensen. Ik schatte een stuk of drie, zij praatten op gedempte toon. Ik voelde hoe ik dichterbij getrokken werd.

'Die priyayi die bij jou logeert, is vast een spion van de fabriek!' hoorde ik. 'En jij durft hem niet eens uit de weg te ruimen.'

'Nee, ik zweer je, hij is geen spion.'

'Hij is familie van Sastro Kassier!'

'Kan best, maar hij is heel anders dan die verwaande vent. Hij komt uit Soerabaja en schrijft voor de krant. Dat heeft hij zelf gezegd. Hij wil een stuk schrijven over die zwendel hier.'

'Onzin. Dan ken je dat soort figuren niet. Ruim hem maar uit de weg, klaar.'

'In mijn huis zal geen bloed vloeien.' Dat was de stem van de vrouw van Troenodongso. 'Iemand die voor de fabriek spioneert gedraagt zich niet zo.'

'Goed, ik zal het aan pak Kyai overbrengen. Misschien kom ik morgen weer.'

Terwijl zij nog aan het overleggen waren, liep ik snel terug. Ik baande mij stuntelig een weg terug naar het huis dat kilometers ver weg leek. Zij mochten niet weten dat ik het huis was uitgeweest.

Plotseling struikelde ik. Ik viel voorover in een modderpoel die ik niet had gezien omdat ik de verkeerde weg had gekozen. De koude modder uit de poel stonk vreselijk en kleefde om mijn lichaam als een tweede stel kleren. Ik moest dus dicht bij de waterput zijn. Verdorie! Het was me nog nooit overkomen dat ik midden in de nacht moest baden of dat ik mijn eigen kleren moest wassen – in het donker, rillend van de kou. Klappertandend kwam ik weer bij de slaapbank terug. Droge kleren had ik niet. Ik ging liggen en al snel werd ik weer met luizen overdekt.

Toch vond ik het niet zo erg als daarnet. Ik was blij dat Troeno en zijn vrouw zoveel vertrouwen in mij hadden. Nu waren de kou en deze kwelling draaglijk.

De volgende ochtend waste ik, in mijn ondergoed staand, mijn kleren opnieuw en hing ze te drogen. Daarna begon ik weer te schrijven. Het was zo klaar als een klontje dat deze mensen in een geheim complot zaten. Volgens mij wilden zij met z'n allen iets tegen de fabriek ondernemen, maar ik kon me natuurlijk vergissen. Ik besloot nog een dag of wat te blijven. Ik ging weer naar de achterzijde van het huis om het terrein verder te verkennen.

Die nacht hoorde ik weer gezang uit het dorp. Ik bleef wakker liggen en wachtte tot het echtpaar de deur uit ging. De hemel was nu niet zo donker, de sterren verlichtten de omgeving. Voor mij liepen twee gedaanten gehaast in de richting van de nangkabomen. Dit keer durfde ik niet zo dichtbij te komen. Achter de langkoeasstruiken zag ik enkele schimmen. Zij bleven niet lang daar. Even later had ik hen uit het oog verloren. Ik liep terug en probeerde het olielampje aan te steken. Dat kostte nogal wat tijd, maar toen het brandde zag ik dat de zonen van Troenodongso inmiddels verdwenen waren. Het kapmes en de sikkel die al die tijd aan de keukenwand hadden gehangen, waren weg, er hingen alleen nog maar een paar hakken aan de dakgording.

Die ochtend waren alleen de kleintjes thuis. Piah zette water op in de keuken, daarbij geholpen door haar zusjes. Ik bleef kijken toen zij ging koken, maar daar werd zij zenuwachtig van, dus pakte ik een hak van de gording en liep naar achter. Ik begon te werken waar de jongens gisteren waren opgehouden. Het was een vies gevoel om met m'n blote voeten in de koude modder te ploeteren. Na vijf minuten gaf ik het op, ik was bekaf. Ik schaamde me dood. Die knapen waren veel jonger dan ik, maar zij konden vier uur aan een stuk door werken. Gelukkig had niemand mij gezien. Ik had wel door de grond kunnen gaan als iemand me zo naar adem had zien happen. Ik begon weer, maar nu in een veel langzamer tempo. Daar kwam Piah.

'Ndoro, niet doen, u wordt vuil en straks wordt u nog ziek. De koffie is klaar, geef die hak maar, die draag ik wel.'

Gelukkig dat ik iets te drinken kreeg, anders had ik aan dit dodelijk vermoeiende karwei vastgezeten.

'Niet doen, hoor,' zei Piah lief, 'als u blaren krijgt, kunt u niet schrijven.'

Blaren had ik nog niet eens, maar schrijven kon ik nu al niet meer. Mijn handen trilden ongelofelijk, ik had er geen controle meer over. Ik had dit werk vroeger wel eens gedaan, maar het stond nu wel vast dat ik onmogelijk boer zou kunnen worden.

Die middag nam ik afscheid, ik vond dat ik genoeg aantekeningen had gemaakt, maar de belangrijkste reden was wel dat ik het hier onder deze omstandigheden niet langer uithield. Ik had één ding geleerd: dat zij veel sterker waren dan ik, dat ze gestaald waren door wat ik met ontberingen meen te moeten omschrijven. Vreemd dat juist deze mensen zoveel te verduren hadden.

Troenodongso knikte beleefd naar mij en zei dat het hem speet dat hij mij niet had kunnen ontvangen zoals het hoorde. Hij had rode ogen, hij had vannacht niet geslapen.

'Als u in Wonokromo bent, kom dan langs. Goed?' vroeg ik.

Het hele gezin deed mij uitgeleide. Ik graaide in mijn zak en vond nog één gulden en vijftien cent, die ik aan Piah gaf.

'Niet vergeten in Wonokromo langs te komen, hè? Vraag maar naar het huis van Njai Ontosoroh. Goed? Njai On-to-so-roh.'

Zijn vrouw en zonen hadden ook rode slaapoogjes.

Ik liep alleen met Troenodongso verder. Hij droeg mijn tas met de eerbied van een hofdienaar. Midden tussen de suikerrietvelden bleef ik stilstaan en zei:

‘Pak Troeno, ik zweer u, ik heb jullie niet bespioneerd.’

Hij keek me even aan, toen sloeg hij zijn ogen weer neer. Hij zou nu wel weten dat ik hen ’s nachts had horen praten.

‘Ik leef met jullie mee. Ik zal zien of ik iets kan bereiken door over jullie te schrijven. Meer kan ik niet doen. Ik hoop dat het lukt. Geweld is niet altijd de oplossing. Goed, gaat u nu maar naar huis, ga maar slapen, u hebt slaap en u bent moe. Geef maar, ik draag mijn tas zelf wel.’

Hij gaf mij de tas. Ik liep verder zonder om te kijken. Ik voelde dat hij mij nakeek. Toen hoorde ik hem roepen en ik zag hoe hij naar mij toe rende:

‘Neem mij niet kwalijk, ndoro, maar hoe heet u eigenlijk?’

9

Toen we zo'n tien dagen in Toelangan zaten, kwam Kommer op bezoek. Hij had een reebout voor ons meegenomen en was in een vrolijke bui. Hij zag donkerder dan anders.

Ma begroette hem. Ik moest nog de laatste hand leggen aan mijn verhaal over Troenodongso. Ik hoorde het harde, vrolijke en optimistische stemgeluid van de journalist, maar luisterde niet naar zijn drukke gebabbel.

Nadat ik het verhaal had afgemaakt, kwam ik erbij zitten.

'En hoe staat het met de val, meneer Kommer?' vroeg ik.

'Die is nog niet klaar. Ik moest snel terug; ze zullen hem nu zelf plaatsen,' antwoordde hij. 'Jammer, maar de krant is ook belangrijk.'

'U ziet er goed uit.'

'Njai ook, alleen jij ziet wat pips.'

'Hij heeft te lang op zijn kamer gezeten,' zei ma.

'Dat is niet zo goed,' zei Kommer. 'Als je alleen maar schrijft, Minke, dan word je niet oud hoor. Je moet op z'n tijd ook naar buiten. Ik vind het zonde dat je niet mee wilt jagen. Je hebt vast nog nooit gezien hoe schichtig een opgejaagd hert je aankijkt. Die beesten hebben een geweldig mooi vertakt gewei, het is prachtig zoals een hert wegspringt, met z'n kop hoog in de lucht. Maar dat gewei helpt hem geen zier, de schoonheid ervan zit het hert in de weg als het zich tussen de struiken wil verstoppen. Ja, Minke, zo'n beest is gedoemd op open plekken te leven en vormt een gemakkelijke prooi voor de kogels van de jager.'

'Is dat een toespeling op mij?'

'Als je dat nog een toespeling wilt noemen... Kijk, jij koketteert met je schrijverij. Daarvoor sluit je je op en daar ga je aan kapot.'

Ik lachte schamper.

'Ik meen het, Minke. Jij bent nog jong en gezond; als je je steeds opsluit, mis je zoveel mooie, leuke dingen.'

'Oh, bedoelt u dat...'

'Als je je vijf jaar lang opsluit, dan kost je dat tien jaar van je leven. Het is toch doodzonde als je plotseling tot de ontdekking moet komen dat je oud en versleten bent.'

Ik vertelde dat ik net twee verhalen had afgemaakt, en dat een ervan het beste was dat ik tot nu toe had geschreven.

'Dat doet me goed, Minke, mag ik het lezen?'

'Als het gedrukt is, zeker. Het andere mag u alvast lezen als u dat wilt.'

Ik gaf hem mijn verhaal over Njai Soerati en lette goed op zijn gelaatsuitdrukking. Ma trok zich terug in het achtervertrek.

'Geef gerust commentaar. Als u de namen maar niet noemt,' waarschuwde ik.

Het was een behoorlijk lang verhaal. Toen ma terugkwam met een verfrissing voor Kommer, was hij nog aan het lezen. Hij werd er helemaal door in beslag genomen. Toen legde hij het met een diepe zucht voorzichtig op tafel neer, alsof hij bang was het te breken. Hij keek mij doordringend aan en zei:

'Het wordt steeds duidelijker.' Dat was alles.

Ik was al bang dat hij Soerati's naam zou noemen, maar dat deed hij gelukkig niet.

'Wat vindt u ervan?' informeerde ik gretig.

'Ja, het komt steeds meer naar voren. Ze hebben gelijk, jij krijgt steeds meer humanistische trekjes, je gaat helemaal die kant op. Maar besef goed dat zoiets zijn keerzijde heeft.' Hij legde niet uit wat hij daarmee bedoelde. 'Jouw verhalen schreeuwen om gerechtigheid, alles wat onbeschaafd, oneerlijk, lasterlijk en zwak is, wijs je af. Jij droomt van mensen met een sterk en humaan karakter. Je hebt gelijk wanneer je zegt dat ware broederschap pas mogelijk is als iedereen zo'n karakter heeft. Je bent echt een kind van de Franse Revolutie. Zolang jij je hiervoor blijft inzetten...'

Ma luisterde aandachtig zonder zich in het gesprek te mengen. Ik zag hoe Kommer haar met een enkele blik om commentaar vroeg, maar zij hield haar mond dicht.

Enthousiast nam de journalist de draad weer op:

'Je hebt zeker al heel wat Franse schrijvers gelezen.'

'Nee hoor.'

'Nee? Ah, dus daarom heb je zo'n zwarte kijk op het leven, net als Multatuli. Jij hebt geen gevoel voor humor. Als je de Franse schrijvers zou lezen, dan verandert je visie misschien en zou je niet zo zwaar op de hand zijn als nu.'

'U vindt mijn verhaal dus niet goed.'

'Oh nee, ik vind het uitstekend, zonder enige twijfel. Maar ik heb het over je levensvisie, die is humorloos en te serieus. Jij neemt de dingen veel te zwaar, je kunt je er niet van losmaken. Er kan nooit een grapje af.'

'Zie ik het dan verkeerd?'

'Nee hoor, helemaal niet. Je moet alleen wat meer met mensen uit andere kringen omgaan. Dat gespannen en zwaarmoedige gedoe zal je nog een keer nekken, jongen. Waarom zie jij nooit eens de zonnige kant?'

'Dat is waar, je bent somber, Minke,' viel ma hem bij.

'Dat is het, Njai, somber, dat is het juiste woord,' zei Kommer snel.

'Maar zo is het leven toch?' verdedigde ik mij.

De journalist luisterde aandachtig naar wat ik te zeggen had.

'Een hoop mensen leven nu eenmaal in ellendige omstandigheden, meneer Kommer, en daar gaat mijn verhaal dan ook over. Wat is daar voor zonnigs aan? Als ik het eens was met die onderdrukking, dan zou ik het lollige ervan wel inzien. Maar ik ben het er niet mee eens, meneer Kommer...'

'Dat is waar, helemaal waar. Jij wordt zó in beslag genomen door het lot van de onderdrukten, dat je je er niet meer van kunt losmaken. Het is een kwestie van optiek, nietwaar, Njai?'

'Eh, dat gaat mij allemaal boven mijn pet, hoor,' zei ma, die zich er niet mee wilde bemoeien.

'Alles in het leven is met elkaar in balans. Iemand die alleen de zonnige zijde ziet is gek, en iemand die alleen de ellende ziet is ziek.'

'Ik ben dus ziek?'

'Je wordt het – als je zo doorgaat. Je verliest je veerkracht en souplesse als je alleen oog hebt voor ellende. Dat werkt verstikkend. Doe er eens wat aan, als ik zo vrij mag zijn.'

Kommer leek overtuigd van zijn gelijk, voor hem was er geen andere mogelijkheid.

'Hij moet gewoon eens even uit de sleur, meneer Kommer,' mengde ma zich in het gesprek. 'U stelt de zaken wat overdreven voor.'

Hij zweeg verbluft. Hij keek haar aan en luisterde aandachtig toen ze zei:

'Minke rouwt nog. Het is logisch dat zijn verhalen door alle ellende die hij daarnaast nog ervaart, beïnvloed worden. Hij ziet de lijdende mens als zijn bondgenoot, en het onrecht als zijn vijand. Geluk en ellende wegen trouwens niet voor iedereen tegen elkaar op in het leven. Het leven zelf is toch reëler dan iemands opvatting over de realiteit?'

Wij drieën raakten in discussie. We spraken Nederlands. Ma wist niet veel van literatuur af, maar over het leven kon ze meer naar voren brengen. En ik, net als voorheen, ik kon slechts toehoren. Plotseling viel er een stilte. Kommer slingerde mij een messcherp verwijt naar het hoofd:

'Je schrijft aardig. Ik denk dat iedereen het daarmee eens is. Maar na dit laatste verhaal zou je moeten stoppen, want als je zo doorgaat, schrijf je geen verhalen meer, maar ben je bezig speeches in elkaar te draaien. Wat wil je nou, schrijven of speeches houden?'

Die vraag kwam hard aan, te meer omdat ik niet begreep wat hem eigenlijk bezielde.

'Waarom zou hij kiezen?' protesteerde ma. 'Hij heeft er recht op zich te ontwikkelen en hij is vrij om van een dergelijke keuze af te zien. Hij is jong en heeft nog zeker twintig jaar nodig om zich volledig te ontplooien. Had u dan van meet af aan succes?'

'Vergis u niet,' zei Kommer nu op wat vriendelijker toon. 'Minke is de hoop van de inlanders. Alleen hij kan zich op de voorgrond bewegen. Als Minke de uitdaging nu niet aanneemt, dan wordt het straks moeilijker om door te zetten. Dan gaat zijn werk met sprongen achteruit, dan is het afgelopen. Kijk, Njai, dit verhaal hier, daar proef je al uit dat Minke zélf aan het woord is en zich opwerpt als verdediger...'

'U staat nota bene zelf te preken...' wierp ma hem voor de voeten.

'Wat hebben de inlanders van mij te verwachten? Niets. Maar Minke, die heeft zoveel talent dat ze bijna het onmogelijke van hem verwachten. Hij wordt ertoe uitgedaagd. Ik heb hem aangeraden eerst eens om zich heen te kijken, om te zien hoe de mensen hier leven. Daar is zóveel informatie uit te halen. In dit verhaal hier heeft hij mijn advies opgevolgd. Zo is het toch, Minke?'

'Ja,' antwoordde ik.

'Hoe kan Minke nu in vredesnaam de mensen opbeuren, Njai, als hij zelf zo zwartgallig is? Het is niet allemaal ellende op de wereld. We kunnen heel wat doen om haar te bestrijden. Zonder levensvreugde blijven we in de ellende ronddraaien.'

Ma zweeg. Ik zag dat ze nadacht over een antwoord.

'We hebben de laatste twintig jaar allebei gezien wat er zoal is gebeurd, Njai. Twintig jaar is niet lang, zoveel leer je niet bij in die tijd. Een hoop mensen trekken geen lering uit hun ervaringen. Ik weet dat wat ik zeg hard klinkt, maar wat ik tegen Minke zeg, geldt ook voor mij. Dat is beter dan alleen maar met complimentjes strooien zoals Nijman doet. Schouderklopjes heeft hij al genoeg gekregen. Maar stimulans, wie anders dan echte vrienden kunnen hem die geven, Njai?'

'Ik weet dat hij over twintig jaar heel wat meer zal hebben bereikt dan u.'

Ik keek de andere kant maar op, ik schaamde me dood voor de manier waarop ma mij verdedigde. Ze koos onvoorwaardelijk mijn kant en verloor daarbij alle redelijkheid uit het oog.

'Zeker, dat hoop ik ook. Ik zal u eens iets vertellen. Kort geleden is er in hoge kringen deining ontstaan over een brief van Kartini. Er was al eens over gediscussieerd in een vergadering van de Liga Tegen Goddeloosheid in Nederland. Daarin schrijft zij over het mooie, moderne Europa, waarvan zij alleen via anderen iets weet. In Indië is van dat alles niets te merken, daar is het nacht, daar is niet één lichtpuntje. De inlanders leven in duisternis. Zij zijn onwetend en daarom doen zij allerlei domme, belachelijke dingen. Iemand heeft mij eens een regel uit haar brief voorgelezen: Wat moet het heerlijk zijn na een lange nacht te ontwaken in de moderne tijd. Nou Njai, de meeste mensen maken uit die zin op dat Kartini radeloos is. En volgens mij is ze dat ook.'

'Ziet u nou, ú bent de redenaar.'

'Inderdaad ja, ik praat altijd veel.'

'Maar u schrijft ook, net als Minke.'

'Dat klopt, Njai.'

'Nou, dan is er toch niets op tegen om allebei te doen?'

'Nee, maar Minke dreigt te gaan preken in zijn verhalen. Toespraken hou je staande voor een publiek, maar daar moet hij blijkbaar niets van hebben. Een toespraak in je verhaal deugt nooit.'

'Maar wat heeft dat met Kartini te maken? En wie is zij eigenlijk?'

'Kartini is een jonge vrouw die ook geen uitweg ziet voor het volk. Ze is moedeloos omdat zij alleen oog heeft voor de ellende om haar heen. Zij wil inslapen om vervolgens wakker te worden in een nieuwe, verlichte tijd. Maar met slapen en dromen wek je dat tijdperk niet tot leven. Minke, ik en veel andere mensen, ook Javanen, hopen dat het anders loopt.'

'U bent een geweldige preker,' prees ma.

'Ik doe álles voor de goede zaak, Njai. Kartini is de enige inlandse vrouw die haar stem verheft in brieven en verhalen.'

'Nou jongen, je moet zelf maar beslissen wat het beste voor je is...'

'Meneer Kommer,' zei ik, 'eigenlijk heb ik er niet zoveel van begrepen. Wat voor bezwaar heeft u tegen mijn verhaal?'

'Het is goed geschreven, dat zei ik al. Alleen, het neigt naar een toespraak en ik vind dat ik je moet waarschuwen, anders krijgt die stijl de overhand. Hier in Indië kennen we geen geschreven kritiek, dat gebeurt niet in het openbaar. Je mag mijn raad best in de wind slaan, maar luister eerst en denk erover na. Misschien kun je er lering uit trekken. Het is nergens voor nodig kwaad te worden als je kritiek krijgt.' Het was voor het eerst dat ik werd geconfronteerd met wat Kommer 'kritiek' noemde.

Het middageten maakte een eind aan de discussie. Na het maal heerste er een lome stemming. Kommers spraakwaterval was opgedroogd, hij hing knikkebollend in zijn stoel, maar was te lui om naar huis te gaan. Hij genoot van zijn geëtaleerde kennis, hij genoot ook van ma's nabijheid. De klamme, vochtige hitte drukte op ons neer.

Lusteloos en met matte stem begon Kommer weer.

'Een goede schrijver, Minke, hoort eigenlijk zijn lezers op te vrolijken, zodat zij tot de overtuiging komen dat het leven mooi is. Je moet de lezers niet vervelen met uitzichtloze ellende. Je moet hun het vertrouwen geven dat er zelfs tegen de grootste ellende iets te doen is. Als je het op die manier aanpakt, dan komt het niet zo zwaar over. Geef je lezers hoop, Minke. Jezelf aan de pokken blootstellen is even krankzinnig als buigen voor het leed van de wereld. Wanneer ellende veroorzaakt wordt door mensen, kan zij bestreden worden. 't Is per slot van rekening geen natuurramp. Geef hoop, geef je volk hoop, Minke. Ik heb je toch aangeraden in het Maleis of Javaans te schrijven? Geef hun het beste dat je hebt, Minke.'

'Dat zal ik niet vergeten te doen.'

'Er is een wisselwerking tussen de twee dingen die ik je heb aangeraden.'

'Ik moet er nog eens over nadenken.'

'Natuurlijk, je bent uiteindelijk nog jong.'

'Ik heb hem ook meegenomen voor de frisse lucht, de andere omgeving. Misschien krijgt hij nieuwe ideeën en nieuwe onderwerpen,' zei ma.

'Heel juist, Njai, nieuwe onderwerpen. Maar hij heeft er zo'n ouderwetse, pessimistische kijk op. Zijn gezichtsveld reikt niet verder dan ellende en somberheid. Toch ligt aan het einde van dat veld de horizon waar de zon opkomt en ondergaat, waar schepen uit het oog verdwijnen maar ook weer opdoemen om aan te leggen.'

Het drong nu pas tot mij door dat Kommer niet rookte. Omdat ik ook geen roker was, bood ik hem dus niets aan; ma bleef ook zitten.

'Het is belangrijk dat je geniet van de mooie dingen van het leven, zonder dat je overigens je ogen sluit voor de keerzijde. Er zijn kracht, hardheid en volharding voor nodig om door de loodzware druk van de ellende heen te breken. Dat is wat ik van je verwacht, Minke.'

'Ma, ik geloof dat ik het nu wat begin te begrijpen. Ik moet het eens rustig laten bezinken.'

'Zo is het, Minke. Jij staat achter de idealen van de Franse Revolutie, jij weet de mens op zijn juiste waarde te schatten. Door de zaak maar van een kant te bekijken, alleen maar de ellende te zien, roep je wraakgevoelens op, meer niet...'

'Het is vakantie, laten we over wat leukers praten,' stelde ma voor.

'Voor mij is het geen vakantie, Njai. Ik heb de zwarte tijger nog niet te pakken. Ik moet morgen terug, en u?'

'Ik denk een paar dagen later.'

De conversatie vlotte niet meer. Kommers kwiekheid was verdwenen en hij moest vechten om wakker te blijven. Hij had al drie keer gegeeuwd. Ik pas twee keer. Het zou best kunnen dat hij door zijn sloomheid die tijger nog niet te pakken had, net zoals hij ma nog niet had veroverd. Hij was zelfs in de trein tegenover ma in slaap gesukkeld juist toen hij op toenadering van haar kant hoopte. Wie weet presteerde hij het wel midden in een redevoering in slaap te vallen.

'Als u slaap hebt, meneer Kommer, dan...' zei ma.

'Ik kan beter opstappen. Njai, Minke.'

Wij liepen met hem mee. Nadat zijn paard was ingespannen reed het rijtuigje langzaam Toelangan uit.

'Hij pronkt alleen wat hij denkt te weten,' mopperde ma, 'het is net een klein kind met een nieuwe pop.'

'Hij heeft niet helemaal ongelijk, ma.'

'Dat weet ik ook wel. Alleen... de manier waarop hij het zegt, hoe hij het brengt, hij doet zo opgeblazen... zo is hij eigenlijk niet. Hij loopt te koop met wat hij zoal weet, maar volgens mij gelooft hij het zelf ook niet allemaal.'

'Het is een aardige vent, ma.'

'Zeker. Hij heeft ons zonder bijbedoelingen geholpen, dat hoop ik tenminste. Maar die toespraak van daarnet, daar bedoelde hij wel degelijk iets mee.'

'Hoezo?' vroeg ik naïef.
'Ben je hier uitgekeken?'
'Misschien is Pandji Darman al terug.'
'Je wilt dus echt weg?'
'Weet u, ma, ik hoop eigenlijk nog steeds op een schoonzusje.'
'Zeg!' riep Njai en ze liep gauw naar binnen.

Gewoonlijk was het thuis bij de familie Kassier druk met spelende kinderen. Maar nu – het was drie uur in de middag – was het stil. Ik zat alleen in de voorkamer en keek naar de twee portretten van koningin Wilhelmina.

Ik dacht na over Kommers woorden die iets dwingends, gebiedends en beklemmends hadden, die naar mijn gevoel mijn vrijheid beknotten. Hij had het goed bedoeld en wat hij van mij verlangde, was zo gek nog niet. Het kon best dat hij gelijk had. Maar waarom sloeg hij dan zo'n toon aan? Probeerde hij de mensen om zich heen in zijn macht te krijgen door zich zo op de voorgrond te dringen? Het leek wel alsof hij alleen maar kon bevelen en verbieden wanneer hij iets naar voren bracht. Toen ik hem nog niet zo lang geleden voor het eerst ontmoette en hem nog maar oppervlakkig kende, sprak hij me erg aan. Ik vond hem een kordate man, apart in doen en laten. Maar nu ik hem beter kende was dat veranderd. Ik vond hem onsympathiek, ik moest niets meer van hem hebben. Ook ma had hij verveeld met zijn gepraat. Wat een verschil met Sarah en Miriam de la Croix. Zelfs juffrouw Peters had mij nooit iets bevolen of voorgeschreven, net zomin als de buigzame en bescheiden Jean Marais, hoewel die wat de taalkwestie betrof toch ook een keer over de schreef was gegaan. Maar het kon wel zijn dat hij toen onder Kommers invloed stond.

Mijn vader en broer leken precies op Kommer, die hadden ook van dat 'je moet en je zult'. Ik grijnsde; zou dat soms een primitief trekje zijn van mensen die de geest van de Franse Revolutie niet kenden? Van mannen die bruut over hun weerloze vrouwen, kinderen, buren en familie heen liepen?

Nu moest ik echt lachen. Ik genoot van mijn ontdekking, al moest nog blijken wat er van waar was. Ja, het kon best dat Kommer op dit punt gelijk had. Maar met dat dwingende optreden kon hij enige genegenheid van ma's kant wel vergeten. Hij zou tegen een muur botsen.

Hoe was het mogelijk geweest dat hij Jean had kunnen beïnvloeden? Jean was zo'n buigzame en bescheiden man, en toch had ook hij maar doorgezeurd over dat Maleis en Javaans. Ik probeerde me zijn woorden die mij hadden geïrriteerd voor de geest te halen. Ik herinnerde mij alleen zijn advies nog: je hebt op school gezeten, je moet dus rechtvaardig zijn. Dat heb ik altijd geprobeerd, trachtte ik mezelf te overtuigen.

Ga het nog eens bij jezelf na, leek Jean nu tot mij te zeggen, je bent veel te veel bezig over anderen te oordelen. En jijzelf? Ben je wel rechtvaardig in je oordeel? Hoe zit dat dan wanneer je alleen voor Nederlandse lezers schrijft? Je bent hun niets verschuldigd, zei je moeder al.

Ik ben net begonnen in het Maleis te leren schrijven, was mijn antwoord, dat heb je niet in een dag onder de knie.

Weet je heel zeker dat je nooit uit een soort superioriteitsgevoel iets hebt opgelegd? Zoals Kommer?

Nee, nooit. Echt, nog nooit.

Als je werkelijk zo dweept met de Franse Revolutie, hoe komt het dan dat jij je beledigd voelt als een Javaanse boer, Troenodongso bijvoorbeeld, ngoko tegen je spreekt?

Ik schaamde me diep dat ik geen antwoord gereed had. Ik moest erkennen dat ik mij nog niet gedroeg naar de ideeën en beginselen van de Franse Revolutie. Ik had ze wel in mij, maar zij vormden slechts de franje die mijn denken sierde.

Mooi, dat heb je toegegeven. Welnu, als een inlander kromo tegen je sprak, zou je hem dan voorstellen ngoko te spreken? Ha, daar weet je geen antwoord op. Je kunt de voorrechten die jij van je machtige voorouders hebt meegekregen nog niet loslaten. Je speelt vals! Jij verloochent de Vrijheid, Gelijkheid en Broederschap van de Franse Revolutie omwille van die overgeërfde privileges. Je bent pas doordrongen van het begrip Vrijheid, maar alleen voor zover het jezelf betreft. En dat noemt zich aanhanger van de Franse Revolutie!

Ik kon wel door de grond gaan. Ik moest toegeven, de verkregen privileges kon ik moeilijk loslaten. Wanneer er iemand ngoko tegen mij sprak, voelde ik me van mijn rechten beroofd. En als er iemand kromo tegen mij sprak, voelde ik mij een uitverkorene, op grote hoogte staand, als een god in menselijke gedaante. Zoiets streelde mij.

Je bent oneerlijk, Minke, want je hebt immers op school gezeten.

Maar ze willen het toch zelf?

Helemaal niet. Zij doen dat, omdat zij eeuwenlang als slaaf en persoonlijk eigendom van grote en kleine vorsten zijn behandeld. Als zij niet voor hen in het stof buigen, dan worden zij wel gedwongen. En waarom zouden zij zich niet net zo gedragen tegen buitenlanders als tegen jou? Waarom voel jij je gegriefd als zij zo onderdanig doen tegenover Europeanen? Met alles wat er in je is, moet je ernaar streven rechtvaardig te zijn. Het moet je in het bloed gaan zitten.

Het is onmogelijk om een-twee-drie afstand te doen van die privileges, protesteerde ik.

Nu jij je aandacht op de Javanen hebt gericht, ben je er tenminste achter dat je via de Javaanse taal meewerkt aan hun onderdrukking. En jij denkt Troenodongso te gaan verdedigen in de krant.

Ik zal het voor hem opnemen.

Meen je dat echt?

Bij God, dat zweer ik!

Njai zegt dat God altijd voor de sterken kiest. Zorg er dus in 's hemelsnaam voor dat je daarbij hoort. Njai spreekt uit ervaring. Zij weet wat vechten is en zodoende is zij nogal eens zegevierend uit de strijd gekomen. Toegegeven, van de Nederlanders heeft ze verloren. God stond haar de overwinning nog niet toe. Wil je haar soms ook met dat Javaans verdedigen? Ha, je staat met je mond vol tanden. Je doet er beter aan in het Maleis te gaan schrijven, Minke, die taal heeft niets discriminerends, dat ligt in de lijn van de Franse Revolutie.

'Wat zit u te dromen, meneer?'

Ik schrok op. Djoemilah schoof mijn manuscript opzij om plaats vrij te maken voor een kommetje kolak pisang en een kop sterke koffie. Ik glimlachte en bedankte met een knikje. Ik legde het manuscript weg.

'U zit vast aan iemand te denken,' plaagde zij. 'Heeft u al veel mensen leren kennen hier in Toelangan?'

'O ja, heel wat,' antwoordde ik.

'Gelukkig maar,' en Djoemilah verdween weer naar achteren.

Ik keek haar na, die leeuwin. Kracht had ze niet, ze kon alleen maar brullen. Zij was heel anders dan Troeno's vrouw – die stond naast haar man en hield haar mond, als een gezellin voor het leven, een vriendin door dik en dun. Djoemilah verschilde ook erg van mijn moeder die alleen maar braaf wist te dienen. Wat een verschil met Kartini die naar school was gegaan en hunkerde naar de moderne tijd. Wat een verschil met ma, een vrouw die volledig vrij leefde volgens de geproclameerde beginselen van de Franse Revolutie, maar die afgezien van de nieuwe technologie toch weinig heil zag in de moderne tijd.

Van al die vrouwen vond ik ma degene die het meest aan het ideaalbeeld van de Franse Revolutie beantwoordde.

En jij, Minke, met al je grootspraak en gedweep? Je bent een vrij mens, net als Njai, maar aan Gelijkheid en Broederschap doe je niet veel. De Franse Revolutie ligt al meer dan honderd jaar achter ons! Nou? Er is al een eeuw overheen gegaan!

Ja, ik vond er weinig van terug bij mezelf. Jean Marais' ideaal was het leven inhoud te geven door te schilderen, niet om de dagen zo maar aan elkaar te plakken.

Waarom eigenlijk wilde ik snel beroemd worden met mijn pen? Alleen om me lekker te voelen? Dan ben je niet rechtvaardig, Minke. Andere mensen werken zich het vuur uit de sloffen, werken zich halfdood om één, hooguit twee maaltijden per dag te verdienen. En jij praat over beroemd zijn! Jij bent niet anders dan de rest. Je bent heus niet meer of beter dan Troenodongso. Zo zit dat, als je de Franse Revolutie echt begrijpt. Wat denk je ervan, Minke?

Ik dacht aan Khouw Ah Soe. Die had zijn leven inhoud gegeven. En de Filippino's die hadden geprobeerd de Spanjaarden en Amerikanen eruit te gooien, hadden hun leven ook inhoud gegeven.

Het was duidelijk dat je niet alleen voor het eigen plezier kon schrijven. Schrijven moest het leven inhoud geven, zoals Jean had gezegd. Ik was blij; het verhaal over Troenodongso voldeed aan die bedoeling. Ik zou het laten plaatsen. Genoeg geluisterd naar Kommer...

10

Op het station aangekomen, vroeg ik ma of ze er geen bezwaar tegen had als ik direct naar het kantoor van Nijman ging. In mijn tas had ik twee manuscripten. Het ene vond ik erg goed, het andere perfect. Beide manuscripten hadden een blijvende waarde en waren belangrijk voor het nageslacht. Ik was vooral trots op het laatste manuscript, waarin een lans werd gebroken voor Troenodongso en zijn lotgenoten. De wereld moest weten hoe de suikerfabriek, geholpen door het Binnenlands Bestuur en de dorpshoofden, de Javaanse boeren van hun vruchtbaarste en best geïrrigeerde rijstvelden verdreef. Als Multatuli nu in Soerabaja was, zou ik naar hem toegaan en hem zeggen: 'Meester, vanaf vandaag treed ik in uw voetsporen.'

Dit was een belangrijke dag voor mij.

Iedereen die ten val komt, zo begon mijn verhaal over Troenodongso, zoekt steun bij de boer. Vorsten, poenggawa's en soldaten helpt hij weer op de been. Hij torst de gehele mensheid op zijn schouders...

Nooit eerder was er in verhaalvorm iets geschreven over boeren. Ik was de eerste die dat deed. Ze zeiden dat ik mijn eigen volk niet kende. Wacht maar! Ik zou hun wel eens wat laten zien.

De Hollandse jongen verzocht mij vriendelijk naar boven te gaan. Nijman stond op, stak zijn hand uit en zei: 'U bent al lang niet meer geweest. De lezers zitten te wachten op uw verhalen.'

Ik haalde het manuscript van Troenodongso te voorschijn en overhandigde het trots.

'Alstublieft, meneer Nijman, nu weet u waarom ik zo lang niets van me heb laten horen.'

Hij nam het beleefd van me aan en verontschuldigde zich omdat hij het meteen wilde lezen.

Ik knikte begrijpend. Hij zou versteld staan van mijn vorderingen. Zie je wel, hij glimlachte al bij de eerste zin.

'Poëtisch!' zei hij vriendelijk knikkend en las verder.

Dat woord had hij nog nooit gebruikt. Daarmee bestempelde hij voor mijn gevoel het manuscript als waardevol. Ik keek naar zijn gelaatsuitdrukking. Hij had het eerste vel nog niet gelezen of de glimlach verdween en maakte plaats voor grote ernst. Bij het tweede vel fronste hij zijn wenkbrauwen en voordat hij aan het derde begon, keek hij op en staarde mij doordringend aan. – Ja, Nijman, zoiets heeft u nog nooit gelezen!

Hij las weer verder. Zijn gezicht liep rood aan. Bij het vijfde vel legde hij het manuscript neer, pakte zijn pijp en begon te roken. Langzaam blies hij de rook uit. Toen zei hij:

'Herinnert u zich degene nog die laatst in de stoel zat waarin u nu zit?'

'Ja, natuurlijk. Khouw Ah Soe.'

'Juist.'

Hij ging niet verder. Het was duidelijk dat hij naar de juiste woorden zocht. Maar wat had Khouw Ah Soe hiermee te maken? Ik zette mij schrap.

'Ja, ik moest plotseling aan hem denken. Zo te zien bent u na het interview bevriend geraakt.'

'Ik heb hem daarna nooit meer gezien.'

'Werkelijk? Als ik uw verhaal hier lees, heb ik het gevoel dat u hele gesprekken met hem hebt gevoerd.'

Zijn woorden kwamen als een beschuldiging op mij over. Wat was het verband tussen Troenodongso en Khouw Ah Soe? Mijn trots temperde en maakte plaats voor ongerustheid.

'De bezieling... zijn invloed is duidelijk merkbaar.'

'Invloed? Wat voor invloed?' vroeg ik, niet op mijn gemak. Hij antwoordde niet, maar vroeg:

'Waar dacht u aan toen u dit stuk schreef?'

'Waar ik aan dacht? Aan de persoon die ik beschreef.'

'Een bestaand figuur of een fictief personage?'

'Bestaand.'

'Dus u beweert dat dit allemaal werkelijk gebeurd is.'

'Natuurlijk.'

'Durft u daarvoor in te staan?'

'Ja,' antwoordde ik stoer en met herwonnen trots.

Hij zei niets meer. Hij herlas het verhaal van voren af aan. Toch was ik nog een beetje bezorgd omdat hij een verband legde met Khouw Ah Soe. Waar was dat voor nodig?

Nijman hield op met lezen en dacht na.

Ja, hij was in de ban van mijn perfecte verhaal, een protest tegen het onrecht dat duizenden Troenodongso's werd aangedaan. Ik zou laten zien dat een stelletje bloedzuigers zwendelde met het pachtgeld van boeren die lezen noch schrijven konden. En dat die zwendel al tientallen jaren aan de gang was.

Voordat hij het tweede vel uitgelezen had, keek Nijman alweer op en met een onderzoekende blik vroeg hij:

'U bent toch de schoonzoon van wijlen meneer Mellema? Wat zou hij van uw stuk denken als hij nog leefde?'

Mijn verwachting dat hij geboeid zou zijn, verdween op slag. Op zijn gezicht stond te lezen hoe hij zijn woede inhield.

'Wat heeft meneer Mellema hiermee te maken?'

'U weet toch dat hij administrateur is geweest op de suikerfabriek in Toelangan? U schrijft hier zelf: Wie weet hoeveel tientallen jaren dat bedrog al aan de gang is. Nou, laten we zeggen vijfentwintig jaar. Dan beschuldigt u wijlen meneer Mellema ervan op zijn minst vier jaar dat spelletje te hebben meegespeeld.'

Ik was stomverbaasd. Daaraan had ik niet gedacht. Ik zag Nijmans lippen bewegen en hoorde hoe hij vervolgde:

'U beschuldigt uw schoonvader ervan verwikkeld te zijn geweest in een zwendelaffaire met pachtgelden. Weet u wat dat impliceert? Het betekent dat *Boerderij Buitenzorg* gebouwd is met die gelden, nietwaar? Of bedoelde u dat niet? Waarom zegt u niets? Beweert u nog steeds dat het werkelijk gebeurd is en niet verzonnen?'

Ik was werkelijk sprakeloos. Mijn hersens maalden snel, maar steeds zag ik ma weer voor mij.

'Goed dan, u heeft dit dus niet verzonnen,' ging Nijman door. Zijn stem was als fluweel, maar mij klonk het bulderend in de oren. 'Kunt u bewijzen tonen van deze zwendel als de betrokken employés u daarom vragen?' Met grote, bolle ogen staarde hij me aan. 'Of ligt het in de bedoeling een sensatieverhaal te publiceren?'

'Nee! Maar de boeren kunnen nergens hun beklag doen.'

'Oh nee? Er is toch overal politie? De boeren kunnen haar te hulp roepen, daar is ze voor.'

'De politie staat dichter bij de employés dan bij de boeren, meneer, dat weet u zelf ook wel.'

'Bedoelt u soms dat de politie onder één hoedje speelt met de fabriek?' Hij wachtte even op een antwoord. 'Wilt u nog meer mensen in uw beschuldigingen betrekken? Hoor eens, als er iemand getuige was van ons gesprek en die stapte naar de rechtbank, dan zou ik beslist vertellen wat ik gehoord heb. U heeft geluk dat er niemand bij zit en u boft dat ik geen politieambtenaar ben. Als dat wel zo was en ik maakte proces-verbaal op, dan moest u terechtstaan wegens laster, en het zou heel moeilijk voor u worden met bewijzen en getuigen te komen.'

Nu begon ik te begrijpen hoe gevaarlijk het was om schrijver te zijn. Waarom had tot nu toe niemand eén stuk geschreven over dit zaakje? En waarom toonde Nijman zo duidelijk zijn ongenoegen nu ik een verhaal over boeren had geschreven?

'Wees maar niet ongerust,' zei hij ten slotte opbeurend. 'Voor zover ik kan beoordelen berust dit verhaal helemaal niet op feiten, het is meer een smaadschrift. Uw hoofdpersoon is, als hij werkelijk bestaat, niet meer dan een bedrieger. Hij heeft u een rad voor ogen gedraaid.'

Mijn eer was gekwetst. Hij beschuldigde mij gewoonweg: - Jij bedondert de zaak, net als je hoofdpersoon! -

'U weet best dat ik geen bedrieger ben.'

'Natuurlijk bent u dat niet, maar uit een verkeerd idee kunnen vele misverstanden groeien. Er is geen boer die verpaupert omdat hij land verpacht aan de fabriek. Ze ontvangen het normale bedrag, kunnen een prettig leven leiden en op hun eigen verpachte land werken ze als arbeider voor de fabriek.'

Wij zwegen. Er heerste een beklemmende, vijandige sfeer.

'Weet u wat een koelie krijgt als hij in de suiker werkt?'

Omdat ik zweeg, gaf hij het antwoord zelf maar: 'Op zijn minst één talèn per dag.'

Op dat moment benijdde ik Kommer om zijn welbespraaktheid. Iemand als hij zou zeker een waardig tegenstander zijn voor deze ervaren krantenman. Ik kon mij nog niet met hem meten. Zóveel had de zaak Troenodongso mij nog niet geleerd.

'U bent zo stil. Ik ben niet van plan iets te ondernemen, we zijn immers vrienden. De kwestie is alleen dat u van de suiker weinig afweet. Wilt u het jaarverslag lezen dat betrekking heeft op Toelangan, Sidoardjo, of heel Java? U kunt ook *Factorij* lezen, dat is een gedenkboek. Ik wil met plezier helpen als u echt belangstelling heeft.'

Ik was niet bij machte Nijmans visie te weerleggen met mijn opvatting over de feiten en rechtvaardigheid. Hij bekeek de kwestie vanuit een geheel andere hoek. Het was duidelijk, hij nam stelling voor de fabriek en wilde helemaal niet weten wie Troenodongso was.

'Weet u wat een goede koelie in de suiker verdient? Drie talèn per dag. Wie zegt dat boeren liever hun eigen sawa's bewerken dan koelie worden? Wat levert een hele dag ploegen op het land op? Drie bènggol, niet meer.'

Zijn woorden bleven stromen, onstuitbaar, onontkoombaar. In mij streden verschillende gevoelens. Allerlei wetenswaardigheden over de suiker kwamen over zijn lippen; het loon van opzichters en beambten, de prijs van een suikerrietmolen, de prijs van jutezakken en de onkosten die gemaakt moesten worden om de zakken te naaien, de deskundigheid van de ingenieurs die voor hun vakopleiding niet in elk land terecht konden.

De trots over mijn manuscript verpulverde. Mijn zelfvertrouwen smolt weg. Plotseling vond ik mezelf oliedom en onnadenkend, argumenten afwegen kon ik niet en het ontbrak me aan kennis. Toch voelde ik dat ik aan de juiste kant stond.

'U bent een goed schrijver, maar als journalist bepaald minder geslaagd. Hier dwaalt u af van het mooie verhaal en begint u te moraliseren...' Precies Kommers woorden.

Het vijfde vel las hij helemaal niet meer.

'Het is bijzonder jammer dat we van mening verschillen,' zei ik, klaar om het manuscript terug te pakken.

'Wij verschillen niet van mening, vergist u zich niet. Als je over feiten schrijft, moet je die completeren met voldoende bewijsmateriaal. Daar is een methode voor.'

'Ik geloof niet dat er fouten zitten in mijn stuk.'

'Mensen geloven alles, ook al is het niet waar. De geschiedenis verhaalt ons de bevrijding van de mens van dat geloof in onjuistheden, zij verhaalt ons de strijd tegen domheid en onwetendheid.'

Hij wendde zijn gezicht af alsof hij mij de gelegenheid wilde geven om weer tot mijzelf te komen.

'Het zou verstandig zijn als u iedere kans op moeilijkheden uit de weg ging. Een of twee onjuiste verklaringen van een intellectueel kunnen grote consternatie veroorzaken. En het zijn de inlanders weer die daaronder lijden. Herinnert u zich Khouw Ah Soe nog? Hmm, een jonge intellectueel die verkeerd werd voorgelicht en zodoende onjuist redeneerde. Hij verliet zijn land om hier in Indië de boel op stelten te zetten. Het is een geluk dat de Chinezen in Soerabaja zich niet lieten misleiden. De gevolgen waren dan ook voor hemzelf. Heeft u het al gehoord?'

'Wat bedoelt u?'

'Hij is vermoord.'

'Khouw Ah Soe?'

'Ik heb het toch over hem.'

'Waar?'

'Het raakt u kennelijk. Ook uit uw verhaal merk ik dat u toch bevriend was.' Hij legde zijn pijp die uitgegaan was op tafel neer. 'Wanneer u hetzelfde als Khouw Ah Soe zou overkomen, zou ik dat, en ik denk een heleboel mensen met mij, als een verlies zien.'

'Wanneer u hetzelfde overkwam als Khouw Ah Soe, dan zou ik daar ook meer van willen weten, hoewel we eigenlijk geen vrienden zijn...'

Zo, nou wist hij het: ik hoefde hem niet meer als leermeester te beschouwen. Ik zag hem nu als een rivaal die mij in een hoek probeerde te drijven.

Ik pakte mijn manuscript en stopte het in mijn tas. Net als Khouw Ah Soe toentertijd, verliet ik het kantoor zonder mij eerst te verontschuldigen. Vervolgens nam ik een huurrijtuigje en reed rechtstreeks naar het huis van Jean Marais. Tijdens de rit peinsde ik over hetgeen Nijman had gezegd en de dreiging die erin lag vervat. Misschien wilde hij mij een vuile streek leveren; het verhaal over Troenodongso zou als bewijsmateriaal kunnen dienen. Hij was wel tot zoiets in staat. In zijn hart was hij blij met de dood van Khouw Ah Soe; hij zou ook blij zijn als ik het leven liet.

Snel trok ik het manuscript uit mijn tas, mijn beste werk! Ik pakte het met beide handen vast en scheurde het aan flarden, een, twee, drie keer... Het papier dwarrelde in steeds kleinere snippers over de weg.

Troenodongso, vergeef me. Ik kan het nog niet aan!

*

Maysaroh was in de keuken bezig water te koken toen ik binnenkwam. Ze was blij me te zien. Jean zat geboeid te kijken naar de mannen in de werkplaats. Ik bracht hem naar zijn atelier.

'Je ziet er gespannen uit, Minke,' zei hij.

'Dat klopt, Jean.'

'Zit je weer in moeilijkheden?'

'Nee, maar... ik heb een manuscript van mezelf verscheurd en weggegooid.' Ik vertelde wat er allemaal gebeurd was. Ten slotte zei ik: 'Ik wil niets meer te maken hebben met het *S.N. v/d D.* of met Nijman. Hij heeft me al twee keer beledigd.'

Ik wachtte op wat Jean zou zeggen. Hij zat kalm in zijn stoel zonder mij aan te kijken, alsof mijn woede, irritatie en bange voorgevoelens hem helemaal niets deden. Doodgemoedereerd riep hij naar May dat zij ons iets te drinken moest brengen.

'Wat vind jij ervan, Jean?' drong ik aan. 'Kies je partij voor hem omdat je ook Europeaan bent?'

Hij schrok op, draaide zich langzaam naar me toe en zei rustig in het Frans: 'Dat is een vooroordeel,' en vervolgens in het Maleis: 'Ik heb dikwijls geprobeerd je uit te leggen wat een vooroordeel is. Dát is er een, een vooroordeel op grond van iemands huidkleur, iemands cultuur. Ik dacht dat je op school had gezeten.'

'Nijman is niet minder ontwikkeld dan ik, maar hij heeft veel meer vooroordelen. Hij heeft meer oog voor de belangen van de fabriek dan voor rechtvaardigheid en waarheid.'

'Wacht eens eventjes, Minke, je weet niet hoe je zoiets moet aanpakken. Je kunt wel gelijk hebben, maar je moet ook met bewijzen kunnen komen. Ik twijfel er niet aan dat je gelijk hebt, alleen het bewijsmateriaal ontbreekt je nog. Voor de rechtbank verlies je, want ze kunnen je dagvaarden en veroordelen zolang jij geen bewijzen kunt overleggen. De rechtbank kan namelijk wél aantonen dat jij ze niet hebt.'

'Ik kan toch Troenodongso of een van zijn lotgenoten laten getuigen?'

'Nee, zijn duimafdruk staat op elke kwitantie en de bedragen kloppen tot op de cent.'

'Maar daar zit het 'm nou juist in!' Mijn woede laaide weer op.

'Op dat punt wordt nu juist van je geëist te bewijzen dat er van zwendel sprake is. Dan ben je geen schrijver meer, maar onderzoeker. Als je daarin slaagt, is je verhaal veel meer waard en is er niets meer tegenin te brengen. Zo gaan geëngageerde Europese schrijvers te werk, Minke... hun verhalen zijn gedegen gedocumenteerd. Zij staan niet zwak voor de rechter, het is eerder andersom.'

Ik bleef geboeid luisteren. Zoiets had juffrouw Peters me nooit verteld.

'Zij schrijven, net als jij, omdat zij vinden dat recht en menselijkheid moeten zegevieren. Het verschil is dat jij zwak staat, ik hoop dat daar verandering in komt. Je moet trouwens niet denken dat ik het niet met je eens ben, Minke. Niet alleen Indië, de hele wereld heeft schrijvers als jij nodig die stelling nemen.'

'Jij weet het allemaal zo goed, waarom ben je zelf geen schrijver geworden?'

'Als ik kon schrijven, waarom zou ik dan schilderen?'

'Ik zie wat je bedoelt, Jean. Jij begrijpt me tenminste.'

'Laat de moed niet zakken, Minke. Het is niet nodig je verhalen te verscheuren. We leren er allebei van. Ik wil je met plezier helpen als ik kan.'

'Ik ben woest! Het zit me helemaal niet lekker, Jean.'

'Dat begrijp ik wel, maar zolang je verhaal niet geplaatst is, kan men je niets maken. Je moet Nijman niet zien als een soort god. Daar zul je nog eens spijt van krijgen. Hij bepaalt de normen niet... Hij is maar een gewoon mens zoals er miljoenen rondlopen op aarde en allemaal hebben we recht op een eigen mening. Waarom ben je boos? Waarom voel je je gekwetst wanneer Nijman er een andere mening op na houdt? Daar heeft hij toch ook recht op?'

'Hij was zo lomp, Jean. Zo was hij nog nooit.'

'Je moet eens met Kommer praten. Hij had al voorspeld dat je met je hoofd tegen een muur zou lopen.'

'Ja, ik herinner het me.'

'Het is hem vroeger ook overkomen.'

'Ik begrijp het, Jean.'

Maysaroh kwam naar mij toe, maar toen ze zag dat wij in een ernstig gesprek gewikkeld waren, draaide zij zich om en bleef op enige afstand met vragende ogen naar ons kijken.

'Kommer is hier nog geweest. Hij had er de pest over in dat hij nog niets had gevangen. Maar wat hem het meest dwars zat, was dat jij het niet met hem eens bent.'

'Ach ja.'

'Waar is het drankje voor oom Minke, May?'

May kwam aanlopen met een blad dampende thee en ging toen weer terug naar haar plaatsje.

'Hij is misschien een beetje bot, maar daarom heeft hij nog niet ongelijk, Minke. Hij vindt het trouwens jammer dat je nog voor het *S.N. v/d D.* schrijft.'

'May, ga je mee naar Wonokromo?'

'Jammer, oom, ik kan vanmiddag niet, want mijn vriendinnetjes komen.'

Na de thee ging ik weg. Jean stond er op me uit te laten, ook al liep hij erg moeilijk.

'Waar is je bendie?'

'Ik ben met een huurrijtuigje.'

'Zeg, kop op, Minke, ik weet hoe je je voelt.'

Het rijtuig ging snel op weg naar Wonokromo. Na ongeveer honderd meter zag ik Kommer lopen, die waarschijnlijk bij Jean op bezoek ging. Hij zag me niet en dat was maar goed ook.

*

Toen ik thuiskwam werd ik door Darsam begroet. Zijn arm zat in het verband en hij droeg hem in een mitella.

'Ja, ik heb een ongelukje gehad, meneer,' zei hij.

'Ben je van de bendie gevallen?'

Hij schudde het hoofd en streek met zijn linkerhand zijn snor op.

'Nee, ik heb alleen een ongelukje gehad, meneer, domme pech!'

'Ben je van een paard gevallen? Je rijdt nooit paard.'

'Nee hoor, alles is in orde. De politie heeft nu alles in handen.'

'Politie? Wat is er nu weer?'

'Het is de Dikke, meneer, hij is weer gekomen. Als u het goed vindt, zal ik vanavond alles vertellen waar Njai bij zit, dan weet ze ook wat er aan de hand is.'

Ik ging het huis binnen en trof ma aan die het *S.N. v/d D.* zat te lezen. Toen ze mij zag, hield ze op en vroeg mij te gaan zitten. Ze zei:

'Dit gaat over je vriend, jongen, lees maar,' en ze gaf mij de krant.

Met grote koppen werd er melding gemaakt van 'De dood van een onruststoker'. Al lezende bleek dat die onruststoker niemand anders was dan Khouw Ah Soe.

Volgens het bericht had iemand een pruik met een lange vlecht gevonden, die aan de brugleuning van de Djembatan Merah was vastgespijkerd. De spijker was blijkbaar speciaal voor dat doel in de brugleuning geslagen, want hij was nog niet verroest. Het haar zat helemaal onder het bloed. De politie die de zaak kwam onderzoeken, liet een Chinees het briefje vertalen dat erin zat verborgen. Het luidde als volgt: 'Als u deze pruik vindt, heeft de Thongbende mij te pakken gekregen.'

Drie uur na de vondst moest een visser onder de brug zijn bootje uit, omdat zijn net bleef haken. Een ogenblik later hees hij zich haastig weer aan boord, ging naar de kant en schreeuwde dat er een lijk in het water lag.

De politie kwam weer en beval de vissers ter plekke het lijk uit het water te halen. Het slachtoffer was een jonge Chinees met kort haar en een onregelmatig gebit. Aan zijn voeten was een zware steen gebonden. Men telde dertig steekwonden op het lichaam. Binnen korte tijd wist de politie wie de man was. Hij stond bekend onder de naam Khouw Ah Soe, een opruier die gevlucht was uit Sjanghai, die gezocht werd in Hongkong en nu aan zijn einde was gekomen in de Kali Mas in Soerabaja. Tot nu toe had niemand zich gemeld om het stoffelijk overschot te halen.

'Ga er niet naar toe, jongen. Hij heeft zijn taak volbracht. Hij is gestorven ver van zijn vaderland, zonder dat er een vriend of bekende bij was.'

'Ik had het al van Nijman gehoord, ma. Hij leek er niet rouwig om.'

Njai Ontosoroh luisterde al niet meer. Zij blikte naar de verte, verdrietig.

'Khouw Ah Soe kende de risico's, ma,' troostte ik haar.

'Het schijnt dat in Indië iedereen die een eigen standpunt inneemt, verdreven of vermoord wordt,' zei ze afwezig.

Toen boog ze het hoofd en ik deed hetzelfde. Wij dachten aan de jonge vreemdeling die maar een paar jaar ouder was geweest dan ik, die in zijn eentje had rondgezworven om zijn volk wakker te schudden. Omdat Japan op de loer lag en China zou opslokken als het niet op zijn hoede was.

Elk volk zou er trots op zijn een zoon als hij te bezitten.

Voor mijn geestesoog verrees Khouw Ah Soe als een reus. En ik voelde mij nietig, héél klein: iemand die een njai gezelschap hield en wiens land driehonderd jaar geleden al was opgeslokt door Nederland.

Ma hief als eerste het hoofd op, haar stem klonk nog steeds afwezig:

'Als moeder moet je toch gelukkig zijn met zo'n zoon, al hou je dan je hart vast om wat er zou kunnen gebeuren. Maar je weet in ieder geval waar het om gaat.'

'Hij was een wees, ma.'

'Dan zullen zijn ouders wel blij zijn hun zoon weer bij zich te hebben.'

Wij zwegen en haalden ons alles voor de geest wat we ons van hem konden herinneren.

'Vroeger leefde er een man die net als je vriend ouderloos was. Nu nog denken de mensen in de desa's over heel Java met liefde aan hem, ofschoon het al een paar honderd jaar geleden is dat hij net als Khouw Ah Soe werd vermoord. Hij stierf op het slagveld. Hij was moedig en verstandig. Je kent hem wel: Oentoeng Soerapati.' Ze sprak die naam langzaam uit, alsof ze van haar eigen stem en herinneringen genoot. Als vanzelf dwaalden mijn gedachten af naar Oentoeng Soerapati die ma zo bewonderde. Ik voelde me een beetje beschaamd omdat ik hem nooit anders had gezien dan als de held uit een verhaal.

'Er is geen Javaan die niet weet wie Soerapati is. Ze vereren hem allemaal.'

De bedrukte sfeer veranderde plotseling door de komst van een huurrijtuigje. Het was Kommer die eruit sprong en die vervolgens Jean Marais hielp met uitstappen. Samen kwamen zij binnen.

'Excuseer ons dat we zo plotseling binnenvallen, Njai. We hebben namelijk gehoord wat Minke is overkomen.'

Njai keek me vragend aan. Ze vroeg: 'Bedoelt u het bericht in de krant?'

'Het bericht in de krant?' vroeg Kommer. 'Nee, het gaat over dat vervelende voorval met Nijman.'

In het kort vertelde ik ma wat er gebeurd was.

'Dus het was niet het manuscript dat ik heb gelezen?' vroeg Kommer direct.

'Dat klopt.'

'Dat jij je beste verhaal vond?'

'Ik geloof dat het inderdaad zo is,' onderbrak ma, 'hij had een doel voor ogen.'

'Ik kan het me voorstellen,' beaamde Kommer. 'Maar Jean Marais heeft gelijk dat Minke hoe dan ook juridisch zwak staat, om over Troenodongso maar te zwijgen. Ook al heeft hij gelijk, hij zal zijn woorden niet kunnen hard maken.

Wel, we komen een boekje opendoen over de krant van Nijman. Iets dat Minke eigenlijk al lang had moeten weten. Je moet beseffen dat het logisch is dat Nijman de belangen van de suikerindustrie verdedigt, hij leeft ervan. Zijn krant is de spreekbuis van de suikerondernemingen die er geld instoppen om hun belangen te beschermen.'

Wij dachten niet meer aan Khouw Ah Soe, Oentoeng Soerapati en Darsams arm. Ook nu weer betrapte ik Jean erop dat hij dromerig naar ma zat te staren, maar dat beeld schoof snel naar de achtergrond. Ik was helemaal in de ban van hetgeen Kommer te vertellen had. Hij was na de E.L.S direct bij het weekblad *De Evenaar* gaan werken. Dat was een klein en onbetekenend blaadje. De drukkerij was eigendom van de suikerfabriek. Later kwam hij erachter dat *De Evenaar* zelf ook in handen was van suikerondernemers.

'Ik heb meneer Mellema dus zo'n jaar of vijfentwintig meegemaakt,' vervolgde hij. 'Op een dag kwam hij met een artikel dat ik in het blad moest zetten. In het stuk werd afgegeven op het beleid van de patih van Sidoardjo, die de uitbreiding van het areaal van de suikerfabriek in de weg stond. Het bestreed de mening van de patih dat door de suiker de welvaart in Sidoardjo daalde. Integendeel, volgens Nijman steeg de welvaart juist. Nadien werd de patih overgeplaatst naar Bondowoso. Twee jaar later kwam meneer Mellema in conflict met een tjamat die zelf vijftig hectare eersteklas sawa bezat. Hij loerde echter nog op de grond van anderen. Er ontstond een concurrentiestrijd tussen de fabriek en de tjamat. Ik moest van meneer Mellema de tjamat bespioneren. Daarbij bleef ik mij voordoen als journalist.'

'En heeft u dat gedaan?' vroeg Njai Ontosoroh.

'Ik was maar een ondergeschikte, Njai, ik moest elke opdracht uitvoeren.'

'Wat liet hij u nog meer doen?'

'Niets bijzonders, ik moest alleen kijken wat hij zoal deed en daarover heb ik rapport uitgebracht.'

'Bleef het daarbij?'

'Ja. Daarna ging ik terug naar Soerabaja om weer voor *De Evenaar* te werken. Later hoorde ik dat de tjamat door een andere was vervangen. Ik weet niet waar ze hem naar toe hebben gestuurd. Zijn gronden en sawa's kwamen aan zijn erfgenamen. Later kwamen ze in handen van de fabriek.'

'Is die tjamat dan overleden?' vroeg Njai ongerust.

'Dat weet niemand.'

'U houdt iets achter,' drong ma aan.

'Toen ik het hoorde van de tjamat voelde ik me schuldig. Ik wilde niets meer met het blad te maken hebben en daarom zegde ik op en ging voor de *Bintang Soerabaja* werken. *De Evenaar* liep goed en ging twee keer in de week verschijnen. Later werd het een dagblad onder de naam *D.D.* Binnen een week diende Batavia een klacht in wegens overtreding van de Octrooiwet. Daar bestond al een vrij bekende krant onder die naam. *D.D.* uit Soerabaja werd het *S.N. v/d D.* Overigens zit er geen verschil in de krant van toen en nu. Het is nog steeds een suikerkrant die de belangen van de industrie verdedigt. Wat er ook gebeurt, de suiker gaat voor! Minke is in de val gelopen met zijn verhaal, de val van de suiker!'

'Wacht even, Kommer,' onderbrak ma, 'ik heb eens gehoord dat er midden in de sawa's een lijk is gevonden. Men zei dat het de tjamat van Sidoardjo was... Hij was door een karbouw op de hoorns genomen, zeiden ze.'

'Daar weet ik niets van, Njai, het heeft niet in de krant gestaan.'

Ma zonk weg in gepeins. Kwamen haar nu bepaalde gebeurtenissen voor de geest die zij tevoren nooit met Herman Mellema in verband had gebracht? In haar ogen stond hevige beroering te lezen.

'Het was niet mijn bedoeling u aan meneer Mellema te herinneren,' zei Kommer berouwvol.

'Dat weet ik wel, meneer Kommer. Wilt u me excuseren?'

Zij stond op en trok zich terug. We keken haar na toen zij naar achteren liep.

'Is ze kwaad, denk je?' vroeg Kommer.

'Ik geloof dat de gebeurtenissen van de laatste tijd haar te veel zijn geweest. Al die mensen die zijn overleden, de smerige praktijken, de kwestie waar u nu mee aankomt. Ze is erg geschokt nu ze Mellema's handel en wandel kent. Ik ben ook geschokt, dat begrijpt u wel.'

'Dat was niet mijn bedoeling, Minke.'

'U heeft heel eerlijk verteld wat u van hem weet en dat waarderen wij.'

'Ik vind het verschrikkelijk, Minke, wij hebben je het een en ander uit de doeken gedaan, maar de implicaties zijn pijnlijk en bitter,' zei Jean.

'Je hoeft jezelf niets te verwijten, Jean. We zouden het juist erg gevonden hebben als niemand ons iets had verteld. Eh, meneer Kommer, we zijn u zeer dankbaar dat u zo open bent geweest, dat zal u niet gemakkelijk zijn gevallen. En dat alles vanwege mijn verhaal dat ik zo mooi vond en toch verscheurd heb. U heeft het niet gelezen. Maar dit, meneer Kommer...' Ik opende mijn tas en overhandigde hem 'Njai Soerati', het verhaal dat hij al eens gelezen had. 'Wilt u dit manuscript van me aannemen als herinnering aan deze zwarte dag?'

'Waarom, Minke?' vroeg Jean Marais. 'Wil je dat Kommer dat in het Maleis vertaalt en uitgeeft?'

'Nee, Jean. Het is voor meneer Kommer persoonlijk. Misschien heeft hij ooit eens tijd om het te bewerken. Het is bedoeld als herinnering aan onze vriendschap en aan deze dag.'*

Kommer weifelde, maar nam het manuscript toch aan.

'U gaat dikwijls naar Sidoardjo,' zei ik tegen hem, 'en u kunt op uw gemak uitgebreid onderzoek doen. U vond het toch ook een belangrijk stuk, ook al is het wat moraliserend?'

'Waarom schaaf je het dan zelf niet bij?'

'Ik sluit dit hoofdstuk af, meneer Kommer. Ik volg uw suggestie op en ga proberen de zonnige kant van het leven te zien. Anders ga ik eronderdoor.'

**Zie:* H. Kommer, *Tjerita Nji Paina*. Batavia. A. Veit & Co., 1900. Herdrukt in: Pramoedya Ananta Toer, *Tempo Doeloe*. Hasta Mitra, Jakarta 1982.

'Wat afsluiten? Stop je met schrijven?'

'Ja, Jean. Ik moet wel, voorlopig tenminste.'

'Je bent uitgeblust, Minke,' zei Jean gelaten. 'Niet fysiek, maar geestelijk. Je moet eens van omgeving veranderen, weg van hier.'

'Ja, dat lijkt me het beste.'

'Waar wil je heen, Minke? Laat je Njai dan alleen?'

Ik wist niet wat ik moest zeggen. Jean had gelijk, nu voelde ik pas hoe moe ik was.

'Neem eens vrijaf,' stelde Kommer voor, 'dat heb je verdiend. Wij kwamen alleen even langs om uit de doeken te doen hoe het zit met Nijman en zijn suikerkrant. Zit er verder niet over in. Jean, laten we maar gaan. De groeten aan Njai.'

Ze stonden op en ik liep met hen mee tot aan de voorkant van het huis. Ik keek hun rijtuigje na tot het uit het gezicht was verdwenen.

Hoe bot Kommer ook kon zijn, hij was toch een goede en betrouwbare vriend. En Jean helemaal. Wat was ik eigenlijk zonder vrienden? Zij leefden met mij mee. Ik zou moeder schrijven wat voor goede vrienden ik had. Zij had me dikwijls bezworen hoe belangrijk het was goede vrienden te hebben, maar ik had haar nooit serieus genomen.

Toen ik weer naar binnen liep, dacht ik aan ma. Wat Kommer had verteld, was hard aangekomen en zij was er duidelijk van overstuur geraakt. Zij had elk houvast verloren en had mij nodig. Langzaam liep ik de trap op naar de bovenverdieping. Ik hoefde niet te kloppen want de deur stond op een kier. Zij huilde heel zachtjes. Zij was gehard, dat wel, maar nu huilde ze. Het was haar te veel geworden; Kommers nieuws over *De Evenaar*, het *S.N. v/d D.* en dan nog het verhaal over Mellema, hadden haar hevig aangegrepen...

11

Het hoofdstuk was nog niet helemaal ten einde. Vervelende gebeurtenissen en kwesties bleven ons achtervolgen.

Die avond zat ik samen met Njai in de voorkamer. Zij zag er al beter uit, hoewel haar ogen nog dik en opgezet waren. Zij staarde voor zich uit, maar af en toe keek zij om zich heen.

'Het is beter dat je een andere omgeving zoekt, Minke. Oh, wat zou ik graag weg willen en dit alles hier van me afslaan. Kommer heeft gelijk. Straks zijn we zo dood als een pier wanneer er voortdurend op ons wordt ingehakt.'

'Waar wilt u naar toe?'

'Ik weet het niet. Ik heb genoeg van Wonokromo en misschien ook wel van deze manier van leven. Maar waar je ook komt, ellendelingen heb je overal.'

'Wilt u naar Europa? Of Siam?'

'Misschien ga ik nog wel eens naar het buitenland. Ik ga mij hier steeds meer een vreemde voelen.'

'Maar in Europa en Siam bent u helemaal niet bekend, ma.'

Ze antwoordde niet maar zuchtte diep. Zoiets deed zij anders nooit. Ik begreep best dat zij erg gebukt ging onder hetgeen Kommer had verteld. Toen ik bij Nijman was, had die er al op gezinspeeld: Mellema had ook meegedaan aan de zwendel met pachtgelden. Bewust had ik niemand hier iets over verteld, zeker Njai niet. Maar zij was slim genoeg om met behulp van het weinige dat Kommer had losgelaten, het netwerk van misdadige praktijken van haar overleden heer te doorzien.

'Als ik vroeger geweten had dat hij zijn kapitaal investeerde in zwendelpraktijken, afpersing... moord!' brieste ma.

'Dat konden we toch niet weten, ma,' zei ik sussend.

'Ja, het is maar goed dat je over Troenodongso hebt geschreven, anders had ik nog steeds het gevoel... het gevoel dat mij geen enkele blaam trof. Zelfs tot zijn dood toe heeft die rotzak mij een rad voor ogen gedraaid. Verdomme nog aan toe! Vuile schoft!'

Ze stikte bijna van woede en barstte uit in een reeks vloeken en verwensingen. 'Dat doet zich voor als een respectabele heer, maar in feite is hij iemand die weerloze boertjes besteelt.'

Ik zag hem voor me: de jonge administrateur van Toelangan die ma al tweemaal bij zich had laten roepen. Hij was beslist geen haar beter geweest dan Plikemboh, die schoonvader van mij.

Ineens kon ma zich niet langer beheersen en begon ingehouden te snikken.

'Kom, ik breng u even naar boven, ma.'

'Nee, dank je, Minke. Laat me maar even. Luister... luister eens naar me, ik heb verder niemand.'

Maar tranen welden weer op en ze begon zachtjes te huilen. Zij was een vastberaden, moedige, geharde en intelligente vrouw - nu huilde zij ontgoocheld; alles wat zij had opgebouwd, rustte op vuil en modder.

Ik boog het hoofd, ik kon haar niet helpen... Zij was altijd evenwichtig geweest en had nooit behoefte aan steun gehad. Toen ze wat bedaard was, kwamen beetje bij beetje de woorden los die haar op het hart lagen.

'Ik heb spijt dat ik met hem heb samengeleefd, dat ik zijn kinderen ter wereld heb gebracht. Vuile schoft! Schurk! En ik heb hem altijd op zijn wenken bediend! Die bedrieger! Bloedzuiger! Beest...'

'Toe nou, ma. Het is allemaal mijn schuld, ik had dat verhaal niet moeten schrijven.'

'...Moordenaar! Híj heeft die tjamat vermoord. Het is niet waar dat hij in de sawa door een karbouw op de hoorns is genomen. Hij heeft hem vermoord.'

'Ma.'

'Soerati had groot gelijk toen zij Plikemboh met de pokken besmette. Groot gelijk. Ik had die vuilak van een Mellema ook moeten doden, eigenhandig. Die gluiperige hond.'

'Als ik niet over Troeno had geschreven...'

'Jij kunt er niets aan doen, Minke. Hij heeft geluk gehad dat hij zo snel aan zijn einde is gekomen.'

'Ma.'

'Anders had ik hem desnoods door Darsam voor mijn eigen ogen laten afmaken.'

Njai Ontosoroh sloeg haar handen voor het gezicht. Achter haar zag ik dat Darsam met zijn gewonde arm op ons toeliep om verslag uit te brengen. Ik gebaarde hem dat hij moest wegblijven. Hij draaide zich om en verdween.

'Ik weet me geen raad. Meer dan twintig jaar heeft het gekost om dit op te bouwen. Met bloedgeld! Geld dat is gestolen van weerloze mensen...'

'Zo is het niet helemaal, ma.'
'Wie zegt dat? Ik ben bang van wel. Hij had totaal geen ontzag voor andermans goed. Barbaar! Beest!' Ze ontstak weer in hevige woede, haar illusies waren verdwenen.
'Ik haal iets te drinken, ma.' Zonder haar antwoord af te wachten ging ik naar de keuken. Darsam zat met opgetrokken benen op een stoel aan de keukentafel, waar de kokkie net koffie voor hem neerzette.
'Een glas koud water, mbok.'
'Ja, meneer, ik breng het zo.'
'Nee, laat maar, dat doe ik zelf wel.'
Darsam stond op, groette mij en vroeg: 'Kan ik nog iets doen?'
'Nee, ik denk dat je vanavond geen verslag hoeft uit te brengen.'
'Is dat zeker, meneer?'
'Waarschijnlijk.'
'Zal ik dat glas maar brengen?' bood Darsam aan.
'Nee.'
Ik pakte het glas en liet hen met verwonderde blikken in de keuken achter.
Ma dronk het glas in één teug leeg. Ze leek iets te kalmeren.
'Nu ik weet waar het geld vandaan komt, lijkt alles wat ik doe zinloos.'
Ik kon met haar meevoelen; zij had zich volledig ingezet voor de onderneming. Daarbij had zij de regels van het fatsoen hoog in het vaandel gedragen, en nu bleek dat alles tot stand was gekomen met gelden die op een ongeoorloofde manier bijeen waren gebracht.
'Heb je ooit zoiets meegemaakt? Wat een ellende!'
'Nou.'
'Je moet hierover niet schrijven hoor, Minke. Toe, zeg eens wat. Ach, het is zo stil en leeg als jij er niet bent.'
'Luister ma, er was wel beginkapitaal, maar zonder uw inspanningen was deze onderneming niet van de grond gekomen.'
Zij keek me een ogenblik aan, de mond vertrokken tot een strakke lijn in een poging haar opkomende woede te bedwingen. Langzaam ontspande zij zich en hervond haar zelfbeheersing.
'Wat wil je daarmee zeggen, Minke?' vroeg ze onzeker.
Ik herhaalde wat een onderwijzer op school over Robinson Crusoe had verteld.
'Ik ken het verhaal wel,' onderbrak zij, 'hij spoelde als enige op een eiland aan.'
'Ja. Aan geld had hij niets, hij moest werken om te overleven. Al

had hij bergen goud en geld, wat moest hij ermee? Waar het op aankomt, is menselijke arbeid. Mijn leraar op school zei dat er onvoorstelbaar veel rijkdommen onder onze voeten liggen – goud, zilver, koper, ijzer, steenkool, bergen diamant en parels, olie, zout en aardgas. Als de mens die materialen uit moeder aarde haalt en ze gebruikt, dan pas krijgen ze hun waarde.'

'Bedoel je dat je mijn arbeid belangrijker vindt dan dat vervloekte kapitaal?' vroeg zij kinderlijk blij.

'Ja, ik hecht meer waarde aan uw inspanningen dan aan de goederen die u hebt bijeengebracht.'

Zij slaakte een diepe zucht. Zij vond het moeilijk hoe zij haar succesvolle arbeid precies moest zien.

Ik vergaarde al mijn moed om haar – dat had ik nooit eerder gedaan – tot een bepaald inzicht te brengen: 'Niet alles wat u heeft, is onrechtmatig in uw bezit gekomen. Dat geld is maar ten dele uit smerige praktijken afkomstig.'

'Daar zit hem nu juist de moeilijkheid, Minke. Wij weten niet welk deel van het geld dat is. Anders kon ik het gemakkelijk teruggeven.'

'Dat kan wel wachten, ma.'

'De boeren moeten het terugkrijgen. Maar dat kan niet, wij zijn alleen op de hoogte van Troenodongso's geval en om het aan hem te geven is niet juist. Het hem laten verdelen is niet mogelijk. En het zou wel heel stom zijn het aan het gouvernement te geven. Op hoeveel heeft het trouwens recht? Geen idee.'

'Laat het nu maar even rusten, ma.'

'Best, maar ir. Mellema kan elk moment de onderneming in handen krijgen. Daarom moet alles snel in orde worden gemaakt voordat hij hier opdaagt.'

Ik moest denken aan wat mijn leraar had verteld over het verschil tussen Europese en inlandse welgestelden. Een rijke inlander nam er een vrouw bij, onder het voorwendsel dat zij zijn echtgenote kon helpen. Een rijke Europeaan stond een deel van zijn vermogen af aan het algemeen belang: scholen, ziekenhuizen, uitgeverijen, tehuizen, onderzoek...

'Je wilt iets zeggen, Minke.'

'Ja,' maar ik was niet zeker van mijn zaak.

'Als er leraren waren...'

'Ja,' viel ik haar bij, 'dan zouden wij voor de kinderen van de benadeelde boeren een school kunnen stichten...'

Die opmerking werkte op haar in als een kalmerend middel. Het onderdrukte haar boosheid, teleurstelling en verdriet.

'Darsam!' riep zij ineens.

Zij was weer de oude.

Darsam kwam vanuit de achterkamer aanlopen. Met zijn ene hand friemelde hij aan zijn snor. Ik gebaarde dat hij moest komen. Hij kwam dichterbij en groette, nog steeds met die ene hand, beleefd.

'Als u niet te moe bent, zal ik straks verslag uitbrengen, Njai,' zei hij.

'Pak een stoel!' gebood Njai.

Met zijn linkerhand trok hij een stoel bij. Het was weer dezelfde hand die een verontschuldigend gebaar naar Njai maakte omdat hij op een hogere stoel zat. Hij slaakte een zucht van verlichting.

'Weet je het nog als je verslag moet uitbrengen?' vroeg ma in het Madoerees.

'Dan mag ik niet roken, Njai.'

'Zo is het. Steek nu maar van wal.'

'Wacht even, Njai, eerst iets anders.' Uit zijn zak kwam een dikke brief te voorschijn die hij aan zijn bazin gaf.

Ma liet haar blik er even over glijden en duwde hem toen mij onder de neus.

'Ik begrijp er niets van. Hier, lees jij hem maar,' zei ze.

De brief was in het Engels geschreven, met grote, grove hanepoten. Ik wist niet van wie hij was. Uit de eerste regel maakte ik op dat Khouw Ah Soe de scribent moest zijn. Ik las ma in het Nederlands voor:

Mijn lieve ma, las ik.

'Noemt hij mij ma?' vroeg Njai. 'Vertaal je het niet verkeerd?'

'Het staat er toch echt, hoor. Ik lees verder...'

Ik kan u niet genoeg danken voor al uw hulpvaardigheid. Uw hulp betekent des te meer voor mij, omdat ik weet dat uw dochter destijds in grote moeilijkheden verkeerde. Uiteindelijk was u de enige in Soerabaja die mij de helpende hand reikte; mijn eigen landgenoten deden niets anders dan schelden, schimpen en spotten. Zij omhelzen nog immer het oude geloof dat het Hemelse Rijk, China, onmogelijk in vreemde handen kan vallen. Zij vergeten daarbij echter dat Hongkong, Kowloon en Macao zich reeds lang in buitenlandse handen bevinden. Kanton, en zelfs Sjanghai – de grootste stad van China, van de wereld – zijn in stukken verdeeld, zijn buitenlandse concessies. Er zitten meer dan tien vreemde mogendheden daar, ma, en hun rotte invloed wordt almaar sterker. Mijn landgenoten worden er vernederd, in eigen land. Zij sluiten zich af voor de werkelijkheid. Lieve ma, u komt uit een ander land en u spreekt mijn taal niet, maar u begrijpt mijn intenties heel goed. In u heb ik een echte moeder gevonden.

Lieve ma,

Over een paar dagen kom ik weer logeren. Darsam heeft uitstekend voor mij gezorgd, zijn deur stond altijd open als ik voor dag en dauw terugkwam. Het heeft mij nooit aan iets ontbroken en ik kon ongestoord en veilig mijn vermoeidheid wegslapen. Hoewel hij mijn geheime opdracht niet kende en ik zijn taal niet sprak – wij moesten ons met gebaren behelpen – voelden wij elkaar goed aan.

Het is eigenlijk niet juist dat ik deze brief schrijf, maar uit andere overwegingen doe ik het toch maar. Mijn bewegingsvrijheid wordt steeds beperkter. Het is voor mij nog lastiger dan voor de Chinezen voor wie het pas- en wijkstelsel* geldt. Uw huis is de enige plek waar ik kan schuilen en eten. Het wordt steeds moeilijker om vrij rond te lopen, daarom schrijf ik u. Het liefst zou ik willen langskomen om u persoonlijk te bedanken, recht uit het hart. Maar het is allerminst zeker dat ik u nog zal ontmoeten. Bedankt, ma, bedankt voor uw hulp en bescherming. Uw zoon...

Onderaan stond zijn handtekening, in Latijns schrift.

Er zat nog een brief in de envelop, voor mij. Ook die las ik voor:

Beste Minke,

Misschien is deze brief de enige mogelijkheid je iets te vragen. Ik heb je hulp nodig, ik zit in grote moeilijkheden. Het is mogelijk dat ik op een kwade dag het slachtoffer word van mijn eigen landgenoten. Mijn opdracht in Soerabaja is te moeilijk. Als wij elkaar niet meer treffen, wil je dan de ingesloten brief aan iemand in Batavia afgeven? Hij heet... het spijt me, maar je moet zijn adres maar aan Doelrakim in Kedoengroekem vragen. Ik ben z'n adres vergeten en heb Doelrakim al een poos niet meer gezien omdat hij vaart...

Nog iets, beste vriend. Stuur de brief niet over de post. Je bent toch van plan om naar Batavia te gaan? Daar zit hij. Zeg dat ik tot de allerlaatste seconde aan hem zal denken.

Ik dank je hartelijk en ik hoop later iets voor jou te kunnen doen.

*Pas- en wijkstelsel, een voornamelijk op Java geldende maatregel voor Chinezen, die pas in 1918 is afgeschaft.

De bedoelde brief zat apart in een envelop, Khouw had Chinese karakters gebruikt.

'Hij moet het voorvoeld hebben, Minke,' zei ma in het Nederlands.

'Ik begrijp eigenlijk niet wat een concessie is.'

'Dat weet ik ook niet, ma, ik kijk straks wel even in het woordenboek.'

Darsam keek afwisselend naar ma en mij in een poging het gesprek te volgen. Maar zelfs met een tien keer dikkere snor zou hij er niets van begrijpen.

'Je logé, Darsam,' vertelde ma, 'spreekt geen Madoerees, dus heeft hij mij maar een brief geschreven. Hij bedankt je heel hartelijk voor de goede zorgen.'

Darsams ogen glinsterden en twinkelden van genoegen bij die woorden.

'Hij is je tot in de hemel dankbaar.'

'Kan die jonge sinkeh dan zoiets zeggen?'

'Waarom niet, Darsam?'

'Hij draagt een staart, Njai, en om de haverklap loopt hij te rochelen en te spugen.'

'Wat geeft het dat hij een vlecht heeft? Als je haar hebt, kun je ook een vlecht maken. En wat dat rochelen betreft, dat doet iedereen. Alleen hij doet het hardop en jij slikt je speeksel stil door.'

'Maar hij praat over de hemel,' tekende Darsam protest aan.

'Hij is je gewoon dankbaar, Darsam, voor eeuwig en altijd.'

'Het is maar een sinkeh, Njai.'

'En ik dan? Ik ben ook maar een gewone Javaanse, en Hollanders zijn ook maar gewone mensen.'

'Komt hij niet terug, Njai?'

'Nee. Daarom heeft hij een laatste groet geschreven.'

'Hij gaat zeker naar huis.'

'Naar zijn voorouders.'

'Met de boot natuurlijk.'

'Ja, met de boot... Goed, Darsam, begin maar met je verslag.'

12

Darsams verslag pakte lang uit. Hij sprak Madoerees, zodat ik ma's hulp moest inroepen om wat hij vertelde op papier te krijgen.

De dag na jullie vertrek kwam meneer Dalmeyer. Zoals Njai had gezegd, vertelde ik hem dat hij op het kantoor mocht werken. Ik haalde de boeken en papieren die zij te voren had klaargelegd uit de kast en legde ze netjes voor hem op het bureau. Ik gaf hem ook wat te eten en te drinken. Hij controleerde de boeken en papieren, bladzij voor bladzij. Om vier uur 's middags vroeg hij of we de koeiestal konden bekijken. Ik liep met hem mee. Hij telde de koeien en noteerde alles. Het is een fluitje van een cent om de koeien, stieren en kalveren te tellen, maar hij bleef wel héel erg lang in de stal hangen omdat hij een bijzonder koetje had ontdekt.

Njai begrijpt uiteraard wie ik daarmee bedoel. Ik liet hem maar alleen met die wulpse Minem. Ik kon er niets aan doen. Zij zaten met elkaar te babbelen. Ik, de gastheer, was niet gewenst en ben dus maar weggegaan.

Vroeger zeurde Minem wel eens bij juffrouw Annelies om haar stalopzichter te maken. Juffrouw Annelies was nog maar net weg of zij liep bij mij de deur plat. Ja, ze kan goed paaien die Minem. Als zij niet in verwachting was geraakt en een kind had gekregen, waardoor zij een tijdje niet kon werken, dan had zij juffrouw Annelies om de haverklap lastig gevallen.

U weet vast nog wel, Njai, dat zij een kind kreeg een paar maanden voordat de juffrouw vertrok. Omdat zij haar kind de borst moest geven, werkte zij minder hard. Er was dus geen reden om haar opzichter te maken. Maar zonder enig gevoel van schaamte bleef ze de juffrouw maar lastig vallen. Als juffrouw Annelies niet zo plotseling had moeten vertrekken, was zij haast zeker door de knieën gegaan. Maar die duivelse meid is een echte intrigante. Toen zij jullie naar Sidoardjo zag afreizen, kwam ze 's morgens heel vroeg naar mijn huisje. Het kon haar niks schelen dat mijn vrouw en kinderen, die nog niet naar school waren, erbij zaten. Zij droeg haar kind bij zich.

'Kijk eens hier, tjak Darsam,' zei ze op haar baby wijzend, 'is het niet oneerlijk, met zo'n rijke oma?'

Ik wist dat zij onbeschoft was, maar nu schrok ik toch echt.

'Zelfs voor opzichter vinden zij mij niet goed genoeg.'

'Waarom laat je het niet door die rijke grootmoeder verzorgen?' vroeg ik alsof ik haar niet begrepen had.

'Als de oma het wil erkennen, dan is alles opgelost. Maar als zij dat niet doet?'

Minem is niet getrouwd. Sommige mensen beweren dat zij weduwe is, anderen zeggen dat haar man is weggelopen, of dat zij hem in de steek heeft gelaten. U weet vast wel hoe zij is, Njai. Ze is een mannengek en ongelukkig genoeg is ze erg mooi, ze heeft een goed figuur en een lichte huid. Minem zou een veel gevraagde dansmeid zijn als zij het vak had geleerd.

'Wie is de vader van die kleine?' vroeg ik. Zij glimlachte aanstellerig. 'Dat komt er van als je met Jan en alleman omgaat,' ging ik verder. 'Je moet dat kind niet gebruiken voor je plannetjes.'

'Nee, nee,' sprak ze mij tegen met een sensuele glimlach om de lippen, 'de vader van dit kind is de zoon van mijn bazin. Nou jij weer.'

'Je moet niet proberen de zaak te chanteren,' waarschuwde ik.

'Ik zou niet durven. Echt, het kind is van sinjo Rober.'

Wel Njai, weer een probleem erbij. Ik had dit eigenlijk niet willen vertellen, maar dat leek mij toch onjuist. Wie weet liegt ze, maar wat als het waar is? Dan is het kind aan u verwant, Njai.

'Geef dat kind hier,' gebood ik, en ik griste de baby uit haar armen. Zij verzette zich niet. Het kind was smoezelig en had een snotneus. Toen ze zag hoe vies ik keek, veegde ze het neusje met haar slendang schoon. Het was een jongetje, Njai, gezond en mollig, maar verwaarloosd. Het heeft volgens mij iets van u, zijn gezichtje lijkt op dat van juffrouw Annelies. De neus is recht, maar de huid is als die van sinjo Robert. Toen ik hem vastpakte hield hij zich stil. Hij heeft grote, Hollandse kijkers. Ik vertrouwde het niet en vroeg dus of sinjo Robert of... neem me niet kwalijk Njai, meneer Mellema de vader was.

'Het is van sinjo!' hield ze vol.

'Maar er lopen hier in Wonokromo nogal wat sinjo's rond,' probeerde ik nog vertwijfeld, want ik wist best dat er geen vreemde sinjo's of Europeanen in de kampong kwamen, terwijl Minem dag in dag uit in de stal werkte en 's avonds te moe was om uit te gaan. Zij heeft geen dag vrij gehad en ik heb op mijn rondes door de kampongs niets verdachts gezien. Andere wachten hebben ook nooit vreemden gesignaleerd.

Wel hebben een paar van hen, drie weken voor u vertrok, gemeld dat er iemand van buiten bij Minem op bezoek is geweest, maar volgens hen was het niets alarmerends. Niks bijzonders, geen losgeslagen figuur. Misschien wilde hij haar trouwen. Dat kunnen wij niet verbieden. Ik heb het maar laten gaan zolang hij de boel niet op stelten zette. Toen ik mij die klant herinnerde, vroeg ik Minem:

'Zeg, je hebt nooit met een woord gerept over de vader van het kind. Waarom krijg je nu je geregeld bezoek krijgt plotseling zoveel praatjes?'

'Dat heeft niets met hem te maken,' zei ze temerig. 'Ik heb al zo lang op sinjo gewacht, maar terugkomen doet hij niet. Wat moet er met dit kind? Sinjo Rober heeft mij beloofd dat als ik een kind zou krijgen, hij het zou erkennen.'

'Hij heeft het nooit erkend.'

'Daarom ben ik naar jou toegekomen, tjak Darsam.'

'Ik moet ervoor zorgen dat Njai het erkent?'

'Waarom niet, het is toch haar kleinzoon? Ik mag doodvallen, ik zweer het je, sinjo Rober is de vader.'

Ik stuurde mijn kinderen en vrouw naar buiten, maar ze hadden inmiddels het een en ander opgevangen. Volgens mij deed Minem haar verhaal opzettelijk met hen erbij. Dan zou even later heel Wonokromo ervan weten, Njai. Daarom vertel ik het u alvast. Best mogelijk dat zij het nu aan haar vrienden en vriendinnen heeft verteld. Ze zal wel geld willen zien.

Ik geloof, Njai, dat een eenvoudig kampongmeisje als Minem niet goed weet hoe zij mensen onder druk moet zetten. Daarom vermoed ik dat de man die geregeld bij haar komt er achter zit en haar heeft opgehitst. Kan dat kloppen, Njai?

Ik gaf haar het kind terug. Wie weet zou blijken dat deze baby van hoge komaf was.

'Je ziet toch, tjak Darsam, dat de vader geen Javaan is,' zei Minem.

'Wie is er de laatste tijd bij je geweest?'

'Babah Kong,' antwoordde zij zonder schaamte.

'Dan is hij misschien de vader,' zei ik.

'Nee. Ik ken hem nog niet zo lang.'

'Wil hij met je trouwen?'

'Nee.'

'Hij wil je als bijzit nemen?'

'Hij komt alleen maar om een praatje te maken.'

‘Onzin,’ wierp ik tegen, ‘alsof ik jou niet ken. Moet ik dat geloven? Nou?’

Ze zei niets.

‘Bij een volgend kind kom je natuurlijk weer met een andere vader op de proppen.’

‘Nee, tjak Darsam. Echt, sinjo Rober is de vader.’

‘Wat valt er zoal te kletsen met je gast?’

‘Oh, van alles.’

‘Wat zegt hij van het kind?’ vroeg ik.

‘Hij heeft gevraagd wie de vader was, sinjo Rober, meneer Mellema, of de jongeheer Minke. “Sinjo Rober”, heb ik gezegd.’

‘Hoe kent hij hen?’ drong ik aan. ‘Je kletst te veel.’

‘Helemaal niet.’

‘Goed dan. Dus hij kende hen al voordat hij jou ontmoette. Heeft hij je gezegd je beklag te doen?’

Minem zwoer bij hoog en laag dat het niet zo was, maar ik ben er niet zeker van, Njai, ze giechelde en zat de hele tijd aan mij te frunniken, die aanhalige griet.

‘Waarom zeg je niet dat de resident of de gouverneur-generaal de vader is?’

Van die mensen had zij nog nooit gehoord. Ze zei:

‘Sinjo Rober is de vader. Daar blijf ik bij, tjak Darsam, want hij heeft beloofd mij als njai te nemen en ik zou in het huis gaan wonen. Ik hoefde niet meer te werken, ik zou bazin worden.’

‘Maar Babah Kong wil jou toch hebben, dan is er toch niks aan de hand?’

‘Ik heb al gezegd van niet. Ik wacht nog steeds op sinjo. Die komt maar niet terug. Help dit kind, tjak Darsam. Vertel het tegen Njai. Zou zij het kunnen aanzien dat haar kleinzoon zo verwaarloosd wordt?’

‘Wie moet er nu geholpen worden, jij of het kind?’

‘Wat kan het voor kwaad als wij tweetjes worden geholpen?’

Daarbij kneep zij me zo hard in mijn dij dat ik het uitschreeuwde van pijn en haar wegstuurde.

Wel, Njai, ik heb het al gezegd, het probleem is Minems kind. Volgens mij kunt u het beste zelf bij moeder en kind gaan kijken. Ik weet werkelijk niet wat ze wil. Ze is zo vlug als water.

De eerste dag dat meneer Dalmeyer hier kwam, lonkte zij al naar hem op een ongelofelijke manier. Meneer Dalmeyer was wel van haar gecharmeerd. Hij werkte hier vier dagen en elke middag verdween hij de stal in. Het was een publieke voorstelling. Ze spraken dan wel zachtjes, maar het kan niet anders of anderen hebben gehoord wat zij tegen elkaar zeiden. Daar hoef ik niet verder op in te gaan, Njai, dat geeft geen pas.

Op een dag, nadat meneer Dalmeyer al weer vertrokken was, meldde een van de wachten dat Babah Kong bij haar was. Volgens het rooster moest Minem werken, maar zij was al naar huis. Ik ging een kijkje nemen. Vanuit de verte zag ik nog net hoe zij met hem vanaf de veranda het huis binnenging. Toen herkende ik hem, Njai: de Dikke!

Ik had hem alleen vluchtig gezien, ik moest er het fijne van weten, dus kwam ik dichterbij. Minem en hij verwachtten mij kennelijk, want zij liep naar buiten en begroette mij.

'Wie is die bezoeker?'

'Hoe bedoel je?' zei ze, met haar kind op de arm.

Ik liep naar binnen. Er was niemand behalve haar oude moeder. Ik keek onder het bed; niemand. Minem trok zich niets van mij aan en ging weer terug naar de stal. Toch had ik Babah Kong wel degelijk het huis zien binnengaan; hij zou vast wel via de achterdeur naar buiten zijn gevlucht. Ik ging kijken... en ja hoor, daar rende hij als een haas tussen de pisangbomen en knolgewassen door. Ik had mij niet vergist, Njai. Babah Kong is de Dikke. Met getrokken kapmes zette ik hem na. Hij wist duivels goed dat ik hem moest hebben, want hij rende voor zijn leven. Die Dikke rent als een haas.

'Kom hier jij!' schreeuwde ik.

Hij peesde door zonder om te kijken en probeerde de kampong uit te komen, de velden in. Ik zat hem op de hielen, maar hij was watervlug. Zijn vette lijf kromde zich als een knikker. Dit keer zou hij niet ontkomen, hij kende hier heg noch steg.

Ik wilde voorkomen dat hij via het erf van Ah Tjongs bordeel zou ontsnappen. Nu de zon onderging, zou ik hem hier op het veld te grazen nemen; hij had ons ellende genoeg bezorgd. Telkens als hij opdook, betekende dat een nieuwe ramp. Ik moest en zou hem neersabelen.

Hij rende naar het huis van Ah Tjong, maar ik sneed hem de weg af. Hij week naar links uit. Ik zat hem steeds dichter op de hielen. Heel even keek hij om, ik zag dat zijn gezicht vuurrood was en hij hijgde als een paard. Nee, Dikke, ik krijg je wel te pakken, daarvoor heb ik niemand nodig! Ren je longen maar uit je lijf voordat ik je borst splijt.

Hij kwam bij de plek waar het dichte struikgewas, de kuilen en de kruipplanten zijn. Ik heb vroeger van juffrouw Annelies opdracht gekregen de kuilen op te vullen met afval van de bonenoogst, maar dat is weggerot en ingezakt. De kuilen zijn nu minder diep, maar echt veel heeft het niet geholpen.

De Dikke rende er recht op af. Hij struikelde een paar keer, net als ik, maar hij was snel weer ter been. Ik ook. Het liep moeilijk, een keer viel mijn kapmes zelfs op de grond en dat kostte tijd. Intussen rende de Dikke door, hij kon zelfs wat op adem komen.

'Dikke!' schreeuwde ik dreigend, 'pas maar op, ik ben zo bij je!' Als een bezetene rende ik achter hem aan. Ik was niet ver meer van hem af. Hij was buiten adem, hij kon niet meer. 'Ha, nou heb ik je!' brulde ik. Toen struikelde de Dikke en duikelde met een salto een droge greppel in. Ik zag hem niet meer.

Toen ik bij de greppel kwam, zag ik hoe hij probeerde zich te bevrijden uit de wirwar van wortels en takken. Hij keek helemaal niet bang – de idioot.

'Ik vermoord je,' siste ik.

'Niet doen,' zei hij hijgend maar bedaard, 'ik doe geen vlieg kwaad.'

'Zanik niet!'

'Heus, ik heb niets tegen je.'

Ik zwaaide met mijn kapmes om hem bang te maken en hem aan het praten te krijgen.

'Ik ben een vriend,' zei hij nog steeds kalm.

Mijn mes suisde naar beneden om zijn hoofd af te hakken. Hij ontweek handig. De Dikke is zo snel als een hinde. Het werd rood voor mijn ogen en ik sprong de greppel in om hem af te maken. We hijgden als karrepaarden.

'Nee!' gilde hij toen hij merkte dat het menens was.

Ik hoorde hem niet eens meer, ik zou zijn strot afsnijden. Mijn mes zoefde al door de lucht toen hij plotseling wegdraaide. Het mes maaide door de struiken. Onmiddellijk hief ik het weer op. Toen klonk er een schot. Mijn hand klapte weg en het kapmes spatte uit elkaar, de brokken verdwenen tussen de plantestengels.

Ik stond versteld, Njai. Het was mislukt. In een flits keek ik naar boven, naar mijn mes, maar ik zag alleen de boomtoppen en de grote waringin. Van mijn mes was alleen een stompje over. De Dikke dacht dat ik het zou opgeven, want die idioot glimlachte! Nou, dan kende hij mij nog niet, Njai.

Hij zat tegen de greppelkant geleund. Ik haalde uit naar zijn gezicht met wat er van mijn mes was overgebleven. Hij zou er aangaan, ondanks het pistool in zijn handen.

'Ophouden,' waarschuwde hij.

Ik luisterde niet. Weer klonk er een schot. De mespunt viel tussen de varens en kruipplanten in de greppel. Ik voelde een branderige steek in mijn hand, Njai, ik kon mijn vingers niet meer bewegen. Hij had op mij geschoten; ik kon mij niet meer verdedigen.

'Wat heb ik gezegd?' zei hij in het Maleis, 'ik wilde je geen kwaad doen, maar ik moest wel.' Hij stond op, het pistool bleef op mij gericht.

Als hij toen had geschoten, dan zat ik hier nu niet. Maak er een eind aan, dacht ik, maar hij schoot niet. Ik kon niets uitrichten met mijn gewonde hand. Ik wilde hem met mijn linkerhand aanvallen, maar ik bedacht me, want het zou niets uithalen en dus hield ik mij gedeisd.

'Genoeg?' vroeg hij brutaal. 'Hou je je nu koest?'

Ik zweeg boos, beschaamd, kwaad.

'Als je ophoudt, stop ik mijn pistool weg en help ik je. Nou?'

Hij wist heel goed hoe hij mij moest kleineren. Ik zei niets. Hij wist dat ik knarsetandde; hij glimlachte hoofdschuddend, spottend misschien, of uit leedvermaak.

'Ik ben niet bang voor jou en je mes,' begon hij weer. 'Kom, naar boven. Ik help je. Jij eerst.'

Ik kon niet aan deze vernedering ontkomen. Ik kroop uit de greppel omhoog. Hij gaf mij brutaal een zetje tegen mijn achterste. Toen ik boven stond, klauterde die boskat kwiek omhoog.

'Ik zal je verbinden,' zei hij, 'anders bloed je nog dood. Hou je arm maar in de hoogte. Pijn? Ja, dat zal wel.'

Hij deed erg vriendelijk. Of hij mij nou bespotte of treiterde, of dat hij het meende, ik had geen idee. Ik deed wat hij had gezegd en stak mijn arm de lucht in. Hij stopte het wapen in zijn zak. Als hij had gewild, had hij me gemakkelijk kunnen doodschieten; maar dat deed hij niet. Hij was geen herrieschopper; ik kon mij geen houding geven. Kalm pakte hij een zakdoek uit zijn broekzak en draaide hem tot een streng waarmee hij mijn pols afbond. Het bloeden stopte.

'Ik breng je naar huis,' zei hij.

Hij wilde mij dus echt niet doden. Ik had hem verkeerd beoordeeld; hij bleek één bonk spieren te zijn. Wat een geluk dat er geen kampongbewoners kwamen kijken. Die hadden zich na het horen van de schoten in hun huisjes verscholen en de deur vergrendeld. Wat had ik me ellendig gevoeld als zij ons zo hadden zien lopen, terwijl ik zoëven nog achter de Dikke aan zat. Gelukkig waren de wachten er niet.

De zon was al onder. Het was donker, afnemende maan, Njai. Mijn huisdeur was van binnen vergrendeld.

Voor de deur gekomen, zei hij:

'Zeg je vrouw dat zij met je mee moet naar het ziekenhuis van de oliefabriek in Wonokromo. Vertel maar niet dat er op je is geschoten. Ga niet naar de politie. Zeg maar dat het een ongelukje was.'

Alvorens in de duisternis te verdwijnen, liet hij nog een boodschap achter:

'Ik ben je vijand niet, begrijp dat goed. Al besef je het niet, ik ben je vriend, ook al weet je niet hoe ik heet. Ga nu maar gauw naar het ziekenhuis.'

Mijn vrouw opende de deur pas na veel gebonk en geroep. Zij ging met mij mee naar het ziekenhuis. Mardjoeki reed ons. Ik had geluk dat er nog mensen wakker waren. De dokter vroeg hoe ik gewond was geraakt.

'Ik ben in een bamboebosje gevallen, meneer.'

De dokter, een Hollander, gaf mij medicijnen, waste en verbond de wond en hing mijn arm in een draagdoek. Ik mocht nog niet naar huis. We kregen alle drie koffie en moesten even blijven zitten op een lange bank.

Verdorie, Njai, al snel kwam er politie die ons meenam naar het bureau voor ondervraging. Zij geloofden niet dat ik was gevallen; volgens hen hadden er geen bamboesplinters in mijn hand gezeten. Ze zeiden dat ik een schotwond had, maar hoe ze dat wisten moet u mij niet vragen. Ik gaf in ieder geval niet toe. Toen dreigden ze ons te zullen vasthouden, net zo lang totdat ik bekende. Toen moest ik wel; wie zou er anders toezicht op de onderneming moeten houden?

Wat later werden wij door een groepje politiemensen naar huis gebracht. Bij het licht van lampen kamden zij de greppel uit. Behalve een lege patroonhuls ontdekten zij sporen van onze worsteling. De patroonhuls namen zij mee, net als mijn kapotte kapmes en de losse stukjes die overal verspreid lagen.

Nou, Njai, toen ik eenmaal bekende, werden er oude koeien uit de sloot gehaald. Minem werd ook ondervraagd. Ze zei niet te weten waar Babah Kong woonde, maar gaf wel toe dat zij enkele malen met hem had geslapen en dat hij had beloofd haar als njai te nemen. Maar dat geloofde zij niet omdat hij volgens deze behaagzieke meid daarvoor niet royaal genoeg was.

Alles werd genoteerd. En kijk, Njai, ze hebben mij niet gearresteerd en Minem ook niet. Ze zoeken Babah Kong. Het ziet ernaar uit dat als de Dikke is gepakt, er een nieuwe rechtszaak op ons afkomt.

Ik dacht dat Darsam klaar was met zijn verslag. Ma had de hele tijd geen vraag gesteld, ofschoon zij zich wel degelijk realiseerde dat er een berg problemen opdoemde: het zoontje van Minem, de inventaris die meneer Dalmeyer had opgemaakt, zijn relatie met Minem, de Dikke die ergens rondzwierf, de perikelen met Darsam, een nieuwe rechtszaak...

Deze vrouw kwam wel voor hete vuren te staan.

Darsam was nog niet uitgesproken.

Hij legde zijn gewonde hand op tafel en knoopte de mitella los.

'Njai,' zei hij heel ernstig, 'ik heb altijd uw orders naar mijn beste vermogen uitgevoerd. Als u vindt dat ik fouten heb gemaakt, moet u het zeggen.'

Er volgde een gespannen stilte. Njai zweeg, nog steeds.

'Heb ik het fout gedaan, Njai?'

Njai Ontosoroh zuchtte diep, de wangen gebold. Zij krabde zich met de linkerhand achter het oor en zei toen kalm:

'Nee, Darsam, je hebt geen fouten gemaakt, je hebt het juist goed gedaan.'

'Ook met die Dikke?' vroeg hij als een klein kind.

'Dat ligt even anders. Net als de eerste keer ben je overdreven fel geweest. Had je Babah Kong vermoord als hij geen pistool bij zich had gedragen?'

'Nee, Njai, ik wilde hem alleen maar goed bang maken.'

'Je liegt! Die Dikke had zeker niet geschoten als het jou niet menens was geweest,' diende Njai van repliek. 'Hoe is het nu met je hand?'

'Njai,' zei hij timide, zonder rechtstreeks te antwoorden, 'nu ik niets meer met mijn mes kan doen – ik kan het niet eens meer vastpakken, laat staan gebruiken – besef ik pas hoe afhankelijk je bent van je rechterhand. Met die hand deed ik al het werk: mensen wegsturen, melk wegbrengen, vechten, rekeningen innen, op de boel passen. Hij gaf mij overwicht op de werklui. Ik heb er lang over nagedacht, Njai, maar met zo'n hand kunt u mij niet meer gebruiken. Ik voel me nutteloos, ik kan hier niets meer doen.' Zijn stem had een steeds serieuzere toon gekregen, gelatener, zachter. 'Ik ga terug naar mijn kampong, Njai, naar Sampang.'

'Wat wil je daar doen? Zout winnen? Dat gaat niet met die hand.'

'Dat zit me ook dwars, Njai.'

'Morgen ga je naar dokter Martinet. Misschien is er nog iets aan te doen.'

'En als ik hem niet meer kan gebruiken, Njai?'

'Eerst naar de dokter. Die weet er wel raad mee.'

'Wat als ik hem niet meer kan gebruiken, Njai?' herhaalde Darsam zijn vraag.

'Kom, ga nu maar naar huis.'

Hij wilde niet, bleef stijf zitten en wachtte op een beslissing van zijn bazin.

'Stuurt u mij de laan uit, Njai?'

'Omdat je je hand niet kunt gebruiken? Nee, jij blijft hier wonen, je kinderen komen volgend jaar van school. Zij moeten maar op de onderneming werken en dan kunnen zij Nederlands leren. Misschien zijn ze wel slimmer dan jij, Darsam. Wat zegt dat nou, zo'n hand. Als je bedoelingen maar goed zijn. Nou, toe, ga toch slapen!'

'Maar ik kan geen kapmes vasthouden.'

'Slapen!' kefte ma.

Verward ging hij staan, groette ons met zijn linkerhand, zette de stoel terug op zijn plaats en beende met grote passen weg. Hij keek niet meer om, liep de trap af en verdween.

'Realiseer je je eigenlijk de consequenties van wat Darsam vanavond heeft verteld?' vroeg ma aan mij.

'Ze zoeken de Dikke, Babah Kong.'

'Dat is niet belangrijk.'

'Er komt weer een rechtszaak, met alle ellende van dien.'

'Ook dat is niet belangrijk, daar komen we ook wel weer overheen. Hoor eens, Minke. Darsam en mensen als hij hebben nooit beseft dat ze totaal afhankelijk zijn van hun handen, dat zij ervan leven. Op het moment dat die handen het laten afweten, beseffen ze pas dat hun inkomstenbron is weggevallen. Er zijn ook mensen die met hun hersens werken en daar heel trots op zijn. Zij leren tien, twintig jaar lang, zij leren hun hoofd te gebruiken om zich een prettige levensstijl te kunnen veroorloven. Maar ook hersens kunnen dienst weigeren, zoals bij Mellema. Het denkwerk en inspanningen van jaren worden in een klap weggevaagd; en daar loopt hij dan, als een dier dolend in de nacht, zich zijn menselijkheid niet meer bewust...'

'Wat bedoelt u, ma?'

'Je vertrouwt volledig op de macht van het kapitaal. Na tientallen jaren hard werken heb je een flink bedrag bijeen – een zaadje is tot een bladerrijke waringinboom uitgedijd – en dan ineens kom je tot de ontdekking dat er met dat geld iets loos is, dat er vuiligheid aan kleeft...'

'Ma!'

'Ons lot is hetzelfde, Minke. Mellema, Darsam en ik dachten alle drie dat wij zo stevig stonden, maar alles blijkt op drijfzand gebouwd. Misschien is dat de tragedie van het leven. Mensen zijn zo fragiel – kijk maar naar Khouw Ah Soe: een jonge, energieke en goed opgeleide knaap, door zijn landgenoten vermoord, landgenoten voor wie hij iets wilde doen. Zijn moordenaars wisten misschien wie hij was – en voor een paar centen hebben ze hem vermoord...'

'Als de moordenaars hem echt hadden gekend, hadden zij hem nooit vermoord,' onderbrak ik, 'dan hadden zij hem zeker geholpen.'

'Zoiets gebeurt alleen in een wajangverhaal, Minke. In het echte leven kennen moordenaars hun slachtoffers heel goed. Wat dacht je van de Europeanen die de Atjeeërs hebben vermoord? Zij wisten juist ontzettend veel van hen af. En wie hebben Troenodongso straatarm gemaakt en van zijn grond gegooid? De lui die alles van boeren en landbouw afweten. Ik ben ervan overtuigd dat Mellema niet alleen met pachtgelden heeft geknoeid, maar zich zelfs aan geweldpleging en afpersing heeft schuldig gemaakt. Er zou niet zo geknoeid worden met die pachtgelden als het niet zo gemakkelijk was om aan grond te komen.'

Ik wist goed dat ma niet tegen mij praatte, maar hardop dacht. Zij probeerde greep te krijgen op een waarheid die wortelde in waarheid. Zij probeerde de tragedie van het leven tegemoet te treden en te weerstaan. Langzaam maar zeker verstomden de jubelkreten in mij en in de wereld over de intrede van de moderne tijd. Wat modern is, zei ma, zijn alleen de machines en de aanpak. De mens is en blijft dezelfde. Waar hij ook is, rijkdom en armoede creëert hij zelf.

'Tijdens Darsams verslag heb ik zitten uitrekenen hoeveel de boeren terugkrijgen, Minke. Het bedrag is precies gelijk aan dat waarmee wij de onderneming begonnen. Ik laat er een school van bouwen, met een of twee leraren. Die moeten ook Nederlands en rekenen geven.'

'Dat is geweldig, ma.'

'Als ze Nederlands spreken, zijn ze minder bang voor de Hollanders en als ze kunnen rekenen, worden ze niet afgezet. Als je niet weggaat, dan kun je de kinderen eens in de week vertellen over zulke smerige praktijken.'

'Dan word ik wegens opruiing opgepakt en veroordeeld, ma. Ze hebben zelfs juffrouw Peters het land uitgegooid.'

'Wie moet er dán mee beginnen? Je hebt Kommer nog pas geleden gehoord. Wil je blijven slapen en wakker worden wanneer de moderne tijd al volop aan de gang is?'

Om eerlijk te zijn, er ging een siddering door mij heen bij deze uitdaging.

'Je zegt niets, Minke. Iemand moet toch de eerste zijn? Moet ik soms alles alleen doen?'

'Natuurlijk niet, ma.'

'Wie doet het dan? Later zal het heel gewoon zijn, vraag me alleen niet precies wanneer. Maar wie begint ermee?'

Ik huiverde bij de gedachte alleen al. Ik durfde geen antwoord te geven, ik durfde mijn stem niet te laten horen. Mijn bangheid sprak boekdelen en liet zien wie ik eigenlijk was nu ik oog in oog stond met een dergelijke uitdaging.

'Maar ja,' zei Njai Ontosoroh met een onverwachte wending, 'dat was ik vergeten. Je wilt voor dokter leren...' In haar stem klonk spot door.

'Ja, ma. Als Pandji Darman terug is, ga ik meteen weg.'

'Toch ben jij degene die een begin moet maken, waar je ook bent en op welke school je zit. Jij hebt dit alles meegemaakt, jij weet hoe de vork in de steel zit, waar het kwaad zit en wat het aanricht.'

'Ma,' zei ik afwerend.

'Als je het niet doet, dan sla je op de vlucht. Herinner je je nog de brief van je moeder? Vluchten is misdadig, schreef ze. Dan zijn alle opleiding en ervaring voor niks geweest. Ik ben ervan overtuigd dat je niet zult vluchten.'

13

Het hoofdstuk was nog steeds niet ten einde. Geregeld werden we door nieuwe gebeurtenissen overvallen.

In de krant stond een berichtje dat boeren in de buurt van Sidoardjo in opstand waren gekomen. De politie was machteloos en zag zich genoodzaakt de hulp van de Compagnie in te roepen. Drie dagen waren genoeg om de opstand neer te slaan. Kyai Soekri, die men als de aanstichter beschouwde, was inmiddels gearresteerd en naar de suikerfabriek van Toelangan gebracht. De administrateur van Toelangan was razend, want het werk op de fabriek had nogal te lijden gehad van de ongeregeldheden. Hij had opdracht gegeven Kyai Soekri te straffen met tachtig zweepslagen alvorens hem aan de politie uit te leveren.

Kyai Soekri onderging de straf ten overstaan van het administratief personeel, de opzichters en de koelies. Bij de zeventigste zweepslag stierf hij.

'Als dat artikel van jou geplaatst was...' begon ma.

'Ja, zonder dat ik het wilde, heb ik hen verraden.'

'Door jouw artikel heeft Nijman onraad geroken. Net als Nijman zien zij je nu als een spion. Je krijgt er niet eens geld voor, wel een hoop narigheid.'

Ik werd stil van haar uitleg. Ik dacht aan Troenodongso en zijn gezin, aan Piah en mbok Troeno. Ik had Troenodongso op het hart gedrukt dat je niet alles met geweld kon oplossen. Zouden zij het beu zijn te wachten tot ik mijn belofte inloste? Zij hadden vast en zeker een bondgenoot in mij gezien.

'Het is maar goed dat je dat artikel hebt verscheurd. Maar het gevaar is nog niet geweken, Minke. Nijman kent je nu. Sastro Kassier en zijn gezin weten dat je bij Troenodongso hebt gelogeerd. En Jean Marais en Kommer ook, want je hebt het hun verteld. En ik weet het ook. Jean Marais zal waarschijnlijk niks verder vertellen. Maar wat Kommer en Sastro Kassier doen weet ik niet. Als ze Troenodongso arresteren en hij noemt jouw naam...' Zij zuchtte diep. 'Als hij is omgekomen, kan jou niets gebeuren. Een geluk bij een ongeluk.'

Ik begreep dat ik hier snel weg moest. Weg uit dit huis, weg uit

Wonokromo, weg uit Soerabaja, ik moest onderduiken.

'Wij zijn altijd samen, en dat is gevaarlijk voor jou, Minke. Wij zijn al eens bij een rechtszaak betrokken geweest. En dan denk ik nog niet eens aan die kwestie laatst met Darsam. Het ziet er steeds slechter voor ons uit.'

Dit was de zoveelste keer dat wij in een onverkwikkelijke affaire betrokken waren. Het maakte de band tussen ons steeds hechter.

'Het is maar goed dat u toen niet bent ingegaan op die uitnodiging van de administrateur van Toelangan.'

'Zo'n groentje, net afgestudeerd, komt zo uit Holland en laat dan Kyai Soekri onbarmhartig afranselen. Zo'n zielig oud mannetje...'

Ik voelde mij hulpeloos alleen gelaten toen ze zei:

'Je kunt denk ik beter weggaan, Minke. Het is niet goed als je hier blijft. Je bent jong en je moet zoals Kommer al zei ook van de zonnige kanten van het leven genieten. Ik red me wel. Het is niet nodig dat je steeds door mij in moeilijkheden komt. Maar je moet niet vergeten dat je Troeno iets hebt beloofd.'

'Op dit moment kan ik u niet alleen laten. Ik was gelukkig met Annelies, maar het was zo snel voorbij... Ik kan u nu echt niet alleen laten, ma.'

'Nee, Minke, het is beter dat je van het leven probeert te genieten. Vergeet niet wat je Troeno hebt beloofd. Dat is een ereschuld.'

'Ik heb hem nog zo gezegd dat niet alles met geweld is op te lossen, ma.'

'Hij rekent op je hulp.'

We werden onderbroken omdat er een rijtuig aankwam. Dat was natuurlijk Mardjoeki die Pandji Darman uit Tandjoeng Perak had opgehaald. Hij zou om drie uur aankomen. Voordat hij vertrok hadden we gezegd dat hij ons moest excuseren omdat wij Pandji niet zelf konden afhalen.

Toen het rijtuig stilhield bij de trap van het kantoortje, hoorden wij iemand groeten: Koelo noewoen. Aan het sikje en de dikke snor herkende ik meteen Troeno.

'Wie is dat?' vroeg ma, die zag hoe ik verbleekte.

'Troenodongso, ma,' fluisterde ik.

'Hè?' Ze stond op en haastte zich om hem te verwelkomen.

Hij zag er vermoeid en smoezelig uit, had een vieze sarong vol gaten en scheuren om de schouders geslagen. Hij leek wel een zwerver. Zonder iets te zeggen nam ma hem mee het kantoortje in.

Hij kende alleen mij persoonlijk en richtte zich dus heel bedeesd tot mij:

'Ndoro, ik heb uw hulp nodig.'
'Je hebt koorts, Troeno,' sprak Njai Ontosoroh.
'Ja, ndoro, ik ben ziek. Maar ik ben toch gekomen, ik moest wel.'
Ma liet hem plaatsnemen op een stoel. Ze kon haast geen woord uitbrengen en keek zenuwachtig om zich heen. Ik deed de deur van het kantoortje dicht. Uit de aangrenzende kamer klonk het geluid van naderende voetstappen. Ik sprong op en deed de deur op slot. Niemand mocht hier nu komen.
'Ndoro, wij zijn ten einde raad, wat moeten wij doen?'
'Waar zijn je vrouw en kinderen?' vroeg ma.
Snel liep ik naar het raam om te kijken of er soms iemand naar binnen loerde.
'Die zijn nog aan de andere kant van de rivier, ndoro.'
'Waarom hou je die sarong zo om je schouders?'
Hij liet hem zakken; hij droeg geen hemd. Links op zijn rug gaapte een wond van wel vijftien centimeter lang.
'De Compagnie, Troeno?' vroeg ma fluisterend. Ze werd nu nog onrustiger. 'Sla die sarong maar weer om. We zullen zo de dokter laten komen.'
'Ik ben bang...'
Ik keek naar buiten en zag dat Pandji Darman eraan kwam. Hij zwaaide naar mij, blij dat hij weer terug was. Door zijn verblijf in Europa was hij zijn donkere teint kwijt. Hij zag er gezond en uitgerust uit.
'Ha, Minke.'
'Ha!' groette ik, 'welkom, Rob.' Ik had er moeite mee hem Pandji Darman te noemen.
'We hebben het erg druk. Daarom konden we je niet afhalen.'
'Dat geeft niks. Hoe is het met ma?' Hij was nu heel dicht bij het raam gekomen.
'Goed, 't gaat wel.' Hij stond nu onder aan het raam. 'We hebben het op het moment ontzettend druk, Rob. Wat dacht je, zullen we vanavond maar bij elkaar komen?'
Hij was duidelijk teleurgesteld, knikte en ging weg.
'Je hebt dus alles in de steek gelaten, Troeno, je sawa's, je akker, je huis?' vroeg ma.
'Minke, laat iemand dokter Martinet roepen en laat Darsam een slaapplaats gereedmaken in de goedang.'
Troenodongso raakte in paniek nu ik opstapte. Hij keek me smekend aan. Ik liep naar hem toe en stelde hem gerust:
'Wacht hier maar. Je hoeft niet bang te zijn, hier ben je veilig.

Maar met niemand praten, goed?'
'U moet de dokter niet roepen.'
'Stil, Troeno,' fluisterde ma, 'het is voor je eigen bestwil.'
Toen knikte hij met een vertrokken gezicht en ik ging weg.
Aangezien ma een paar dagen geleden opdracht had gegeven alles te verkopen, was de opslagruimte nagenoeg leeg. Gewoonlijk wachtte zij tot er opkopers kwamen, maar nu verkocht zij koortsachtig zoveel zij kon. Ik begreep maar al te goed waarom zij dat deed. Terwijl ik Darsam zocht, zag ik weer hoe Troeno zijn sarong om zich heen sloeg. Toen hij hem had laten zakken, had ik gezien dat zijn benen opgezet waren. Hij was niet langer de man van vroeger die dreigend met zijn kapmes voor je kon staan. Hij maakte nu niet meer indruk dan een kind.
Mardjoeki was bezig het paard uit te spannen. Toen ik zei dat hij weer terug moest naar de stad om dokter Martinet te halen, zei hij mopperend:
'Dit paard is moe, meneer.'
'Dan neem je een ander.'
'Dat kan niet, ze zijn weg.'
'Span dan dit maar weer in.'
'Maar het is moe,' wierp hij tegen.
Zo ruzieden wij nog wat door tot Darsam kwam en mij bijviel.
Uiteindelijk spande Mardjoeki het paard mokkend weer in. Darsam ging verder met het karweitje dat hem was opgedragen.
Toen ik het kantoortje weer binnenstapte, was ma in een druk gesprek gewikkeld met Troenodongso. Ze spraken op fluistertoon met elkaar en toen ik bij hen ging zitten, hoorde ik ma zeggen:
'Jij bent gewond, wij halen je vrouw en kinderen wel.'
'Jullie weten niet waar ze zitten.'
'Minke haalt ze wel op. Vertel het hem maar.'
'Zij zullen hem niet vertrouwen,' antwoordde Troenodongso.
'Minke zal hen heus wel kunnen overhalen, ze kennen hem toch?'
'Ja, maar ze zullen hem niet vertrouwen.'
'Haal ze maar, Minke. Gebruik niet ons eigen rijtuig, huur maar een andong. Troeno, zeg eens waar ze wachten.'
Zo ging ik ten slotte met een huurrijtuig naar de plaats die hij mij had gewezen: daar waar het bootje dat over de Brantasrivier heen en weer voer, afmeerde. Ik was er nog nooit geweest. De koetsier waarschuwde mij toen ik moest uitstappen en vertelde hoe ik vandaaruit te voet verder moest via de kampongweggetjes, zo'n twee kilometer naar het zuiden. Hijzelf zou een kilometer verderop de

rivier oversteken en bij de brug op mij wachten.

Al lopend dacht ik na waarom ma juist mij eropuit had gestuurd, terwijl zij wist dat ik erg moe was. Met wat uitleg erbij had zij ieder ander kunnen sturen. Ik kende de omgeving van Wonokromo niet eens zo goed.

De modderige, met onkruid overwoekerde kampongweggetjes lagen er verlaten en verwaarloosd bij. Waar afvoergoten zouden moeten zijn, groeiden kleine boompjes en cactussen tussen verdord, doornig struikgewas. De weinige mensen die ik tegenkwam, gingen angstvallig aan de kant van de weg staan. Ik had immers schoenen aan en was gekleed als een Hollander, een christen. Ze dachten misschien dat ik, net als Hollanders wel deden, de boel op stelten kwam zetten.

Pas toen ik al in de buurt van het bootje was, schoot mij te binnen dat ma mij er misschien wel heel bewust op uit had gestuurd – weg van Troenodongso. Wanneer hij stiekem gevolgd was, dan zou alleen zij opgepakt worden. Als ik het goed begreep had ma alles goed overwogen. Het was allemaal mijn schuld. Zij had er eigenlijk niets mee te maken, maar stak toch de helpende hand toe en raakte daardoor in de problemen.

Op de plaats waar het pontje afmeerde, was niemand te zien. Midden op de Brantas punterde de veerman zijn bootje voort. Ik kon niets anders doen dan wachten tot hij aan de kant was. Van Troenodongso's vrouw en kinderen was geen spoor te bekennen.

Toen de veerman zag dat ik aan de oever op hem wachtte, hield hij in. Hij deed net of zijn bootje bleef steken.

Verdomme! dacht ik, jij ook al? Ben jij ook al bang voor mij? 'Hé, schiet 'ns op!' riep ik in het Javaans.

Verschrikt keek hij op. Toen meerde hij zijn pontje toch af en legde het vast aan een boomstronk. Hij gooide zijn stok op de oever en kwam toen, het hoofd beleefd gebogen, naar me toe. Hij boog diep en groette mij eerbiedig met de handen gevouwen boven het hoofd:

'Ndoro.'

'Waar zijn de mensen die hier bij de pont stonden te wachten?'

'Er stond hier niemand te wachten, ndoro.'

'Een vrouw met haar twee zonen en dochtertjes.'

'Ik heb echt niemand gezien, ndoro.'

'Pas op. Als je liegt...'

'Maar, eh...'

'Niks maar. Moet ik je naar het bureau brengen?'

'Alstublieft niet, ndoro. Ik heb echt niemand gezien.' Hij boog het hoofd en durfde zelfs niet naar mijn schoenen te kijken.

'Is het echt waar?' vroeg ik dreigend. Hij zweeg.

'Kom, we gaan naar de schout.'

'Nee, ndoro. Mijn kinderen wachten thuis op mij.'

'Waar is je vrouw?'

'Die is overleden, ndoro.'

'Nou ja. Kom, naar de schout.'

'Ndoro, heb medelijden. Ik heb niks gedaan.'

'Kan me niet schelen. Ga mee.' Ik ging op weg en hij liep achter me aan. Hij was zo overdreven bang, dat ik begon te vermoeden dat hij Troeno's vrouw en kinderen verborgen hield.

'Waar woon je?'

'Ik heb niks gestolen, ndoro. Bij mij thuis vindt u niets.'

'Ga voorop lopen en laat me zien waar je woont.'

Weifelend, steeds achterom kijkend, liep hij voor mij uit. Ik had spijt dat ik hem zo moest behandelen; spijt dat ik hiernaar toe was gegaan in mijn Europese kleding en met schoenen aan mijn voeten. Nu moest ik de boeman spelen tegenover deze eenvoudige mensen. Ze zouden vast denken dat ik hen kwam arresteren of hun eigendommen wilde weghalen.

Achter elkaar liepen wij over een smal pad langs de rivier dat overschaduwd werd door bamboebossen en ons langs verwaarloosde pisangaanplant voerde.

'Woon je daar?' vroeg ik hem, toen ik half verscholen achter de bossen een klein bamboehuisje met strooien dak zag liggen. Rook walmde door het dak en loste op in de wind.

'Daar woon ik, ndoro.'

'Wie is er aan het koken?'

Zonder op of om te zien liep hij door en deed alsof hij mij niet had gehoord. Ik versnelde mijn pas, haalde hem in en rende als een haas op het huisje af.

De deur van gevlochten bamboe stond open. Binnen was het donker en vol rook. Ik zag Piah die iets aan het koken was in een aardewerken pot. Gehurkt zat ze bij het vuur met twee kleine kinderen naast zich.

'Piah!' riep ik.

Zij schrok toen ze mij zag. Ze was bang en verkrampte. De twee kleintjes klemden zich aan haar vast.

'Waarom schrik je, ken je me niet meer?'

Zij staarde naar mijn schoenen en kwam overeind. Bevend legde zij haar handen op het hoofd van de peuters.

'Waar is mama?'

Nog steeds geen antwoord. Haar blik dwaalde af naar de slaapbank. Daar lag Troeno's vrouw te slapen naast haar twee zoons.

'Zeg maar tegen mama dat ik jullie kom ophalen, hè? Er wacht een andong op ons aan de grote weg.'

Toen ik uit de rokerige ruimte naar buiten stapte, kwam de veerman er juist aan. Hij durfde mij nog steeds niet aan te kijken en hield zijn ogen op de grond gericht.

'Die kleintjes, zijn dat jouw kinderen?'

'Ja, ndoro.'

'Je zei dat je vrouw was overleden. Wie is dan die vrouw daarbinnen?'

Troeno's vrouw kwam naar buiten en liep op mij af. Zij had rode slaapogen. Haar verfomfaaide kleren zaten vol scheuren. Haar voeten waren gezwollen, net als die van Troeno. Achter haar liepen de twee jongens, ook hun voeten waren opgezet. Beleefd kwamen zij voor me staan, gekleed in korte broek en een sarong om de schouders.

'Bent u moe, mbok?'

'Nee, ndoro. Hoe wist u dat ik hier was?'

'Van Troeno, die zit bij mij thuis. Zo'n twee paal* verderop staat een andong te wachten. Wat dacht u, kunt u dat eind nog lopen?'

Ze zagen er erg verzwakt uit. Wie weet wanneer ze voor het laatst hadden gegeten. Troeno's vrouw keek de veerman vragend en doordringend aan. Maar die reageerde niet. Hij stond daar maar met gebogen hoofd, angstig en argwanend.

'Maar eet eerst wat. Het loopt al tegen de avond.'

Ik bleef buiten wachten. De twee jongens kwamen mij gezelschap houden en gingen bij mij op de grond zitten. Ik zelf zat op een omgehakte klapperboom. Zij deden hun mond niet open en keken me niet aan. De veerman ging naar binnen en liet zich voorlopig niet meer zien.

Na een minuut of vijf kwam Piah naar buiten met een schaaltje oebi's en een kruik water. Zij zette het schaaltje naast mij op de klapperstam en de kruik op de grond naast mijn voeten. Alleen aan mij vroeg ze of ik wilde gaan eten.

Dit was dus de dagelijkse kost van de veerman – die kregen wij nu voorgeschoteld, terwijl er toch al zo weinig was. Ik hield het schaaltje aan de jongens voor.

*paal: 1506 meter.

'Kom, neem maar. We stappen zo op.'
Maar zij namen niets.
'Ga je gang, ik heb al gegeten. Jullie hebben nog een heel eind lopen voor de boeg.'
Zij hadden zo'n onbedwingbare honger dat ze de drie oebi's met schil en al opaten. Daarna namen ze een paar flinke slokken uit de kruik.
De veerman had deze vluchtelingen alles gegeven wat hij maar had, onderdak, eten en een rustplaats. Daarmee zette hij zijn eigen veiligheid op het spel. Op hetzelfde moment was ingenieur Mellema, die toch al rijk was, bezig zich de bezittingen van anderen toe te eigenen. En de ouwe Mellema had ook vrolijk meegedaan van mensen als Troenodongso en zijn gezin straatarme stumpers te maken. En jij ook, Ah Tjong!
Ik heb deze maal gefaald, Troeno, maar de volgende keer schrijf ik toch weer een verhaal over jou. Jij bent nooit naar school gegaan, je kunt niet lezen of schrijven en je hebt geen verstand van al die moderne dingen. Je hoeft maar iemand te zien die schoenen draagt en je siddert. Jij ook, veerman, over jou schrijf ik ook. Nu zet je mensen de Brantasrivier over, maar misschien was je voorheen ook een boer met een eigen lap grond.
Nu kan ik het nog niet. Later, later, wanneer ik me beter heb georiënteerd.
Nu moest ik hen eerst snel wegbrengen. Het was niet ondenkbeeldig dat ik zelf ook niet langer in Wonokromo en Soerabaja kon blijven.
De veerman zat nog steeds binnen. Bracht hij Troeno's vrouw aan het verstand dat ze mij niet moest vertrouwen?
'Kom, laten we gaan,' zei ik tegen de twee jongens.
Ze gingen naar binnen. Ik wachtte een hele poos, maar ze lieten zich niet zien. Zij vertrouwden mij natuurlijk geen van allen. Ik stapte naar binnen. Onwezenlijk staarden zij me aan.
'Kom, opschieten. Het is al laat. Jullie vader is gewond, die willen jullie toch niet laten wachten?'
Het was duidelijk dat de veerman roet in het éten had gegooid, maar ik was niet kwaad op hem. Wat hij ook deed, ik had er begrip voor. Hij probeerde oogcontact te vermijden en keek naar beneden. Het kon best zijn dat hij bang was voor mijn stoffige schoenen.
'Dus u en uw kinderen gaan niet mee?' vroeg ik. 'Dan ga ik zonder jullie. Jullie vader komt jullie toch niet ophalen voordat hij genezen is.'

Op mijn gemak liep ik naar buiten en gaf hun zo de tijd een beslissing te nemen. Toen ik omkeek zag ik ze nog niet. Ik versnelde mijn pas en toen ik zo'n vijftig meter van het huisje was, hoorde ik Piah eindelijk roepen. Ik deed net of ik haar niet hoorde maar ging wel langzamer lopen zodat ze mij kon inhalen.

Nu hoorde ik dat ze achter mij kwam aangerend.

'Ndoro! Ndoro!'

Ik stond stil en hoorde haar hijgen. Ik keek om. Ik las uitputting op haar gezichtje waarin zich ondanks haar jeugdige leeftijd al ouwelijke trekken begonnen af te tekenen.

'Je vader is gewond en hij wacht op jullie. Als jullie niet mee willen, dan niet. En anders komen jullie maar mee. Tot aan de grote weg zal ik het kalm aan doen, dat is nog een heel eind.'

Zij was het meest uitgeput van hen allemaal, en als je haar zo zag, dan moest je wel medelijden krijgen. Hoe erg zij er ook aan toe waren, ze bleven vechten voor hun ideaal - hun vrijheid, hoe beperkt die ook was. En zij hadden nog nooit van de Franse Revolutie gehoord. Ik van mijn kant kon niet veel anders doen dan helpen.

Ze sprak geen woord.

'Kom dan mee, als de anderen niet willen.'

'Ik wil eerst even terug, ndoro.'

'Goed. Maar ik wacht niet, ik loop langzaam verder.'

Piah ging terug om haar moeder op te halen. Zonder omkijken liep ik door. De weg terug leek erg lang. Zij wantrouwden mij. Er was niets meer over van het vertrouwen dat ik in Toelangan had gewonnen. Hoelang was dat nu geleden? Twee maanden? Waren we dan zo ver van elkaar komen te staan, als zon en maan?

Ik droeg Europese kleren en schoenen en stond veel dichter bij de Nederlanders dan zij. En dat waren juist degenen die Troeno wilden arresteren. Nu waren zij op de vlucht. Bang, uitgehongerd en uitgeput.

Volgens mij zouden Troeno's vrouw en kinderen het erop wagen. Het was zinloos hier te blijven, opgejaagd en ver van huis, zonder Troeno. Ja, zij zouden het erop wagen.

Niets wees er nog op dat ze achter mij aankwamen.

Toen ik bij de grote weg kwam, trof ik de koetsier genoeglijk slapend in de andong. Ik kroop naast hem op de bok. Onderuitgezakt bleef hij doorsnurken, het hoofd rechtop, de mond opengezakt. Zijn hoofddoek was gevallen, ik zag dat zijn haar flink grijs werd.

Ik zat hier nu al vijf minuten naast hem. Af en toe schudde de andong omdat het paard geen moment stilstond vanwege de insekten die in de opkomende schemering bij honderden om het beest heen zwermden. De koetsier werd er niet door gewekt. En het gezin van Troeno kwam niet opdagen.

Toen ik kuchte schrok hij wakker. Snel kwam hij overeind en keek me beschaamd aan. Zoekend naar zijn hoofddoek betastte hij zijn schedel. Hij werd zenuwachtig omdat hij niets op zijn hoofd had; dat is onbeleefd in Javaanse ogen. Ik pakte de doek op en gaf hem die. Buigend stapte hij van de bok en bedankte mij; zoveel aandacht en eer waren hem nog nooit ten deel gevallen.

'Neem me niet kwalijk, ndoro.'

'Het is niets.'

'Gaan we terug, ndoro?'

'Nog even wachten.'

Hij ging er zonder meer mee akkoord. De zon was al bijna onder, maar hij vroeg of zei niets. Zo waren de tijden nu eenmaal; als je zelf geen schoenen aan had, dan ging je geen gesprek aan met iemand die ze wel droeg. In oude, overgeleverde verhalen dragen alleen offerpriesters en goden sandalen. Voor gewone mensen waren schoenen macht, de macht van Europa, net zoals de Compagniesgeweren en -kanonnen.

Zij waren banger voor schoenen dan voor een kapmes, een speer, een kris of een zwaard. Jullie zitten er niet ver naast, Sarah, Miriam, meneer De la Croix. De Europeanen en de inlandse hoofden hebben hen zover gekregen. Zij zijn zo bang en onderdanig, omdat zij op het slagveld al driehonderd jaar Europese beschaving over zich heen hebben gekregen.

Nou Kommer, wou je nog zeggen dat ik het volk niet ken? Zouden de mensen mij nóg niet voor vol aanzien en me achter mijn rug uitlachen omdat ik alleen in het Nederlands kan schrijven? Eén ding is zeker nu, al gaat het langzaam: ik begin deze mensen, dit volk van boeren, te kennen.

Kijk, de vrouw en kinderen van Troenodongso móesten hun angst en achterdocht wel overwinnen omdat de vader, het hoofd van het gezin, hen had geroepen. Zo ging dat op Java. Zij zouden komen, zij konden niet anders. Zoveel inzicht had ik wel. Dus nog even wachten. Het was het proberen waard.

In het halfduister zag ik hen aankomen, ginds ver weg. Moe, hongerig. De jongens droegen hun zusjes op de rug. Piah liep voorop.

Ik stapte uit de andong en ging hen tegemoet. Ze zagen er verslagen uit. Alleen een vage hoop dat zij hun vader zouden weerzien, hield hen op de been. Een eindje achter hen volgde de veerman.

'Kom, we gaan.'

Zonder iets te zeggen stapten ze in. Zij legden hun lot in mijn handen. Als zij hun vader maar zagen, dan telden honger en vermoeidheid niet.

Van een afstandje keek de veerman nauwlettend toe. Ik wenkte hem en onderdanig groetend kwam hij naar me toe.

'Bedankt dat je hen geholpen hebt. Woon je daar in je eentje?'

Hij knikte alleen maar.

'Kom 'ns.'

Hij deed een stap naar voren maar durfde niet echt dichtbij te komen.

'Dit is een vergoeding voor het onderdak en voor de oebi die je eigenlijk niet kunt missen. Alsjeblieft.'

Zwijgend nam hij het kwartje aan.

'Als ik nog iets voor je kan doen?'

'Zou ik hen eens mogen opzoeken?'

'Wanneer alles weer in orde is, zullen zij jou wel opzoeken.'

Toen zette de andong zich in beweging. Ik zat naast de koetsier. Ik draaide me om en keek hen één voor één aan. Hoeveel kilometer hadden zij wel niet gelopen, kriskras door de velden, enkel om uit handen van de Compagnie te blijven. Ik zou het nu maar niet vragen. Ik zag dat zij om zich heen keken zonder dat ze ergens speciale aandacht voor hadden. Alsof er geen verschil bestond tussen dat ene enkele huisje midden in de suikerrietvelden en de stad waar fabrieken stonden en waar straatverlichting was. Maar misschien was dat voor hen hetzelfde: de drukte en het lawaai van de stad en het ritselende, wuivende riet.

'Heb je wel eens een locomotief gezien, Piah?'

'Ja, ndoro,' antwoordde zij lusteloos en mat. Zij keek er niet van op, de anderen ook niet. Voor hen bestond hij niet, Stevenson, de man die voor het eerst stoom had gebruikt om een locomotief aan te drijven waarmee de moeizaam geoogste rietsuiker naar de haven Tandjoeng Perak werd vervoerd.

'Ben je wel eens meegereden?'

'Nee, ndoro.'

'Zou je dat willen?'

'Nee,' antwoordde ze zachtjes. Het was meer uit beleefdheid dan uit werkelijke interesse voor de treinen die op deze aarde der mensen rondreden.

'Kijk daar eens,' zei ik, wijzend naar een rij wagons die kwam aanpuffen vanuit het zuiden. 'Vind je dat niet mooi?'

Zij keken allemaal naar het mechanische gevaarte. Veel bewondering zag ik niet in hun ogen. Treinen maakten geen deel uit van hun denkwereld. Misschien hielden zij vast aan een mooiere droom. Langzaam haalde de locomotief ons in, proestend in een wolk van stoom en gloeiende sintels, als de mythische draak uit legenden en verhalen.

Het kon hen niet boeien. Kwam het omdat zij zo onzeker waren over wat hun te wachten stond? Zij dachten natuurlijk alleen aan Troenodongso, de spil van hun bestaan.

'Jullie weten toch dat papa gewond is?'

Er kwam geen antwoord. Zij wisten het en ze vonden het beter om er niet over te praten.

'Jullie kunnen wel werk krijgen op Wonokromo,' zei ik tegen de twee jongens.

Zij reageerden niet.

'Hebben jullie op school gezeten?' vroeg ik weer.

'Als ze op het land kunnen werken, is het goed, ndoro,' antwoordde hun moeder.

'De dokter zal nu al wel bij jullie vader geweest zijn.'

In het licht van de straatlantaarns zag ik dat ze van die opmerking nerveus werden. Alleen de gedachte al aan Europeanen was een ware kwelling voor hen. Ik voelde me niet in staat om een gesprek aan te knopen. Ik besefte dat er een kloof van eeuwen tussen ons gaapte. Eeuwen! Hier had je dan het maatschappelijke verschil, het verschil in historische ontwikkeling waarover de geschiedenisleraar had gesproken. Wij behoorden tot één volk, wij aten en dronken allemaal hetzelfde, wij woonden in hetzelfde land, zaten zelfs bij elkaar in deze andong en toch was er die schier onoverbrugbare afstand.

Zwijgend reden wij verder, ieder van ons verzonken in eigen gedachten.

De zon was onder toen wij het erf van *Boerderij Buitenzorg* opreden. Ma liet hen meteen naar het bijgebouwtje brengen. Daar zat Troenodongso op een matje terwijl hij werd verbonden door dokter Martinet. Toen ze de Nederlander zagen, bleven Troeno's vrouw en haar kinderen plotseling staan. Zij hielden elkaars hand vast.

'Wees maar niet bang, hoor,' zei ik bemoedigend, 'ga maar naar binnen.'

Ik ging hen voor en schoorvoetend kwamen zij achter mij aan, ineengedoken en zonder de blanke aan te kijken.

Ma sloot de rij.

'Kom verder, wees maar niet bang,' zei ma geruststellend, waarna ze op Martinet toeliep.

'Hij had echt niet langer moeten wachten,' zei dokter Martinet in het Nederlands tegen ma.

'Zo zijn die dorpsmensen, dokter,' antwoordde zij.

'Deze sneeën zijn niet door bamboestengels veroorzaakt maar door een puntig wapen. Een week geleden, denk ik. Is er hier nog gevochten na die affaire met Darsam?'

'Nee.'

'Denk erom, Njai. Ik moet jouw versie rapporteren als er een officieel onderzoek komt.'

'Dat begrijp ik, dokter.'

'Dit komt echt niet door een bamboestengel,' drong Martinet aan.

'Wat maakt het uit, dokter. Hij is gewond en moet verzorgd worden.'

'De rechterlijke macht denkt daar anders over.'

'Die hoeft er niet aan te pas te komen, dokter,' antwoordde Njai Ontosoroh resoluut.

'Goed. Hij heeft zich bezeerd aan een bamboestengel. Leg het hem maar uit, Njai, voordat hij anderen een hoop last bezorgt.'

'Dank u, dokter. U helpt ons geweldig.'

Toen hij klaar was, wilde dokter Martinet niet bij ons blijven eten. Hij ging naar huis.

Nu pas durfden Troenodongso's vrouw en kinderen dichterbij te komen. Ma's aandacht richtte zich snel op de nieuwe gasten:

'Nou, mbok, blijf maar hier bij je man, met de kinderen. Denk maar niet meer aan wat er is gebeurd. Zorg goed voor hem. Daar liggen nog slaapmatjes, gebruik die maar, er is plaats genoeg hier. Jullie moeten met niemand praten, met niemand. Als jullie iets loslaten, dan is dat gevaarlijk voor ons allemaal, snap je?'

'Ze begrijpen het, ndoro,' zei Troenodongso vanaf zijn matje.

'Kom, jongen,' spoorde ma mij aan.

Toen wij naar het woonhuis liepen, legde zij haar hand op mijn schouder en fluisterde zachtjes:

'Toen je zoëven wegging, heb ik Pandji Darman naar de scheepsagent gestuurd. Toevallig vaart er morgen een boot naar Batavia. Morgen vertrek je, Minke. Doe maar net of er niets is gebeurd. Praat er met niemand over.'

Ik pakte haar hand:

'Dus nu ga ik toch echt. Bedankt voor alles. Redt u het wel, alleen, zonder mij?'
'Ik ben op alles voorbereid, Minke.'
'Bid voor mij, ma, dat ik veilig aankom en dat het goed gaat op school.'
'Het zal goed gaan, Minke. Je hebt hier veel meegemaakt, ik weet hoe moeilijk je het hebt gehad. Ga nou maar, de boot vertrekt morgenochtend vroeg. Huur maar een rijtuig. Niemand zal je uitgeleide doen. En wees niet ongerust, hè?'
'Ik ben nog niet gevaccineerd tegen pokken.'
'Bij Pandji Darman is dat op het schip gedaan. Dat regelt de scheepsagent wel.'
Ik kuste de hand van mijn lieve, bezorgde schoonmoeder. Zouden wij elkaar na morgen ooit nog zien? Zij liet me rustig begaan terwijl ik mijn lippen op haar hand drukte.
Toen we bij ons huis aankwamen, fluisterde zij:
'Vergeet die brief van je vriend niet.'
'Welke brief?'
'Die van Khouw Ah Soe. Weet je nog?'
'Ik zal 'm afgeven.'
'Dat moet je doen, hoor, het is een heilige plicht. Hij was je vriend.'
'Ik wou u ook nog iets vragen, ma.'
Zij stond stil. Het was donker en de hemel was bewolkt. Er was geen ster te zien. Een eindje verderop hoorde ik Darsam kuchen.
'Wat is er, Minke? Ik help je wel.'
'Het gaat om Troenodongso en zijn gezin.'
'Zit daar maar niet over in. Hij heeft ook zijn rechten hier op de onderneming. Alle boeren die schade hebben geleden door Mellema.'
'En u zelf?'
'Alles komt in orde. Enne, neem dat schilderij van Annelies niet mee, hè?'
'Ik mis haar, ma.'
'Doe het niet. Het gaat fout op school als je dat schilderij meeneemt. Zet haar uit je gedachten. Je moet andere meisjes leren kennen. En als je in Batavia bent, denk dan ook aan je moeder. Je vergeet die goede vrouw nogal eens.'
Darsam kuchte weer. Nu riep ma hem.
'Darsam, zorg goed voor het gezin van die man. Neem zijn zoons mee naar het werk als het kan. Zie maar waar je ze kunt gebruiken. De meisjes kunnen wel in de keuken werken.'

'Wie is hij, Njai?'
'Hij? Jullie zullen nog wel bevriend raken.'
Ma ging naar binnen en ik volgde haar. Zij plofte neer in een stoel in de voorkamer waar Pandji Darman al een tijd had zitten wachten.

*

Pandji was een paar maanden weggeweest in opdracht van ma; hij was als een volwassen man teruggekomen. Hij stond op toen we binnenkwamen en groette Njai Ontosoroh.
'Ja, Rob, steek maar van wal.'
Hij knikte naar mij, ging weer zitten en begon zijn relaas in het Nederlands:
'Tja...' hij zweeg even, keek ma aan om haar gedachten te peilen. 'Excuses nog voor de brieven die ik heb gestuurd. Ik schrijf niet zo best.'
'Dat valt wel mee,' antwoordde Njai.
'Praten kan ik ook niet.'
'Ach...'
'Je ziet er moe uit, Minke. Ik hoop dat je niet geïrriteerd raakt door mijn verhaal.'
Toen bracht hij verslag uit, bescheiden en tactvol om ons niet te kwetsen. Allereerst bedankte hij ma dat zij hem de zorg over Annelies had toevertrouwd en verontschuldigde zich herhaaldelijk voor al zijn tekortkomingen.
'Je hebt gedaan wat je kon, Rob. Niemand had het beter gedaan. Je hebt mijn plaats en die van Minke ingenomen. Wij hadden het zelf niet beter kunnen doen. Wij zijn je dankbaar. Wat je in jouw brieven hebt geschreven moet je nu laten rusten. Over Annelies hebben we het niet meer. Jij hebt je werk gedaan en daarmee uit.'
Pandji staarde ma vol verbazing aan. Toen vroeg hij snel:
'Bent u boos op mij?'
'We moeten de andere kwesties bespreken, Rob,' zei ik geruststellend.
Hij begreep het, maar vervolgde direct:
'Nee, ma, Minke. Ik heb niet over alles geschreven. Niet dat ik al die ellende wil oprakelen, maar ik moet toch volledig verslag doen?' En zonder zich aan ons te storen ging hij verder.

Helemaal alleen had hij Annelies naar haar laatste rustplaats begeleid. Een begrafenisonderneming had alles verzorgd. De priester had geweigerd een plechtigheid te houden omdat hij niet wist of zij katholiek was. Toen had Pandji zelf maar een korte toespraak in het Javaans gehouden.

'Ma, ik hoop dat ik er goed aan heb gedaan.'

Zij bleef strak voor zich uitkijken. Ik hoorde zijn verhaal met gebogen hoofd aan. Hij sprak met rustige, heldere stem en heel eerlijk.

'Ik weet nu nog niet wat Ans godsdienst was. Vergeef me als zij islamiet was. Maar er moest nu eenmaal een plechtigheid zijn. Ik condoleer jullie beiden. Ik heb jullie drieën heel goed leren kennen. Jullie zijn goede mensen en ik ben jullie veel verschuldigd.' Zijn bewoordingen werden hoe langer hoe formeler en hij dwaalde af, zodat ma hem ten slotte onderbrak:

'Bedankt, Rob, dat je zo goed bent geweest. Minke is je ook dankbaar, nietwaar?'

'Ja, Rob.'

'Goed. Wat is er verder nog te rapporteren?'

Voor de zoveelste keer bedankte Pandji, voorheen Robert Jan Dapperste, voor het aanbod om in Nederland te gaan studeren. Daarna bood hij zijn verontschuldigingen aan dat hij niet meteen de boot terug naar Indië had genomen.

'Het zou een extra uitgave voor u zijn,' ging hij verder. 'Het zit zo. Toen ik in Amsterdam was, las ik dat men een Maleistalig tijdschrift wilde uitgeven, *Pewarta Wolanda*. Dat tijdschrift wil zich richten op lezers in Indië en zal bijzondere zorg besteden aan het Maleis, met het doel er een officiële en ordelijke taal van te maken. Het belangrijkste vond ik dat het blad in oprichting goede stukken vroeg waarin authentieke ervaringen in Indië worden beschreven. Omdat ik nieuwsgierig was, ben ik langsgegaan om een praatje te maken. En weet je wie ik daar ontmoette? Juffrouw Peters.'

Hij zat in de wachtkamer en juffrouw Peters was juist in een woordenstrijd gewikkeld met een Indischman. Door het lawaai van de persen kon hij niet horen waarover zij het hadden. Toen zij naar buiten stapte, herkende zij Pandji meteen, maar omdat hij direct naar binnen moest, kon ze niet meer doen dan haar adres geven.

'De aanstaande hoofdredacteur bleek een veteraan uit de Atjehoorlog te zijn die veel van Indië afwist. Hij had het tot luitenant gebracht. Hij vond het heel leuk dat ik een bezoekje bracht. Er zat ook een Sumatraan bij, Abdoel Rivai, die hulpdokter was geweest in Indië en nu verder studeerde in Nederland. Het spijt me, ik ben vergeten hoe de hoofdredacteur heet,' vervolgde hij. 'Hij vroeg of ik iets wilde schrijven over mijn ervaringen in Nederland, in het Maleis of in het Nederlands. Ik had er wel oren naar. Meteen moest ik denken aan de dingen die onlangs waren gebeurd. Daar zou ik over schrijven, over het onrecht dat jullie is aangedaan door de Nederlanders. Ik zei hem met een week of twee terug te komen. Alleen de taal vormde een probleem. Aanvankelijk wilde hij dat ik keurig Maleis schreef, geen pasar-Maleis. Toen ik vertelde dat ik alleen maar Nederlands schreef, krabbelde hij terug. Voor ik wegging, liet hij mij enkele proefnummers van het nieuwe tijdschrift zien. Het zag er piekfijn uit en deed niet onder voor Hollandse bladen, er stonden prachtige foto's in. Terug op mijn kamertje begon ik te schrijven. Vandaar dat ik later ben vertrokken.'

Op een dag had hij juffrouw Peters opgezocht. Zij had een kamer gehuurd in een eenvoudige buurt. Tapijt had ze niet, er stond een gietijzeren potkacheltje en haar bed vormde samen met een wandkastje, een tafel en twee stoelen, het enige meubilair. Wat een verschil met Indië, daar had zij een huis met alles erop en eraan. Maar zij leek er vrede mee te hebben.

'Ik vroeg haar of zij mijn verhaal wilde lezen. De namen had ik allemaal veranderd. Zij zei dat mijn antikoloniale verhaal geen aangename lectuur zou vormen voor de lezers van een koloniaal blad. Dat tijdschrift was bedoeld om de kennis van de voorstanders van het kolonialisme te vergroten. Dan konden de kolonialen tenminste hun ideeën eens kwijt.'

'Je hebt flink je best gedaan, Rob,' onderbrak ma hem, 'maar je had het echt niet hoeven te doen.'

'Ik voelde dat het moest, ik heb mij helemaal gegeven.'

'Je hebt veel voor ons gedaan,' viel ik bij.

'Gelukkig maar, anders zal ik nooit iets tot een goed einde brengen.'

Ma keek Pandji met vochtige ogen aan, ontroerd als zij was door zijn eerlijkheid.

'Wat zij mij probeerde duidelijk te maken weet ik niet,' vervolgde hij. 'Tijd om verder te praten was er niet, ik nam afscheid en ging meteen door naar het redactiekantoor. De hoofdredacteur las mijn stuk, sprak geen woord en gaf mij er drie gulden voor.'

'Ik heb dat tijdschrift nog niet gezien,' zei ik.

'Nee, ik ook niet. Ik heb hem gevraagd de gefingeerde namen in de echte te veranderen, maar dat vond hij niet nodig. Hij heeft mijn adres niet eens gevraagd.'

'Ze zullen het niet plaatsen, Rob,' zei ma.

'Ach, ik heb tenminste mijn best gedaan,' antwoordde hij kordaat.

'Valt er verder nog iets te melden?' vroeg ma met iets van ongeduld.

Pandji vertelde hoe hij zijn reisgeld had besteed en dat hij het honorarium van drie gulden erbij had gestopt.

'En nu over Speceraria, ma.'

Speceraria moest in het vervolg meer kaneel sturen, het hoefde niet eerst vermalen te worden.

'Goed, Rob. Wanneer je weer aan het werk gaat, licht dan de mensen van de opslagplaatsen in. Nu moet je rusten.' Zij stond op en liep naar boven. Ze zag er doodmoe uit.

'Goeienacht, ma, slaap lekker.'

Er kwam geen antwoord, zij verdween achter de deur.

'Morgen praten we verder, Rob. Ga maar slapen,' zei ik zonder hem enige kans te geven nog iets te bespreken. Zodra hij weg was deed ik de deur op slot. Ik verliet het huis via de achterdeur die ik van buiten afsloot.

De avondwolken waren weggedreven. De sterren twinkelden vredig. Ik ging naar het bijgebouw, naar Troeno.

Zijn vrouw en kinderen sliepen al. Hijzelf lag in een verkrampte houding en was nog wakker. Toen het schijnsel van mijn lamp op hem viel, knipperde hij met zijn ogen. Hij wist niet dat ik het was en schrok toen hij mijn silhouet gewaarwerd.

'Oh, ndoro,' zei hij, zich moeizaam overeind hijsend.

'Gaat het een beetje?' vroeg ik.

'Mijn grond, ndoro,' zei hij bezorgd. 'Ze hebben mijn land nu vast ingepikt.'

'Hé, denk daar nou maar niet aan. Eerst beter worden. Njai zal voor jullie zorgen. Zolang jullie willen blijven, kunnen jullie hier werken.'

'Mijn grond, ndoro.'

'Niet piekeren, zeg ik. Ik heb toch gezegd dat niet alles met het mes is op te lossen. Ondanks al dat vechten heb je verloren. Nu moet je je maar koest houden en wachten tot je beter bent.'

'U heeft beloofd mij te helpen.'

'Maar jij bent zo ongeduldig. Ik was net aan de slag gegaan of je haalde de wildste toeren uit. Dat hadden wij niet afgesproken!'

'Ik heb ook anderen beloften gedaan, ndoro.'

'Wat ik beloof doe ik. Maar jouw beloften aan anderen sturen de zaak in de war. Kom, ga slapen. Niet piekeren, Njai regelt alles. Spreek met geen woord over Toelangan. Wij hebben elkaar nooit ontmoet. Vraag toestemming aan Darsam als je ergens naar toe wilt. Je wordt nog steeds gezocht. Scheer je snor en baard af.'

'Goed, ndoro.'

Buiten kwam ik Darsam tegen. Hij leek nooit te slapen.

'Bent u nog op, meneer?'

'En jij, waarom slaap jij niet?'

'Ik weet het niet, ik zit in over mijn hand.'

'Njai heeft toch gezegd dat je hier blijft wonen?'

'Maar wat voor werk kan ik nog doen? Ik loop hier maar heen en weer als een hongerige muis.'

'Wat wil je eigenlijk?'

'Werken, maar dat gaat niet. Ik voel me net als een plant. Ik werk niet, ik vegeteer.'

'Het went wel. Straks kun je weer werken. Volgens dokter Martinet zul je bijna al je vingers weer kunnen gebruiken.'

Ik trok hem mee aan de schouder en liep met hem naar zijn huis. Binnen sliep iedereen. Darsam draaide de lamp iets op.

'Darsam,' riep ik zachtjes.

Hij hoorde het niet, pakte een lap en stofte de stoel af waarop ik wilde gaan zitten.

'Darsam,' riep ik weer. 'Ik hoef niet te zitten, ik wil even met je praten. Darsam, ik zal nooit vergeten wat jij voor mij hebt gedaan. Ik weet niet precies hoe ik je moet zien, als een broer of als een soort vader.'

'Wat zegt u toch rare dingen vanavond,' zei hij verbaasd.

Ik haalde het gouden horloge dat ik van mijn moeder had gekregen te voorschijn. 'Kijk, Darsam. Je kunt lezen en schrijven, kun je ook klok kijken? Hoe laat is het nu?'

'Vijf voor twaalf.'

'Mooi.' Ik opende de achterplaat en liet zien wat er aan de binnenkant gegraveerd stond. 'Lees eens...'

Hij probeerde het, maar kon het niet.

'Nee, dat lukt je niet. Het is Javaans schrift. Er staat: voor mijn geliefde zoon op zijn trouwdag. Darsam, dit horloge is gemaakt door de knapste goudsmid in Kotagede, Jogja. Van mijn moeder. Pak eens aan, mooi of niet?'

'Nee, meneer, ik wil niet.'

'Zeg, niet zo koppig.' Ik stopte het horloge in zijn bloeszak, de ketting bevestigde ik aan het tweede knoopsgat van boven. 'Prach-

tig, het staat uitstekend, past echt bij je. Het is een aandenken.'
'Meneer,' protesteerde hij.
'Niet tegenspreken. Je draagt dit horloge altijd bij je.' Ik pakte zijn linkerhand en schudde hem. Hij wist niet wat hij moest zeggen. Ik liet hem in opperste verwarring achter...

*

De pendule in de voorkamer sloeg twee keer. Mijn spullen waren ingepakt, mijn papieren in de tas gestopt. Hardnekkig vocht ik tegen de slaap, ijsberend tussen voor- en achterkamer. Alle dingen die ik voorlopig, of voorgoed, niet meer zou terugzien probeerde ik in mijn geheugen te etsen. De meubels, de fonograaf die al een poos niet meer gebruikt was, de wandversiering, het glimmend geboende parket. Dat alles in het vaalbleke schijnsel van de olielamp.

Een hele tijd staarde ik naar het schilderij dat Jean Marais van Njai Ontosoroh had gemaakt. Zo bij het bleke licht leefde het meer dan Njai zelf. Er sprak pure kracht uit, zij was net een godin immuun voor ziekte en verval; onversaagd onder alle omstandigheden. Het was alsof de donkere wolken op de achtergrond weken, weg van haar gezicht. Tien of dertig eeuwen eerder had de schilder het volste recht gehad haar hoofd een stralenkrans te geven.

Hoe oud ik ook werd, deze vrouw zou ik niet vergeten. De gedachte aan haar gezicht, deugdzaamheid, wijsheid, vastberadenheid en kracht – ik zou haar met mij meeslepen de dood in.

Ik liep mijn eigen kamer binnen, haalde Jeans schilderij uit de wijnrode fluwelen doek en zette het neer dicht bij de lamp. Ans, je glimlach is er nog. Jij was het die mij deze kamer binnenleidde, naar de tuin hiernaast. Hier sta ik, Ans, voor het laatst. Ik weet het niet, ik zal je mijn hele leven niet meer zien. Een vrouw als jij kom ik nooit meer tegen.

'Stop dat schilderij terug!'

Achter mij stond ma met een bamboemandje dat zij op tafel zette. 'Hier, brood en drinken. Eerst ontbijten voor je aan boord gaat.' Uit het mandje haalde zij een envelop en gaf die mij. 'Hierin zit het geld dat je hebt opgespaard. Honderdvijftig gulden. Bij de weg wacht een rijtuig. Vertrek nu maar. Draag zelf je bagage, niemand mag je zien. Succes, jongen, sterkte.'

Zij omhelsde mij en zoende mij boven op de kruin van mijn hoofd. Zij droeg mijn tas tot aan de deur. Voordat ik het trapje afliep, vroeg ik of zij mij wilde zegenen. Daarna zei ze:

'Kijk goed uit, jongen. Ik hoop dat je succes hebt.'

Zij draaide zich om en ging naar binnen. Ik stond wezenloos op het trapje. Hier had ik Annelies voor het eerst ontmoet en ik was daarna tot de familie gaan behoren. Hier liet ik alles achter waar ik zoveel van hield. Ik moest iets wegslikken. Wat kon dit mooie huis mij nog verder bieden? Niemand die hier nog op mij, op mijn liefkozingen stond te wachten. Ik huilde.

Een koude windvlaag sloeg mij in het gezicht. Ik pakte het mandje, de tas en de koffer in een keer op. Na twee stappen:

'Laat mij u helpen.'

De tas viel uit mijn hand.

'Je mag hier met niemand over praten!'

'Waar wilt u heen?'

'Alleen jij weet hier van. Je moet hierover zwijgen.'

Stilletjes liepen wij naar de weg. De koetsier die ons zag aankomen stak zijn lamp aan.

Zonder enig geluid te maken laadde Darsam mijn bagage in het rijtuig.

'Goeie reis, meneer, waar u ook heen gaat.' Vanachter de heup haalde hij een in een leren schede gevat mes te voorschijn en gaf het aan mij.

'Gebruik het, meneer.' Hij schoof het wapen tussen mijn kleren.

'Rijden!'

Wonokromo, zoete en bittere herinneringen, ma, Darsam, Troeno en familie - vaarwel. Ik kom niet meer terug. U moet het zonder mij doen, ma. Ik bewonder u, in uw handen was ik kneedbaar als klei, u kon alles met mij doen wat u wilde. U kon geweldige dingen zeggen en reusachtig veel aanpakken, u bent een intelligente vrouw en uw tijd vooruit. Vaarwel, ik zal u niet teleurstellen!

In het duister van de vroege ochtend huilde ik.

Het rijtuig gleed rustig door de stilte, steeds verder weg van Wonokromo. Ik liet de koetsier door Kranggan rijden, langs mijn voormalige kosthuis en de woning van Jean. Maysaroh lag vast nog te slapen onder haar lakentje. Vaarwel allemaal, ook jullie, meneer en mevrouw Telinga! Ik moest mij hevig verzetten tegen de drang Maysaroh op te zoeken. Dat lieve kind! Zij hield zo ontzettend veel van haar vader, haar beste vriend. Zijn pijn was haar pijn. Die kleine meid! Vaarwel May!

De morgenuren doodde ik door mij langs mijn geliefde plekjes te laten rijden, langs mijn oude school, de H.B.S. Het gebouw was nog in het duister gehuld; er brandden geen lampen op het plein of in de straat. Het leek wel alsof de school zich schaamde, mij niet durfde aan te zien, omdat alles wat ze mij had gegeven tot nu toe van weinig betekenis was geweest.

Het rijtuig reed door, door. Vaarwel. Ik kom niet meer terug. Ik vertrek om mijzelf te vinden, om een eigen identiteit te verkrijgen. Vaarwel.

14

De 'Oosthoek' voer de haven Tandjoeng Perak uit.

De mensen op de kade werden steeds kleiner, het leken net mieren die daar in de verte krioelden. Geen enkele bekende. Nee, niet sentimenteel worden. Vaarwel.

De zee voerde mij steeds verder weg van de kust. Ik was op weg om mijn identiteit te zoeken. Ik zou niet meer in haar schaduw leven, hoezeer ik haar ook respecteerde. Ik moest dit afscheid niet zien als iets verdrietigs. Er viel voor mij niets meer te verwachten van Soerabaja en Wonokromo – de plaatsen die mijn jeugd hadden opgeslokt. De kustlijn vervaagde totdat alleen nog de bergen in de zuidelijke verte te onderscheiden waren.

Ik had de hele nacht geen oog dicht gedaan; toch was ik niet slaperig. Ik had niet eerder op een boot gezeten. Mijn geboorte-eiland vanuit zee gezien – het strand, een witte streep met pal erboven een brede band groen, en bergen grijs-blauw golvend – Multatuli's gordel van smaragd.

'Wat staat u daar te peinzen,' zei iemand in het Nederlands.

Naast me stond een Europeaan, jong en vriendelijk ogend. Op zijn gezicht lag een stralende glimlach, zijn lippen zagen bleek en zijn tanden waren geel-bruin van de rookaanslag. Hij had een lange, slanke gestalte. Hij droeg een gouden ring met een piepklein briljantje van nog geen vijfde karaat. Zijn kleren waren van wit katoen.

Hij stak mij de hand toe.

'Ik ben Ter Haar, meneer Minke, of moet ik zeggen meneer Tollenaar?'

'Oh, meneer Ter Haar. Waar kennen wij elkaar van?'

'Ik ben mede-redacteur geweest van het *S.N. v/d D.*'

'Ik heb u daar nooit gezien.'

'Vanzelfsprekend. Nijman wilde niet dat andere redacteuren contact hadden met Aziaten, zeker niet met inlanders.'

'Mag ik vragen waarom?'

'Vooral in uw geval wilde Nijman niet dat er van beïnvloeding sprake was.'

'Beïnvloeding?'

Hij lachte en liet zijn hand op mijn schouder ploffen. Hij zette zijn bril af en wreef de glazen schoon met een witte zakdoek, schoof hem weer op de neus en bood mij een sigaret aan. Hij knikte toen ik zei dat ik niet rookte.

'Houden zo, meneer Minke, na één sigaret ben je verkocht. U vindt het toch niet erg als ik er een opsteek?'

'Gaat uw gang hoor.'

'U bent een geluksvogel. Veel te weinig inlanders krijgen de kans een H.B.S.-opleiding te volgen.'

Een dergelijke opmerking had men wel vaker tegen mij gemaakt. Wat er dan volgde was steevast een gesprek over Europese kwesties. Mechanisch floepte er een beleefd antwoord uit mijn mond: 'Ik luister.'

Hij knikte een paar keer en keek mij doordringend aan. Daar kwam de schoolmeester:

'Tegenwoordig, meneer Minke, vliegen je allerlei opvattingen en meningen om de oren. Nijman houdt niet van mensen die er een andere opvatting op na houden.' Hij moest hoesten en gooide zijn sigaret in zee. 'Ziet u, ik ben er aan verslaafd. Als ik niet rook wil ik een sigaret, als ik rook kriebelt mijn keel. Het is maar goed dat u er niet van houdt.'

Misschien had hij zijn sigaret niet weggegooid omdat zijn keel kriebelde, maar omdat hij even met zichzelf wilde overleggen of ik wel de juiste persoon was met wie hij over Nijman kon praten.

'Nijman moet niets van de radicalen hebben,' zei ik.

'Dat heeft u scherp gezien. U heeft gelijk. Bovendien, hij is een Indo en bestuurslid van de onderafdeling van de *Indische Bond*.'

'Komt u uit radicale kringen?'

'Min of meer.'

Ik dacht aan Miriam die zich bij een politieke partij had aangesloten. Daarom vroeg ik:

'Bent u lid van de vrijzinnig-democraten?'

'Dat kun je zeggen.'

'U bedoelt dat Maarten Nijman met die partij niets op heeft.'

'Ach, hij is aandeelhouder van TVK*'. Hij krabde zich in de nek. 'Dat zeggen ze tenminste,' vulde hij aan. 'Hij vond, denk ik, mijn opvattingen verwerpelijk. We maakten daarover onnodig vaak ruzie. Ikzelf heb met TVK niets te maken. Kent u die naam eigenlijk?'

*Tijdeman & Van Kerchem N.V.: eigenaars van de suikerfabrieken in Toelangan, Tjandi en Krembong, alle te Sidoardjo.

'Zeker. De Madoerezen zeggen "tépéka" '*.

'Tja, wie uit Soerabaja weet dat niet.' Hij floot, zijn wangen bolden en de lippen trilden. 'Door al dat geruzie ben ik maar opgestapt.'

'Nu net?'

'Ja.'

'Waar gaat u heen?'

'Semarang. Ik ga bij een andere krant werken, *De Locomotief*. Leest u die?'

'Nee.'

'Da's jammer, het is de oudste krant hier, met een lange en schitterende traditie. Ze heeft zelfs invloed in Nederland.'

'*De Locomotief*... wat een gekke naam.'

'Dat is uit bewondering voor Stevenson. De krant begon, toen zesendertig jaar geleden de eerste locomotief op Java ging rijden.'

'Als je deze krant vergelijkt met het *S.N. v/ D.*?'

'Kun je niet doen, da's een ongelofelijk koloniale krant.'

'Dat is dus echt een "suikerkrant"?'

'Nou en of, de jongere employés voelen zich vaak beetgenomen, soms krijgen ze een opdracht die met hun eigenlijke werk niets te maken heeft.'

Ter Haar - dat is niet zijn echte naam - onderbrak zijn betoog even. Wat Kommer mij had verteld kwam nu wel van pas.

'Zolang het niet over suiker gaat, is het *S.N. v/d D.* een doodgewone, onpartijdige krant, net als alle andere. Maar... zodra het over de suiker gaat komt de aap uit de mouw. Ik heb gehoord dat u minder prettige ervaringen met Nijman hebt?'

'Nee hoor.'

'Toch lijkt het mij beter dat u voor *De Locomotief* gaat schrijven, die is bekender en heeft een grotere lezerskring. Ik zal proberen uw stukken geplaatst te krijgen. *De Locomotief* wordt zelfs gelezen in Zuidelijk Afrika, Transvaal en Oranje Vrijstaat en overal waar Nederlands wordt gesproken, in Suriname, Guyana, de Antillen. Ze geeft een correct beeld van de situatie in Indië.' Vol vuur vertelde hij over de wereld van de journalistiek. Ik luisterde naar hem als een kleine jongen die met rode oortjes een Pantjatantraverhaal** aanhoort.

*Tépéka: is de afkorting voor de firmanaam (TVK). Indonesiërs spreken de 'v' uit als 'p' (vert.).

**Pantjatantra: dierensprookje (vert.).

Hij zei dat er eigenlijk geen onpartijdige kranten bestonden, ze waren allemaal even koloniaal, erger nog, het waren plantageblaadjes en vertelden zo'n beetje wat de plaatselijke gouvernementsbestuurders moesten doen om de belangen van de plantages te beschermen. Nieuws werd alleen maar geplaatst om toch nog enigszins op een echte krant te lijken.

'Uw artikelen bijvoorbeeld waren een geste aan de lezers om hun de indruk te geven dat er niets bijzonders aan de hand is, dat alles rustig en veilig is - veilig en rustig voor de suikerfabrieken zodat de aandeelhouders niet ongerust worden en de beursnoteringen in Amsterdam hoog blijven.'

Hij leek mij wel te beschuldigen dat ik de aandeelhouders met mijn schrijverij had vermaakt en niet meer dan dat. En toch had ik al mijn ernst, gevoel en intellect in die stukken gelegd. Tot ik er bij neerviel.

'En wat als ik tegen hun belangen zou zijn ingegaan?'

'Dan hadden zij het niet geplaatst. Ze bewegen hemel en aarde om het vertrouwen van de aandeelhouders te winnen. U kunt wel nagaan, er zou een crisis in de suiker komen als de prijzen kelderen.'

Ik begreep hem niet. Wat stom. Crisis in de suiker! Prijzen kelderen! Wat wist ik toch weinig. Ik schaamde mij om nog verder te vragen - ik, met mijn H.B.S.-diploma, wist niets van de suiker. Ik had nog wel geprobeerd op goede voet te staan met een suikerkoelie. En Nijman lachte in zijn vuistje.

Ter Haar ging maar door. Gretig drukte hij mijn mond aan de borst van de moederwolf. Hardhandig werd ik in mijn nekvel gevat en stevig tegen de tepels geduwd. - Het is om die reden dat ik zijn echte naam niet wil vermelden.

Die suikerkerel, Nijman, die nooit van zijn leven een rietsuikerstengel had aangeraakt en op wiens broek nooit een spatje modder zat, had die nou zo opgewonden moeten doen vanwege Troeno? Het gouvernement had toch soldaten en politieagenten te over?

Ter Haar knikte belerend. Hij hief het hoofd op en stak een nieuwe sigaret aan. De kruidnagel knetterde bij iedere trek en het smoezelig-gele maïsblad verschrompelde tot as. Ter Haar stuurde zijn ogen naar de stoompijp.

'Kijk eens naar dit schip, hoor de machines eens stampen. Eigendom van de Koninklijke Paketvaart Maatschappij. Men zegt dat de koningin de grootste aandeelhoudster is. Vandaar dat "Koninklijke" - maar het schip is geen eigendom van het gouvernement.'

Hij ging steeds luider praten – de melk werd almaar dikker en te slijmerig om te drinken. Hij praatte snel, nu en dan slecht articulerend. Maar zijn stem dreunde in mijn oren en overstemde de wind.

'Verbaast u dat? Dat de Koninklijke niet in handen van het gouvernement is? Dat is wat je noemt een fenomeen van onze tijd. Nee, vraagt u maar niets meer, ik weet al wat u wilt zeggen. Ah, nee, u begrijpt het al.'

Ik schudde wanhopig mijn hoofd.

'Ach, echt niet?' schamperde hij. 'Het gouvernement staat garant voor de vloot van de koningin, en de winst komt vanzelf wel. Net als bij de particuliere suikerfabrieken en plantages.'

Hij vertelde in geuren en kleuren over verschillende mammoetondernemingen in Indië: cijfers en protozoa die zich over mijn hele land verspreiden, groeiend en woekerend, terwijl de mensen als marionetten naar hun pijpen moeten dansen.

Hij wierp zijn sigaret in het water. De peuk bleef drijven en dobberde mee op de golven die tegen de scheepswand beukten.

'Het gouvernement heeft de deur opengezet voor alle investeerders, en zorgt zelf voor orde en rust. Het is een klap in je gezicht als je hoort waar dat kapitaal vandaan komt. Het meeste komt uit Nederland en de laatste tijd ook van de Javaanse boeren zelf. Heeft u de sensatie van het jaar al gehoord?' Hij keek mij aan als een duivel die mij de ogen wilde uitkrabben. 'Nee? Nee, dat kan ook niet. Er heeft niets van in de krant gestaan. 't Is wel een hele toestand geweest, hoor. De Tweede Kamer heeft zich ermee bemoeid. De heren Van den Berg en mr. C.Th. van Deventer beschuldigden de koninklijke familie ervan de inlandse boeren 951 miljoen gulden armer te hebben gemaakt. Heeft u ooit duizend gulden bij elkaar gezien?'

De dikke, slijmerige wolvinnemelk wrong zich als een klonterige kleefmassa door mijn keel.

'De koninklijke familie heeft geld van de Javaanse boeren achterover gedrukt! Van den Berg en Van Deventer hebben het aan de kaak gesteld.'

Weer keek hij mij doordringend aan, alsof hij mij hoog wilde optillen en tegen het dek kapot zou smakken. Gniffelend ging hij door:

'Wij hier in Indië hebben lang zitten wachten hoe het zou aflopen. Maar nee hoor, de zaak is in de doofpot gestopt. Met zakken vol geld heeft de koninklijke familie ik weet niet hoeveel monden gesnoerd. En ineens zijn de keurige heren van de Tweede Kamer hun tong kwijt.'

Ik snapte er niet veel van, ik knikte maar wat. Ik kon het allemaal niet met elkaar in verband brengen.

'Diezelfde Nederlanders roepen dat Indië voor honderd miljoen bij hen in het krijt staat. Omdat het zo nodig Atjeh wilde inlijven en daarvoor zes jaar nodig had.'

Ik dacht aan Jean Marais. En ik vroeg mij af wie deze Ter Haar nu eigenlijk was. Hij keek mij aan en – misschien omdat ik schaapachtig voor mij uitkeek – barstte in lachen uit.

'Ach, het kan ook niet anders. Zolang je maar een open blik hebt... Onwetendheid siert de mens niet. Maar het is eenvoudig hypocriet als je de mensen informatie onthoudt. Wel, dat kan mij niet verweten worden, hè?'

Hij sloeg enkele keren op mijn schouder. 'Het maakt wel verschil zeker of iemand van *De Locomotief* aan het woord is of iemand van het *S.N. v/d D.*, vindt u ook niet?'

'Kent u Kommer?'

'Kommer? Van die Maleise krant? Wel eens van gehoord.'

'Die heeft mij zulke dingen nooit verteld.'

Ter Haar ging er niet op in. Hij boog zijn slungelige lichaam naar mij toe en fluisterde in mijn oor:

'Gouverneur-generaal Rooseboom, wijd en zijd vermaard om zijn soepel, buigzaam en meegaand karakter, die is niet minder vals – hij is een wolf in schaapskleren.'

Ineens richtte hij zich weer op en tegen de reling leunend gooide hij zijn hoofd achterover en barstte in een onbedaarlijk lachen uit. Toen zijn lachbui was overgedreven boog hij zich weer naar mij toe.

'U leest de kranten.' En zoals Nijman had gezegd: 'Die vertellen niet alles. Heeft u al gehoord dat de Japanners zijn gelijkgesteld aan de Europeanen?' Ik knikte. Hij kuchte. 'Rusland is razend op Indië.'

'Rusland?'

'Ja, de tsaar. Weet u waarom?' Ik schudde van nee. 'Nou, Rusland en Japan zijn aan het vechten in Mantsjoerije.' Nu was ik het die kuchte. 'Een week of wat geleden,' en zijn vingers aftellend probeerde hij tevergeefs de juiste datum te vinden, 'deed de Russische vloot Tandjoeng Priok aan. Gouverneur-generaal Rooseboom piekerde zich suf hoe het zijn gasten zo aangenaam mogelijk te maken. U moet weten dat de Russische kroonprins erbij was. De vloot was op weg naar Port Arthur.' Ter Haar haalde diep adem. 'Port Arthur is wel bekend, hè? Nou, om de Nederlands-Indische neutraliteit geen gevaar te laten lopen, hebben zij hem uitgenodigd om in de bossen bij Priok te jagen. En om hem de mond te snoeren heeft die Rooseboom opdracht gegeven een heleboel herten van het paleis in Bogor naar Priok te brengen.' Weer kreeg hij een lachbui. 'Ongelofelijk, de kroonprins moet geglommen hebben van plezier toen hij die half tamme beesten achter elkaar kon neerpaffen. En stelt u zich eens voor, wat zullen de Nederlandse marineofficieren – die inmiddels waren opgetrommeld – de jagerskwaliteiten van Zijne Vorstelijke Hoogheid de kroonprins van Rusland hebben geprezen. Drie herten geveld, geweldig, dat is in Indië nog nooit vertoond.'

Wat rustiger nu ging hij verder. 'Dat was overdag. 's Nachts – een dochter van de boepati, mijn god! En dat alles voor onze neutraliteit! Hoe oud was zij – nog geen veertien! God! Of ze nu in Europa of in Indië zitten, ze zijn stuk voor stuk even schofterig!'

Met al zijn geklets, gegiechel en zijn stiekeme gefluister kon ik hem nog steeds niet goed volgen. Ter Haar had inmiddels weer een nieuwe sigaret opgestoken. Om het maïsblad liep een groen zijden draadje; het vorige was rood geweest.

'En de neutraliteit, meneer Minke, is alleen in het belang van de grote ondernemingen hier.'

Ik voelde dat hem iets dwars zat, dat hij zijn gal spuwde. Toen hij was uitgeraasd zweeg hij tevreden. Ik maakte van de mogelijkheid gebruik om iets meer over hem te weten te komen. Hij zag er jong uit en was goedlachs. Hij ging geen vraag uit de weg, maar ik kwam er niet achter wat hem bezielde. Iets over hemzelf: op zijn twaalfde werd hij scheepshulpje op de Indië-route, liep in Soerabaja van boord en werd knechtje op een factorij. Ging daarna naar de binnenlanden van Kalimantan, de Toradja- en Bataklanden – ook als hulpje denk ik – samen met een wetenschappelijk onderzoeker. Sindsdien werd hij veel gevraagd door onderzoekers die voornamelijk voor de Kerk werkten. Bescheiden merkte hij op:

'Wat ik van de wereld weet, heb ik van hen. Overal waar ik kwam, zette ik mijn ogen en oren wijd open om dit land te leren kennen.'

'U heeft helemaal niets verteld over het oerwoud, de wildernis.'

Hij lachte weer, maar dit keer niet zo uitbundig. Roken deed hij niet, zijn sigaretten waren op.

'Wat maakt het uit? Steden vol pracht en praal vormen net zo goed een oerwoud waar mensen worden onderdrukt en uitgezogen, ja toch?' zei hij lachend, maar nu nog minder overtuigend.

Plotseling:

'Het gouvernement gaat anders te werk dan vroeger. Het Cultuurstelsel heeft de inlanders tot de laatste druppel leeggezogen, zij zijn tot op het bot uitgekleed. De grote particuliere ondernemingen gedijen zo mogelijk nóg beter, desnoods laat het gouvernement het hele leger opdraven en de politie en het Binnenlands Bestuur, het trommelt alles op om aan hun wensen tegemoet te komen.'

Daar waren we dan weer. Ik kon met geen mogelijkheid aan zijn docentenjuk ontkomen. Hij praatte maar door, over allerlei dingen waar ik niets van af wist. De 'Oosthoek' koerste kalm naar het westen, overal om ons heen voeren vissersprauwen en Boeginese en Madoerese vrachtbootjes.

'Ik weet niet hoe lang die Boeginese en Madoerese bootjes het nog uithouden tegen de K.P.M. Vroeger waren er veel meer. Ik heb nog meegemaakt dat ze door Arabische en Chinese stoomboten werden verdrongen.'

'Dat is op school nooit verteld.'

'Ik ben nog nooit naar school geweest. Trouwens, waarom zouden ze er iets over vertellen? Echt, ik ben blij dat ik er met u over kan praten. Ai, het is me de tijd wel. Er worden duizend-en-een dingen onderzocht en allerlei verklaringen gevonden - het hek is van de dam. Het bedrog neemt groteske vormen aan. Niet het bedrog van hen die hopen een bordje rijst te kunnen bemachtigen - zoiets hoort net zo bij hen als de modder onder hun voeten - nee, wat ik bedoel is het bedrog dat hier is komen aanwaaien, het bedrog als legale praktijk, de vrucht van een overdreven macht. Ach, ikzelf ben maar een onwettige zoon van een moeder en ik weet niet hoeveel vaders...'

Zijn verwarde gepraat, zo snel alsof de duivel hem op de hielen zat, stokte ineens. Zijn hand grabbelde in zijn broekzak, links, rechts. Hij had geen sigaretten meer.

'Waarom investeert de koningin haar kapitaal net als anderen?' De vraag rolde uit mijn mond om mijn onnozelheid te verbloemen.

'Waarom? Ach, wat heeft in deze dwaze tijd een koning te vertellen? Zonder kapitaal wordt zelfs hij door geld geregeerd. Een koning kan maar beter bergen geld hebben.'

'Maar op school is mij verteld dat wij op de drempel van de moderne tijd staan, niet van het tijdperk van het kapitaal.'

'Ze weten het maar half. Journalisten weten veel beter wat er gaande is. Half weten is nog geen weten. Kijk, u gebruikt het pseudoniem Max Tollenaar, denk ik, met in het achterhoofd Multatuli's Max Havelaar. Alleen daaruit al kan ik afleiden dat Multatuli uw geestelijke vader is. Uw gevoel voor menselijkheid is sterk. Maar toch, zonder kennis van de feiten raakt u op een dwaalspoor. Wat tegenwoordig de moderne tijd heet, is de tijd van de overwinning van het kapitaal. Alle mensen die nu leven, worden geregeerd door het grootkapitaal, net zo goed als uw H.B.S.-opleiding ondergeschikt is aan de eisen van het kapitaal. De kranten, alles wordt door het kapitaal gestuurd, ook de moraal en het recht, de waarheid en de wetenschap.'

Ter Haars betoog kreeg iets van een pamflet. (Nu ik mijn aantekeningen uitschrijf, betwijfel ik of ik er wel goed aan doe. Zeker omdat ik toentertijd zijn woorden nog niet op de juiste waarde kon schatten. Aan de andere kant is het ook niet goed onvolledig te zijn: Ter Haar voerde mij naar continenten die voor de geografie terra incognita vormen. Wanneer dus deze woorden de indruk wekken uit een pamflet afkomstig te zijn, ach, in die sfeer kwam ik nu eenmaal te leven. Het schip, de zee, het verleden, Soerabaja en Wonokromo, alles is verworden tot pamfletmateriaal, verbrokkelde begrippen zonder samenhang.)

Het was moeilijk te aanvaarden dat het grootkapitaal het leven domineert. In de desa's, waar mensen weven, spinnen, batikken, het land bewerken, trouwen, zich vermenigvuldigen, sterven en geboren worden – dat alles gebeurde toch niet vanwege het grootkapitaal? En wanneer zij 's morgens voor dag en dauw opstaan en na zich gewassen te hebben een gebed prevelen – dat had toch niets met het grootkapitaal van doen? Heel even kwamen Jeans woorden over de macht van het kapitaal in de Atjeh-oorlog mij voor de geest. Ter Haar flitste als het weerlicht. Jean had gezegd: De Nederlanders waren jaloers op de Engelsen die met hun kapitaal via de buffer Atjeh zoveel invloed hadden in Andalas*. Daarop werd het onafhankelijke Atjeh aangevallen, al houdt Nederland bij hoog en laag vol dat dat met instemming van Engeland gebeurde.

'Echt,' zo zei Ter Haar, 'kapitaal is meer dan alleen geld. Het is iets ongrijpbaars, iets abstracts en heeft een mysterieuze macht over materie. Wat verspreid ligt wordt gebundeld, wat gebundeld is wordt verspreid, vloeibaar wordt vast en vast wordt vloeibaar. In zijn greep neemt alles nieuwe vormen aan; nat wordt droog en droog wordt nat. Het is de nieuwe god die de wereld in zijn greep houdt, het is om ziek van te worden, dat is waar, maar zo is het nu eenmaal. Produktie, handel, zweetdruppels, vervoer, aanvoer- en

*Andalas: oude benaming voor Sumatra (vert.).

verbindingslijnen – niets en niemand kan zich losmaken van zijn macht, invloed en wetten. Ons denken, onze idealen, ze worden door het kapitaal bepaald.'

Zijn betoog klonk mij steeds fantastischer in de oren, botste met wat mij op school was geleerd. Het spatte van mijn lippen, in een poging de kwestie te herleiden tot een aloud probleem:

'Het is toch juister te zeggen dat alles door de wetenschap en haar wetten wordt beheerst?'

Hij lachte vriendelijk, maar nu ingetogen.

'De wetenschap en haar wetten zijn niet meer dan een zeepbel, hol en slap...'

Ma was van mening dat alles was terug te voeren op macht. Ter Haar liet hierop een onbedaarlijk gelach volgen. Zijn slungelige lichaam sidderde. Ik kreeg zowaar de indruk dat hij zenuwpatiënt was. Ik deed er beter aan hem met zijn verhalen niet voor de volle honderd procent te geloven.

'Macht die niet steunt op een geweldig kapitaal bestaat niet meer. Zoiets vind je wellicht nog bij de nomaden in de steppen, woestijn, jungle of savannen. Zonder kapitaal doe je niets, de intelligentste mensen beginnen niets, en Stevenson – een genie – had ons zonder dat nooit de locomotief geschonken. Hij had kapitaal nodig om die zware wagons in beweging te krijgen met stoomkracht. Zonder kapitaal geen elektriciteit die de telegraaf en de telefoon laat werken, nietwaar? Zonder kapitaal zijn al die knappe koppen hulpeloze wajangpoppen, toch?'

Het werd mij te veel om alles wat deze woeste wolf beweerde nog op te schrijven. Het was te ingewikkeld.

Die middag sliep ik heerlijk. De tijd voor het vallen van de avond gebruikte ik om Ter Haars woordenwirwar te overdenken en op papier te zetten. Wat mijn leraren hadden verteld, werd op zijn kop gezet door Het Kapitaal. Wat had Ter Haar ook al weer gezegd? Alles werd erdoor onderworpen, ook het individu, de samenleving en de naties. Wie niet wilde buigen moest opzij en vluchten. Koningen, legers, de presidenten van Amerika, Frankrijk tot en met de bedelaars voor de waroeng of de kerk, allen waren in zijn greep. Volken die zijn macht trotseerden, werden in ellende en lamme machteloosheid gestort. De samenlevingen die wegvluchtten, belandden in het stenen tijdperk. Alles en iedereen diende Het Kapitaal zonder meer te aanvaarden.

Ik ging naar Batavia om voor dokter te leren, daarna zou ik in dienst treden bij het gouvernement, zieke ambtenaren beter maken zodat zij de bevelen van het gouvernement weer konden uitvoeren. En het gouvernement op zijn beurt hield een wakend oog op Het Kapitaal. Zou dat nu mijn rol worden, een onbetekenende arbeidskracht in dienst van Het Kapitaal?

Mijn gedachten bleven woelen, mijn verhaal was niet af en de laatste punt stond er nog niet. Daar kwam Ter Haar al weer aan. Hij nodigde mij mee naar de benedendeks gelegen eetzaal.

Buiten de hut zag ik dat de dag de nacht binnentrad.

Het eten in de tweede klas was Europees; mijn eetlust werd op slag de nek omgedraaid. Ter Haar daarentegen viel met reuzehonger aan.

'Europees eten ligt u kennelijk niet zo,' zei hij. 'Tja, een kwestie van gewoonte. Persoonlijk vind ik een peer nog steeds lekkerder dan een pisang.'

Terug op dek was ik het die van wal stak:

'Meneer Ter Haar, wat heeft Nijman met zijn krant tegen Khouw Ah Soe?'

'Is dat de sinkeh die bij de Djembatan Merah vermoord is?' Daar hij het fijne van de zaak nog niet wist, stelde ik hem volledig op de hoogte.

'De kust is weer veilig,' legde hij uit, 'de weg is geplaveid voor het grootkapitaal. De mensen kunnen hun werk doen zonder noemenswaardige incidenten. Khouw Ah Soe had de mogelijkheid met zijn Beweging der Chinezen in Indië de zaak op zijn kop te zetten en daarmee zouden handel en produktie in gevaar komen...'

'Maar incidenten zijn er toch altijd geweest?' en ik vertelde over de boeren in Toelangan. Hij wist er al van.

'Die opstandjes hebben nooit iets om het lijf gehad.'

'De openbare orde wordt er toch maar door verstoord.'

'Dergelijke kleine incidenten zijn al bij de produktiekosten ingecalculeerd.' Hij probeerde nu in elk geval niet belerend te klinken. 'Wat kunnen die arme boertjes doen, wat voor schade kunnen zij aanrichten? Het scheelt misschien twintig balen suiker in de opbrengst.' Hij lachte, niet uitbundig. 'Twintig balen op de vijfduizend, wat zegt dat nou. Binnen een mum van tijd hebben ze de boeren in het gareel, het duurt hooguit een week en alles is weer als tevoren. Maar... Tollenaar, als de méns verandert... oei, dat zou de situatie er totaal anders op maken. De bestaansvoorwaarden zouden verschuiven, veranderen zelfs.'

'Als Khouw Ah Soe invloed heeft kunnen uitoefenen, dan is het enkel op de Chinezen, en niet op de Javaanse boeren.'

'Zo eenvoudig ligt het niet. Mensen beïnvloeden elkaar, tot in de keuken. U houdt vast van ketjap, tahoe, taotjo, bami, baso, hoengkwee, maar u beseft niet dat het uit de buitenlandse keuken komt. De Europeanen ook niet, die eten met lepel en vork, ze eten spaghetti en macaroni – dat is ook van Chinese oorsprong. Het mensdom loopt achter alles aan wat hem pleziert en zijn lijden, verveling en tegenslagen wegneemt. Die jonge sinkeh net zo goed. Hij en zijn vrienden wilden Amerika en Frankrijk navolgen. En als de inlanders dat eenmaal ook gaan doen, kan het grootkapitaal wel fluiten naar zijn winsten uit Indië.'

Nu begreep ik wat hij bedoelde; wat hij eerder had gezegd werd duidelijker. Er gloorde een lichtpuntje op de weg voor mij, die ik nu zonder hulp kon inslaan.

Voor ons werd Java door de donkerte opgeslokt. Hier en daar brandden lampjes rood-gelig als vuurvliegjes. Daar leefden de mensen van mijn volk. Zij mochten het Amerikaanse en Franse voorbeeld niet navolgen, zij moesten voor altijd leven zoals zij nu leefden.

'Zij vormen de bron van inkomsten voor het grootkapitaal,' ging Ter Haar verder. 'Elk mens is een melkkoe, ze plukken hem het kleinste draadje van zijn versleten hemd. Bij elke stap die je zet willen ze geld zien, bij elke slok water die je neemt. In Europa en Amerika gaat dat net zo. Straks willen ze nog geld zien voor iedere kubieke centimeter lucht die je inademt.'

Plotseling klonk hij heel venijnig:

'Weet u wat er in ons buurland, de Filippijnen, gebeurt?'

'Zo ongeveer. Eerst zijn ze tegen de Spaanse overheersing in opstand gekomen, daarna tegen het Amerikaanse kolonialisme.'

'Hoe weet u dat? Er heeft nauwelijks iets van in de kranten gestaan.'

'Ja, heel toevallig,' antwoordde ik. Nu moest ik verder mijn mond houden, niet vanwege de kwestie zelf, maar omdat ik bevriend was geweest met Khouw Ah Soe. Ik had zelfs een brief van hem in mijn koffer zitten.

'Er zijn bijna geen berichten doorgelaten, het gouvernement wil alle nieuws tegenhouden.' Ter Haar sprak steeds sneller en vuriger, alsof hij propaganda voor zijn eigen denkbeelden maakte. 'Het gouvernement is bang dat de intellectuelen onder de inlanders te weten komen welke vooruitgang de Filippino's tijdens de Spaanse overheersing hebben gemaakt. Het gouvernement hier zou gezichtsverlies lijden...'

Veel Filippino's hebben een goede opleiding genoten, een heel goede zelfs, vertelde hij. Er waren zelfs academici. En de inlanders in Indië? Er zat een enkeling in de universiteitsbanken in Nederland, maar in Indië liep niet één inlandse doctorandus rond. De gewone scholen bestonden trouwens amper driekwart eeuw. Op de Filippijnen al bijna driehonderd jaar. In Indië was negenennegentig procent van de inlanders analfabeet, voor de Filippijnen lag dat percentage tien procent lager.

Die vooruitgang bracht de Filippino's dichter bij de Europese wetenschap, zij begrepen de kracht van de Europeanen en wisten haar te gebruiken; zij kwamen in opstand. Als mens waren zij door hun Europese scholing veranderd. Het waren niet langer de Filippino's van vroeger. Het Nederlands-Indische gouvernement was verschrikkelijk bang dat de intellectuelen hier ontdekten dat de Filippijnse opstand door intellectuelen was geleid en dat het niet een boerenopstandje was geweest als in Toelangan.

Hij vertelde maar verder, verder, verder tot ik voelde geen houvast meer nodig te hebben.

Voordat de opstand uitbrak, zei hij, hadden de havenkoelies geweigerd te werken. Werkweigering! dacht ik verbaasd. In een flits herinnerde ik mij dat ze daar in Nederland een ander woord voor hadden: staking.

'De Filippino's hebben geweigerd te werken en het interessante is dat hun opstand opschudding veroorzaakte in heel Europa, met inbegrip van Nederland.' Gehaast stak hij een nieuwe sigaret op en ging verder. 'Daar in Europa is men druk bezig de oorzaken te achterhalen, zodat het in de verschillende kolonies niet dezelfde kant zal uitgaan. Een vriend van mij kende een van de Filippijnse leiders, dokter Jose Rizal. Hij heeft hem in Praag ontmoet – de man maakte gedichten, was intelligent en daarbij een vurig minnaar. Hij is door de Spanjaarden gevangengenomen. Zonde van zo'n geweldige man. Geestelijk kon hij het niet aan. Jammer...' Meewarig schudde hij het hoofd. 'U raadt wat er is gebeurd. Ze hebben hem ter dood gebracht. Zo'n integere vent. Hij schreef zijn gedichten in het Spaans zoals u in het Nederlands schrijft. Hij was arts, meneer Tollenaar; u bent van plan dokter te worden, dat lijkt niet helemaal een toevalligheid.'

'Gestudeerd, dokter, dichter... in opstand...'

'Misschien zijn de Nederlanders wat geslepener. In Indië is nog nooit een inlander die op school heeft gezeten in opstand gekomen. Men dweept hier met Nederland. Indië is anders dan de Filippijnen, Nederland is Spanje niet.'

'...en ter dood gebracht.' Ik dacht aan Khouw Ah Soe.

'Wat dacht u. De Spaanse carabinieri's zijn berucht om hun bloeddorstigheid.'

Een geschoolde man die tegen zijn leraren in opstand kwam... dat was hier nooit gebeurd.

'Geïsoleerd van zijn vrienden, was Jose Rizal toch niet alleen. De mensen hielden zoveel van hem omdat hij met zijn opleiding het volk liefhad, dat is een feit. Veel Europese intellectuelen hebben de Spaanse regering verzocht hem gratie te verlenen.'

'Wat wilde hij met een opstand eigenlijk bereiken?'

'Weet u dat niet? Hij wilde dat zijn volk niet langer onder Spanje zou blijven, het moest zichzelf regeren. Jammer.' Hij slikte. 'Deze onervaren mensen zijn het slachtoffer geworden van een Spaans-Amerikaanse samenzwering en in Amerikaanse handen terechtgekomen.'

'Ik begrijp het niet goed. Hoe kunnen zij zichzelf regeren? Zouden de intellectuelen Spanjes en Amerika's rol moeten overnemen en het eigen volk besturen?'

'Juist, dat bedoel ik, een vrije onafhankelijke staat worden.'

Ik zag de inlandse vorsten en boepati's al naast hun schoenen lopen, de mensen moesten voor hen buigen, over de grond kruipen en precies doen wat er van hen werd verlangd. Ik schudde automatisch het hoofd. Ik kon mij onmogelijk een voorstelling maken van de Filippino's die zelf het heft in handen hadden genomen. En in mijn geboorteland was zoiets helemaal ondenkbaar. Zonder de blanken zou elke inlandse vorst proberen de mensen naar zijn hand te zetten om de alleenheerschappij te verkrijgen. Dat gebeurde toch al eeuwenlang?

'Wat is er?'

'Wat gebeurt er als de inlandse vorsten weer aan de macht zijn? Dan krijgen de mensen met een opleiding het hard te verduren, meneer Ter Haar.'

'Nee, zij zullen het net zo aanpakken als de Amerikanen en Fransen. Zij vormen een republiek, als zij aan de macht komen tenminste. Bij een opstand die zo massaal is, komen vanzelfsprekend leiders naar voren die Europees denken, er komen ook moderne organisaties, niet zoals de boeren uit Toelangan. Er is een organisatie die de motor van het verzet vormt, de Katipunan*.'

*Katipunan (Tagalog): Kataastaasang Kagalang-galang na Katipunan ng mga Anak ng Bayan. (Een geheime revolutionaire organisatie, met vrijmetselaarsachtergrond, in ± 1890 opgericht door Andres Bonifacio met het doel de Filippijnen te bevrijden van de Spaanse overheersing.) (vert.)

'Wat willen die moderne organisaties?'

'Weet u dat niet?' Ter Haar schudde het hoofd en liet een afkeurend gemompel horen. Ik kon zijn gelaatsuitdrukking niet zien, de duisternis werkte als een perfect masker. Hij had vast met mij te doen. Iemand met een H.B.S.-diploma die niets van moderne organisaties afwist. Njai Ontosoroh had het zeker kunnen uitleggen, maar ik, echt, ik begreep er niets van. Ik zweeg en vroeg niet verder. Ik schaamde mij dood. Het gedreun van de machines schudde alles wat in mijn lichaam zat en zelfs mijn denken door elkaar.

'Later,' vervolgde Ter Haar, 'als er steeds meer inlanders de Europese manier van denken in zich hebben, zullen zij in de voetsporen van de Filippino's treden, over de hele wereld, om zich te bevrijden van Europa; hoe en met welke middelen moet u mij niet vragen. De Filippino's willen net zo goed als de Japanners een vrij en onafhankelijk volk zijn, erkend door alle ontwikkelde landen.'

'Indië ook?'

'Ja, ik weet alleen niet wanneer het gebeurt. Om dat te verhinderen of in elk geval voor te zijn, laat het gouvernement maar mondjesmaat inlanders toe tot een opleiding. Kennis wordt heel duur verkocht. Maar Nederlands-Indië wordt er hoe dan ook mee geconfronteerd, wanneer namelijk het aantal geschoolde inlanders een stuk groter is. Die dag komt, wanneer weet ik niet precies, misschien gaat het wel zoals Sentot voorspelde. Kent u die naam?'

'Die vriend van Multatuli bedoelt u?'

'Precies. Kom, laten we een eindje lopen, we staan te lang stil. Zeker voor mij met al die sigaretten is dat niet gezond.'

Hij koos een ander gespreksonderwerp, omdat hij wellicht het idee had dat ik hem niet begreep. Het draaide toch weer uit op het onderwerp van zoëven.

'Later, wanneer u belezener en rijper bent, snapt u beter hoe de zaak in elkaar steekt.'

'Indië,' zei ik, om hem niet steeds alleen aan het woord te laten, 'staat oog in oog met de geweren en kanonnen van de Compagnie, al driehonderd jaar lang, en het heeft steeds verloren.' Het schoot mij te binnen dat Oentoeng Soerapati eenmaal had gezegevierd. 'De inlanders hebben wel eens gewonnen, al was het dan voor korte duur.'

Hij lachte vriendelijk.

'Natuurlijk,' antwoordde hij, 'omdat de inlanders nog in de middeleeuwen leven, of zelfs in het bronzen of stenen tijdperk. Maar als de inlanders, één procent van hen maar, het Europese denken in zich hebben – niet eens een procent, zeg maar ééntiende procent – dan kunnen zij verandering in de situatie brengen en de mensen veranderen. Zeker als zij kapitaal krijgen. De geweren en kanonnen van de Compagnie zullen de veranderingen niet kunnen tegenhouden, meneer Tollenaar. Al zijn het er maar weinigen, als er één groepje opstaat, komt ieder volk in actie... Ooit van de Tachtigjarige Oorlog gehoord? Wat betekende Nederland vergeleken bij Spanje? Dat moest zijn nederlaag erkennen toen Nederland eenmaal in opstand was gekomen. Weet u niet hoe het in Mexico ging?'

'Nee, jammer genoeg niet.'

'De Mexicanen waren het eerste volk dat zijn heer en meester overwon – Spanje. Zij vielen in het niet bij de Spanjaarden, maar eenmaal ontwaakt was hun kracht niet in te dammen, met geen mogelijkheid.' En alsof hij het wilde uitschreeuwen: 'Onmogelijk!'

'U denkt dat hetzelfde hier kan gebeuren?'

'Ik vertel dit niet voor niets.'

'Maar het zal niet prettig zijn voor de Nederlanders, voor u,' zei ik.

'Ik geloof in de Franse Revolutie, in Vrijheid, Gelijkheid, Broederschap – niet alleen voor de mensen in Europa en Amerika, maar voor ieder mens en alle volken op de wereld. Dát is echt liberaal denken, Tollenaar.'

'Maar Frankrijk heeft zelf nog kolonies in Afrika, Azië en Amerika.'

'Dat is een grove tekortkoming van de Fransen en heel Europa. Dat neemt niet weg dat de leus van de Franse Revolutie fier overeind blijft staan; die is opgebouwd met bloed, tranen, pijn en het elan van het Franse volk.'

'U heeft een bijzondere visie.'

'Ik ben er trots op een liberaal te zijn, een consequente liberaal. Anderen vinden het te ver doorgevoerd, dat is waar. Ik houd er niet van onderdrukt te worden, laat staan te onderdrukken. Ik heb er echt de pest aan...'

Het was diep in de nacht toen ik mijn hut opzocht. Alleen de belangrijkste uitlatingen van Ter Haar die ik op dat moment nog niet kon doorgronden, schreef ik op. Uitgeput en moe klom ik in het stapelbed. De andere mensen in de hut sliepen al lang. En ik wist dat een gezonde slaap nu snel over mij zou vallen.

Het was klaarlicht toen ik wakker werd. De zon scheen door de patrijspoort naar binnen. Twee vissersbootjes met smalle zeilen dansten op de golven. Het stampen van de machines deed alles trillen, mijzelf inbegrepen. Na alleen even mijn gezicht aan de wastafel gewassen te hebben, stapte ik naar buiten. Weer waren daar de woorden van Ter Haar die in razend tempo door mijn hoofd golfden. Hoe kan een inlander president worden? Vervalt hij niet snel in dezelfde gewoonten die de vorsten eropna houden – hij weet toch uit de verhalen en eigen ervaring hoe dat gaat? Anderen begeren immers zijn positie. Komt er niet een onophoudelijke oorlog zoals in de Babad Tanah Djawi staat? Een oorlog zonder einde – de een bevecht de ander, iedereen bevecht elkaar. En wat biedt de toekomst?

Wij kennen al honderden jaren oorlog, meneer Ter Haar. Wij hebben steeds verloren. Ik weet niet of Miriam het van zichzelf had of uit de tweede hand, maar ze zei mij: Minke, jouw volk is het knapste ter wereld als het erom gaat de realiteit de rug toe te keren, wegdromend in de vreugde de nederlaag nooit gekend te hebben.

Zij hoopte, terecht of niet, dat ik mij zou onderscheiden van mijn volk. Er waren volgens haar bewuste personen nodig die leiding moesten geven. Ook zij was een echte wolvin.

De Filippino's – ik neem mijn pet voor hen af. Verloren? Verloren van de Amerikanen? Zij hebben Spanje tenminste verslagen. Jammer dat wij geen Filippino's zijn, meneer Ter Haar. Ik kan het mij nauwelijks voorstellen: Indië los van Nederland! Wij moeten zo veel mogelijk kennis van Europa opzuigen, zoals Japan. Zonder wetenschap bestaat er geen eer. Ach, Ter Haar, je bent een vlotte babbelaar, maar je zet ons op het verkeerde spoor.

Gehuld in deze gedachten dook ik de badkamer in. Maar ze lieten zich niet wegspoelen, ze welden op en klotsten als bezeten in mij. Wat een kwelling...

Particulier kapitaal in Indië... ja, tegen het einde van het Cultuurstelsel... minister De Waal van Koloniën legaliseerde het stelen van grond teneinde die open te stellen voor kapitaal dat verdiend was met het corrupte Cultuurstelsel. En men vroeg garanties van de gouverneur-generaal van Nederlands-Indië om het kapitaal te beschermen, niet tegen de inlandse opstandelingen voor wie men misprijzend de neus optrok, maar tegen Engeland dat op zijn gemak vanuit Singapore en Semenandjoeng de zaak stilletjes in de gaten hield... Wat stelde het tractaat van Londen uit 1824 voor? Een vodje papier... Engeland kon Atjeh als springplank gebruiken... Atjeh diende onvoorwaardelijk door Nederlands-Indië onderworpen te worden om de afgunst van het particuliere kapitaal weg te nemen... het Nederlandse kapitaal was als de dood dat Engels kapitaal via Atjeh naar Indië kwam. Atjeh diende zonder pardon ingelijfd te worden.

Maar Atjeh bleek anders dan Java. Nederland liep in de val. De Atjeh-oorlog laaide op. De duurste oorlog uit de koloniale geschiedenis. Negentig procent van Nederlands-Indiës strijdmacht en vijfenzeventig procent van zijn begroting werden opgeslokt om de oorlog te winnen. Een kwart eeuw bijna duurde die oorlog! De verbetenheid van Nederlands-Indië vormde een ruggesteun voor het grootkapitaal. En het grootkapitaal vloeide in nog grotere stromen Indië binnen...

Ter Haar wachtte al in de eetsalon. Hij ging verder waar hij de vorige avond was gebleven. Hij probeerde uitleg te geven over de machtige positie van het grootkapitaal in onze tijd, de moderne tijd. Over de Atjeh-oorlog sprak hij niet. Wat hij te berde bracht, leek op de inhoud van de anonieme brochure die ik van Magda Peters had gekregen.

Ik vroeg of hij ooit een bepaalde anonieme brochure onder ogen had gehad. Verbaasd vroeg hij op zijn beurt:

'Bedoelt u *Onze Koloniale Modderpoel*?'

'Jawel.'

'U kent het dus. Weet u dat het verboden is?'

Ik hoorde voor het eerst dat er in Indië verboden lectuur bestond.

'Bewaar het geschrift op een veilige plek. Vroeger had je trouwens nog een verboden stuk, *Vrouwen naar Jacatra*, hoewel dat toch minder ver ging. Als u dergelijke lectuur leest, moet u eigenlijk lid worden van de "Vrijzinnige Groep" hier in Indië. Als u wilt maak ik het voor u in orde. Houdt u zich verre van de Indische Bond!'

'Wat is het voor een groep?'

'Gewoon, een discussiegroepje. Wilt u?'

Kon het kwaad vereerd te worden met een lidmaatschap? Ah, die Ter Haar – mensen ompraten kon hij als de beste! Discussiëren met hen was misschien interessanter dan de discussies op school. Ik stemde toe zonder verder nadenken; hij wist er hoe dan ook meer van af dan ik.

Hij stelde voor naar het dek te gaan. Ter Haar werd steeds familiaarder. Hij vertelde hoe het grootkapitaal ook buiten de agrarische sector werd ingezet, in de mijnbouw, transport, scheepvaart en industrie. Hoe de kleine Chinese tinhandelaren op Bangka finaal weggeconcurreerd waren en de kleine suikerrietboeren op

Java hadden moeten wijken voor de fabrieken. Tegenwoordig werkten zij als geknechte koelies van de hoge heren.

'Ooit gehoord van de agrarische wetten van De Waal?'

Natuurlijk schudde ik van nee. Hij wijdde er een lang verhaal aan; weer een nieuw continent voor mij.

'U moet weten dat ex-minister Van de Putte van Koloniën het briljante brein erachter was. Hij is de sluwste duivel die ooit op deze aarde heeft rondgelopen. Een zeebonk die naar Java kwam om een machtige suikermagnaat te worden. Niemand anders dan hij ontwierp de suikerwetten toen hij minister van Koloniën was. Achteraf blijkt dat hij fantastisch grote belangen in de suikerplantages van Besoeki-Bondowoso had! Het volk in de streek bezat niets! Over dit soort dingen praten wij nou in onze discussiegroep.'

Wat wist deze wolf ongelofelijk veel. Misschien was er geen woord van waar, maar hij leek te spreken met kennis van zaken.

'Weet u hoe de grote boeren uit de Preanger van hun vruchtbare akkers zijn beroofd?'

Nog niet zo lang geleden, vertelde hij, bezaten de grote boeren en rijke desa's eigen bossen, sawa's, akkers en droge rijstvelden. Honderden karbouwen hadden ze, die vrij losliepen in het bos of op een eigen stukje grond. Om die grond te kunnen onteigenen teneinde het grootkapitaal erop los te laten, moest het gouvernement enkel een officiële regeling uitvaardigen. Maar om daadwerkelijk de grond in handen te krijgen stuurde men – om geen argwaan te wekken – inlandse agenten de desa's in; daar strooiden zij vergif op de drinkplaatsen van het vee. Het kwam voor dat binnen een maand tienduizend karbouwen doodgingen. De desa's stonken naar de kadavers. Er brak een epidemie uit. Daarop vaardigde men een verbod uit; geen vee meer in de bossen. Beschermd door de Compagnie kon het gouvernement zonder slag of stoot de gronden van de grote boeren en desa's inpikken. Nu werd er thee op verbouwd en er viel niets meer te zien van de vroegere veeteelt. Finaal verdwenen.

'Als je geen lid van de Vrijzinnige Groep bent, kom je deze dingen niet te weten. U hoeft mij niet zo vreemd aan te kijken. Wij bespreken gewoon politieke kwesties die het daglicht niet kunnen velen. Ik heb het nog niet eens gehad over de goldrush in het binnenland bij Pontianak. U heeft er vast niet van gehoord, wel? En dan de duistere handelspraktijken van de lui die illegaal uit Noord-Borneo komen.'

De woorden vlogen mij om de oren. Ik begreep niet dat hij geen droge keel kreeg. Hij had al wel vijf of zeven sigaretten op. Zelfs mijn kleren stonken naar de rook. Hij praatte en praatte.

Het grootkapitaal wilde elke inlander tot zijn koelie maken. Hun grond werd zijn werkterrein. De inlanders werd botweg geweigerd een Europese opleiding te volgen, bang als men was om de bron van zijn kracht, geslepenheid en misdadigheid, bloot te geven. Maar, het grootkapitaal had naast koelies ook opzichters nodig die konden lezen en schrijven. Daarom werden er scholen opgericht waar alleen lees- en schrijfonderwijs werd gegeven. Dat bleek niet voldoende. Er ontstond behoefte aan mensen die konden rekenen. Er moesten leraren voor die scholen komen, daarom kwamen er kweekscholen. Weer later bleken er mensen nodig te zijn die het Nederlands beheersten, en dus werd de vijfjarige lagere school in twee richtingen gesplitst, I en II. Alleen de eerste richting deed wat aan Nederlands. Na verloop van tijd kon het grootkapitaal inlanders met vervolgonderwijs gebruiken. En zo ging dat verder en verder. Er kwamen steeds hogere opleidingen. Er kwamen scholen voor middelbaar beroepsonderwijs: voor landbouw, bestuur, recht en een medische opleiding. Deze ontwikkeling was onontkoombaar en bleek noodzakelijk om het eigen kapitaal te laten groeien. Met inbegrip van de medische opleiding waar ik naar toe wilde. Men zwaaide met een hoog salaris als je bij het gouvernement in dienst wilde treden.

Suiker vormde het belangrijkste kapitaal. De liberalen in Nederland die zich rekenden tot de ethische richting, huilden krokodilletranen om het Cultuurstelsel en wapperden met de vlaggen van educatie, emigratie en irrigatie om zogenaamd de morele schuld aan de inlandse bevolking te vereffenen. Maar het werkte juist de suikerbelangen in de hand. Educatie om geschikte arbeidskrachten op te leiden, emigratie om buiten Java meer werkkracht te hebben, irrigatie om rietsuiker te kunnen verbouwen.

'En zo kan ik nog wel even doorgaan, Tollenaar,' zei Ter Haar.

De ene behoefte doet de andere ontstaan; zo luidt de wet van het leven. Het grootkapitaal dreef de inlanders zonder dat zij het zelf wilden naar de Europese wetenschap.

'U wilt dokter worden. Ja, ze hebben doktoren nodig om te voorkomen dat de plantages en fabrieken verlies lijden door een hoog ziekteverzuim.'

'Als het mij lukt dokter te worden, dan wil ik niet...'

'U heeft geen keus, u wordt een stukje van de machinerie, een as, een vliegwiel of een ketel.'

'Maar na de doktersschool word ik gouvernementsarts.'
'Dat blijft exact hetzelfde.'
Hij slaagde erin het mij duidelijk te maken.
'Een regering laat alleen maar díe onderwijsmogelijkheden open waar zij zelf voordeel van heeft. Kijk maar naar de Filippijnen, hoewel de regering daar nu onder druk wordt gezet.'
Ik begon meer en meer te begrijpen waarom Jean Marais zo walgde van de Atjeh-oorlog waaraan hij zelf had meegedaan.
Op enige afstand voer een boot die naar het oosten koerste.
'Kijk, een schip van de K.P.M. Er zit kapitaal van de koningin in, net als in deze boot. Deze schepen zijn gemaakt door werklieden en knappe ingenieurs, de machines ontworpen door briljante ontwerpers. Maar dit alles is eigendom van Het Kapitaal. Zonder kapitaal ben je niet meer dan een koelie, al ben je net zo intelligent als alle Griekse en Romeinse goden bij elkaar...'
De gedachte aan Njai drong zich bij mij op. Ook zij had Europeanen in dienst en als zij hen ontbood, kwamen ze aangesneld. Njai had zelfs de falende advocaat mr. Deradera Lelliobuttockx ontslagen. Een inlandse die een Europeaan ontsloeg! Dat had zij toch maar van Mellema geleerd.
Ter Haar herhaalde nog eens in eenvoudige bewoordingen zijn verhaal over de Filippijnen. Ditmaal liet hij een term vallen die de kwestie voor mij toch weer gecompliceerd maakte: nationalisme. Hij kon niet goed uitleggen wat die term inhield en staakte toen zijn pogingen. Alsof hem plotseling iets te binnen schoot, haalde hij zijn horloge te voorschijn en zei:
'Ik heb een afspraak, Tollenaar. Mijn geklets verveelt u toch niet?'
'Helemaal niet,' antwoordde ik, hoewel ik mijn buik er meer dan vol van had.
'Dan praten wij straks verder.'
'Ik heb nog nooit een Nederlander als u meegemaakt.'
'Ze zijn niet allemaal even slecht, Tollenaar.'
'U bent net als juffrouw Peters.'
'Kan best. Ik hoorde voor het eerst van haar toen zij werd uitgewezen.' Met een knikje nam hij afscheid en daalde met geheven hoofd lichtvoetig de trap af.
In de hut sloeg ik mijn woordenboek open; de term nationalisme bleef even vaag als in de onbevredigende uitleg van Ter Haar en droeg niets van de door hem geschetste fabuleuze opstand van de Filippino's tegen Spanje en Amerika.

Ik was nog maar net begonnen de grote lijn van zijn cursus op papier te zetten, of iemand bracht mij namens Ter Haar een nummer van *De Indische Gids* en een exemplaar van *Forschung und Prüfung*. Zo wilde hij kennelijk de conversatie voortzetten.

Omdat ik het Duitse tijdschrift nooit eerder had gezien, sloeg ik dat het eerst open. Foto's stonden er niet in. Mijn Duits was slecht maar een artikel over de Filippijnen noopte mij het net van zinnen woord voor woord te ontrafelen. Dat bleek een verdraaid ingewikkelde klus en door wat ik de laatste tijd had meegemaakt, bracht ik er niets van terecht – een haast onontwarbare kluwen. Anderzijds maakten die recente ervaringen de zaak er wel iets eenvoudiger op. In mijn verbeelding en geholpen door mijn eigen ondervinding zag het er op de Filippijnen als volgt uit:

...en de intellectuele Filippino's vestigden hun hoop op de Spaanse liberalen. Net zoals ik mijn hoop vestigde op de 'zuivere' liberalen in Holland. Ja, in Europa was het summum van menselijk vernuft en vermogen bijeengebracht, als in een museum. De Filippino's droomden een schone droom: op zekere dag zouden zij lid van het Spaanse parlement worden, kregen zij burgerrechten onder Spaans bestuur en zouden zij het gevoel koesteren hun land en volk te dienen.

Een ding leerde ik ervan – een belangrijk inzicht: deze kleine groep met haar grote droom liet de anderen delen in die droom door een krant op te richten. Stel je voor, de Filippino's brachten een eigen krant uit! *La Solidaridad*. Dr. Jose Rizal speelde vanaf het eerste uur een belangrijke rol. Ik had nog nooit een foto van hem gezien. Ik nam de vrijheid hem mij voor te stellen als een lange, slanke man, bebaard, besnord en met borstelige wenkbrauwen. Belangrijker was dat de Spaanse kolonisator met hem in de maag zat en maatregelen trof. Als vanzelf dwaalden mijn gedachten naar Indië terug. Zo iemand bezaten wij niet, die hadden wij nooit gehad. Maar de tekenen wezen erop dat er onvermijdelijk zo'n man zou komen. Die arme Troenodongso; met zijn hak en kapmes wilde hij de zaak beslechten, en dat terwijl iemand als Rizal binnen een mum van tijd in het nauw werd gedreven. Met een niet aflatende hoop op enige inschikkelijkheid van Spaanse zijde, behield hij zijn droom en richtte de Filippijnse Liga op. Maar de koloniale machthebbers legden hem het vuur na aan de schenen.

Ik wist dat deze aantekeningen niemand zouden kunnen boeien. Maar ik had geen keus, ik moest doorgaan, want dit alles maakte deel uit van de wereld waarin ik mij bewoog. Ah, kennis: Troeno zou nooit weten dat er hier vlak bij een land lag dat de Filippijnen heette. Door de kennis die ik nu opdeed werden de Filippijnen deel van mijn wereld. Het wonder van kennis: zonder dat je de dingen zelf aanschouwt maakt zij je deelgenoot van 's werelds onmetelijke pracht, hoogten en diepten, schatten en plagen.

Rizal geloofde nog in Europa's nobelheid, meldde het tijdschrift. Europa's macht vertoonde zich ook nog in een andere gedaante – een reus die bij elke hap meer honger krijgt. Onwillekeurig verscheen voor mijn geestesoog Boeto Idjo, de reus uit een oude wajangvertelling.

Een andere groep Filippijnse intellectuelen had reeds lang haar vertrouwen in de Spaanse koloniale macht verloren. Zij namen de wapens op en begonnen een opstand. Die arme Troenodongso en zijn vrienden. Zij wisten niet wat er elders gebeurde. Zij dachten, wanneer zij de machtige suikerfabriek van Toelangan éénmaal hadden weerstaan, definitief gewonnen te hebben. Maar Rizal was nog meer te betreuren dan Troeno. Toen zijn vrienden de wapens opnamen, droomde hij nog van Spanjes goede bedoelingen. Ook toen hij al was gearresteerd en achter slot en grendel zat. Nog enkele dagen voor zijn executie riep hij zijn rebellerende vrienden op de wapens neer te leggen en zich over te geven. Arme Rizal! Troeno verloor door onwetendheid. Rizal omdat hij zich niet verliet op zijn kennis... op wat zijn verstand hem ingaf.

De Filippijnse revolutie barstte los. Doel was de Spanjaarden te verdrijven. Voor mij zag ik de Filippijnse intellectuelen leiding geven aan het volk bij de aanval op de Spaanse kazernes – een oorlog die onmogelijk op het wajangscherm kon worden afgebeeld. Het was nauwelijks voorstelbaar. Zij werden niet geleid door onafhankelijk opererende individuen, maar door de Katipunan, het brein achter het verzet. De hoogste leider was Andres Bonifacio.

Al zeven jaar. Arme Troeno – een dergelijke aanpak was hem onbekend. Arme ik – die het pas een paar uur wist. Enkele tienduizenden Filippino's hadden het gehele volk in verzet gekregen. En het vocht. Ik zag het strijdgewoel voor mij. Zij snelden hun huizen uit om te vechten – op leven en dood. De Spanjaarden werden in het nauw gedreven. De Filippino's kozen hun eerste president: Emilio Aguinaldo. Het was 1897! De eerste republiek in Azië.

En men richtte zich naar het Franse model. Khouw Ah Soe was terecht enthousiast geweest over de Filippijnen. Hij had net zo geroepen als Rizal – in de tijd dat China werd aangevallen door

Amerika, Engeland, Frankrijk, Duitsland en Japan, en te lijden had van een enorme droogte die heerste van noord tot zuid en van oost tot west. Evenals Rizal was hij nu dood. En de Javaan – die wist van niets, volstrekt niets. Hij was nog niemand.

De Filippijnse revolutie werd de nek omgedraaid door verraders die geld liever hadden dan vrijheid voor hun land en volk. (Ook dat had ik dan weer geleerd.) De in het nauw gedreven opstandelingen pakten de uitgestoken hand van Amerika. Zijn oorlogsschepen stoomden op naar de Filippijnen om daar de Spaanse armada te verslaan. Op het land werkten de Filippino's samen met de Amerikaanse marine. Het verschilde in niets van een wajangsprookje. Ik had wel eens kanongebulder gehoord, met name op de dag van de troonsbestijging van koningin Wilhelmina. Maar nu hoorde ik in mijn hoofd duizenden kanonnen bulderend de Filippijnse kazernes en aarde uiteenrijten. De lucht kleurde zwart van walmende rookwolken. De dood sloeg toe met razende donder. Anders dan de geruisloze sluipdood die de bevolking ten zuiden van Toelangan onder de ogen van Soerati had gewurgd. Wat een enorm verschil tussen deze moord in gillend krijgsgewoel en de traag-wurgende pokkenplaag.

De onervaren Filippino's werden ten slotte verraden door Amerika. Bij de schermutselingen van 13 augustus 1898 – een schijngevecht tussen Spanje en de Verenigde Staten, net als tussen Mataram en Soerapati – delfde Spanje het onderspit en won Amerika. Het waren de Filippijnse patriotten die de verliezers bleken: nauwelijks los van Spanje en daar was de nieuwe meester, Amerika.

Nu besefte ik dat elke blanke macht even vraatzuchtig was... Vraatzuchtig! Vraatzuchtig! Het woord en ook zijn implicaties lagen stevig verankerd in mijn hersens. Vraatzuchtig! Maar dat was nog altijd beter dan oorlog, moord en vernietiging. Zeker wanneer het een uitzichtloze oorlog betrof als in Atjeh, op de Filippijnen, of Troeno's strijd. Nee, Ter Haar, onruststoker, ik heb nog steeds een Europese leraar als jij nodig. Alleen mensen van hetzelfde kaliber zijn aan elkaar gewaagd.

*

Met ratelende ketting plonsde het anker van de 'Oosthoek' in zee voor Semarang. De avond was gevallen. Aan land en op zee flikkerden lichtjes. Tegen de hemel hing een zee van sterren, de waterspiegel veranderde hun schijnsel in geelgolvende lichtlijnen. Ter Haar liet zich niet zien. In de eetzaal was hij ook niet.

Ik ging naar zijn hut, maar daar stonden alleen zijn koffers, keurig gepakt.

Uit de spreekbuizen schetterde een mededeling: reizigers die Semarang niet als bestemming hadden, konden vanaf acht uur in de ochtend vier uur lang gaan passagieren. Passagiers voor Semarang werd verzocht meteen van boord te gaan.

Ik doodde de tijd met het kijken naar de vertrekkende passagiers. Vlak bij de neergelaten scheepstrap trof ik hem. Hij was in gesprek met een Nederlander. Ter Haar had mij ook al gezien:

'Meneer Tollenaar, dit is een vriend van mij van *De Locomotief*.'

'Pieters,' stelde de man zich voor.

Ter Haar lichtte zijn gesprekspartner in over mijn contacten met hct *S.N. v/d D.*

'Oh, u bent nog jong, ik dacht dat u van middelbare leeftijd was. Ik vind uw artikelen heel knap geschreven.'

'Wij gaan zo meteen aan wal,' zei Ter Haar.

'Gaat u morgen passagieren?'

'Ja.'

'Prachtig. Wacht tot wij u afhalen,' zei Pieters, 'u moet ons kantoor eens komen bekijken.'

Zij daalden de trap af en stapten in een kleine sloep. Ze zwaaiden naar mij. Het duurde niet lang of het handjevol reizigers voor Semarang werd weggeroeid.

'Hoe gaat het, meneer Minke?' zei iemand.

Naast mij stond een Nederlander, een schout van politie.

'Ik vergis me toch niet?' vroeg hij. 'U bent toch raden mas Minke? Ik ben schout Van Duijnen. Goede vaart gehad? Niet te veel ongerief?'

Hij reikte me de hand niet. Ik hoopte stilletjes dat hij niet zag dat ik was geschrokken.

'Leuk om op een schip te zitten, het is mijn eerste keer.'

'Niet zeeziek geweest?'

'Het is rustig weer geweest.'

'Mooi zo. Gaat u niet aan wal?'

'Dat mag morgenochtend pas.'

Mijn hart klopte in m'n keel. Hij kon mij niet kennen, onmogelijk, of Troeno moest zijn mond voorbij hebben gepraat bij het verhoor. Ja, dat was het. Wat had die vent toch zitten kletsen?

'Waarom nu eigenlijk niet?' drong hij aan. Ik kreeg nog meer argwaan.

'Het spijt me vreselijk, maar ik moet rusten.'

'Dat kan toch wel in een hotel?'

'Nee, dank u.'

'Ik meen het. Kom, ga mee. Waar staat uw bagage?'

Zie je wel, Troenodongso had zijn woord niet gehouden. De schout kwam mij arresteren. Volkomen werktuiglijk liep ik naar mijn hut, de schout volgde. Hij hielp mij met inpakken.

'Heeft u tijdens de reis nog gelegenheid gevonden aantekeningen te maken?'

'U heeft mij kennelijk ergens voor nodig,' zei ik.

'Dat is zo,' en hij liet mij een dienstbevel zien waarin stond dat ik van boord moest.

'Wees maar niet bang, u heeft de brief nu gezien en het moet dus duidelijk zijn dat ik u niet kom ontvoeren.'

'Maar ik ga naar Batavia, niet naar Semarang.'

'Daar komt u nog wel. Waarom reist u trouwens niet per trein? De zuidkust is stukken mooier.'

Hij vertrouwde mij voor geen cent. Ik antwoordde niet en deed alsof ik hem niet had gehoord. Mijn koffer en tas nam ik mee, het mandje met mijn ontbijt liet ik achter.

'Ik help u,' zei hij en tilde mijn koffer op. 'Geen zware dingen in het bagageruim achtergelaten?'

'Nee, niets.'

Onder nieuwsgierige blikken liepen wij de trap af; er was een jongeman gearresteerd aan boord.

'Heb ik iets verkeerds gedaan?' vroeg ik.

'Dat weet ik niet precies. Wees maar niet bezorgd, ik denk dat er niets ernstigs is.'

'Waarom word ik dan waar iedereen bij staat gearresteerd? Ik ben een raden mas, dat weet u?'

'Daarom wordt u ook door een schout afgehaald.'

'Afgehaald?'

Dit werd te gek, mijn hoofd duizelde. Nu kreeg die affaire met Troeno toch een staartje. Nieuwe problemen stapelden zich voor mij op. Weer stukken in de krant. Wat ellendig voor moeder. Zij had weinig redenen om trots op mij te zijn; iedere keer weer kwam ik in de problemen. Eerst was het een politieagent die mij kwam afhalen, en toen werd vader aangesteld als boepati. Nu is het een schout, maar vader wordt vast geen gouverneur-generaal van Nederlands-Indië.

Met een speciale boot werden wij aan land gezet. Er stond een gouvernementsrijtuig op de pier klaar dat ons zou wegbrengen naar...

'...waar gaan we eigenlijk naar toe, meneer?'

'Maakt u zich geen zorgen.'

Het rijtuig zou ons naar een hotel brengen...

'Het beste van Semarang,' zei hij.

De stad baadde in een zee van licht uit gaslampen die langs de hoofdstraten waren aangebracht. Hij had niet gelogen. Wij gingen naar het grootste hotel van Semarang. De bedienden deden zeer beleefd, ik kreeg een nette en ruime tweepersoonskamer, een beetje te chic naar mijn smaak.

'Zo, raden mas Minke, weest u zo goed in uw kamer te blijven, gaat u het hotel vooral niet uit. U wordt afgehaald.'

'Wat is er eigenlijk aan de hand?'

'Wordt u niet goed behandeld?' Het was precies dezelfde opmerking die eerder de politieagent tegen mij had gemaakt.

Hij waarschuwde mij nogmaals alvorens weg te gaan. En voor de zoveelste keer was ik het middelpunt van een schimmig steekspel. Nee, mijn vader werd vast niet tot gouverneur-generaal benoemd, dat gebeurde van z'n leven niet. Of werd hij soms vanwege zijn goede diensten tot ridder in de Orde van de Nederlandse Leeuw benoemd? Goed, ik moest dus in de richting van Troeno denken. Of Robert Suurhof?

Er werd zelfs eten gebracht. De djongos bediende mij heel omzichtig, op het bange af. Geen vraag van mijn kant kreeg een antwoord. Misschien stond er buiten de deur wel een agent op wacht.

Nu miste ik iemand als Ter Haar. De verleider, opruier, overhaler en praatgraag. Zijn stem galmde nog na in mijn oren: zíj zijn het, zij bouwen een machtige positie op dank zij de onwetende inlanders. Oh, wat een aantrekkingskracht had hij. Wie ben jij, Ter Haar? Een spion van de schout? Ik raakte compleet van slag. Natuurlijk, de schoolrapporten – mijn gedrag was niet naar behoren. En dat was bekend op de kantoren waar ook familieleden van de boepati werkten! Gewone mensen konden er niets tegen doen, hun boeken bleven hermetisch gesloten. En de schout deed zijn mond ook niet open!

De verdere avond lag ik peinzend op het overdadig zachte hotelbed.

Om vier uur 's morgens schrok ik wakker. Er werd op de deur

geklopt. Mijn hart bonkte als de grote trom met lebaran. Een oogwenk later stond een agent eerste klas naast mijn bed, een halfbloed. Een kort hoofdknikje volstond: baden, ontbijten, pakken en vertrekken. Er kwam geen syllabe over zijn lippen. Als een verdwaald lammetje deed ik wat hij met hoofd- en armgebaren gebood.

Toen kwam schout Van Duijnen. Zonder veel te zeggen gingen wij naar het station. Het was vijf uur in de ochtend. De trein vertrok; het werd mijn eerste reis door Midden-Java. Kurkdroog. Grijze grond. Lange bruggen, brede rivierbeddingen, geel water, heuvels.

Steunend en kreunend sleepte de locomotief ons naar de Vorstenlanden,* de voorraadschuur van indigo en bruine suiker, tabak, rijst, kaneel. Alles was eigendom van Europese landheren.

Locomotief! Locomotief! Locomotief! pufte de loc voortdurend. Lo-co-mo-tief! Het gevaarte schraapte krassend over de rails en stootte zwarte rook omhoog, gilde met de fluit en deed iedereen uit zijn droom ontwaken, alsof het daarmee wilde zeggen het grootste en machtigste wezen te zijn.

Gelukkig was Ter Haar niet komen aanzetten met het afgezaagde verhaal dat deze locomotief het *Semarangsch Nieuws- en Advertentieblad* had geïnspireerd zijn naam te veranderen in *De Locomotief*. Iedereen wist het nog precies: 1862. Ter Haar wist mij heel andere dingen te vertellen:

'E-eh, meneer Minke, na de nederlaag van Dipanagara werd het Cultuurstelsel een eclatant succes in de Vorstenlanden. Nietwaar, waar anders dan in de Vorstenlanden kunnen op deze beschaafde wereld de boeren als vuil water weggespoeld worden? Dus dáár ging het particuliere kapitaal naar toe, dáár werden de mensen met geld, over de ruggen van de boeren heen, voornáme landheren, niet, zo is het toch? Hun opslagloodsen puilden uit van de indigo en suiker die naar Semarang moesten om geëxporteerd te worden... niet, nietwaar? En vergeet niet de opslagplaatsen van de lokale adel, propvol, toch? Wel, het transport naar Semarang gaf veel heisa. U kent dit verhaal vast niet. Vast niet, zeg ik, omdat bij deze grap een hoge piet betrokken was: meester Baud, de minister van Koloniën. Die stuurde kamelen naar Java. Echte kamelen, Tollenaar. Zo'n vijftig stuks. Het werd een fiasco. Eerst ging het uitstekend, van de Vorstenlanden liepen ze, met hun eigenwijze kop-

*Vorstenlanden: gebieden van en rondom Soerakarta en Jogjakarta.

pen als een stel filosofen op een rijtje, keurig met indigo naar Semarang. Maar op een dag zaten de forten Oengaran en Semarang zonder rijst. Toen ging het eventjes goed verkeerd met die beesten uit Tenerife. U weet toch waar dat ligt, ten westen van Afrika? Nou, na een week hadden de kamelen van de Canarische Eilanden er schoon genoeg van, ze protesteerden dat het een lieve lust was. Ze konden namelijk niet tegen de lucht van rijst en omdat ze telkens hun kop naar achteren draaiden, struikelden ze over de stenen en keien en tuimelden over elkaar tegen de grond. Na een week kon er geen kameel meer op zijn poten blijven staan. Ze zijn nooit meer overeind gekomen. De Javaanse vorsten bezaten niets, behalve dan hun voornaamheid en harems. Geen paarden, runderen of waterbuffels. Dus stuurde minister Baud ezels, wel tien keer zo veel als die dooie kamelen. Dat bataljon ezels had weer andere kuren, Tollenaar. De eerste maand sjokten ze zielsongelukkig onder zware jutezakken van de Vorstenlanden naar Semarang. De tweede maand, toen ze suiker sjouwden, hing hun tong van uitputting op de grond. Een maand of wat later kregen ze niesbuien van de indigo. Op het laatst krepeerden ze achter elkaar. De particuliere landeigenaren morden en bromden. Het eind van het liedje was, toen niets anders mogelijk bleek, dat men het ijzeren ros koos. En zo gingen de afpersing en uitbuiting weer vrolijk verder.'

En nu dan trok de eerste locomotief op Java, in Nederlands-Indië, mijn wagon naar de Vorstenlanden, naar de voorraadschuur van indigo, suiker en ik weet niet wat nog meer; alles was van en voor de Europeanen.

Van Duijnen hield nog steeds zijn mond. Hij las een boek met Maleise gedichten, *Pantoen Waktoe Kadatangan Prince Frederick Hendrik di Ambon** van Ang I Tong. De *Sinar Djawa* lag nog ongelezen op zijn schoot. Hij had de krant ook niet aan mij te lezen aangeboden. Nu zag ik dan met eigen ogen dat Nederlanders ook Maleis lazen. Mijn gedachten lieten zich niet ordenen. Ik had geen zin in lezen. Ik dacht alleen aan wat mij boven het hoofd hing.

's Avonds werd ik door Van Duijnen bij het hotel afgehaald en in een mylord Soerakarta rondgereden. Hij sprak honderduit over dit culturele centrum van Java en prijsde zich gelukkig hier te wonen. Ik meende te snappen waarom; Ter Haar had het eigenlijk al verteld.

**De komst* van prins Frederik Hendrik naar Ambon; een van de 'pantoens' afkomstig uit een bundeltje dat in 1899 te Batavia door Albrecht & Co. werd uitgegeven (vert).

'Wel, Tollenaar, Soerakarta is het centrum van uw cultuur, met honderdtien reusachtige Europese plantages. Stelt u het zich voor! Denkt u het zich in! Er blijft geen stukje land over voor de Javaanse boertjes. Denk daar eens aan! Weet u wat dat betekent? Dit is een paradijs voor de blanke plantagehouders, een paradijs voor elke blanke, zoals ik.' Hij liet er een bulderende lach op volgen. Toen: 'Zo is het toch? Niet dan? Krijgen de inlanders, afgezien van de hoge adel en succesvolle handelaren, ook maar iets? Moeten zij niet steeds dieper door het stof kruipen voor een handjevol rijst?'

Ter Haar leek hiermee indirect een beschuldigende vinger naar mij te richten: voor wie schrijf jij? Nog steeds voor lui als Van Duijnen? Voor mensen die languit luieren op de matras van jullie cultuur en beschaving?

Overal langs de weg brandden straatlantaarns. Voor elke steeg hing een lamp, op straat knipperden de lichtjes van de venters. Licht, licht, overal was licht. Klein en ver weg. Vergeef mij, moeder, voor de brief die ik nog steeds niet heb geschreven, voor het verdriet dat ik u aandoe. Ik kan het simpelweg niet, ik kan niet in het Javaans schrijven. Richt je tot de Javanen, zei Jean Marais, zei ook Kommer. Moeder, het licht is zo ver en vaag.

In de trein terug naar Soerabaja speelde Van Duijnen weer stommetje. Pas toen zijn hoofd van de slaap op zijn borst knikte, vroeg hij nerveus geschrokken:

'U ziet bleek. Bent u ziek, heeft u kou gevat?'

'Nee, ik ben gewoon moe.'

'Reist u daarom met de boot?'

'Dan kun je tenminste de benen strekken en een bad nemen.'

'Voor grote afstanden biedt de boot meer comfort dan de trein ja.' Langzaam ontdooide hij weer.

Maar ik van mijn kant was hem eigenlijk beu en deed dus maar net of ik zo slaperig was dat ik mijn ogen niet meer kon openhouden en zakte onderuit in het hoekje van de bank.

Het was vijf uur in de middag toen wij Soerabaja binnenliepen. Met een gouvernementsrijtuig reden wij... waarheen? Naar Wonokromo? Ik kende deze route op m'n duimpje.

Plotseling stopten we; een hele meute belemmerde de doorgang. Van Duijnen keek verwonderd naar buiten en kon zijn ogen niet geloven. De koetsier klingelde met de bel, maar de mensen deden geen stap opzij. Van Duijnen stond op van zijn plaats en riep met een stralend gezicht:

'Kijk, kijk daar!'

Uit beleefdheid keek ik dan maar. Voor ons... wat was dat? Mijn god, een vélocipède, een fiets, een rijwiel! Vier Hollandse mannen pedaleerden met de handen op elkaars schouder langzaam over de weg. Ik had zo'n vreemde tweewieler wel vaker gezien. Het leek zo'n kwetsbaar geval, alsof je hem kon dubbelvouwen en met één hand een eind van je af gooien: smal, hoog, met fragiele wielen. Het publiek keek verbaasd hoe de mannen erin slaagden overeind te blijven. De vier oogden heel jong en van dezelfde leeftijd. Af en toe lieten zij elkaar los en hieven de armen hoog in de lucht. Tjonge, terwijl hun benen ronddraaiden, zongen zij een vrolijk liedje. En ze bleven er bovenop zitten! Europa liet weer eens een hoogstandje zien.

Voor de vier showpedaleurs uit liep een Indische jongen reclame te maken; in het Maleis schreeuwde hij door een toeter:

'Heren, heren, dit is 'm dan, de tweewieler, de vélocipède. Van echte Duitse makelij. Rap en snel als de wind, die er trouwens voor zorgt dat u er niet van af valt. U zit veilig op het zadel, de voetjes draaien rustig rond... en daar gaat-ie dan, zo snel als een pijl! Iedereen kan er een kopen. Contant of op afbetaling bij de firma Kolenberger aan de Toendjoenganweg. Laag geprijsd, heren! Zo snel als een paard. En u hebt geen wei of stal nodig. Een kwartiertje oefenen en u rijdt overal naar toe voor uw plezier. Dit is fijner dan paardrijden. Heren, heren, dit voertuig poept niet, drinkt niet, vervuilt niet. Uit Duitsland. Hij zweet niet; bij thuiskomst kunt u 'm zo wegzetten.'

Ons rijtuig zwenkte naar de kant van de weg om plaats te maken voor de optocht.

De Indo begon weer te roepen:

'De firma Kolenberger geeft ook lessen. Eén kwartje, tot u het kunt! Laat dit buitenkansje niet lopen. Hier ziet u het trouwste en modernste vervoermiddel. Mevrouw kan achterop, de kleine voor. Met z'n drietjes op uw gemak de stad door, gratis en voor niks.'

Nadat zij waren gepasseerd schoot ons rijtuig de weg weer op.

'Waanzinnig!' gilde Van Duijnen. 'Ze zijn allemaal gek geworden!' Hij grinnikte. 'Een tweewieler. Het idee – een tweewieler! Er komen d'r steeds meer. Idioot! Als er ook maar íets misgaat, lazeren man en vrouw met kind tegen de grond. Wie wil er nou zo'n ding, zo'n sprinkhaan? Het verkeer krijgt er alleen maar hinder van.' Hij lachte, waarschijnlijk bij de gedachte hoe een fietser tegen het wegdek smakte.

'U heeft het gehoord,' zei hij tegen mij, opgewonden, 'beter dan een paard. Maar kan zo'n geval dan over een sloot springen? Of een berg op, zwemmen? Jonkies krijgen? Belachelijk! Als het om eten, drinken of poepen gaat, ben je er wel beter mee af, ja.' Hij lachte weer. 'Hinniken kan-ie natuurlijk ook niet!'

Ik was weer gaan zitten en zakte weg in een hoekje van de bank. In een aantal Nederlandse tijdschriften had ik gelezen dat de eerste jongedames die zich op een fiets waagden voor gek werden verklaard. Het hoorde niet. Als de wind hun rokken omhoog veerde, leidden de nieuwsgierige blikken tot zondige gedachten en ongelukken! Als er iets nieuws op de markt kwam, liepen die zedeloze lui voorop. En als er een schaap over de dam was... Ze vertoonden zich nu zelfs al op de openbare weg, zo maar, zonder enige reden!

Nederland en Europa waren in de ban van de tweewieler.

Ik herinnerde mij nog een speciale rubriek over fietsen in een of ander tijdschrift: Alleen een Don Quichote vecht tegen de vooruitgang. Waarom worden er geen fietsen voor vrouwen gemaakt? Dan gaat de storm wel liggen. Bestaat de wereld soms alleen uit mannen?

Van de fiets zweefden mijn gedachten naar Nederland en verder, naar Annelies. Daar lag zij begraven. Zij had niet meer mogen meemaken dat de tweewielers haar geboorteland overstroomden. Als Annelies niet bezweken zou zijn in Nederland, dan was ze inmiddels vrij en weer terug bij ons op Java.

Waarom toch moest ik weer aan haar denken? En waarom doemde haar gezicht weer op wanneer ik aan Nederland dacht? Zij had gekozen voor destructie, alleen en zonder mij. Dat was haar eigen keuze geweest. En in de omhelzing van de Nederlandse aarde kon zij geen getuige meer zijn van de aanrollende emancipatiegolf: emancipatie met de fiets als strijdpunt.

Ik stelde mij voor hoe fel bediscussieerd de emancipatie in Nederland was, en geen moment dacht ik daarbij nog aan Annelies, eenzaam in haar graf. Zij had nooit kunnen kennismaken met de beroemde Nederlandse feministen. Volgens hen stortte de wereld in zonder vrouwen. Waarom moesten zij zich op de achtergrond houden? Waarom hadden zelfs hun eigen zonen, die alleen door toeval tot het sterke geslacht behoorden, onoverkomelijke bezwaren wanneer hun moeder op de voorgrond wilde treden? Waarom konden in Nederland vrouwen nog steeds niet minister of lid van de Tweede Kamer worden? Terwijl Nederland al voor de tweede maal in successie een vrouwelijk staatshoofd boven zich droeg!

Ach, de moderne tijd! Waar bleven haar zegeningen? De erfenis van het verleden was nog niet uitgesleten; de inlander was inferieur ten opzichte van de Europeaan en werd als zodanig onderdrukt. De Europeanen waren onderling verdeeld: de ene liberaal bevocht de andere, de liberaal bestreed de niet-liberaal en nu was er de emancipatie: vrouw versus man. Was dát de moderne tijd, de heerschappij van het kapitaal? Machines en uitvindingen brachten geen soelaas. De mens blijft dezelfde; een gecompliceerd wezen, speelbal van zijn eigen eeuwige aspiraties, net als in oeroude wajangverhalen.

Ik was in slaap gesukkeld in het gouvernementsrijtuig. Ik schrok wakker toen het met een ruk stopte. Toen ik wilde uitstappen, voelde ik al dat dit bekend terrein was... ja, we stonden voor het huis van Njai Ontosoroh op Wonokromo. Wat wilde die schout in vredesnaam? Het zweet brak mij uit: Troenodongso! Dus toch de affaire-Toelangan.

Njai kwam met een glimlach naar buiten. Toch stelde zij mij daarmee niet gerust.

'Mevrouw,' sprak Van Duijnen, 'hier is meneer Minke. Ik reis onmiddellijk door. Ik verzoek u dringend hem hier op Wonokromo te houden. Orders van de officier van justitie. Ik groet u,' zei hij in het Maleis en vertrok met het rijtuig.

'Kom binnen, jongen. De bedienden halen je spullen wel naar binnen. Wees niet boos of teleurgesteld. Je ziet moe. Ik begrijp het best, je wilt zo gauw mogelijk het verleden vergeten,' zei Njai. 'Maar het is nog niet voorbij, dit huis en ik horen bij dat verleden. Kom, kijk niet zo sip, ga zitten.'

'Wat is er aan de hand, ma? Troeno?'

'Nee, die heeft geen problemen.'

'Robert Suurhof?'

'Nee.'

'Wat is er dan, ma?'

'Doe niet zo geïrriteerd. Je bent niet de enige wie het tegenzit. Ik heb ook problemen, evenals onze vrienden. Hopelijk is dit wel de allerlaatste keer. Jongen, het spijt me verschrikkelijk. We willen allemaal onze rust, maar het lóopt jammer genoeg ook wel eens anders. Ga maar eerst baden, daarna praten we verder.'

In de voorkamer was niets veranderd. Het schilderij van Njai hing nog steeds op de plaats waar dat van koningin-moeder Emma had gehangen.

'Je bent pas twee, drie dagen weg. Waarom kijk je zo onwennig? Nogmaals, mijn excuses,' herhaalde zij, en ging vervolgens haar kantoortje binnen.

15

Er was in dit huishouden iets voorgevallen. De wulpse en bevallige Minem had hier haar intrek genomen. Minem die de koeien altijd melkte! Ik zag haar de grond vegen; haar ogen loerden alle kanten op. Toen ik langs haar liep zei ze donszacht:

'U bent net teruggekomen, hè?' Het klonk ontzettend flemend.

Alsof ik doof was, liep ik door naar de badkamer.

Arme ma. Zij moest zich wel ongelofelijk eenzaam gevoeld hebben dat ze Minem in het huis liet wonen. Of wilde ze haar kleinzoon bij zich hebben? Wilde zij zich neerleggen bij haar lot?

Toen ik voor het avondeten de krant zat te lezen, kwam ma met Minems kind op de arm naar mij toe.

'Dit is Rono.'

'Minems kind, ma?' Ik legde de krant weg.

'Van Robert. Dit is mijn kleinzoon,' sprak ze met een glinstering in haar ogen. 'Ons geslacht sterft nu tenminste niet uit, jongen, hoewel ik liever had gezien dat jij met een kleinzoon was gekomen... jammer.'

Ze gaf verdere uitleg, toen ze mij stomverbaasd zag kijken.

'Het is Roberts zoon hoor, kijk maar naar zijn oogjes. De ogen van opa. Rob heeft het trouwens zelf bevestigd.'

'Rob?!' stootte ik uit.

'Ja, hij heeft mij zijn laatste brief geschreven.'

'De laatste?'

'Hij is dood, Rob is dood. Een geslachtsziekte. In Los Angeles.'

'Amerika?'

Zij knikte.

'Dat is ver weg!'

'Rono zal zijn vader nooit zien,' mompelde zij meer tegen zichzelf dan tegen mij, met donkere, stille stem.

Ik begreep haar en boog mijn hoofd. Haar beide kinderen waren niet erg lang na elkaar gestorven. En ook het lievelingspaard van Annelies was doodgegaan, in een even verstilde gemoedstoestand als waarin haar bazin het moede hoofd in de schoot had gelegd.

Ik wist nog hoe het was gegaan. De verzorger probeerde het beest alle aandacht en verzorging te geven en ma kwam elke dag een paar minuten praten zoals Annelies vroeger altijd deed. Maar het paard at niet eens de suikerklontjes waar het anders zo dol op was. Het werd steeds magerder. De veearts verklaarde dat er geen hoop meer was. Het beest kon niet meer op de benen staan – net zoals het Annelies was vergaan. Het lag languit op de vloer van de stal, te lusteloos om het hoofd te heffen. Het was nog voor wij naar Sidoardjo afreisden, dat wij 's morgens in het kantoor aan het werk waren en ma mij vroeg hoe laat het was. Negen minuten over tien. Zij stopte haar vingers in de oren. Een halve minuut later hoorde ik een schot, en nog een. Ma haalde de vingers uit haar oren en ging verder met haar werk. Ik vroeg wat er gebeurd was. Zij antwoordde: 'Bawoek... afgemaakt.'

Bawoek was dezelfde weg gegaan als Mellema en zijn kinderen.

En nu was Rono er dan.

'Mijn kinderen zijn dood. Ik heb Rono nodig.'

Ik keek Njai vragend aan. Zij begon te vertellen, langzaam – alsof zij in een inktzwarte duisternis tastend de weg probeerde te vinden. Het was een lang verhaal.

Kort na mijn vertrek met de 'Oosthoek' naar Semarang kwam er een brief van Robert Mellema uit Los Angeles. Njai ging met de brief naar de officier van justitie in verband met de zaak-Ah Tjong van enige tijd geleden. Ze werd vriendelijk te woord gestaan. Er werden twee afschriften van de brief gemaakt. Na verifiëring mocht Njai er een meenemen. Daarna ging zij naar het politiebureau om hulp te vragen bij haar pogingen in contact te komen met Robert. Toevallig was Darsam die dag haar koetsier. Toen gebeurde er iets op het voorerf van het bureau. Als door regisseurshand gestuurd, bevond ook de Dikke ofte wel Babah Kong zich op het terrein.

'De Dikke?!' riep ik, uit mijn stoel overeind schietend.

'Hij is kennelijk een politieagent eerste klasse.'

'Wat deed Darsam?'

'De Dikke waarschuwde hem vooral zijn mond te houden over de schietpartij.'

'En hoe reageerde Darsam – wat deed hij toen?' vroeg ik ongeduldig.

'Hij rende achter mij aan, het politiebureau in, en vertelde wie hij had gezien. De agent die mij hielp, was direct gealarmeerd en gaf zijn ondergeschikten opdracht hem te roepen. Niet de Dikke... niet Babah Kong... hij heette Jan Tantang.'

Het was behoorlijk verwarrend voor Njai. Ik kon mij geen enkele voorstelling maken van deze turbulente scène. Het moest een wel zeer ingewikkeld schouwspel zijn geweest.

'Jan Tantang werd in ons bijzijn ondervraagd,' vertelde ma verder. 'Hij is geen Chinese geldschieter, maar agent eerste klasse – een Indo, half Nederlands half Menadonees.'

'Heeft hij bekend?'

'Ja, al bij het eerste verhoor.'

'Betekent dit een nieuwe rechtszaak, ma?'

'Ja, onvermijdelijk.'

In Njai's armen begon Rono te dreinen. Minem kwam eraan en nam Rono over om hem de borst te geven. Toen zij wegliep, loerde zij naar ons vanuit haar ooghoeken.

'Hoor eens, jongen. Er is ontzettend veel gebeurd hier. Gisteren is de politie geweest met een telegram uit Los Angeles; ze zijn achter Roberts adres. Hij is vier maanden geleden gestorven.'

'Ma.'

'Zeg maar niets. Dit móest eens gebeuren.' Zij noemde dag en maand van overlijden. Hij was op dezelfde dag gestorven als het paard van Annelies.

'Het is verschrikkelijk, ma.'

'Hij heeft er zelf voor gekozen. Het is dunkt me beter zo. Gelukkig heeft hij zijn idealen nog kunnen realiseren: zeeman worden, varen, de wereld rond.'

Njai was een bijzondere vrouw – zij liet geen spoor van pijn zien. Maar ik wist dat zij innerlijk kapot was. En het zou niet lang meer duren of zij raakte de onderneming kwijt – haar troetelkind, een stukje van haarzelf, de kroon op haar werk.

'Wat zit het leven toch vol onverwachte gebeurtenissen, Minke. Voor ik het weet heb ik een kleinzoon,' sneed Njai snel een ander onderwerp aan.

Mijn vermoeden groeide dat het feit dat ik hiernaar toe was gebracht, niets met Troeno van doen had. De reden was vast de brief van Robert en de ontmoeting met de Dikke, die zich voor Babah Kong uitgaf, maar Jan Tantang heette.

'Je moet Roberts brief lezen.'

'Die is aan u gericht, ma.'

'Jij zal ook voor de rechter worden gesleept. Lees die brief nou maar.'

Ma gaf mij de brief na het eten. De exacte inhoud weet ik niet meer omdat ik hem slechts eenmaal doorgelezen heb. Er stonden veel taalfouten in. De brief ging ongeveer als volgt:

Ma,

ik weet dat u mij niet vergeeft, maar ik vraag het nogmaals: vergeef me. Ik ben en blijf uw eigen zoon.

Ma, nu ik dit schrijf, voel ik mij zo dicht bij u, net als toen u mij de borst gaf. Ik ben al lang geen zuigeling meer en moet het zonder uw liefdevolle moedermelk stellen; zonder die vergiffenis zal ik jong sterven. Ik moet me dwingen te schrijven; mijn hoofd bonkt en dreunt, mijn gewrichten zijn stijf en pijnlijk. Het einde nadert voor uw verloren zoon. Ik heb voortdurend koortsaanvallen en zie slecht, alles is wazig. Zo weet ik niet eens of deze regels wel recht staan. Maar deze brief móet af. Het wordt misschien mijn laatste en ik blijf de komende dagen of weken doorschrijven tot het bittere einde.

De verpleegsters hier zijn zo goed geweest te zorgen voor papier, inkt en een pen. Ze hebben beloofd de brief te ontsmetten en daarna te frankeren en te posten.

Ik schrijf u niet om medelijden te vragen. Uw vergiffenis is het enige dat ik wil. Ik zal mijn kruis dragen net als u alles moedig hebt doorstaan. Wees daarom niet verdrietig wanneer ik over mijn ziekte vertel. Ik ben uw zoon en alleen daarom vertel ik erover.

De ziekte die in mij wroet, wordt met de dag erger. Mijn lichaam functioneert niet meer, ik kan niets meer. Ik ben een hompje vlees met broze botten. Toch heb ik geen zelfmedelijden, ma. Veel erger is dit voor u – u heeft tenslotte een mislukkeling als ik gebaard en grootgebracht.

Ma, eerst zal ik vertellen waar ik die ziekte heb opgelopen. Ik heb een geslachtsziekte gekregen in het huis van Ah Tjong. Ik vervloek hem en zijn nakomelingen. Ik was jong en onwetend. Hij vroeg mij heel vriendelijk binnen te komen en bood mij een Japanse aan. Door haar heb ik u verraden – het was het ergste dat ik kon doen.

Ze kunnen mij niet meer helpen hier. Over mijn ziekte wordt angstvallig gezwegen; ik weet heel goed waarom.

Mijn verhaal begint dus bij Ah Tjong. Hij kreeg mij zo ver een papier te ondertekenen waarin stond dat ik bij hem inwoonde en dat hij zou zorgen voor mijn eten, drank, slaapplaats, pleziertjes en alle andere dingen die ik verlangde. De dag erop begon hij op me in te praten.

Als meneer Mellema overlijdt, bent u de enige erfgenaam.

Nee Bah, ik heb nog een jongere zus.

Hij knikte nadenkend en ging verder:

Daar laat u zich toch niet door ontmoedigen?

Ik heb ook nog een halfbroer uit het wettige huwelijk van mijn vader.

Een halfbroer? Heeft uw familie hier de aandelen in handen? Dan heeft hij nergens recht op. Ik zal wel zorgen dat het voor elkaar komt, daar heb ik m'n mannetjes voor. Alles komt in orde en u bent straks de enige erfgenaam.

Dat kan niet, Bah.

Alleen die zus... ach, ze is toch jonger dan u, dat zal wel geen probleem worden.

Mijn vader heeft misschien al wel zijn testament gemaakt.

Nee, zei hij, uw vader heeft niets vastgelegd.

Hoe weet je dat, Babah?

Hij lachte alleen maar.

Hoe weet je dat, Babah? vroeg ik weer.

Maakt u zich niet ongerust, het komt wel in orde. U wordt de enige erfgenaam.

Mijn zus gaat binnenkort trouwen met iemand van de H.B.S. Hij zal haar rechten opeisen.

Even werd hij stil. Toen vroeg hij wie dat dan was en waar hij woonde. Ik vertelde dat hij bij ons in huis woonde, maar dat de politie contact met hem hield. Op zijn vraag of ik mijn aanstaande zwager mocht, antwoordde ik dat ik hem een vuile inlander vond die ik van het begin af al niet had gemogen.

Kijk, njo, zei Babah, als u straks alles erft, mag u Maiko tot goendik maken. Ik zorg voor alles, u hoeft niet te werken.

Dat zal ma nooit toestaan.

Hij knikte en zei:

Uw zus, ach, en uw moeder is maar een inlands vrouwtje, wat kunnen ze doen? Niks. Het wordt een peuleschilletje, geloof mij maar, als ik zeg dat u alles erft, dan is dat zo.

Maar ik zal toch rekening met hen moeten houden.

Ja, nog wel, maar wie weet hoe het hun vergaat? De onderneming komt aan u. Werken hoeft niet en u kunt doen waar u zin in hebt, dat is alles; de winst komt vanzelf binnen.

En mijn vader dan?

Uw vader heeft niets meer te betekenen, die is een dode levende, of een levende dode. Hij is niets meer waard, dat weet iedereen. Zielig, maar het is niet anders.

Ja, bevestigde ik.

Hoeveel zakgeld krijgt u van Njai?

Ik krijg niets meer.

Hij sloeg z'n handen van teleurstelling tegen elkaar. Nu besef ik waarom u mij geen zakgeld meer wilde geven, ma. U wilde mij zelf voor mijn zakgeld laten werken. Ik vond werken iets afschuwelijks. Annelies begreep u en wist uw opvoeding wél te waarderen. Ik was echt fout, ma, en ik kan me wel voor mijn kop slaan dat ik zo'n leegloper ben. Wat u zei is waar, dat iemand pas gelukkig kan zijn als hij dat geluk heeft bevochten. Zo begrijp ik nu ook pas dat u heel gelukkig moet zijn. U heeft tenminste geluk in uw werk gevonden. Ach, het is zinloos u te vervelen met mijn gevoelens en sentimenten. Laat ik verder gaan met waar ik gebleven was.

Babah liet mij een mogelijkheid zien om de erfenis te bemachtigen. Het was een grote stommiteit van mij om op zijn giftige voorstel in te gaan.

Wat die aanstaande zwager betreft, njo... hij is jong en woont ook nog bij jullie in. Wat is hij nu waard?

Darsam beschermt hem, zeg ik je.

Darsam? Zo'n simpele bewaker? Wat verdient hij eigenlijk? Meer dan drie rijksdaalders?

Ik weet het niet, Babah.

Laten we aannemen dat hij meer verdient, pakweg dertig gulden. Als u hem nu vijftig gulden geeft, doet hij alles wat u zegt.

Daar zat wat in, vond ik. Hij vertelde hoe ik Darsam moest aanpakken. Alle bewakers zijn hetzelfde, zei hij, voor geld verraden ze hun eigen baas. Allemaal. Stop hem tien gulden in het handje als voorschot. Terwijl Babah dat zei haalde hij vier rijksdaalders uit zijn zak en duwde die in mijn hand. U hebt toch een hekel aan uw zus en Njai?

Ik mag hen geen van beiden, antwoordde ik.

Dat vergemakkelijkt de zaak. Maar reken eerst af met die toekomstige zwager.

Er was een duivel bij me binnengedrongen. Op een avond trof ik Darsam in zijn huis. Ik vroeg of hij meeliep naar de opslagplaats, waarna hij met de nodige argwaan achter me aan kwam. Daar streek ik een lucifer af en legde vier rijksdaalders voor hem neer.

Vier echte rijksdaalders, kijk eens hoe ze blinken en glimmen, begon ik.

Hè, hè, lachte hij even.

Voor jou, Darsam.

Wat bent u ineens rijk. Waar haalt u het geld vandaan?

Pak nu maar, mondje dicht. Stop het geld in je zak. Een andere keer krijg je er nog eens vier keer vier rijksdaalders bij.

Nóg veertig gulden? vroeg hij. Ongelofelijk.

Ik blies de lucifer uit om hem het geld zonder schroom te laten wegbergen.

Hoeveel loon krijg je per week van ma?

Ach, u doet net of u dat niet weet.

Ik zal je zeggen waar het op staat: je zult er voordeel bij hebben als je met mij meedoet.

Waar haalt u het allemaal vandaan?

Dat zit wel goed, Darsam. Zeg tjak, ik heb horen vertellen dat je een inbreker hier hebt gedood.

Een fluitje van een cent, weet u, hij was alleen.

Ja, dat moet gemakkelijk zijn gegaan. Wat gaat jou trouwens moeilijk af? Hé, tjak, zou je een volgende inbreker ook durven aanpakken?

Eerst kijken wie het is natuurlijk. Als het een van Njai's kinderen is pas ik ervoor.

Bedoel je mij, Darsam? Ik wil alleen maar die dingen waar mijn vader rechten op laat gelden.

Nou, juist daarom moet ik eerst weten wie die inbreker is.

Zijn antwoord maakte mij aan het twijfelen. Ik was huiverig om nog verder te praten. Maar denkend aan Ah Tjongs voorstel wierp ik mijn bangheid van me af en zette door.

Er is op het moment een inbreker, tjak. Hij is ongewapend. Jij krijgt nog eens veertig gulden als je hem spoorloos laat verdwijnen.

Wie is het?

Minke.

Ik kon zijn gelaatsexpressie niet zien in het donker. Kennelijk was hij ziedend, want hij gromde als een tijger.

Neem dat geld terug! snauwde hij driftig. Ik wil niks met bloedgeld te maken hebben. Luister voordat u weggaat eerst naar wat ik te zeggen heb. Als u ook maar één voet durft te verzetten voor ik heb gezegd waar het op staat... hak ik u in mootjes, en niemand die het ziet. Luister: ik gehoorzaam alleen Njai en noni Annelies. Zij vinden toean moeda Minke erg aardig. Pas op! Als er met hen drieën iets gebeurt weet ik de dader te vinden. Ik vermoord u als hun iets overkomt. En nu wegwezen! Speel geen spelletjes met mij.

Bang geworden rende ik terug naar Ah Tjongs huis. Hij knikte zwijgend. Ik probeerde het voorval uit mijn hoofd te zetten, maar was sindsdien doodsbenauwd Darsam nog eens tegen het lijf te lopen; deze minderwaardige bediende en bewaker had mij danig onzeker gemaakt. Babah zei dat ik moest binnenblijven en me verder rustig houden. Ik leefde me in deze periode volledig uit; het leven was zorgeloos en weldadig.

Ah Tjong had zo zijn plannen met onze familie, ma. Ik heb spijt dat ik hem zijn gang heb laten gaan. Sterker nog, ik stond achter zijn plannen. Ik verdien uw vergiffenis eigenlijk niet, ma. Alles wat mij nu treft, dien ik te zien als een opgelegde straf. Ik verlang van niemand enig medelijden, ook niet van u. Denk niet meer aan mij, ma, vergeet mij maar. Uw melk is aan mij verspild geweest; ik ben u als zoon onwaardig – zelfs een jonge hond toont meer genegenheid. Toch heb ik uw vergiffenis nodig, en van Annelies en Minke, hoewel ik die van hen niet zal krijgen. Ik heb er nu tenminste om gevraagd.

Wees op uw hoede voor Ah Tjong. Ik heb nu heel goed door dat hij zich met zijn gladde en smerige streken alle gronden en de onderneming wil toeëigenen.

Nu een ander onderwerp, ma.

Kent u Minem nog, de melkster? Annelies weet zich haar vast wel te herinneren. De dag dat Darsam, u, Annelies en Minke het huis van Ah Tjong binnenrenden, ben ik gevlucht. Ik begrijp wel dat u kwaad was op mij en Ah Tjong. Inmiddels was Minem zwanger van mij. Ik weet niet of zij het kind heeft laten wegmaken of heeft gehouden. Als het kind geboren is, dan is het van mij, ma, uw kleinkind. Ik hoop dat het een meisje is geworden.

Ik vraag u voor mijn kind te zorgen – het heeft u niets misdaan. Geef het mijn achternaam: Mellema. Mocht het een meisje zijn, noem haar dan Annelies. Zij wordt vast net zo mooi en knap als Annelies.

Ma, Minem mag geen melkster blijven. Laat haar in het huis wonen; ik heb het haar beloofd. U moet maar zien hoe u het regelt.

Al de hele week ben ik met deze brief bezig. Morgen zal ik niet meer kunnen schrijven. Wees gelukkig, ma... veel geluk en gezondheid wens ik u, dat u uw kleinkinderen gelukkig mag zien opgroeien. Hopelijk blijft u verschoond van verdere moeilijkheden. Annelies en Minke, het ga jullie goed...

*

De volgende rechtszaak diende zich aan. De publieke belangstelling was aanzienlijk geringer dan voorheen, hoewel er toch iets opvallends voorviel: als noviteit stond op de voorpagina van het *S.N. v/d D.* een foto van Annelies in haar prachtigste juwelentooi. Het fotobijschrift was pijnlijk sensationeel: knappe vrouw slachtoffer van erfeniskwestie.

Achter de foto school het fijne en fantastische van ons samenzijn dat maar enkele maanden had geduurd, maar dat stond er niet bij. Ronduit kwetsend was Maarten Nijman die trots op zijn succes ons opzocht.

'We kunnen de vraag van uitgevers, kranten, tijdschriften in Soerabaja en elders niet bijbenen. Allemaal willen ze het cliché hebben.'

Hij had geen tact, te gelukkig met zijn succes als hij was. 'Mijn tarief voor elke honderd afdrukken ligt te laag vergeleken bij het aantal aanvragen. Men kan best het driedubbele betalen!'

Ik walgde, kotste bijkans van de man die ik ooit verafgoodde. Mijn walging voor de pers nam toe met het aantal gepubliceerde foto's van mijn vrouw. Zij wilden van onze gevoelens handelswaar maken. Winst en succes maakten hen blind voor onze bezwaren tegen hun gedrag. Maar niets dat wij konden doen.

Het proces werd nauwelijks bezocht; de foto van Annelies daarentegen verscheen in huizen, waroengs, winkels, restaurants en zelfs hotels – zo berichtte een Maleise krant.

Vol tegenzin traden wij de rechtszaak tegemoet.

Het proces was gecompliceerd en duurde eindeloos. De rechter was dezelfde als tevoren, mr. B. Jansen.

Ah Tjong oogde mager, bleek en verschrompeld. Zijn snor was grijs geworden en zijn kleren van zijde hingen als een zak om zijn lichaam; zijn ogen lagen diep en hij tilde zijn hoofd haast niet van de borst.

Als getuigen waren opgeroepen een heel regiment prostituées van Ah Tjong, onder wie Maiko, en de Dikke alias Babah Kong ofte wel Jan Tantang.

Ik schrijf hier niets over het rommelige begin van het proces – het was simpelweg een herhaling van de vorige rechtszaak. De zitting moest vanwege het grote aantal ellenlange verhalen verscheidene malen worden verdaagd; het was een schertsvertoning.

Ik had geen baat bij de verdagingen, er speelde alweer een nieuwe rechtszaak. Ik moest getuigen in het proces tegen Robert Suurhof.

In het beklaagdenbankje zat hij samen met de juwelier Ezekiel. Ik, Robert Jan Dapperste en enkele andere voormalige schoolgenoten hadden gezien dat Robert Suurhof de ring aan Annelies' vinger had geschoven. Andere getuigen waren de erven van de beroofde overledene en de mishandelde wacht van de begraafplaats.

Dit proces nu verliep vlot. Hoewel Robert Suurhof zich in allerlei bochten wrong, kon hij zich er toch niet uitpraten. Achter mij snikte en snotterde mevrouw Suurhof. Haar ellende werd overstemd door het meesmuilende gelach van het publiek toen de vraag werd gesteld waarom Robert Jan Dapperste zijn naam in Pandji Darman had veranderd.

Het sarcastische lachen verstomde toen mijn door het gedrag van de rechtbank gekrenkte vriend korzelig een aanval inzette.

'Het is mijn recht mijn naam te veranderen. Het heeft u geen cent gekost.'

Zijn antwoord klonk mij als muziek in de oren.

Na anderhalf uur was het proces al afgelopen. Robert Suurhof werd veroordeeld tot anderhalf jaar gevangenisstraf zonder aftrek van voorarrest. Ezekiel kreeg acht maanden wegens heling.

Na afloop stond iedereen op, behalve mevrouw Suurhof. Mijn ogen kruisten die van Robert; er vlamde wraak uit en in zijn verbeten blik zag ik hoe hij van mij walgde. Pandji Darman kreeg een zelfde ziedende blik toegeworpen.

Mevrouw Suurhof riep hem een paar keer, maar Robert deed alsof hij haar niet hoorde en verdween tussen de agenten in naar de Kalisosok-gevangenis.

In het rijtuig op weg naar huis zei Pandji:

'Hij neemt wraak, Minke.'

'Ik ga meteen naar Batavia, Rob. Jij kunt rekenen op Darsams hulp.'

'Hij blijft levensgevaarlijk, Minke.'

'Zo'n held is het ook niet.'

Het gesprek viel stil; toch was ik er niet helemaal gerust op.

'We moeten wel voorzichtig zijn,' zei ik, 'hij is een hardnekkig type. Zeg Rob, aan dat gezeur over je naam heb je zoëven mooi een eind gemaakt. Ik vond het ook belachelijk.'

'Ik moest me voor die heren een houding geven na alles wat ik heb meegemaakt.'

'Sterkte, Rob, veel succes verder,' zei ik, hem mijn hand toestekend. Hij vatte mijn hand en voor ik het wist omhelsden wij elkaar als kleine jongens die een bloedverbond voor eeuwig afsluiten...

*

Bij de volgende zittingen werden Jan Tantang, Minem en Darsam gehoord.

Jan Tantang verklaarde Ah Tjong niet eerder te hebben gezien. De prostituées van Ah Tjong die geconfronteerd werden met Jan Tantang, zeiden hem nooit eerder te hebben ontmoet.

Ah Tjongs tuinknecht vertelde op de dag van Mellema's dood een dikkige man, die leek op Jan Tantang, op zijn dooie gemak door de tuin te hebben zien slenteren. De tuinman had gedacht dat hij een reguliere gast was die een luchtje schepte. De man ging Europees gekleed, en ook had hij geen haarvlecht. De tuinknecht vermoedde dat hij een christen-Chinees was, misschien wel familie van meneer de Luitenant der Chinezen. Hem wegsturen had hij niet aangedurfd, hij was gewoon weer aan zijn werk gegaan.

Er volgde een verhoor over de relatie tussen Robert Mellema en Ah Tjong enerzijds en die met Jan Tantang anderzijds.

De laatste zei Robert niet te kennen, hoewel hij de naam wel eens had horen vallen. Hij gaf toe op de dag van de dood van Mellema op het erf van Ah Tjongs bordeel te zijn geweest, maar er geen voet te hebben binnen gezet.

'Ik raakte er verzeild omdat ik op de vlucht was voor een Madoerees met een kapmes,' zei hij, 'die Darsam schijnt te heten.'

'Wie heeft u die naam verteld?'

Een hele poos zocht Jan Tantang zwijgend een uitweg. De officier dwong hem tot een antwoord:

'Minem.'

Toen er nader werd ingegaan op Minems rol werd er gegniffeld en gelachen.

Darsam gaf toe Jan Tantang nagezeten te hebben, omdat volgens hem Robert aan Jan Tantang opdracht had gegeven hem te vermoorden.

'Het is mijn taak de familie en de onderneming te bewaken,' zei hij, 'en dat doe ik zo goed mogelijk, daar word ik voor betaald.' Darsam moest antwoord geven op de dwingende vraag of hij Jan Tantang had willen vermoorden, want had hij al niet eerder iemand gedood en was hij al niet eerder betrokken bij rellen met de marechaussee en politie? Hij antwoordde er slechts achter te hebben willen komen wie zijn opdrachtgever was.

'Als zou zijn gebleken dat hij een huurmoordenaar was, had ik hem ter plekke afgemaakt.'

Op de vraag waarom hij Jan Tantang had gewantrouwd, volgde

een langdurige woordenwisseling waarbij het accent uiteindelijk op mijn rol viel.

Ik vertelde wat ik, vlak voor mijn huwelijk, had meegemaakt toen ik met de trein van Bodjonegoro naar Wonokromo reisde. Dat ik tegen verschillende mensen had verteld dat ik hem niet vertrouwde. Jan Tantang bevestigde dat mijn achterdocht hem in moeilijkheden had gebracht.

Het proces liep al een week en over anderhalve maand begon de school. Het vraag- en antwoordvuur leek eindeloos. Ik wachtte en wachtte tot Roberts brief eindelijk zou worden voorgelezen, maar het begon er steeds meer op te lijken dat mijn hoop ijdel was. Dag na dag verstreek. Er bleek nog niets van een spoedig einde. De omstandigheden waaronder Mellema de dood had gevonden, werden diepgaand besproken. Op zekere dag werd Njai nota bene gevraagd hoe zij haar kinderen had behandeld. Resoluut weigerde zij te antwoorden, omdat zij geen verdachte was en een dergelijke kwestie naar haar mening een privé-aangelegenheid vormde.

Als een donderslag bij heldere hemel werd een vraag op mij afgevuurd:

'Wat voelde u voor Njai Ontosoroh alias Sanikem?'

Mijn bloed kookte. Ma keek met en hoogrode kleur vol spanning naar mijn mond. Maar het lukte hun niet ons belachelijk te maken.

De rechtbank leek te willen duidelijk maken dat Jan Tantang niets te maken had met Ah Tjong en Robert Mellema. Daarom werden juist wij onder vuur genomen.

Met geen woord werd gerept over Roberts brief. De officier van justitie probeerde heel geraffineerd uit te vissen welke opdracht Njai precies aan Darsam had gegeven, maar zij bleef hardnekkig weigeren inlichtingen te verstrekken die ook maar enigszins verband hielden met haar hoedanigheid van hoofd en eigenaresse van de onderneming. Ze zei nooit opdracht te hebben gegeven om personen die de kampongs rondom de onderneming betraden, hard aan te pakken of zelfs te doden.

Intussen was er al een maand voorbij. En er verstreken nog eens een, twee, drie weken... Dit schooljaar kon ik wel vergeten. Mij werd de vraag gesteld of ik gedurende mijn aanwezigheid op Wonokromo nooit had moeten optreden tegen verdachte personen.

'Wat bedoelt u met "verdachte personen"?'

'Mensen die Njai en u tegenwerkten.'

'Zulke mensen zijn wij nooit persoonlijk tegengekomen.'

'Dus die mensen waren er wel?'

'Ja.'
'Waar?'
'Dat weet ik niet.'
'In welke zin werd u tegengewerkt?'
'Ze hebben mijn vrouw weggehaald.'
Het werd hoe langer hoe duidelijker dat men ons onder druk zette om bewezen te zien dat Njai, Darsam en ik een samenzwering hadden beraamd; tegen wie, dat werd mij niet duidelijk. Duidelijk was wel dat de rechtbank ons de duimschroeven hardhandig aandraaide.
Toen ik mijn vermoedens aan ma voorlegde, knikte zij:
'Je hebt gelijk. En ze rekken de zaak behoorlijk.'
'Waarom eigenlijk, ma?'
Zij vertelde dat, voor ik was teruggekeerd, drie mannen te paard naar Wonokromo waren gereden: een Hollandse gouvernementsaccountant met twee Indo's, zijn assistenten. Zij controleerden de boekhouding en keken de administratieve gegevens over de ladangs, sawa's en stallen na.
Ma toonde hun de officiële accountantsverklaring van meneer Dalmeyer, maar die negeerden zij volkomen.
'Heeft meneer Dalmeyer soms fouten gemaakt?' vroeg ma. De accountant gaf haar zwijgend een nieuwe accountantsverklaring.
'Dus,' vertelde ma verder, 'het ziet er naar uit dat de onderneming snel in andere handen zal overgaan. Ir. Mellema of een waarnemer van hem zal wel gauw komen.'
'Maar wat heeft dat met deze rechtszaak te maken, ma?'
'Als zij erin slagen ons in de ogen van de mensen zwart te maken, hun te doen geloven dat wij een wanbeleid voeren, is het veel eenvoudiger ons eruit te schoppen; Mellema kan er dan zo intrekken. En geloof maar niet dat iemand hier achter ons staat, iedereen zal het terecht vinden dat wij er uitgetrapt worden.'
'Dat mensen met een hoge opleiding zo diep kunnen zinken!'
'Juist hun soort!'
Ik moest ook zo vrijmoedig gaan denken. Er was al een vaag vermoeden bij mij gerezen, nu zou ik het bewijs geleverd krijgen.
'Zo moet je durven denken. Zij kunnen nog veel verder gaan.' Ma sprak kalm, alsof er niets aan de hand was. 'Het leven zit vol onverwachte wendingen. Wat je op school leerde is eigenlijk nog maar kinderspel; in het leven geldt het recht van de sterkste. Je zult zien dat ik gelijk krijg.'
Het werd mij duidelijker dat wij moesten blijven terugvechten.

De Filippino's wisten per slot van rekening ook niet hoe de toekomst eruitzag. Er moest iets gedaan worden. En dat was terugvechten.

Diezelfde avond ging ik naar Kommer en Maarten Nijman om hun het afschrift van Roberts brief te tonen – het door het openbaar ministerie gemaakte rechtsgeldige afschrift. Kommer hielp ik de passage over de samenzwering tussen Robert en Ah Tjong in het Maleis te vertalen. De twee journalisten schreven ieder hun commentaar voor een speciale editie die in de ochtendvroegte werd verspreid.

Het commentaar van Kommer was gedurfd: de rechtbank diende de getuigen niet als verdachten te behandelen en kon zich beter bepalen tot de hoofdzaak: de contacten van Ah Tjong met Robert, en Jan Tantang.

Kommer en Nijman werden opgeroepen als getuigen te verschijnen. Hun werd gevraagd uiteen te zetten hoe zij aan de citaten uit de brief van Robert kwamen. Beiden weigerden iets te zeggen. Kommer werd stevig aangepakt:

'Was de brief, die volgens zeggen van Robert Mellema is, in het Maleis geschreven?'

'In het Nederlands.'

'Waar haalde u in dat geval het recht vandaan de voor deze zaak zo delicate brief in het Maleis om te zetten en openbaar te maken, zonder een door de rechter beëdigde vertaler in te schakelen?'

'Voor zover ik weet is de brief gericht aan Njai. Mensen hebben toch hun rechten, ik mag toch vertalen wat ik wil? Kranteberichten worden nooit door een beëdigde vertaler ter hand genomen. In mijn journalistieke loopbaan ben ik nooit een juridisch artikel over deze kwestie tegengekomen.'

'Maar ziet u dan niet dat uw speciale editie de rechtsgang kan beïnvloeden?'

'Dat is verder mijn zaak niet. Iedereen is vrij om beïnvloeding te accepteren of af te wijzen. Feit blijft dat die brief er is.'

'Waar berust het origineel nu?' vroeg de president van de rechtbank.

'Bij de officier.'

De president vroeg aan de officier of er werkelijk een dergelijke brief bestond, waarna tekst en uitleg volgden. Ma verklaarde dat juist de brief voor haar aanleiding was geweest de politie te vragen contact te zoeken met – de inmiddels overleden – Robert in Los Angeles.

De president sloeg ettelijke malen met de hamer op tafel om ma ertoe te bewegen zich te beperken tot het beantwoorden van de gestelde vragen.

De rechtszitting werd grimmiger. Verschillende onderwerpen wisselden elkaar af; getuigen kwamen en gingen. Ik kon het nauwelijks nog volgen.

Waar is die brief eigenlijk gebleven? Waarom wordt de zitting voortgezet als er toch geen brief is? Waarom is Jan Tantang ten tonele gevoerd, waarom blijft het maar doorgaan? vroeg Kommer zich vinnig in zijn krant af.

Nijmans commentaar klonk vrijwel eensluidend. Mijn afkeer voor hem veranderde in oplettendheid. Zijn bijdrage aan deze zaak achtte ik niet meer dan een handelstransactie. Maar zolang zijn optreden ons voordeel opleverde, was er niets om afkerig van te zijn.

Zij tweeën probeerden met alle risico's van dien hoe dan ook te voorkomen dat de rechtbank de zaak op haar kop zou zetten: wie zijn eigenlijk de verdachten?

De commentaren trokken de aandacht van veel heethoofdige lezers in Soerabaja, van alle rassen en gezindten. Elke dag stroomden er meer belangstellenden toe. Toen de zaal overvol raakte, werd het proces voor enkele dagen geschorst. De school kon ik nu wel vergeten.

Bij de heropening was de rechter vervangen door een magere man, mr. D. Eisendraht. Het hoe en waarom was mij niet bekend. Wellicht dat mr. Jansen verhinderd was door ziekte.

De volgende zittingsdagen verliepen vlot en probleemloos.

De president van de rechtbank wilde dat de officier van justitie Roberts brief toonde. Er werd iemand aangewezen die hem moest voorlezen. Daarna werd de agent gehoord die het telegrafisch contact met Los Angeles had onderhouden en werd het officiële antwoord van de Amerikaanse politie voorgelezen: een zekere Mellema, onderdaan van Nederlands-Indië, had inderdaad in het ziekenhuis gelegen en was inmiddels overleden.

Naar aanleiding van de brief ging de rechtbank op zoek naar het eigenlijke motief voor de moord. Maar wegens ziekte van Ah Tjong moest de zitting weer worden verdaagd. Toen hij weer in staat was te verschijnen zag hij nog magerder en bleker; gebroken en radeloos bekende hij zijn daad. Ah Tjong werd veroordeeld tot de galg. Voor de straf ten uitvoer kon worden gelegd stierf hij.

De zaak Ah Tjong-Mellema was met steun van Kommer en Nijman tot een einde gekomen.

De zaak-Jan Tantang werd een ware komedie.

Hij werkte als agent eerste klasse in Bodjonegoro. Op zekere dag werd Jan Tantang ontboden bij de assistent-resident, De la Croix. Uur en datum wist hij zich nog te herinneren; als toegewijd gouvernementsdienaar noteerde hij alles nauwgezet.

Hij verscheen onmiddellijk toen hij werd geroepen.

Het was acht uur in de avond. De assistent-resident zat in een rotanstoel op de voorgalerij; Jan Tantang stond stokstijf voor hem.

'Bent u de agent eerste klasse die ik door de schout heb laten roepen?' vroeg hij.

'Ja, meneer, agent eerste klasse Tantang meldt zich.'

'Bent u Menadonees?'

'Jawel, meneer.'

'Spreekt u Nederlands?'

'Heel weinig, meneer.'

Dit stelde de assistent-resident teleur.

'Kunt u lezen en schrijven?' Zijn 'ja' fleurde hem op. 'Wie van de agenten eerste klasse spreken er behoorlijk Nederlands?'

'Voor zover ik weet niemand, meneer.'

'Ik heb een speciaal karweitje voor een intelligente persoon. Denkt u het aan te kunnen?'

Hopend op spoedige promotie antwoordde Jan Tantang:

'Natuurlijk, meneer.'

'Goed. Morgenochtend vertrekt u naar Soerabaja. Uw opdracht is de zoon van de nieuwe boepati in de gaten te houden. Kent u hem?'

'Nee, meneer.'

'Zijn naam is Minke, hij zit op de H.B.S. Wacht hem op bij het station.'

Jan Tantang moest mijn gangen nagaan; wat ik zoal deed, hoe het op school ging, wie daar mijn vrienden waren en met wie ik verder contact had.

'Waarom precies droeg meneer De la Croix, die toen assistent-resident van Bodjonegoro was, u op dit te doen?'

Jan Tantang moest het antwoord schuldig blijven. Hij vertelde wat hij gemeend had te moeten doen. Via brieven en telegrammen had hij steeds verslag uitgebracht.

'Hoe bent u door de mand gevallen? Was dit de manier waarop meneer De la Croix het zich had voorgesteld?'

'Ik heb geen verdere instructies gekregen.'

'Achtte u dit de beste manier?'

'Nee.'

Hij lichtte de kwestie nader toe. Teneinde omgang te krijgen had hij bevriend willen raken, maar Minke was een H.B.S.'er; Jan Tantang durfde niet en hield eerbiedig afstand.

Het draaide bijna op een ramp uit toen hij moest uitleggen hoe mijn verhouding met Njai was. Krampachtig greep hij zich vast aan zijn 'ik weet het niet'. En nog een paar keer werd hem dezelfde vraag gesteld, in andere bewoordingen, in bedekte termen, maar hij gaf geen krimp.

Volgens mij wist hij veel van ons, maar probeerde hij informatie over onze persoonlijke aangelegenheden achter te houden – dat waardeerde ik. Nu en dan kreeg ik écht het gevoel dat hij aan onze zijde stond, zoals hij Darsam al had gezegd.

Met beide handen in de schoot, rustig en beleefd, liet de beklaagde alles over zich heen komen. Ik zag hem niet meer als de Dikke, maar als mens. Zijn antwoorden waren steeds even hoffelijk als zakelijk en direct. Hij had mij voor zich gewonnen.

De la Croix had hem zoveel mogelijk informatie laten verzamelen over mijn persoon – ik was een van de geschoolde inlanders die hij tot studie-object had gemaakt. In zijn pogingen de inlandse geesteswereld te doorgronden, wedijverde De la Croix met Snouck Hurgronje. Hij werd het slachtoffer van zijn eigen studie en had velen in zijn val meegesleept; zijn positie was hij kwijtgeraakt en zijn bestaan in Holland was financieel gezien allerminst gewaarborgd.

Een van de getuigen was Minem. Die mannengek had uitgerekend een plaatsje naast mij gezocht; zo zat ik ingeklemd tussen twee vrouwen. Darsam was tussen de andere getuigen gaan zitten. Minem was aan de beurt om ondervraagd te worden. Zij sprak Javaans.

'Op een namiddag kwam een dikkige man die een paard bij de teugel leidde langs ons huisje. Hij glimlachte en kwam naar me toe. Hij liet een flesje reukwater zien en ongevraagd streek hij er wat van op mijn hals. Het rook heerlijk,' zei Minem. Zonder enige schaamte of angst babbelde zij er op los. 'Toen vroeg ik hem even te gaan zitten.'

'Waarom gaf u zich uit voor Babah Kong?'

'Omdat ik mijn eigen naam per se niet mocht noemen,' antwoordde Jan Tantang.

'U werkte inmiddels niet meer in opdracht van een assistent-resident.'

'Dan had ik nog altijd een opdracht van meneer De la Croix persoonlijk.'

'Waarom heeft u diens opdracht geaccepteerd? U bent in dienst van het gouvernement!'

'Ik deed het in mijn vrije tijd. Waarom ik het deed? Ik had een afspraak gemaakt met meneer De la Croix.'

'Werd u betaald?'

'Nee,' zei hij resoluut.

'Waarom wilde u het dan doen?'

'Inmiddels was ik achter de motieven van meneer De la Croix gekomen, dus hielp ik hem op vrijwillige basis.'

'Hoe onderhield u contact met hem nadat hij geen assistent-resident meer was?'

'Via brieven.'

'Wat stond daar zoal in?'

'Ze waren persoonlijk, niet voor anderen of de rechtbank.'

Jan Tantang toonde tenminste ruggegraat. Hij verdiende het in een gouden lijstje te worden gezet.

'Babah Kong vroeg van alles over mijn kind,' zei Minem, 'ook wie en waar de vader was. Ik vertelde hem dat de vader al meer dan een half jaar geleden weggelopen was. Toen vroeg hij of we gescheiden waren. Ik zei dat wij nog niet eens waren getrouwd. Hij haalde het flesje weer te voorschijn, deed een beetje reukwater op zijn hand en wreef het op m'n wang. Hij kneep me ook.'

Het publiek schaterde. Jan Tantang boog het hoofd diep. En Minem straalde bij zoveel publieke belangstelling. Het jonge moedertje hield geen woord voor zich. Haar rode, fijnbesneden lippen stonden geen moment stil; de rechter en officier keken genoeglijk zwijgend naar haar mooie figuur en knappe gezicht.

Zonder een blad voor de mond te nemen verklaarde Minem dat Robert het kind verwekt had, dat Njai dus de grootmoeder was. Toen:

'Volgens mij was Babah Kong jaloers op Rono's vader, ndoro. Hij wilde per se weten hoe de vader heette.'

'Heeft hij u niet gevraagd met hem te trouwen?'

'Hij vroeg wel of ik met hem wilde meegaan.'

'Waarom heeft u dat niet gedaan?'

'Wat moest er dan met het kind gebeuren?'

'Heeft Njai haar kleinkind niet erkend?'

'Inmiddels wel,' zei ze met flair.

Njai vond dit in het geheel niet leuk; voor de zoveelste keer werd het wel en wee van de familie *en plein public* uitgeplozen. Meneer de officier liet volgens mij geen gelegenheid ongebruikt om het proces te vertragen. Hij overspoelde Njai met vragen.

Het was de president van de rechtbank die uiteindelijk korte metten maakte met het opgewonden geroezemoes van het publiek. Darsam was aan de beurt.

'Hoeveel keer per etmaal zagen jullie elkaar?'

'Nooit geteld,' zei Darsam nors.

'Heeft u haar het hof gemaakt?'

'Dat is bij iemand zoals zij niet nodig,' bitste hij met onverholen woede.

'En andere vrouwen?' vroeg de officier met schuine blik naar ma.

Op dat ogenblik begon mijn bloed te koken.

De president sloeg met de hamer.

'Ik vraag dit om achtergrondinformatie te verkrijgen, edelachtbare,' repliceerde de officier van justitie. 'Geef antwoord, Darsam, waarom heeft u haar nooit het hof gemaakt?'

Darsam zweeg in stilte.

'Heeft u haar wel eens vastgepakt?'

'Nee,' zei hij verbeten.

'Klopt dat, Minem?'

'Ja.'

'Is meneer Minke u wel eens thuis komen opzoeken?'

'Nee,' antwoordde Minem.

'Praatten jullie met elkaar?'

'Af en toe, ndoro.'

'Heeft hij wel eens avances gemaakt?'

Tranen van bittere ellende sprongen in mijn ogen.

'Jammer genoeg niet, ndoro.'

'Hoezo, hoopte u daar op?'

Minem giechelde.

Ma schoof onrustig op haar stoel.

De hele weg naar huis sprak ma geen woord tegen Minem. Ik zei haar wat ik van de gang van zaken dacht. Zij glimlachte even en legde uit:

'De officier wil koste wat het kost een aanwijzing vinden dat het kind niet van Robert is.'

'Waarom, ma?'

'Een zoon van Robert heeft recht op een deel van de erfenis. Je ziet zo dat ir. Mellema en die officier onder een hoedje spelen. Maar wij staan machteloos, wij kunnen niets bewijzen.'

Op de volgende zittingsdagen kwam de schietpartij aan de orde. Men slaagde er niet in te bewijzen dat Jan Tantang en Darsam vanwege Minem op de vuist waren gegaan.

De rechtbank concludeerde uit de bewijsstukken en politieverslagen dat er gevochten was. Zowel Darsam als Jan Tantang bekende; Darsam was begonnen en Jan Tantang had zich slechts verdedigd. Darsam werd veroordeeld tot zes maanden voorwaardelijk met een proeftijd van twee jaar; Jan Tantang kreeg acht maanden en ontslag uit de dienst omdat hij bovendien had geprobeerd informatie achter te houden.

Hiermee was deze langslepende geschiedenis dan eindelijk voorbij.

16

Op een ochtend kwam er een donkergekleurde Indo te paard naar Wonokromo. Hij had een witte bloes en broek aan, en ook zijn pet was wit. Schoenen droeg hij niet. Heel beleefd reikte hij mij twee brieven aan. Ma was niet op het kantoor, zij deed het werk dat Annelies voorheen had gedaan.

De ene brief was een officiële verklaring van de gouvernementsaccountant waarin stond dat de boekhouding van de onderneming in orde was – zij bevestigde de verklaring van meneer Dalmeyer. De andere brief was van ir. Mellema; ik legde hem ongelezen op ma's schrijftafel.

'Meneer,' zei de koerier, 'zou ik Minem kunnen spreken?'

'Minem?'

'Die woont hier toch?'

'Wat wilt u?'

'Ik zeg het haar liever zelf.'

Ik opende de tussendeur en riep Minem. Met de kleine op haar arm kwam zij stralend aangelopen.

'Riep u mij, meneer?' vroeg zij koket. Haar volle lippen glommen van een net verorberde maaltijd. Zij ging dicht bij mij staan en wiegde speels met haar hoofd.

'Kom binnen.' Minem stapte het kantoor in en keek beteuterd toen zij de ander gewaarwerd.

'Dit is Minem, die bedoelt u toch?'

'Heet jij Minem?' vroeg de Indo.

'Ja, meneer.'

'Kun je vandaag nog met me meegaan?'

'Meegaan? Waarheen?'

'Naar meneer De Visch, de accountant.'

'Meneer wie...?'

'Mijn baas, meneer De Visch. Je hebt toch gezegd dat je zou komen?'

Minem dacht een moment na. Toen zei ze lachend:

'Oh, die. Een ogenblikje, ik neem afscheid van Njai, wacht u even?'

Zij liep het kantoortje uit. Ik stond perplex. Wat was zij toch ongedwongen. Zij had niets van de schuchtere inlandse meisjes, ze was net een Hollands meisje van de H.B.S. Een slimme meid, dacht ik, ze had alleen pech dat ze niet naar school had kunnen gaan. Ik vond haar moedig; ze speelde alles of niets. Minem besefte dat zij slechts van het zoete leven kon proeven door haar mooie figuurtje en knappe smoeltje. Een goede opleiding zou van haar een werkelijk fantastische vrouw hebben gemaakt.

Niet lang daarna kwamen ma en Darsam binnen. Zonder acht te slaan op de koerier nam zij plaats achter haar bureau, pakte enkele velletjes papier en gaf ze aan Darsam.

'Doe iedereen de groeten van ons en probeer Jan Tantang te spreken te krijgen. Zeg hem dat hij zich geen zorgen hoeft te maken; zodra hij vrij is, zorgen wij voor een baan.'

Darsam groette en vertrok. Ik maakte ma attent op de brief van meneer De Visch. Met stralende ogen en een glimlach om de mond las ze de brief van de accountant. Ze knikte instemmend. Haar gezicht droeg de jeugd en frisheid van een meisje, zij zag er keurig verzorgd uit. Haar gezicht, gedrag en ziel toonden geen enkel spoor van de doorstane moeilijkheden.

Nu had ma de brief van ir. Mellema in haar handen. De glimlach verdween ogenblikkelijk. Ze vatte de koperen briefopener, maar weifelde. Ze keek naar mij, naar de koerier.

'Hij wacht op antwoord, ma.'

'Heeft u deze brief gebracht?' vroeg zij in het Nederlands.

'Ja, Njai.'

'Ook die van ir. Mellema?'

'Inderdaad, Njai.'

'Werkt u bij De Visch of bij Mellema?'

'Bij de eerste, Njai.'

'Moest u deze brief dan tegelijk meenemen?'

'Zo is het.'

'Zit ir. Mellema op het accountantskantoor? Er zit geen postzegel op zijn brief.'

'Dat weet ik niet, Njai.'

Ma tikte met de rand van de envelop op tafel, zij probeerde moed te verzamelen. Toen legde zij de brief en de opener weer op tafel.

'Lees jij hem maar voor, Minke,' zei ze bijna fluisterend.

Ik scheurde de envelop open en las de brief zachtjes voor.

'Hm, schrijf maar een antwoord, Minke.'

Toen ik ermee klaar was, schoof zij de brief zelf in een envelop en wenkte de Indo.

'Deze brief kunt u meenemen.' De Indo pakte hem aan en ging weer zitten.

'U kunt gaan, hoor. Waar wacht u nog op?'

'Op Minem, Njai.'

'Minem?'

'Ja, die gaat met mij mee.'

'Waar kent u haar van?'

'Ik heb haar net ontmoet.'

'Hier?' zei ma met een verwonderde blik.

Ik legde snel uit hoe de vork in de steel zat. Ma stond op, pakte een zakdoek uit de la en begon er zenuwachtig op te bijten. Langzaam liep zij naar de deur, haalde diep adem en nam naast de koerier op het zitje plaats.

'Wanneer heeft Minem die meneer De Visch ontmoet? Ach, laat ook maar, ik roep haar wel even.'

Zonder te kloppen kwam Minem binnen met Rono op de arm en een bamboetas in haar hand. Minem had haar mooiste kleren aangetrokken en zag er heel aantrekkelijk uit.

Gewoonlijk keek zij naar de grond als zij ma iets te zeggen had, maar nu keek zij haar recht in de ogen.

'Njai, ik ga weg, ik ga naar meneer...'

'Ga eerst zitten, Minem, laten we er rustig over praten. Minke, kom eens hier, jij bent getuige. En u ook, hoe heet u?' vroeg zij aan de koerier.

'Raymond de Bree, Njai.'

We zaten met ons vieren om de tafel. Rono sliep in de armen van Minem.

'Minem,' begon Njai, 'jij woont bij ons in huis omdat Robert dat wilde. Niemand heeft je gedwongen, ik heb het zelfs aan je gevraagd, niet?'

'Ja, Njai.'

'Zolang je hier woont heeft niemand je toch lastig gevallen?'

'Niemand, Njai.'

'Dat weet je zeker?'

'Ja, Njai.'

'Je bent op het ogenblik niet zwanger?'

'Nee, Njai, dat weet ik zeker.'

'Hebben we je soms niet goed behandeld?'

'Ja hoor.'

'Goed. Je gaat dus geen rare verhalen over ons rondbazuinen, hè?'

'Nee, Njai.'

'Zul je geen spijt krijgen als je bij meneer De Visch bent?'

'Nee, Njai.'

'Denk even goed na. Als je eenmaal weg bent, kun je hier niet meer terugkomen, begrijp je?'

'Ik begrijp het.'

'Je was hier omdat Robert het wilde. En je gaat weg omdat je het zélf wil.'

'Inderdaad, Njai.'

'En wat gebeurt er met Rono?'

'Wilt u voor hem zorgen?'

'Heb je daar wel goed over nagedacht?'

'Wat moet zo'n kind zonder vader, Njai?'

'Goed, geef Rono maar hier.' Minem legde haar zoontje in de armen van Njai.

'Weet je het heel zeker? In ieder geval moet je hem niet meer opzoeken, dat heeft geen zin.'

'Nee, Njai, maar wilt u mij een vergoeding geven?'

'Bedoel je een schadevergoeding?'

Minem knikte zonder blikken of blozen.

'Ik zal goed voor het kind zorgen. Ik geef je een vergoeding, maar denk niet dat ik mijn kleinzoon daarmee afkoop. Jij hebt hem zelf in mijn armen gedrukt, jij hebt allerlei mensen bespeeld om mij zover te krijgen hem te erkennen als mijn kleinkind.'

Intussen werd de koerier ongeduldig. Hij wiebelde op zijn plaats en frunnikte nerveus aan zijn schoudertas. Ma legde hem de situatie uit:

'Het gaat hier om mensen, meneer Raymond, daar moet men niet licht over denken. Wel, ik geef je een vergoeding, Minem. Ik handel niet in mensen, laat dat duidelijk zijn. Meneer De Bree hier is getuige. Vertelt u het straks maar aan meneer De Visch.'

'Laat Minem het hem zelf maar uitleggen, Njai.'

'Als u zich afzijdig wilt houden... ook goed. Ik heb een getuige: meneer Minke. Mochten er in de toekomst moeilijkheden van komen, dan zal ik zeggen dat u er bij was. Ik heb precies genoteerd wanneer en hoe laat. U kunt gaan als u wilt.'

'En Minem dan?'

'Neem haar maar mee.'

'Kom, Minem, we gaan,' zei De Bree.

'Mijn vergoeding, Njai.'

'Dat moet ik op papier zetten, Minem,' zei Njai, 'en je moet je duimafdruk plaatsen. Zo niet, dan krijg je geen geld en kun je vertrekken. Wacht even tot meneer Minke een verklaring heeft opgesteld,' zei ma, die mij met een oogbeweging aan het schrijven zette.

Ik stelde een korte verklaring op waarin stond dat Minem op die en die datum, om zo en zo laat, haar zoon Rono aan Njai had afgestaan, in het bijzijn van mijzelf en meneer De Bree, koerier van accountant De Visch, en dat het kind op de zoveelste was geboren als buitenechtelijke zoon van Robert Mellema.

Njai las de brief in het Javaans voor, waarna Minem haar duimafdruk plaatste. Njai en ik zetten onze handtekening, Raymond de Bree weigerde.

'Dat maakt mij nïets uit,' zei Njai. 'Onder uw naam komt de toelichting dat u aanwezig was maar geen handtekening wilde zetten. Schrijf dat erbij, Minke. Zet er ook op dat meneer De Bree Minem heeft meegenomen naar een ons niet bekend adres.'

Ik schreef alles op. Njai schoof het papier nog eens onder De Bree's neus, maar die vertikte het te ondertekenen.

'Dan niet, hoor. Maar bedenk wel dat u later beschuldigd kunt worden van ontvoering.'

De Bree trok wit weg en zette, na enige aarzeling, zijn handtekening.

Zij vertrokken. Minem gaf haar zoontje nog een kus ik zag hoe de tranen haar in de ogen schoten. Toen ging zij samen met De Bree op pad. Daar gingen ze, blootsvoets.

'Minem!' riep ma. Minem draaide zich ogenblikkelijk om en liet De Bree wachten onder een boom.

'Wat moet er met je moeder, laat je haar zo maar achter?'

'Een andere keer kom ik haar wel halen, Njai.'

'Wie geeft haar intussen te eten?' Zonder te antwoorden of te groeten, maakte zij zich uit de voeten. Rono sliep.

'Vuile slet!' siste Njai. 'Rono, je boft dat je haar niet meer ziet. Wat denk je van een verhaal over dat mens, Minke? Ze lijkt me een uitstekende hoofdpersoon en je hebt haar van dichtbij meegemaakt.'

Vuile slet – die kreet had ik nog nooit gehoord.

'Dan vergeet je deze dag niet meer,' zei ze.

'Minem heeft het recht te doen wat ze wil, ma. Misschien voelde zij zich hier niet op haar gemak.'

Ma wilde er niet van horen.

'Die vuile sletten die met hun lijf te koop lopen zolang hun volle borsten en gladde wangen nog niet verschrompeld zijn. Je vindt ze overal, in alle lagen: ik walg ervan. Als ik kon schrijven als jij... Moet je dit kind zien; het betekent niks voor haar. Een man, de huishouding, haar moeder – ze kunnen haar gestolen worden. Minem vergooit haar jonge leven in de jacht op genot; dat is voor haar begin- en eindpunt.'

Ma spuwde haar gal over Minem uit. Het kon haar niets schelen wat ik ervan vond.

'Niemand weet wat er van deze kleine terechtkomt. Ik hoop dat het hem goed gaat, beter dan zijn vader en moeder. Jij hebt de neus van Robert en je bent lichter gekleurd dan je mama, hè Rono?'

Plotseling schoot haar iets te binnen.

'Straks om vijf uur komt Maurits Mellema, Minke.'

Ik deed of ik doof was. Dit betekende vast dat ma van Wonokromo werd weggestuurd.

'Wat ben je bleek, Minke. Wat hij ook van plan is, maak je maar geen zorgen. Misschien trapt hij ons er wel uit en houdt hij de spullen voor zichzelf. En wat dan nog?'

Dat zou een ontstellende vernedering zijn – uit huis gedonderd worden, roemloos, eerloos. Wat zouden onze tegenstanders lachen en juichen. Ik moest bij ma blijven, met haar de problemen het hoofd bieden.

'Wij zullen hem een passende ontvangst bereiden,' zei ma.

'Een ontvangst?!' riep ik.

'Volgens de wet is hij eigenaar van dit alles hier; nu Robert en Annelies dood zijn is alles voor hem.'

'En u dan?'

'Maak je je zorgen om mij? Dat vind ik aardig, jongen. Je bent toch niet bang dat ik een blok aan je been word? Laten we eerst Maurits te woord staan voor alles voorbij is. Jij hebt trouwens ook nog een appeltje met hem te schillen. Tegen hem en de wet staan we machteloos, maar wij hebben een mond en die zullen we gebruiken ook. En wat dacht je van onze vrienden?'

'Wat kunnen die doen?'

'Echte vrienden helpen altijd. Vriendschap moet je niet onderschatten, ze gaat veel dieper dan vijandschap. Ben je het ermee eens dat wij Jean Marais en Kommer erbij halen?'

Ik dacht erover na. Wat konden deze mensen uitrichten met de wet tegenover zich? De verlegen invalide en de breedsprakige jager.

'Ben je het er niet mee eens?'

'Goed dan, ma, ik zal ze vragen.'

Rono werd wakker, Njai wiegde hem.

'Ach, hij heeft geplast. Kom, Minke, nodig ze maar uit, dat lijkt me het beste.'

Ik vertrok en vergat die wulpse Minem en de hulpeloze Rono. Wat opdoemde waren beelden van mijn schoonmoeder met haar raadselachtige plannen en de komende confrontatie...

17

Dit boek bevat verhalen en stemmen die gevangenzaten in mijn pen. Zij beslaan een bepaalde periode van mijn leven. Nu zal ik een aantal verdere gebeurtenissen weergeven; dat er een enkel geval van jaren later doorheen speelt, is niet erg belangrijk.

Het gerucht ging dat Nederlands-Indië een eigen zeemacht wilde opbouwen: de Gouvernementsmarine, dus los van de Koninklijke Marine. Dit gerucht lag niet ver bezijden de waarheid.

De Japanners waren gelijkgesteld aan het blanke ras; Japan stond op gelijke voet met de landen die zijn gelijkwaardigheid erkenden. In Indië waren de Japanners inmiddels geschrapt van de lijst van Vreemde Oosterlingen - zij waren niet meer of minder dan de Europeanen. Hoe de kolonialen in Indië ook scholden, dreigden en protesteerden, het regeringsbesluit was een feit.

En de Hollanders maar honen dat de Japanse vloot voor een land met zo'n eeuwenoude maritieme traditie niets voorstelde, nauwelijks meer was dan oud roest. Er waren Japanners die in alle bescheidenheid toegaven dat hun land net een baby was die pas leerde kruipen. Maar zij wisten eigenlijk wel beter; zij hadden nooit op hun knieën gelegen, nooit in het stof gekropen voor Europeanen - het Japanse volk hoefde zich niets aan te trekken van al het hoongelach.

Ik heb eens een kleine litho gezien van een gehavende Japanse vloot in zware storm. Kanonnen sidderend in de kilte. Op iedere boot wapperde de Japanse vlag; ze waren haast even groot als de schepen zelf. De tekst eronder luidde: *Met de kimono in top, voorwaarts!*

Hoe men ook spotte, toch organiseerden Nederlands-Indische defensiedeskundigen een bijeenkomst over Indiës verdediging, juist op het moment dat een eenheid van de Koninklijke Nederlandse Marine in Indische wateren patrouilleerde onder bevel van admiraal... (zijn naam laat ik achterwege).

Het belangrijkste punt van de admiraal was: wat is de sterkste verdediging voor Indië?

Japan is het gesprek van de dag. Volgens mijn inlichtingen is de Japanse zeemacht tienmaal zo sterk als de V.O.C. in de tijd van de veroveringen op Java, Sumatra en de Molukken; de afstand tussen Japan en Indië is veel kleiner dan die tussen Nederland en Indië! Daarom is het niet op zijn plaats te spotten met de opkomst van Japan. Het feit dat een land zich heeft weten staande te houden tegen de westerse suprematie moet men niet bagatelliseren. Een dergelijke natie zou best eens haar eigen strategie kunnen gaan ontwikkelen. Kennis en wetenschap zijn toch gemeengoed geworden voor krachtige naties. Dat betekent dat niet langer de huidkleur bepalend is voor een oorlogszege, maar het geheven geweer in de hand van zich verzettende volken. Geen vlees is opgewassen tegen kanonskogels. De moderne wetenschap is geen Europees monopolie meer. Mensen zeggen dat Japan alleen het westen kan imiteren. Dat getuigt van een pijnlijk gebrek aan inzicht in het historische proces. Het aanwenden van wat goed en bruikbaar is, geeft juist blijk van vooruitgang en is geen schande zoals sommige kolonialen neerbuigend opmerken. Geen enkel individu of volk is zonder te leren van anderen zelfstandig en groot geworden. Het is heel gewoon dat mensen zich aan nieuwe situaties aanpassen; de realiteit verandert men niet door scheldpartijen. Ook de Europeanen hebben nageaapt voordat ze bereikten wat ze nu zijn. Ze namen zelfs slechte dingen over, zoals het pijproken van de Indianen. Imiteren is een fase uit de kinderjaren. Op een dag wordt het kind volwassen; daar moet men zich op voorbereiden. Men moet niet schrikken, in geen geval achteruit deinzen, wanneer de realiteit zich opeens levensgroot aandient. Men kan zich er niet vroeg genoeg tegen wapenen.

Het lijkt ook zo onwaarschijnlijk: Japan dat Indië inpikt, dat tegenover de Fransen komt te staan in Indo-China en oog in oog komt met de Engelsen bij hun sterkste vesting in Zuidoost-Azië, Singapore. Indië wordt weliswaar beschermd door een bijna onneembaar Hollands kordon, maar er dient vooral niet te worden vergeten dat de afstand Europa – Zuidoost-Azië te groot is. De beste en sterkste schepen liggen ver van elkaar bij de kolonies in Amerika, Afrika, Azië en Australië; de Japanse vloot is op één punt geconcentreerd – en dan is zijn landmacht er natuurlijk ook nog.

Vergeet niet, mijne heren, dat iedere Japanner die zijn land verlaat in hart en ziel Japanner blijft en niet scheidt van zijn land, voorouders en volk, of het nu gaat om een ananasplukker op Hawaï, een scheepskok ergens op de oceaan, een huisbediende in San Francisco of een prostituée in een wereldstad. Sterker nog: al leven ze van ons, ze blijven ons toch zien als een onbeschaafd volkje, en op zekere dag zullen ze hun gelijk proberen te halen.

Badinerend gelach om de zogeheten arrogantie van deze geïsoleerde natie is volstrekt niet op zijn plaats. Japan heeft al tientallen jaren terug zijn poorten geopend voor de westerse invloed, terwijl zijn staatsburgers over de hele wereld uitzwermen en de restjes oppakken die andere volken laten liggen. Japanners zijn zuinig; dat hebben zij over voor hun Land van de Rijzende Zon. Nog vóór zij het van ons hebben kunnen leren, hanteerde de Jap al de economische principes die wij ook kennen.

Naderhand hoorde ik dat een deel van de aanwezigen zich laatdunkend had uitgelaten over Japan en de admiraal.

Op de bijeenkomst werd het voorstel gedaan om in geval van een aanval een eigen verdedigingsstrategie vast te stellen die passend was voor de geografische ligging van Indië. Het mocht niet wederom gebeuren dat Nederlands-Indië zou worden veroverd, zoals in 1811 toen Indië onder gouverneur-generaal Jansen in handen viel van de Engelse vloot. Zoiets mocht nooit meer gebeuren. Het Nederlands-Indische leger was autonoom nu, vormde een eenheid, de steunpilaar van Nederlands-Indië. Op zee was Indië nog immer afhankelijk van de Koninklijke Marine. Het troepentransport naar Atjeh en de Molukken was, voordat de K.P.M. werd opgericht, toevertrouwd aan particuliere ondernemingen die in handen waren van Arabieren, Chinezen, Madoerezen en Boeginezen.

Over dingen als verdediging en de zee had ik nooit nagedacht, maar het onderwerp intrigeerde me nu. Ik haalde mij in gedachten de voorbije eeuwen voor de geest. V.O.C.-schepen – houten zeilschepen – vechtend tegen de oceaangolven, maanden, soms wel jaren lang. Op zoek naar specerijen. En die vonden ze. De winsten waren hoog. En om die te beschermen en te vergroten stichtte men een wereldrijk. Het grootste steunpunt was mijn vaderland. En nu hield men dan angstvallig diezelfde oceaan in de gaten, omdat de oceaan waar Nederland zijn grootheid aan te danken had, ook voor andere landen in opkomst van cruciale betekenis was om een wereldmacht op te bouwen. Zoiets zouden de Hollanders nooit laten gebeuren. Ze waren gedoemd te verdedigen al wat zij hadden gesticht...

Nederlands-Indië had een eigen zeemacht nodig om zijn territoriale wateren af te schermen. Men moest niet de illusie koesteren sterk genoeg te zijn in geval van een aanval over zee – de opgetrommelde Nederlandse vloot zou nog ergens op de Atlantische Oceaan ronddobberen.

Dus moest Indië een eigen marine hebben. Zo snel mogelijk. De Indische defensie diende rekening te houden met de lokale geografische omstandigheden. Een eigen maritieme defensie. Een grootscheeps onderzoek naar een geschikte thuishaven moest er komen, bases moesten worden aangelegd. Het was te gek dat de Koninklijke Marine als op een pleziertochtje overal maar kon neerstrijken.

De vergadering veroorzaakte bij de militairen grote consternatie, net als bij de admiraal, van wie men zei dat hij de Nederlandse belangen vertegenwoordigde. Op mij maakte de vergadering de indruk dat de oorlog elk moment kon losbarsten. Nederlands-Indië tegen een onbekende tegenstander. De wereld wemelde van de tegenstellingen: de een tegen de ander, volk tegen volk, groep versus groep, individu contra groep vice versa, in Europa vrouw contra man en niet andersom, regering tegen staatsburgers. En nu dan stonden de grootmachten tegenover elkaar. Alles kwam op hetzelfde neer: een bonte mengeling van belangentegenstellingen!

Wanneer Nederland onverhoopt zelf in moeilijkheden kwam te verkeren – en dat was reeds een aantal malen het geval geweest – dan moest Indië het op eigen kracht redden. En dat was zonder marine onvoorstelbaar in deze tijd. Sommigen wezen op de Duitsers in noordoostelijk Nieuw-Guinea, op de Engelsen aan de noordelijke grens en in het zuidoosten. De Amerikanen zaten ook niet stil met hun marine in Zuidoost-Azië; die speelden landverovertje met de Filippijnse opstandelingen en hadden de Spanjaard er al uitgeschopt...

Men zei dat deze wijziging in het 'machtsevenwicht' (wat zat die term toch diep in mijn hoofd gegrift) ook voor Indië consequenties had.

Jammer dat ik nooit een wajangvoorstelling van de Bharatajudha heb gezien; ik ben nog nooit een dalang tegengekomen die een zo ingewikkeld spel aandurfde. Die gecompliceerdheid fascineerde me, net als het veranderde 'machtsevenwicht'.

Ik voelde me een kind in een speelbox waarbuiten niets dan vraagtekens opdoemden – wat er van Indië zonder eigen zeemacht zou worden, werd ook voor mij een levensgroot vraagstuk.

De landmacht was al eeuwenlang de trots en oogappel van de Nederlanders. De Filippijnse les zette de tongen in beweging over de nutteloosheid van een landleger voor een eilandenrijk dat het zonder zeemacht moest stellen. Spanje had liever de aftocht geblazen dan het op een confrontatie met de Amerikanen te laten aankomen. En ik kan er nog wel een opmerking uit de wandelgangen aan toevoegen: Indië moet zijn eigen boontjes doppen, ook wat betreft de verdediging van de zee.

De vergadering besloot met een waarschuwing die ik mijn hele leven niet zal vergeten: Past op uw zaak, heren, als er nu oorlog uitbreekt en de koloniale bolwerken in het noorden bezwijken, is het binnen luttele dagen met Indië gedaan.

*

Niet lang na de bijeenkomst kwam de militaire oorlogsbodem *H.M. Sumatra* naar Indië om onderzoek te doen naar een geschikte plaats voor een toekomstige marinebasis. Op een van zijn tochten voerde hij een dieptepeiling uit in de wateren van Djapara. (Later hoorde ik dat drie inlandse meisjes, onder wie de op heel Java beroemde R.A. Kartini, met hun vader het schip met een bezoek vereerd hadden. Zij waren met alle eerbetoon ontvangen. De bemanning kwam tot de ontdekking dat deze inlandse meisjes een Europese manier van denken hadden en noemde hen daarom De Prinsessen van Djapara.) Bij het noteren van deze aantekeningen kwam in mij de vraag op of zij enig vermoeden hadden van de taak van de *H.M. Sumatra*, want zij volgden de gebeurtenissen rondom de Boerenoorlog in Zuid-Afrika op de voet.

Waarom Zuid-Afrika ten tonele gevoerd? Omdat er een duidelijke lijn loopt. Na de *H.M. Sumatra* volgde een ander oorlogsschip uit het noorden, de *H.M. Borneo*. Het schip bracht een oorlogsheld uit Zuid-Afrika, ir. Mellema, naar Soerabaja; hij was de leider van een team waterbouwkundigen.

Sta mij nu toe mijn fantasie over deze figuur de vrije loop te laten, zonder dat ik hem ten voeten uit schets...

Hij leidde zijn eenheid in Zuid-Afrika toen hij werd weggeroepen door de Koninklijke Nederlandse Marine. Onder generaal Christiaan de Wet had hij de ene veldslag na de andere gevoerd – overwinningen en nederlagen beleefd (waarbij de nederlagen aanzienlijk talrijker waren en hij steeds meer in het nauw gedreven werd). Mensen hebben nu eenmaal een held nodig om het moreel te strelen of om er anderen de ogen mee uit te krabben. Kortom, men maakte van hem een op handen gedragen idool, die op de zuidelijke punt van het Afrikaanse continent de eer van Oranje en de goudaders had verdedigd.

Misschien kan ik hem wel opvoeren als kloeke officier behangen met medailles wegens getoonde moed. Ik weet niet hoeveel Engelsen ik hem kan laten vellen, hoeveel vierkante meter grond hij heeft moeten prijsgeven, hoeveel van zijn manschappen gesneuveld of gepakt of vermist of gek geworden of gevlucht zijn. Geen enkele naam vergezelt de zijne. Hij moet, denk ik, generaal French ontelbare malen verwenst en stijfgevloekt hebben. Nederland was vast trots op zijn zoòn. Misschien was hij wel vermaard in het hele land. Misschien... en nog een heleboel misschienen. Zijn personage bezwijkt onder mijn verbeeldingskracht.

Het onderzoek naar een geschikte thuisbasis voor de toekomstige Nederlands-Indische marine was afgerond: men had Soerabaja gekozen. Er moesten dokken en aanlegplaatsen worden gebouwd. De Koninklijke Marine deed een beroep op de kwaliteiten van ir. Mellema omdat hij de beste en meest geschikte persoon werd geacht. Zeven jaar eerder had hij al onderzoek gedaan naar de mogelijkheden voor de aanleg van Tandjoeng Perak als uitvoerhaven voor suiker en olie.

Er werd een telegram naar Zuid-Afrika gestuurd. Vrienden en ondergeschikten deden hem uitgeleide. Maurits Mellema verliet Afrika met schitterende herinneringen...

En wanneer ik mijn fantasie doortrek...

De gehele scheepsbemanning was verheugd hem naar Nederland te mogen varen. Het was een frisse en verfrissende tocht; ver weg van bloedspatten, gejammer en gekreun. En als ik mijn verbeelding de vrije teugel laat:

's Morgens stond de Sumatrakade in de Amsterdamse haven vol met nieuwsgierigen. Onder hen meisjes en veteranen uit de Boerenoorlog. Er waren enkele hoge omes van de Koninklijke Marine aanwezig, zelfs een muziekkorps was opgetrommeld. Precies om tien uur liep het schip de haven binnen.

Ik stel mij voor dat minister Kuyper, die het verloop van de Boerenoorlog nauwlettend in de gaten hield, er ook stond.

Een opvallende verschijning onder de verwelkomers was een in het zwart gehulde dame van middelbare leeftijd: de weduwe Amelia Mellema-Hammers. In de ene hand had ze een zwart tasje, de andere hand droeg een even zwarte paraplu; ze stond klaar voor de welkomsttranen. Het schip meerde af, de opvarenden verdrongen zich tegen de reling. Traag zette de marinierskapel de eerste tonen in.

De eerste die het schip verliet was niemand minder dan ir. Mellema; de scheepskapitein vergezelde hem. De menigte klapte en juichte. Toen zette de band alles op alles om het gejoel te overstemmen. Het was een kabaal van jewelste.

Op Maurits Mellema's gezicht lag een kalme glimlach. Toen hij handenzwaaiend de scheepstrap afkwam, schoten vanuit de menigte mensen naar voren die hem bedolven onder de bloemenslingers. De hoge omes van de marine schudden hem één voor één de hand. De muziek speelde voort. Kuyper stond er verloren bij. Geen ster tooide Mellema's borst, maar in zijn aderen stroomde het heldenbloed van zijn voorouders die hun vijanden te land en ter zee hadden bevochten. Deze grote zoon was een vriendelijke man. Zijn blik weerspiegelde de tumultueuze ervaringen. Vaak zeggen mensen van iemand die als overwinnaar uit de strijd komt dat hij het leven gemakkelijker aan kan.

Nu rende zijn moeder die ontzettend lang op haar zoon had moeten wachten, naar voren en omhelsde en kuste hem. En de held Mellema hield erg veel van zijn moeder; hij kuste haar op beide wangen. Liefdevol betastte de oude moeder haar zoons lichaam; – als hem maar niets mankeert. Ineens barstte Amelia Mellema-Hammers in tranen uit – het was pure dankbaarheid jegens haar God. Haar zoon was God zij dank gezond en wel; de Engelsen hadden hem niet in stukken gehakt.

Een rijtuig van de Koninklijke Marine bracht onder luide toejuichingen de held en zijn moeder naar de kazerne. Op de achtergrond lag in de haven het schip met zijn bemanning als getuige van de triomftocht.

Volgens mij stonden de kranten ervan vol. Maar rond de dood van Mellema senior, Annelies en Robert, hing een diep stilzwijgen. Dat Maurits alle bezittingen uit Wonokromo helemaal voor niets in handen kreeg, bleef eveneens onvermeld.

Ander nieuws was naar de achtergrond gedrongen. Toen stond er in de krant dat Maurits en zijn moeder een receptie kregen aangeboden – een banket met dikke speeches en gelardeerd met duizend 'hoezees'. Vervolgens het bericht over het ontslag van een Engelse journalist in Zuid-Afrika die zijn beroep niet naar behoren zou hebben vervuld; de reportages had hij thuis uit zijn duim gezogen. Daar had hij ook een verhaal in elkaar gezet over een blanke die het na veel omzwervingen bracht tot koning van de Zuidafrikaanse bossen...

Hier breek ik mijn fantasieën af.

Doelrakim uit Kedoengroekem was er echt de figuur naar om allerlei verhalen te verzamelen en ze rond te vertellen of misschien ook wel voor zichzelf te houden. Hij bezat een onuitputtelijke verzameling avonturenverhalen, uit alle grote havens van de wereld. Ik wil hier niet te veel over hem schrijven omdat hij in mijn aantekeningen geen belangrijke plaats inneemt. Over ir. Mellema wist hij ook het een en ander. Niet veel, maar toch. Hij zal het wel van horen zeggen hebben.

Hij zag de waterbouwkundige als een vriendelijke jongeman. Iemand had hem eens verteld dat een held altijd vriendelijk is, want de ervaringen maken hem een in anderen geïnteresseerd en bescheiden mens. Mellema hield van muziek en was op de dansvloer een ster.

Het liefst sprak hij over de in zijn ogen jammerlijk trage besluitvorming van Nederlands-Indië omtrent de aanleg van een marinebasis. Een van Nederlands grootste zonen, Daendels, wist toch bijna een eeuw geleden al dat Soerabaja de meest geschikte plaats was? Hollanders in Indië vergaten snel! Bijna een eeuw zonder oorlog had hen in slaap gewiegd. Mellema had op een keer van een Hollandse matroos in de kantine de vraag gekregen wat hij wilde gaan doen als het project in Oedjoeng klaar was. Zijn antwoord was even eenvoudig als resoluut: ik ga waar het Nederlandse belang roept.

Op een keer hield hij op verzoek een lezing. Hij vertelde over de tijd dat Nederlanders voor het eerst in Zuid-Afrika aan land gingen. Zij stuitten op tegenstand van de bevolking, van die zwartjes die met speren en pijl en boog vochten. Of de toehoorders wisten wat hun tactiek was. Zij kropen plat over de grond, als slangen, en werkten zich met de ellebogen naar voren. De Europeaan stond fier rechtop met zijn geweer. Zíj kropen met speren en bogen... Kon het duidelijker? Die zwarten zouden altijd kruipen voor de blanke. Ook al was er geen oorlog. Het was symbolisch voor de verhoudingen tussen de rassen. De blanke was en bleef superieur aan de kruiperige kleurling.

Doelrakim heeft mij nooit verteld of hijzelf wel bij de lezing is geweest en hij kon niet zeggen of de toehoorders het met de spreker eens waren. Wel wist hij dat men ir. Mellema de aanleg toevertrouwde van een marinebasis in Oedjoeng bij Soerabaja; hij mocht de rang van kapitein-luitenant ter zee voeren.

Een knappe man, vond hij. Zo knap als hij zijn eenheid in Zuid-Afrika had geleid, hoorde Doelrakim alom, zo knap leidde hij als waterbouwkundig ingenieur de aanleg van de basis. Als je degenen die indirect aan het project werkten, meetelde, had hij wel duizenden mensen onder zich. De nieuwe basis der Nederlands-Indische Marine moest en zou er komen.

Daendels wist bijna een eeuw geleden al waaraan Indië behoefte had, knorde hij altijd.

Wat er allemaal van waar was, wist alleen Doelrakim. Mij verbaasde de rijkdom van zijn verhalenschat. En hij vertelde alles alsof hij er totaal buiten stond. Oh, die zeeman die overal zijn hoorgrage oor te luisteren legde...

*

Wat er zich tussen Maurits en Herman Mellema had afgespeeld, interesseerde niemand meer. Behalve ma en mij dan. In gedachten zag ik ir. Mellema al komen; in werkelijkheid was de weg naar ons toe geplaveid, het vuile werk was voor hem opgeknapt. Hij, de goddelijke held, zou voor ons verschijnen. De schepper van de Nederlands-Indische Marinebasis. Het project was het troetelkind van de Indische regering. Alle koloniale inspanningen leken gericht op het succes ervan. Ir. Mellema zou van schepper rijzen tot oppergod.

Op Wonokromo zat een vrouw alleen, die het moest opnemen tegen deze god. Volgens de wet moest deze alleenstaande vrouw alles opgeven. Haar kinderen en bezittingen die zij met zweet en tranen had vergaard. Zij bezat geen enkele rechtszekerheid. Zij ging niet waar Nederland haar riep. De enigen op wie zij kon rekenen, waren Darsam, die met zijn kapmes nauwelijks nog overweg kon, en ik, een groentje. Wat konden wij drietjes uitrichten tegen de gezalfde en oppermachtige Maurits Mellema?

Njai had verder nog twee vrienden. Twee maar. Jean Marais, de bedeesde, invalide schilder, en Kommer, de journalist bij een Maleis-Nederlandse krant die in de verste verte niet in staat was de Nederlandse en Indische machten de stuipen op het lijf te jagen.

Ma zei dat ir. Mellema haar eruit kwam schoppen. Ik vind dat nogal ongelukkig gezegd. De ingenieur hoefde geen poot uit te steken. Hij hoefde maar even te blazen en ma werd weggeslingerd van haar imperium, hoewel ma vond dat zij nog kracht genoeg had. Mellema zou komen. En zou achteloos even blazen. En iedereen op de boerderij zou als ganzeveertjes opwolken.

Jean Marais sloeg de ogen naar de grond toen hij hoorde dat Njai naar hem vroeg. Hij werd bleek.

'Denk je het niet te kunnen, Jean?' vroeg ik.

Hij zoog de rook van zijn sigaret diep naar binnen en liet deze vervolgens in dikke ringen naar buiten rollen.

'Ik kan alleen met kwast en palet overweg, Minke.'

'Goed dan. Ik ga nu meteen naar Kommer. Straks kom ik nog even langs.' Stilpeinzend keek hij me aan. 'Misschien dat je nog van gedachten verandert.'

Bij het horen van Kommers naam veranderde zijn mimiek. Hij wreef over zijn mond en zei: 'Ga maar. Ik wacht op je. Misschien bedenk ik me in de tussentijd.'

Ik ging weg.

Het voorerf van Kommers huis was behoorlijk groot. Overal stonden kooien met beesten: een python, herten, een beer, een tijger, boskippen en een orang-oetan. Kommer zelf lag ook te kooi.

Zijn gezellin – zijn njai geloof ik – was van gemengd bloed. Zij had hem geen kinderen geschonken. Kommer werd door haar gewekt. Ik nam in het rotanzitje plaats. Vanachter de deur stak Kommer zijn slaperige hoofd naar buiten.

'Ben je er al lang, Minke?' vroeg hij sloom en trok meteen zijn hoofd weer terug.

In batikpyjama kwam hij naar buiten. Zijn gezicht was nog nat van een plens water. De slaap in zijn ogen verdween toen hij van Njai's boodschap hoorde.

'Goed, ik zal gaan,' zei hij. 'Ik zál die Mellema, ik zal 't hem laten voelen.'

De vrouw luisterde op enige afstand mee. Haar gelaatsuitdrukking was veranderd; jaloerse blikken schoten uit haar ogen. Ze stond op en verdween door de deuropening.

Kommer kwam overeind en liep gehaast het huis in. Er volgde een woordenwisseling, en ik hoorde gerinkel van borden en glazen. De vrouw gilde; even later huilde zij. Niet lang daarna kwam Kommer in keurige, gloednieuwe kleren naar buiten. Hij had rechts een scheiding getrokken in zijn haar dat glom van een teveel aan pommade. De suède schoenen die anders aan zijn voeten zaten, had hij verwisseld voor een paar leren naar de laatste Europese mode. Aan de horlogeketting op zijn toetoepjas bengelde de trots van zijn jachttrofeeën, een tijgerklauw en een in zilver gevatte zwijnehoektand. Kommer oogde mannelijk en stoer, hoewel niet overtrokken.

'Bent u zover?' vroeg ik, alsof ik niets van de ruzie had gemerkt.

'Laten we maar eens gaan kijken.'

'U bent nogal optimistisch,' zei ik terwijl ik het rijtuig instapte.

'Beslissende momenten moet een mens echt zelf meemaken, Minke. Om eèn goed artikel voor de krant te schrijven, natuurlijk. En ook...' Hij stapte in.

'Wat, meneer Kommer?'

'...om het leven de moeite waard te maken.'

Als ik niet van zijn aanzoek aan ma had geweten, had ik die opmerking zeker kunnen waarderen. Nu viel zij minder goed.

In hoog tempo reden we naar Jeans huis.

'Zou hij om vijf uur komen? Dan hebben we nog twee uur,' zei Kommer, zijn zakhorloge weer wegbergend.

Hij keek mij met onderzoekende blik aan. Mogelijk dat hij het gek vond dat ik niets had gevraagd of gezegd over zijn tijgerklauw en zwijnetand. Hij was misschien vergeten dat hij hun geschiedenis al drie keer in geuren en kleuren had verteld.

De indringende geur van reukwater maakte me duizelig. Ik zei er maar niets van. Men kon iemand toch niet verbieden verliefd te zijn of te worden. Dat konden de goden zelfs niet. Op de eerste pagina's al van de Babad Tanah Djawi wordt de god Batara Goeroe stapelgek op een aardse vrouw. Ook de machtige Batara Kala kon niets uitrichten tegen de kracht van de liefde.

Het is grappig om te zien wat er gebeurt wanneer oudere mannen vallen voor de liefde. Ze gedragen zich weer jeugdig, als dandy's die in het middelpunt van de belangstelling willen staan. Al zijn mannen nog zo slim en evenwichtig, vertelde mijn oude baboe mij eens toen ik klein was, als ze gek zijn op een meisje gedragen die kerels zich als idioten. Was Kommer soms anders?

Bij Jean thuis werden wij bij de deur opgewacht door Maysaroh. Ze droeg een nieuwe rok. Toen ik uitstapte, stak zij vragend haar handen uit.

'Je bent nu te groot om gedragen te worden, hoor,' zei ik.

Ik pakte haar toch maar even op toen zij pruilde. May zag er fris gewassen uit.

'Wat ben je mooi, May. Geef je mij een kusje?' Ze kuste mijn hand.

Hand in hand liepen wij naar binnen. Kommer liep achter ons; hij keek niet erg belangstellend rond. Misschien concentreerde hij zich op de dingen die komen gingen – of bereidde hij een stoere houding voor in het zicht van de ontmoeting met Njai?

Moeizaam kwam Jean uit zijn stoel overeind. Hij lachte innemend. Ik stond versteld van zijn baard en snor die keurig waren bijgeknipt.

'Ik heb papa gekamd,' zei May trots. 'Netjes, hè?'

Jean knikte en wilde gelijk vertrekken. Zijn broek was gestreken en hij droeg een bloes met zilveren knopen. Nee maar! Was hij soms ook verliefd op Njai?

'Goeiedag, Jean,' riep Kommer luid.

'Middag, Kommer. Wat jammer dat die zwarte tijger zich niet liet vangen met mijn val.'

'Deze kon ontsnappen, maar we krijgen met een andere te maken: ir. Mellema,' zei Kommer in het Maleis.

'Ja, nou en of!' klonk Jeans stem helder optimistisch.

'Je bent er kennelijk klaar voor.'

'Hmm. Kom, we gaan.'

Ik nam plaats naast de koetsier. Kommer, Jean en Maysaroh zaten achter. Ik kon niet goed verstaan wat zij bespraken.

'Geeft Njai een feest?' vroeg Mardjoeki op fluistertoon.

'Een geweldig feest, Djoeki.'

In snelle vaart reed het rijtuig weg.

18

Die middag lag Soerabaja onder een dik wolkendek. Er stond geen zuchtje wind, het onweerde niet. De vochtige hitte was drukkend en beklemmend. De bomen rondom ons huis smachtten naar een druppeltje regen. Alles wachtte op wat komen zou.

Kommer en Jean Marais zaten in het voorvertrek, dicht bij elkaar als twee vrijgezellen die loerden op een kans die niet zou komen.

In het achtervertrek trof ik ma aan in gesprek met de moeder van Minem, die nu de taak had gekregen voor Rono Mellema te zorgen. Darsam stond bij de achterdeur. Rono zag ik niet, maar die zou wel ergens te slapen zijn gelegd.

'Ja, Njai, ik begrijp die gekke Minem ook niet. Rono is nog aan de borst, en zij laat hem achter als oud vuil.'

'Darsam, vul jij de lampen eens bij. Ga je snel wassen en steek dan de lampen aan. Daarna kom je hier in je beste kleren. Vergeet niet je snor bij te werken.'

Ik vertelde ma dat onze vrienden waren gearriveerd. Heel chic, in hun zondagse pak. Ma glimlachte tevreden.

'Is het kantoor afgesloten, ma?' vroeg ik.

'Nee, Jan zit daar. Ga je wassen en trek wat moois aan. Wij zullen ir. Mellema ontvangen zoals het hoort.'

Zij had zich modieus uitgedost. De eenvoudige halsketting en armband die ze droeg, had ik nooit eerder gezien. Zij liep op fluwelen slippers die doorstikt waren met zilverdraad. Haar kabaja was van zwart fluweel. Zo in het zwart zag zij er veel jonger, lieftalliger en voornamer uit. Niemand zou de onpeilbare, overrompelende kracht waarmee zij haar vijanden te lijf kon gaan vermoeden. Haar woorden die diepe indruk op mij hadden gemaakt, zouden dadelijk bewaarheid worden; wij konden ons alleen met onze monden verdedigen.

Nadat ik me had gewassen en aangekleed trok ik me terug en bad. Ik bad dat ma de weg van het geweld zou mijden.

Dat Darsam zijn beste kleren moest aantrekken, had uiteraard met Mellema's komst te maken – dit op zich was beangstigend genoeg. Het zou afschuwelijk zijn als onze gast door Darsams kapmes stierf. Njai hoefde maar even te wijzen of een kort knikje te geven en het was gedaan met de jonge ingenieur. In godsnaam, hij mocht niet doodgestoken worden. Dat verschrikkelijke bloedvergieten moest vermeden worden. God moest haar leiden nu zij voor haar tegenstander kwam te staan. Ik bad dat Hij de zijde van de zwakste koos.

Toen ik in het achtervertrek zat, zag ik vanuit mijn stoel ma's glimlachende blik. Afwezig hield zij Maysaroh bij haar handjes vast, zij hoorde het uitbundige gekwebbel niet.

Maysaroh kwam naar mij toe en vroeg voor de zoveelste keer op zeurderige toon waar Annelies toch was en of ze nog niet naar huis kwam. Toen Njai de moeder van Minem riep, staakte May haar gebabbel.

De vrouw, die van middelbare leeftijd was, kwam onderdanig bukkend binnen.

'Breng Rono maar hier, en de draagdoek, dan hou ik hem bij me,' gebood zij.

'Hij slaapt, Njai.'

'Je hoeft hem ook niet wakker te maken.'

Nu begon Maysaroh bij ma te zeuren.

Toen de moeder van Minem de baby aan ma overgaf, vroeg zij meteen opgewonden:

'Wie is dat? Wat lief, wie is dat? Is die van Annelies?'

'Ja, lief hè?'

'O, wat lief. Is het een jongetje?'

'Ja, May. Het is jouw kleine neefje.'

Maysaroh danste in het rond van plezier. Toen pakte zij het voetje van Rono en kuste het.

'Mag ik hem vasthouden, Njai?' vroeg May met grote glimogen.

'Het is geen pop, May, het is je neefje.'

'Ach Njai, mag ik hem vasthouden?'

Njai sloeg de draagdoek om May's nek, maar bleef Rono ondersteunen. Na enkele ogenblikken zei ze:

'Zo is het genoeg, hè? Morgen mag je hem weer dragen.'

Maysaroh was al tevreden en danste van plezier.

'Ma,' fluisterde ik zachtjes, 'zij vindt het hartstikke leuk, een neefje.'

'Vind je hem leuk, May?' vroeg Njai.

'Ja, Njai.'

'Ma, weet u nog wat haar laatste verzoek was? Vlak voor zij naar Holland vertrok? Zij wilde zo graag een zusje.'

Ma's gezicht betrok op slag. Zij wierp me een heimelijke blik toe en zweeg. Zij trok Maysaroh naar zich toe en kuste haar op het hoofd.

'Huilt hij nooit?' vroeg May.

Zowel Njai als ik realiseerden ons nu pas dat Rono inderdaad nooit huilde.

De moeder van Minem kwam binnen met een nieuwe gebatikte draagdoek. Ma sloeg de nieuwe doek om en legde Rono erin.

'Breng zijn fles eens en een luier,' vroeg zij Minems moeder.

Toen zij de deur uitliep kwam Darsam binnen, in zijn mooiste kleren gestoken. Zijn zwarte pak van everlast glom. Het kapmes was in de buikgordel gestoken, een krijgshaftige hoofddoek tooide zijn schedel en de gitzwarte snor was netjes symmetrisch bijgeknipt. Hij groette ons met zijn inmiddels genezen hand.

'Ik heb je niet geroepen, Darsam.'

'Ik heb u iets te vertellen, Njai,' zei hij zelfverzekerd.

'O ja, je had Jan Tantang ontmoet.'

'Ja, Njai. Hij neemt het aanbod aan en bedankt u. Ik vind hem zielig, hij is zo'n goeierd.'

'En jij wilde hem een kopje kleiner maken. Zie je dat je eerst moet nadenken.'

'Dat was zijn eigen schuld. Er zijn nóg twee dingen, Njai. Die jongeman, sinjo Robert... die hier wel eens is geweest en die ik heb weggebracht met het rijtuig...'

'Robert Suurhof, ma,' vulde ik aan.

'Hij is aangenomen als dorpsagent en heeft Jan Tantang afgeranseld, in de Hollandse woonwijk. Maar daarna is die Robert door een groep Madoerezen afgerost. Het scheelde niet veel of ze hadden hem vermoord, Njai.'

'En hoe is het met je vrienden afgelopen?' vroeg Njai zonder nog naar Robert te vragen.

'Dat wilde ik nog vertellen. Ze zitten in de gevangenis. Twee maanden hebben ze gekregen en ze mogen geen bezoek ontvangen.'

'Was dat het?'

'Dat was het, Njai.'

'Mooi, ga maar bij onze gasten zitten.'

Hij groette ons en ging weg. De moeder van Minem bracht Rono's fles en een schone luier.

Njai wiegde Rono op haar arm. Zij leek meer op een jonge moeder die net haar eerste kind had gekregen dan op een oma.

'Ik ben vergeten het je te vertellen, Minke, maar Rono is als wettig kind van Robert erkend door de rechtbank, nadat ze hebben vastgesteld dat hij is overleden en zijn laatste brief vanuit het ziekenhuis heeft geschreven. Het kind heet nu Rono Mellema.'

'Fijn, ma.'

Ik stond er niet langer bij stil dat Rono nooit huilde. Ik richtte mijn aandacht helemaal op ma, ik volgde al haar bewegingen, enkel om een ramp te voorkomen in geval zij Darsam echt had opgedragen Mellema te vermoorden. Niemand had mij er iets over verteld, maar ik was op alles voorbereid. Voorlopig kon ik alleen bidden en hopen op een goede afloop.

In de voorkamer sloeg de pendule. Kwart voor vijf. In de verte flitste de bliksem en klonk onweersgerommel. Een naargeestig licht verspreidde zich.

'Kom, May, we gaan naar de voorkamer.' Maysaroh rende voor ons uit.

'Denk er aan, jongen,' fluisterde ma terwijl we naar voren liepen, 'straks sta je oog in oog met hem. Laat je stem horen en zwijg niet zoals je altijd doet.'

'U heeft gelijk, ma, wij kunnen ons alleen nog met de mond verdedigen.'

'Nu begrijp je het dus.' Zij keek me indringend aan. 'Wat jij schrijft, leest hij niet, maar wat je zegt, dat zal hij aanhoren.'

'Waarom denkt u dat?'

'Inhalige, materialistische mensen lezen geen verhaaltjes, ze zijn cultuurloos. Het lot van anderen kan hen niets schelen, zeker niet wat er met mensen in een verhaal gebeurt. De haat die hij zijn eigen vader toedroeg, richt zich nu op al degenen die met hem omgingen. Het is jammer dat dokter Martinet op weg is naar Nederland, want anders...'

Met een hoofdknikje groette zij onze gasten. Jean Marais stond moeizaam op uit zijn stoel en groette haar met de beleefdheid die een vorstin toekomt.

'Neem ons niet kwalijk dat we zo laat zijn,' zei ma in het Maleis. 'Fijn dat jullie hebben willen komen nu ir. Mellema op bezoek komt,' vervolgde zij op formele toon. 'Wij drieën weten dat jullie aan onze kant staan en willen helpen.'

Ma draaide zich om en vroeg aan mij: 'Waar is Darsam?'

Darsam had zich nog niet laten zien in de voorkamer. Ik liep vlug naar achteren waar ik hem aantrof, bezig zijn hoofddoek te wisselen voor een blauwzwarte doek. Hij droeg het gouden horloge dat ik hem had gegeven. Voor wij naar voren liepen, trok hij zijn kapmes uit de schede en keek er scherp naar, toen haastte hij zich achter mij aan.

'Waarom neem je dat kapmes mee, Darsam?' vroeg ik zonder om te kijken. 'Je kunt het beter laten liggen.'

'Wat ben ik zonder mijn mes?' repliceerde hij.

Toen ik me omdraaide, zag ik hem zijn snor gladstrijken; zijn ogen straalden, hij wist dat er een bijzonder karwei geklaard moest worden.

'Het ziet ernaar uit dat er belangrijke dingen gaan gebeuren vanmiddag, toean moeda.'

'Ja, maar doe niet zo onbesuisd als laatst, Darsam.'

'Ik weet wanneer ik in actie moet komen. Echt, wees maar niet bang.'

Het nare gevoel maakte zich weer van mij meester, toen ik de vastberaden overtuiging in zijn woorden hoorde.

'Kijk uit, maak geen moeilijkheden. Je weet, Darsam, dat ma je nu echt nodig heeft. Je weet dat zij in grote moeilijkheden zit. Maak het niet erger voor haar.'

'Ik zal er rekening mee houden, toean moeda, reken maar.'

*

Nu de wind was gaan liggen leek de wereld haar adem in te houden. Een miezerige motregen daalde uit dikke stapelwolken neer, aarzelend en zacht ruisend. Darsam stak de gaslampen aan; hun licht viel over de luxe pracht van voor- en achterkamer. Naast elkaar gezeten keken wij uit over het erf. Darsam, Jean Marais en Maysaroh, ma met Rono in de draagdoek, Kommer en ik. Voor ons stonden een tafeltje en een stoel: daar zou onze gast straks zitten.

De stoel was zo geplaatst dat het schijnsel van de lamp op ir. Mellema zou vallen, terwijl wij enigszins beschut bleven. De hele enscenering deed me aan een toneelstuk denken, en zo was het eigenlijk ook.

Niemand van ons sprak een woord. Zelfs Maysaroh, die er altijd op los kletste, onderging de beklemmende sfeer die benauwender was dan op het moment dat een rechter vonnis wijst.

Het was nu al voor de vierde keer dat Kommer zijn horloge te voorschijn haalde:

'Twee over vijf.'

Darsam keek ook op zijn gouden horloge, maar zei niets.

De regen hield op. Geen spoor van Mellema. Het begon weer te regenen. De beklemming bleef.

Eindelijk, om tien over vijf, zagen wij een door twee paarden getrokken rijtuig van de Koninklijke Marine ons erf op draaien. Ik stond op en liep naar het trapje van de veranda. Uitgerekend ik moest de man die verantwoordelijk was voor de dood van mijn vrouw verwelkomen. Ik had de juiste woorden nog niet gevonden – moest ik me een onverzoenlijke vijand tonen of moest ik hem als gast behandelen?

Voor het trapje stopte het rijtuig. Een matroos sprong naar beneden, salueerde en opende de deur.

Een marineofficier stapte uit, hij was van top tot teen in het wit gestoken, een sabel aan zijn riem. Hij stond kaarsrecht en streek zijn jasje goed. De matroos, die ook een wit uniform droeg, salueerde nogmaals.

'Goedemiddag,' groette ik in het Nederlands. 'Welkom, meneer Mellema.'

Hij knikte alleen maar zonder mij aan te kijken. Zijn houding kwetste mij diep. Ik had zin om hem een dreun te verkopen, maar hij was zo groot dat ik niet veel tegen hem zou kunnen beginnen. Ik ging hem voor, de moordenaar van mijn vrouw. Dit was dus kapitein-luitenant ter zee ir. Mellema: een grote, stoere, atletische figuur, met een brede borst, een rechte neus als van een Griekse god, zonder snor of baard, met grijze ogen in zijn knappe gezicht.

Met zelfverzekerde stappen ging hij het trapje op.

Toen hij de voorkamer binnenstapte, stond hij stil, hief zijn arm en groette kortaf in het Maleis:

'Tabik.'

Alsof ze daartoe bevel hadden gekregen stonden allen gelijktijdig op. Ook Jean Marais, Ńjai die Rono droeg, en Maysaroh.

'Tabik!' groetten ze in koor.

'Bent u Njai Ontosoroh? Sanikem?' vervolgde hij in het Maleis, met de ogen op ma gericht en zonder op de anderen te letten.

'Dat klopt, meneer Mellema. Ik ben Sanikem. Neemt u plaats.'

'Daar heb ik geen tijd voor,' antwoordde hij hooghartig. 'Ik ben zo weer weg.'

'Dat is jammer. Kijk, dit zijn goede bekenden hier op uw onderneming. Zij zijn speciaal voor u gekomen.'

Hij nam ons één voor één op, van Darsam aan de ene kant tot mij aan de andere kant.

'Laat ik hen aan u voorstellen. Dat is Darsam, hij zorgt voor de veiligheid op de onderneming.'

Darsam kuchte, en verschoof zijn kapmes. Ir. Mellema weifelde en knikte toen naar de Madoerees. Darsam grijnsde.

'Dan komt meneer Marais. Hij is Fransman en schildert.'

De gast werd onzekerder. Hij draalde wat, maar voelde zich blijkbaar verplicht naar voren te komen en Jean de hand toe te steken. In het Frans vroeg hij:

'Dus u bent Fransman?'

'Dat klopt, meneer Mellema.'

'En u schildert?' vroeg hij verbaasd.

'Zeker, meneer Mellema. Dit is mijn dochtertje Maysaroh. Kom May, geef meneer een hand.'

De kleine meid gehoorzaamde, waarop onze gast haar glimlachend de hand schudde. Hij kneep May eventjes in de kin en zei in het Frans:

'Dag, liefje.'

May begon meteen verrukt in het Frans te praten over de versierselen op de epauletten en mouwen van Mellema's uniform en zij vroeg of ze dat moois eens mocht aanraken. Hij boog voorover, zodat zij bij het goud op zijn schouder kon. May betastte de strepen op zijn mouwen en ook het koord waaraan de sabel hing.

De spanning was gebroken. Die stoere vent was dus ook maar een gewoon mens die vertederd raakte door een kind.

'Zo is het genoeg, May. Bedank meneer maar,' zei Njai.

Ir. Mellema ging weer rechtop staan en Njai Ontosoroh vervolgde:

'Dit is de heer Kommer, journalist.'

Mellema knikte stijfjes. Kommer was geen volbloed Nederlander en dus gaf Mellema hem geen hand.

'Dat is Minke, mijn schoonzoon, de man van Annelies.'

Hij aarzelde. Kaarsrecht stond hij voor Njai en keek mij schuins aan. Ik zag zijn verwarring, hij wist niet wat hem te doen stond. Vol tegenzin en met zichtbare plichtmatigheid stapte hij op mij toe.

Ondertussen vertelde Njai:

'Hij is geslaagd voor de H.B.S., meneer Mellema, en gaat naar de doktersopleiding.'

Mij gaf hij wel een hand en hij zei in het Nederlands:

'Meneer, allereerst wil ik u condoleren.' Hij draaide zich om en wilde ook ma condoleren.

'Dat hoeft niet,' zei Njai in het Maleis toen ir. Mellema met uitgestoken hand op haar toeliep. 'Mijn dochter is gestorven door moordenaarshand, en met condoleren krijg ik haar niet terug,' zei ze ijzig.

Alle tekenen van zijn grootheid, het uniform, zijn blanke huid, verloren in één klap hun effect. Hij kromp ineen. En ook ik kromp ineen toen ik ma's woorden hoorde. Mijn adem stokte – ik bezat niet de onversaagdheid van mijn schoonmoeder.

'U overdrijft, Njai,' zei Mellema op defensieve toon. 'Ik begrijp wel wat een verlies het voor u en uw...' Hij wierp een blik in mijn richting. 'Het is overdreven om te zeggen dat zij is vermoord.'

'Voor u was het alleen een kwestie van eer, en wat dat betreft heeft u voor ons afgedaan. Overigens profiteert u alleen maar van haar dood,' ging Njai verder op diezelfde ijzige toon.

'Daar ben ik het niet mee eens. Alles gebeurde volgens de regels van de wet,' wierp hij tegen. Hij was nog steeds blijven staan, net als wij.

'Dat klopt,' zei Njai in het Maleis, 'in de wet staat precies hoe wij bestolen kunnen worden en hoe u de buit kunt binnenslepen.'

'Ik heb de wet niet geschreven.'

'Maar u heeft haar wel heel handig in uw eigen voordeel weten te hanteren.'

'U had een advocaat kunnen nemen.'

'Met geen duizend advocaten krijg ik mijn dochter terug.' Nu trilden haar lippen. 'Niet één advocaat neemt het hier voor je op als je tegen een Nederlander procedeert. Daar kunnen ze niet aan beginnen.'

'Wat kan ik eraan doen. Het is Gods wil.'

'Ja, God staat achter u.'

Ir. Mellema zweeg. Misschien beheerste hij het Maleis niet goed genoeg.

'Zodra u zich niet kunt verantwoorden, beroept u zich op God. Mooi is dat. Ik, ik heb haar op de wereld gezet, haar grootgebracht en alles voor haar gedaan, en u vindt dat u mij geen verklaring schuldig bent?'

Langzaam herwon zij haar kalmte. Zij draaide zich naar mij. Ik kromp ineen, ik had geen enkel verweer tegenover Mellema.

'Het is nu eenmaal gebeurd,' zei Mellema, 'en daarom ben ik gekomen om...'

'...om de verantwoordelijkheid af te schuiven?' onderbrak ik, mijn huiver overwinnend.

'...om, eh, omdat ik geen ruzie wil.'

'U wilt niet persóónlijk in een ruzie betrokken worden. U heeft genoeg mannetjes die zich voor het karretje laten spannen, die ons desnoods willen vermoorden,' beet Njai hem toe. 'Meneer Kommer, wat zegt u ervan?'

In vlot Maleis sprak Kommer:

'Meneer Mellema, ik zweer u dat ik, als journalist, alles zal publiceren wat u hier zegt. Dan weet heel Soerabaja meteen wie en wat u bent. Gaat u zitten, zeg wat u te zeggen hebt.'

Mellema bleef staan, hij beet op zijn onderlip.

'Meneer Marais,' zei mijn schoonmoeder, 'dit is nu meneer Mellema over wie u zoveel hebt gehoord. Het lijkt me een unieke gelegenheid om met elkaar van gedachten te wisselen.'

'Meneer Mellema,' zo sprak Marais in het Frans, 'u bent in Europa geboren en u heeft daar een hoge opleiding gehad. Ik heb dan wel niet op een universiteit of hogeschool gezeten, ik ben er wel geboren en getogen. Toch verschillen wij veel van elkaar. U bent naar Indië gegaan om de rijkdom, de status. En ik? Ach, ik doe maar wat.'

'Ik ben in Nederlandse overheidsdienst,' antwoordde Mellema.

'Uw komst hierheen heeft daar dan blijkbaar niets mee uit te staan. Dit is geen Nederlandse boerderij, kijk maar, er hangt zelfs geen portret van de koningin.'

Hij kuchte en zocht speurend het portret van de koningin. Boven de deur die naar het achtervertrek voerde, hing alleen het statige schilderij van Njai Ontosoroh.

'Wij zijn allebei volbloed Europeanen, meneer,' vervolgde Jean, 'maar ik geef Njai gelijk: u bent er de oorzaak van dat Annelies is overleden. U bent Njai en meneer Minke veel verschuldigd.'

'Regels zijn nu eenmaal regels en iedereen heeft zijn eigen verantwoordelijkheid,' antwoordde Mellema.

'Ook als die regels en verantwoordelijkheid op iemands dood uitlopen?'

'De rechter heeft het beslist.'

'U liegt! Diep in uw hart voelt u zich schuldig.'

'Helemaal niet!'

'Nu liegt u weer!' riep Jean.

'Wacht eens, wij verstaan geen Frans,' kwam Njai tussenbeide. 'U heeft mijn dochter al vermoord, wanneer jaagt u ons weg?'

Mellema was nog altijd niet gaan zitten. Hij verschoot van kleur, werd afwisselend bleek en rood van kwaadheid omdat hij niets wist te zeggen. Daarom sneerde ma:

'Mooi is dat.'

'Hier heb je nou een fraai staaltje van het superieure rationele denken dat er bij mij is ingestampt,' vulde ik haar aan in het Nederlands.

De waterbouwkundige wendde zich naar mij en zei zachtmoedig:

'Ik begrijp uw verdriet, ik voel met u mee. Maar wat kan ik er aan doen, het is gebeurd.'

'U heeft makkelijk praten. Vond u zichzelf zoveel beter dan mijn vrouw?' schold ik. 'U dacht met haar te kunnen doen wat u wilde, dat u over haar kon beslissen als over een stuk vee. U kent de inlandse wet niet, de islamitische wet. Maar wij waren volgens die wet getrouwd.'

'Ik ben niet gekomen om het daar over te hebben.'

'U vond het toentertijd zelfs niet nodig ons te berichten dat zij was overleden. Met dat bericht wilde u zelf aankomen, hè, om ons de stuipen op het lijf te jagen, nietwaar?' dramde ik door. Ma viel mij boos en krachtig bij:

'Goed, over die kwestie wil hij dus niet praten, hij beseft dat hij schuldig is. Iets anders dan: wanneer jaagt u ons weg? Dan is het feest compleet.'

'U bent dat echt van plan?' vroeg Kommer.

'Dat gaat u niets aan!' snauwde Mellema.

'Hoe komt u daarbij?' wierp Kommer tegen. 'Het gaat ieder weldenkend mens aan.'

Mellema, naar wiens pijpen altijd gedanst werd, was met stomheid geslagen.

'Als er mensen gekwetst worden,' zo ging Kommer verder, 'dan zal ieder met een beetje gezond verstand en gevoel het zich aantrekken, behalve idioten en criminelen. Je hoeft niet gestudeerd te hebben om dat in te zien.'

'Ik, als Europeaan, als Fransman, ik trek het me aan. Daarom ben ik hier,' zei Jean in het Frans.

'Spreekt u gerust, meneer Marais,' moedigde Kommer hem aan, hoewel hij hem niet verstond.

'U met uw ingenieurstitel, in uw officiersuniform, ik heb zin om een schilderij van u te maken. Ik zie het al voor me. En weet u hoe ik het zal noemen? *L'ingénieur Mellema, le vampire Hollandais.*'

Onze gast verbleekte. Geen woord kwam nog over zijn bloedeloze lippen.

'Mijn God, ik zal dat schilderij tentoonstellen in Parijs, in Nederland.'

'Ja, hier in Indië heeft zoiets niet veel zin, meneer Marais,' zei ik in het Frans.

Marais staarde mij aan en schudde toen glimlachend het hoofd.

'Inderdaad, de vampiers in Indië doen niet onder voor hem, hij zou niet opvallen.' Jean Marais' stem klonk zwaar en somber, als onweer in de verte. 'Hij heeft haar vermoord. Hij had Annelies in bescherming moeten nemen, maar zij was de dochter van een inlandse en die vindt hij ver beneden zijn niveau!' Hij lachte schamper.

'Bravo, ingenieur Mellema! Dat hebt u mooi voor elkaar gekregen.'

'Ik heb niemand vermoord.'

'Weet u wat meneer Mellema, uw vader, meebracht uit Nederland naar Indië?' vroeg ma. 'Ik ben de enige die dat weet: twee hemdjes en een broek. Hij had niet eens een fatsoenlijk overhemd. Pas toen hij mij leerde kennen, konden wij er een paar melkkoeien op nahouden in Toelangan. Luister, meneer Mellema. Ik weet niet wat hij zoal aan bezittingen had in Nederland, maar die heeft hij u en uw moeder nagelaten. Zelfs een hond weet dat het u geen druppel zweet heeft gekost om alle bezittingen hier bij elkaar te krijgen.' Zij kreeg een hoestbui zodat Rono wakker werd. Zachtjes wiegde zij hem weer in slaap. 'Alles wat u hier ziet is mijn bloed, mijn zweet en tranen.'

'Zij is nou zo'n primitieve inlandse, meneer Mellema,' zei Kommer in het Maleis, 'straks doet u nog alsof u haar Maleis niet kunt volgen.'

'U kent de uitdrukking toch, bloed-zweet-en-tranen?' vroeg Jean.

'Ja,' antwoordde hij timide.

'Kom, zeg ook 'ns wat,' drong ma bij mij aan.

'Nee, ma, ik wil deze beschaafde, Hollandse intellectueel eens goed bekijken. Dit is dus de stoere, geleerde officier.'

Ingenieur Mellema draaide zich weer naar mij toe:

'Echt, het spijt me.'

'Zelfs mijn naam kent hij niet, zijn eigen zwager,' zei ik. 'En dat noemt zich voogd.'

'Meneer,' zei hij op verontschuldigende toon, 'toentertijd zat ik in Zuid-Afrika.'

'Wou u zeggen dat het de schuld van Zuid-Afrika is?'

'Natuurlijk is het de schuld van Zuid-Afrika,' zei Jean Marais. 'Meneer Mellema valt totaal niets te verwijten. Hij denkt slechts in termen van winst en verlies.'

Met stomheid geslagen plofte Mellema ongevraagd neer in een fauteuil. De witte schede van zijn sabel die hem hinderde, schoof hij opzij. Zijn witte pet had hij nog steeds op.

Enigszins opgelucht namen nu ook de anderen plaats. Maysaroh volgde nieuwsgierig alles wat gezegd werd; maar of het nu in het Maleis, Nederlands of Frans ging, ze snapte niet waar het om draaide. Zij keek argwanend naar de gast die voor haar zat in zijn uniform met gouden strepen. De opwinding die zij eerst had gevoeld bij de binnenkomst van onze gast, was gedoofd als een gloeiend kooltje dat in het water belandt.

'Kom op, Darsam, zeg eens wat!' beval ma.

Met duidelijk ingestudeerde Maleise zinnen stak Darsam van wal:

'U heeft dus juffrouw Annelies weggehaald. Vanaf haar geboorte heb ik op haar gepast. Iedere dag bracht ik haar naar school en weer terug naar huis. Niemand durfde haar kwaad te doen. En toen kwam u en haalde haar weg, als een stuk vee. Nu begrijp ik het pas.'

Hier zweeg hij even, en vervolgde toen: 'U heeft haar vermoord.'

De gast pakte zijn zakdoek en wiste zich het zweet van zijn voorhoofd.

'Als u een kerel was dan trok u de sabel, dan vochten wij het uit.'

Ir. Mellema deed net of hij het niet hoorde, hij keek Darsam niet eens aan.

Darsam stond op en beende met de hand om het gevest van zijn kapmes op hem af.

'Ga zitten,' beval ma.

Darsam zag rood van kwaadheid. Weerbarstig deed hij enkele passen achteruit en tierde woedend:

'Ik! Ik was haar getuige toen zij trouwde,' en, nog steeds staand, met een beschuldigende vinger in zijn richting, 'u heeft dat huwelijk nooit erkend! Een wettig huwelijk, volgens onze godsdienst!'

Op Darsams geraas en getier kwamen twee mariniers binnen. Ze salueerden en gingen aan weerszijden van hun meerdere staan.

'Mij best, ik neem het tegen jullie alle drie tegelijk op.'

'Naar buiten jullie!' commandeerde de gast zijn adjudanten. 'En breng de spullen hier!' zei hij zonder omkijken.

Ze salueerden en verdwenen. Wat voor spullen bedoelde hij? Wapens?

Vaag, ver weg op de achtergrond, hoorde ik de pendule slaan. Zes uur. Buiten was het bijna droog.

'Het is mijn taak voor de veiligheid van dit gezin en de onderneming te zorgen. Wie mij daarbij in de weg loopt, laat ik graag kennismaken met mijn kapmes.'

'Genoeg, Darsam. Je moet weten tegen wie je 't hebt. Meneer hier is de toekomstige eigenaar van de onderneming en alles wat erbij hoort nu hij Annelies heeft vermoord.'

'Eerst vermoordt hij noni, en dan pikt hij alles in.'

'Ja, zo is het.'

'Heeft hij het echt gedaan, Njai?'

'Ja, nou en of.'

'En ik mag niks doen, Njai?'

'Praten, meer niet.'

'Praten, Njai? Alleen praten?'

De gast volgde het gesprek niet. Hij deed net of hij hen niet hoorde. Ik zag duidelijk hoe hij vocht om een uiterlijke kalmte te bewaren en zichzelf en de situatie meester te blijven.

'Ik vecht liever met hem, Njai,' zei Darsam, de ogen vol afschuw. 'Nu, straks, wanneer hij maar wil.'

Een marinier stapte naar binnen. Hij bracht geen wapens mee, maar droeg een groot, niet al te zwaar pak, met een zijden lint erom. Hij salueerde, legde het pak aan de voeten van zijn superieur neer, salueerde weer, en vertrok.

'Ga zitten, Darsam.'

Mopperend deed Darsam wat hem was gezegd.

'Het zal een afgang zijn in de ogen van de inlanders,' zo nam Jean weer het woord. 'Zelfs in de ogen van uw landgenoten. Als het puikje van de Hollandse intellectuelen van een dergelijk allooi is, hoe zal het dan wel niet met de rest gesteld zijn?'

'Njai, heren,' sprak Mellema, nadat hij enigszins van de schok was bekomen, 'als u het nodig vindt, echt nodig, daag mij dan voor de rechter. Ik zal u niet tegenhouden.'

'Geef eens papier en potlood,' vroeg Kommer mij. Hij had zijn oorlogsuitrusting vergeten. Ik gaf hem het gevraagde en hij begon meteen aantekeningen te maken.

'U weet drommels goed dat heden ten dage een inlander geen schijn van kans heeft tegen een Europeaan.'

'Dat geldt niet voor u. U bent Fransman.'

Jean werd razend toen hij dat hoorde. In rap Frans diende hij hem van repliek. 'Goed, ik schilder u en exposeer in Frankrijk en Nederland. Ik schilder u en face, precies zoals u hier staat. In dat officiersuniform, het prototype van de hypocriet die een groet brengt aan het recht.'

'U gaat uw gang maar,' antwoordde ir. Mellema.

'U kunt erop rekenen, meneer Mellema,' vulde Kommer aan, 'dat ik een speciale editie maak in het Maleis en in het Nederlands. Reken maar dat ik die ook onder de marinemensen zal laten verspreiden. Dan weten ze tenminste wie u werkelijk bent.'

'U doet maar. Het is uw recht,' antwoordde hij, weer wat onzekerder.

'Iedereen in Soerabaja zal het lezen – "Alles over luitenant-kolonel ingenieur M. Mellema!" De krantenjongens zullen het rondbazuinen: "Erfgenaam Haat Vader Maar Niet De Erfenis!", "Confrontatie met Njai Ontosoroh, De Succesvolle Zakenvrouw!" '

'Wat een sensatie zal dat geven!' riep Marais.

'Maakt u zich geen zorgen, meneer Kommer,' zei ik. 'Ik lever u een stuk in het Nederlands: "Ontmoeting Met De Moordenaar Van Mijn Vrouw".'

'We hebben geen rechter of advocaat nodig,' viel ma ons vol vuur bij. 'Dan kan ik tevreden afstand doen van alles waarvoor ik heb gewerkt – het huis, de boedel, de onderneming en alles wat erbij hoort.'

Voor het eerst boog de gast het hoofd, nog eens wiste hij het zweet af met zijn zakdoek.

'Maar, maar,' riep Maysaroh met haar schelle stemmetje, 'is Annelies dan dood?'

'Ja, May, zij is dood,' antwoordde Njai haar in het Nederlands.

'Heeft... heeft deze meneer haar meegenomen en doodgemaakt?'

'Ja, May, hij heeft het gedaan,' antwoordde Jean.

Maysaroh begreep nu pas wat er was gebeurd. Onthutst en sprakeloos staarde zij naar Mellema. Plotseling sloeg zij haar handen voor het gezicht. Zij werd vuurrood, twee traantjes gleden over haar wangen. Zij riep:

'Annelies! Annelies is dood!' waarna zij begon te snikken.

Mellema stond op, liep naar haar toe, en wilde haar over het hoofd strijken.

Door haar verdriet voelde zij zich niet meer door hem geïmponeerd: 'Moordenaar!' gilde May en rende weg, weg uit de kamer, weg van iedereen.

Wij allen waren bevangen door dit tafereel. Ik hoorde Minems moeder in het Javaans vragen:

'Wat is er, noni?'

Rono woelde even in de draagdoek, maar gaf verder, zoals altijd, geen kik.

'Annelies, Annelies is dood. Die man heeft haar doodgemaakt!'

De reactie van Minems moeder werd overstemd door het hartverscheurende gehuil van May.

Wij in de voorkamer luisterden zwijgend. Ma liep naar de deuropening en vroeg aan Minems moeder:

'Troost haar, wil je?' Vervolgens kalmeerde zij Rono met sussende geluidjes en de fles.

Onze gast voelde zich niet op zijn gemak. Nu eens luisterde hij naar het gejammer van May dat zich steeds verder verwijderde, dan weer keek hij naar de baby in de draagdoek van Njai.

'Zelfs dat meisje kent verdriet,' hernam Kommer het woord. 'De dood van Annelies is voor u alleen maar gunstig.'

Mellema gaf geen antwoord. Hij bleef naar de baby kijken.

'Iedereen hield van noni Annelies,' vulde Darsam aan. 'Alleen een godvergeten schurk kon haar vermoorden.'

'Meneer Mellema,' viel ma nu uit, 'wilde u recht hebben op haar erfdeel, dan móest u wel optreden als haar voogd. Waarom anders heeft niemand van jullie naar mijn dochter omgekeken voor zij stierf? Zelfs op de begrafenis liet niemand zich zien!'

'Wie zegt dat? Dat is laster. Zij werd uitstekend verzorgd, zoals het hoort.'

'Moet ik er een getuige bijhalen? Hij is met haar meegereisd en heeft haar verzorgd, vanaf Soerabaja tot in Huizen en B. toe!'

'Ik heb een verklaring bij me van het ziekenhuis in Huizen dat zij daar goed is verpleegd.'

'Ja, wie zou er aan durven twijfelen dat zij daar niet goed verzorgd is. Maar het gaat mij nu om u en uw moeder! Zeg maar dat ik leugens verkoop! Verschuilt u zich maar achter Zuid-Afrika! U weet het best – misschien deug ik niet, maar ik wás haar moeder en ik verzorgde Annelies goed. Duizend maal beter dan Amelia Mellema-Hammers.'

Kapitein-luitenant ter zee Mellema ging er steeds meer uitzien als een jongen die een standje krijgt van zijn moeder. De moed leek hem in de schoenen te zijn gezonken; hij verroerde zich niet meer. Het pak dat naast hem op de grond lag, raakte hij maar niet aan.

Aan het andere eind van de kamer stond Darsam die de conversatie nauwlettend volgde. Ik geloof niet dat hij alles begreep wat er werd gezegd; om de haverklap draaide hij aan zijn knevel of betastte zijn kapmes.

'Ik geloof niet dat Nederlanders hun zuster zo behandelen, ook al is het een stiefzuster...'

In het achtervertrek hoorde ik hoe de moeder van Minem Maysaroh mee naar buiten nam. Ik zag dat een paar mensen probeerden bij ons naar binnen te gluren. Mardjoeki, de koetsier, had kennelijk rondverteld dat het bal zou worden.

Maysaroh bleef huilen, Annelies' naam roepen, en Mellema de schuld geven van haar dood.

Enkelen van de nieuwsgierigen die naar binnen gluurden, maakten zich uit de voeten. Die wilden natuurlijk van Maysaroh horen wat er gaande was.

Korte tijd later kwamen de kampongbewoners aanzetten. Mannen, vrouwen en ook kinderen groepten samen voor ons huis. Ik hoorde dat er nota bene een paar vrouwen in het achtervertrek stonden, maar zij werden weggestuurd door Minems moeder. Maysaroh was wat bedaard. Ergens achter ons hoorde ik haar zachtjes snikken en jammeren:

'Hij, hij heeft het gedaan. Hij heeft Annelies vermoord, mbok!'

De vrouwen in het achtervertrek drongen steeds meer onze kant op. Ir. Mellema richtte zijn hoofd op en keek naar hen. Toen kwam hij uit zijn stoel omhoog, maar voor hij kon weglopen was Njai bliksemsnel voor hem gaan staan:

'Wanneer moeten wij er uit?'

'Ik heb iemand aangewezen die de zaken hier regelt.'

'Wanneer moeten wij dus wegwezen?'

'Ik heb juist besloten om het uit te stellen.'

'Mooi. Uitstel. En wat gebeurt er met hem hier, met Rono Mellema?'

Mellema keek naar de baby, knipperde verbaasd met zijn ogen en vroeg:

'Hoe bedoelt u, Rono Mellema?'

'Robert is dood, zoals u weet. Dit is zijn kind.'

'Ik weet niks van een Rono Mellema af.'

'Als ik u was, zou ik snel de voogdij op me nemen. Van zo'n baby kun je je gemakkelijk ontdoen. Wie weet eist hij later ook zijn deel. Nee, u moest Rono maar niet uit het oog verliezen. Hij is ook een makkelijke baby, hij huilt nooit.'

Ma hield hem de baby voor:

'Neemt u Rono maar mee, het is uw eigen neefje, en daarbij is hij erfgenaam van uw vader.'

Mellema keek onthutst toe.

'U moet Rono niet als rivaal zien, meneer Mellema,' zei Jean Marais hardop in het Maleis, zodat iedereen het kon horen. 'Neem hem mee, maar zorg dat hem niets overkomt.'

'Rono is te min, hij wil dat joch niet eens aanraken,' viel Kommer bij. 'De kleine vertegenwoordigt een kapitaaltje, meneer, dat laat u toch niet liggen?'

'Wat staat u daar nou nog?' drong ma aan. 'Kom, pak hem maar. U zult vast goed voor hem zorgen.'

Onze gast stond sprakeloos.

Op dat moment rende Maysaroh binnen met rood-betraande ogen. Met haar kleine vingertje priemend naar Mellema schreeuwde zij:

'Hij, hij heeft het gedaan! Hij heeft Annelies meegenomen en doodgemaakt!' Overmand door verdriet stormde May op de officier toe en begon met haar knuistjes op zijn benen en buik te slaan. 'Waar is Annelies! Waar is Annelies!'

Enkelen van de vrouwen in de achterkamer begonnen gesmoord te snikken. Eén van hen vroeg in het Javaans:

'Is Annelies dood? Heeft hij haar vermoord?'

'Hij heeft het gedaan!' zei Maysaroh moe van het slaan, wijzend naar Mellema. 'Darsam, waarom doe je niks?'

'Meneer,' zei Njai, 'ik kan u niet wegsturen, de onderneming is van u. Maar gaat u alstublieft weg voordat er opnieuw moeilijkheden komen met de mensen uit de buurt. Zij trekken het zich erg aan.'

'Annelies, Annelies!' riep Maysaroh helemaal over haar toeren.

Ingenieur Mellema wees naar het pak dat naast hem stond. Hij kreeg geen woord over zijn lippen. Zijn hand beefde. Hij draaide ons de rug toe en liep met zware tred de kamer uit. Met zijn linkerhand hield hij de schede van zijn sabel vast.

Wij verroerden ons niet.

Maysaroh rende hem achterna, trok aan zijn broek en jammerde aan één stuk door: 'Annelies! Waar is Annelies!'

Mellema keek niet om. Zijn armen hield hij onbeweeglijk langs zijn lichaam. Toen hij het trapje van de veranda afstapte zag ik dat hij enigszins voorovergebogen liep. Een kikker leek hij, verdwaald tussen de mensen, klein en nietig. De samengestroomde nieuwsgierigen weken om hem door te laten. Het geschreeuw van Maysaroh die Mellema niet wilde loslaten, klonk hoog boven hun gemompel uit.

'Moordenaar! Gemene moordenaar!'

Darsam sprong naar buiten, trok zijn kapmes en zwaaide er dreigend mee: 'Schoft!' brulde hij. 'Bastaard!'

'Noni Annelies, Njai, ...wij wisten het niet,' zeiden de meelevende omstanders.

Ma zei niets. Zij drukte Rono in handen van een van de vrouwen. Zij maakte het pak dat Mellema had achtergelaten open. Een roestig, oud koffertje vol builen en butsen kwam te voorschijn. Zij opende het; er zaten wat kledingstukken in die van Annelies waren geweest.

'Goed,' zuchtte zij en stond op.

Het was voor de tweede maal in mijn leven dat ik ma zag huilen. Zij kon het niet aanzien, de kleren van haar lieveling, de koffer die haar herinnerde aan het moment dat zij zelf het huis werd uitgestuurd door haar eigen ouders.

Snel veegde zij haar tranen weg.

'Zoals wij deze dag nooit zullen vergeten, zo zullen de gebeurtenissen van vandaag in hem blijven rondspoken, zijn hele leven lang, tot in zijn graf.'

'Ja, ma, wij hebben teruggevochten, wij hebben tenminste gezegd waar het op staat.'

Buru
Mondeling: 1973
Op schrift: 1975

Woordenlijst

andong	vierwielig huurrijtuig
bang	aanspreekvorm voor jongemannen
bendie	tweewielig rijtuigje
benggol	muntstuk ter waarde van twee en een halve cent
boepati	bestuurshoofd van regentschap
dalang	opvoerder van de wajang, het Javaanse schimmentoneel
desa	dorp
djoged	professionele dansvrouw; vaak tevens prostituée
djongos	mannelijke bediende
dokar	tweewielig rijtuigje
garoeda	mythische vogel; rijdier van Visjnoe; nationaal symbool
goedang	voorraadkast of -schuur
goelai	gerecht op basis van geitevlees
goendik	concubine; zelfde als njai
grobak	grote kar getrokken door ossen
hadji	islamiet die de pelgrimstocht naar Mekka heeft volbracht
kabaja	jakje, bloes voor vrouwen
kaïn	lange wikkeldoek; evenals sarong
kemban	borstdoek voor vrouwen
klontong	venter van etenswaren
kok, engkok	'jij', familiaire aanspreekvorm
kolak pisang	snoeperij van pisang met palmsuiker
kraton	residentie van Javaanse vorsten, in het bijzonder van de sultan van Jogjakarta en de soesoehoenan van Soerakarta (Solo).
kris	Javaans steekwapen met gegolfd lemmet
kromo en ngoko	de twee hoofdstijlen van de Javaanse taal, respectievelijk beleefd en gemeenzaam
lebaran	de feestdagen na de islamitische vastenmaand
loerah	dorpshoofd
mandoer	opzichter; ploegbaas

mbok	gemeenzame aanspreekvorm voor oudere Javaanse vrouwen
ndoek	'meisje, kleine meid', familiaire aanspreekvorm
ndoro	beleefde aanspreekvorm, 'heer'
ndoro wedono	eerbiedig: 'mijnheer het districtshoofd'
njai	concubine, bijzit van Europeaan
noni	aanspreekvorm voor (Indo-)Europese meisjes
oebi	cassave
oelama	islamitische wetgeleerde
padi	de rijstplantjes op de sawa
pantoen	vierregelig gedicht
patih	bestuursambtenaar onder de regent (boepati)
patjoel	hak om het land te bewerken
peranakan	1. halfbloed (een der ouders is Indonesisch) 2. in Indië geboren Chinees, Europeaan, Japanner enzovoort
poenggawa	Javaanse bestuursambtenaar; legeraanvoerder
priyayi	eertijds 'mannelijk lid van de Javaanse adellijke klasse'; tegenwoordig 'man van stand, ambtenaar, white collar'
raden adjeng	titel van dochters van de Javaanse adel
raden mas	idem voor zonen
sarong	wikkeldoek, wordt als rok gebruikt
selamatan	gemeenschappelijke feestmaaltijd (in religieuze sfeer)
silat	vechtsport
sinjo, njo	beleefde aanspreekvorm voor Europese en Indo-Europese jongens
sinkeh	volbloed Chinese immigrant
sinshe	Chinese dokter-apotheker
slendang	draagdoek over één schouder, onder andere om kinderen in te dragen
soesoehoenan	titel, dynastieke naam van de regerende vorst van Solo (Soerakarta)
talak	verstoting van de vrouw door echtgenoot volgens specifiek islamitische voorschriften
talèn	een kwartje
tangsi	kazerne
tjak	familiaire aanspreekvorm
tjamat	onderdistrictshoofd
tjandi	Hindoe-Javaanse tempel

tjaping	Javaanse hoed van gevlochten bamboe
toean	beleefde (koloniale) aanspreekvorm, 'mijnheer'
toean besar koeasa	letterlijk 'grote machtige heer', zeer formele vorm
toean moeda	letterlijk 'jongeheer'
toekang	ambachtsman
totok	volbloed Europeaan, Chinees, Japanner enzovoort
wedono	districtshoofd